Cordula Koepcke

RICARDA HUCH

Ihr Leben und ihr Werk

Insel Verlag

Zweite Auflage 1996

Satz: Druckerei zu Altenburg GmbH
Druck: Wagner GmbH, Nördlingen
Printed in Germany

Inhalt

Strenge Wege geht mit uns die Gnade,
die am Weltensteuer sitzt.

Äschylos,
zitiert in »Luthers Glaube«

Die Welt ist nicht wie ein Kieselstein, den man auf den Tisch wirft, und da liegt er und so ist er, sondern ein großer Teppich, an dem alle mitweben.

Ricarda Huch

Vorwort

In der ›Süddeutschen Zeitung‹ schrieb am 13. Dezember 1913 Fritz Reck über Ricarda Huchs Darstellung des Dreißigjährigen Krieges *Der große Krieg in Deutschland*: »Ich glaube, daß mit diesem Werk das größte epische Kunstwerk uns erstanden ist, größer als alle, die in den letzten neun Jahrzehnten deutsche Leser sahen. Damit ist ja wohl die Hauptvoraussetzung erfüllt, daß das deutsche Publikum es zunächst vergißt, damit sich nach einem Menschenalter vielleicht unsere Enkel auf den Wert des Buches besinnen.«

Es ist mehr als zweifelhaft, ob die Enkelgeneration diesen Prozeß der Wiederentdeckung geleistet hat und die Urenkel ihn leisten werden. Unzweifelhaft aber haben sie sich mehr für das Leben als für das Werk einer Frau interessiert, die ihnen in ihrer großzügig angelegten Persönlichkeit als ein in vielen Facetten ihres Wesens und Weges vertrauter, gegenwartsnaher, ja moderner Mensch erscheint. Demgegenüber ist das Werk zwar nicht völlig vergessen worden, aber doch stark zurückgetreten.

Dieses vielfältige und vielbändige Lebenswerk ist Spiegel der Persönlichkeit, und wenn Ricarda Huch 1931 von Goethe sagte, »er ist ganz in seinen Werken, wie seine Werke ganz in ihm sind«, so gilt das genauso für sie selbst.

Wen das Leben Ricarda Huchs fasziniert – und das waren in den letzten zwanzig, dreißig Jahren viele –, der wird zu bedenken haben, daß ein bloßes Verfolgen der Lebensstationen die aufscheinenden und zu Grunde liegenden menschlichen Reifeprozesse nur unzulänglich markiert, daß aber Reife ohne Frucht nicht denkbar ist.

Die Frucht des Lebens von Ricarda Huch sind Persönlichkeit und Werk – ein Werk, das glühende Lyrik, epische Dramen, leidenschaftliche Romane, hochaktuelle weltanschaulich-religiöse und philosophische Schriften, literaturwissenschaftliche Abhandlungen, einzigartig in Form und Inhalt, Monographien und historische Darstellungen von ungewöhnlicher Aussagekraft umfaßt. Inhalt und Form sind dabei weitgehend unabhängig von literarischen Strömungen der Zeit, und die Einordnung in literarische Kategorien behält angesichts der Eigenständigkeit von Aussage und Gestaltung etwas Künstliches, auch da, wo Anklänge an aufkommende Richtungen erkennbar werden.

Schon den Zeitgenossen fiel auf, daß diese unabhängig denkende, schreibende, lebende Frau eine sehr eigene Sprache führte: »ein schlichtes, klares, melodisches Deutsch... Und in dieser wundersamen Sprache verkündete sie das Recht der Phantasie, der Liebe, der Leidenschaft...« (Ernst Troeltsch).

1957 schrieb Friedrich Sieburg in der ›Frankfurter Allgemeinen Zeitung‹ über *Der große Krieg in Deutschland*: »Wer dieses herrliche Buch zu lesen versteht, der liest es mit ergriffener Spannung und wird sich bewußt, daß er mit einer der größten Leistungen der deutschen Literatur zu tun hat.« Vierundzwanzig Jahre später meinte Marcel Reich-Ranicki, indem er auf die seltene Einheit von Intuition und Reflexion, von Unbewußtem und Bewußtsein hinwies, über das grundlegende Werk Ricarda Huchs *Die Romantik*: »Es ist ein fundamentales kulturgeschichtliches Dokument und ein literarisches Kunstwerk von großer Schönheit.« Joseph Caspar Witsch, der die elfbändige Ausgabe der Gesammelten Werke initiierte, hielt Ricarda Huch für die größte Schriftstellerin Europas, an Universalität kaum übertroffen. Sein Urteil traf sich mit dem bereits zum sechzigsten Geburtstag der Dichterin und Schriftstellerin geäußerten von Thomas Mann aus dem Jahre 1924. Dennoch ist die Beachtung des Werkes trotz Gesamtausgabe und einzelner Neuauflagen stetig gesunken. Das Interesse für die Persönlichkeit der bedeutenden Frau kann diesen Mangel nicht ausgleichen. Der Versuch, Person, Leben und Werk in ihrem Zusammenhang darzustellen, gründet sich auf diese Erfahrung.

Besonderer Dank gebührt dem Enkel Ricarda Huchs, Professor Dr. Alexander Böhm. Er erlaubte, neben anderen Materialien und Korrespondenzen bislang unveröffentlichte Briefe Ricarda Huchs an ihren Vetter und späteren Ehemann Richard Huch aus der Zeit von 1887 bis 1897 und von 1905 bis zum Ende dieser Ehe, sowie Briefe Richard Huchs an Ricarda seit 1905 in diese Biographie einzubeziehen. Dadurch konnten zwei Zeitabschnitte, die für Leben und Werk der Dichterin besonders bedeutsam wurden, eingehender behandelt werden.

Das Deutsche Literaturarchiv im Schiller-Nationalmuseum Marbach am Neckar, das Ricarda Huchs schriftlichen Nachlaß verwaltet, erteilte ebenfalls die seinerseits erforderliche Abdruckerlaubnis. Der Leiter der Handschriftenabteilung, Dr. Jochen Meyer, und seine Mitarbeiter, sowie Frau Jutta Bendt aus dem Team der ›Ricarda Huch-Ausstellung des Deutschen Literaturarchivs im Schiller-Nationalmuseum vom 7. Mai bis zum 31. Oktober 1994‹ und weitere Mitarbeiterinnen der Bibliothek leisteten wertvolle Hilfestellung. Der Leiter der Bildabteilung, Dr. Michael Davidis, beriet bei der Auswahl des aus den Beständen des Deutschen Literaturarchivs stammenden Bildmaterials. Wichtige Unterlagen stellten Frau Elisabeth von Ulmann (Kiel) und Frau Dr. Kari Köster-Lösche (Süderlügum) zur Verfügung.

Allen, die auf diese oder andere Weise die Erarbeitung der vorliegenden Biographie förderten, sei auch an dieser Stelle sehr herzlich gedankt.

Cordula Koepcke

Königstochter – jüngste

»Gestern abend war ein großer Sieg heute Morgen auch schon wieder,«[1] schreibt die sechsjährige Ricarda in ihr Tagebuch. Es ist der Sommer 1870, sie befindet sich mit der Mutter, den Geschwistern Lilly und Rudolf und der Erzieherin Anna Schröder im kleinen Harzort Suderode in der Sommerfrische. Aus Quedlinburg werden eines Tages auch der Vater und die Großmutter abgeholt, die, aus Braunschweig kommend, mit ihnen Ferientage verbringen wollen. Die Erwachsenen sind besorgt: Die Kinder hatten im Winter Keuchhusten und sind »bedenklich von Kräften gekommen«.[2]

Es ist Krieg, aber das ist etwas für die Großen, nicht für Kinder, obwohl Rudolf am Nachmittag des 2. September in den Ort zur Post geschickt wird, »um nach Depeschen aus dem Hauptquartier zu fragen«.[3] Heimkehrend überbringt er die Nachricht, Sedan sei gefallen und der Kaiser Napoleon gefangen genommen.[4] Der Bote solcher Nachricht wird mit Kuchen belohnt, und der Jubel der Erwachsenen ist groß. »Da sich aber nichts im Orte rührte, wurde man stutzig, und am Ende hieß es, die ganze Geschichte sei nicht wahr.«[5] Einen Tag später fällt Sedan.

Wahr ist dagegen, daß Spiel, Traum und Märchen das Kind umgeben, das mit eigenwilliger Orthographie in sein Tagebuch schreibt: »Da fink es furchtbar an zu regenen«[6], was viel wichtiger ist, als die Siegesnachrichten und lebenslang viel wichtiger bleibt. Aber als die Familie im Herbst wieder nach Braunschweig zurückkehrt, heißt die Eintragung, schon am Bahnhof »haben wir franzosen gesen«.[7]

Wenig später wird die kleine Ricarda an der Hand ihrer älteren Schwester Lilly aus dem Schutz des elterlichen Hauses und Grundstückes treten, um den in den gegenüberliegenden Anlagen arbeitenden französischen Kriegsgefangenen Zigarren und Schokolade zu bringen.

Ricarda Huch, geboren am 18. Juli 1864 in Braunschweig, wächst in kriegerischen Zeiten auf. In ihrem Geburtsjahr kämpfen Deutsche und Dänen um den nördlichen Teil Schleswig-Holsteins. 1866 führt der Deutsch-Österreichische Krieg zur Entscheidung der deutschen Frage: Soll es eine großdeutsche Lösung für die Wiedererrichtung des Reiches geben, mit Österreich an der Spitze, was dieses im Verein mit vielen Katholiken und manchen historisch Gesinnten wünscht, oder die kleindeutsche Lösung unter Preußens Führung, was Österreich ausschließen und auf sich selbst verweisen würde? Allerdings ist das im Grunde schon durch die Niederlegung der deutschen Kaiserkrone durch Franz II. 1806 geschehen.

Das Reich – ein neuer Krieg wird es gebären. Es versteht sich, »daß Moltke die militärischen und Bismarck die diplomatischen Schlachten mit veni, vidi, vici« gewinnen.[8]

Aber was ist der Krieg? Selbst die Erwachsenen nehmen ihn ja kaum ernst; man zupft Scharpie, wartet auf Siegesnachrichten, um Fahnen zu hissen, Raketen zu zünden, Freudenfeste zu feiern. Die Soldaten aber – Offiziere wie Mannschaften – schweigen von dem, was da im fernen Frankreich geschieht. Mehr als fünfzig Jahre später schreibt Ricardas Bruder Rudolf, er könne sich der Einsicht nicht verschließen, »daß man sich als einer, der nicht hinauszog, falsch gegen den Krieg eingestellt hat«.[9]

Dem Kind Ricarda sind solche Überlegungen so fremd, wie zu dieser Zeit ihrem zwei Jahre älteren Bruder auch. Aber die Stimmung, die in den bürgerlichen Familien der Reichsgründungszeit meistens herrscht, macht auch vor dem geräumigen, im Stil der Zeit eingerichteten Hause Hohetorpromenade 11 in Braunschweig nicht halt. Im Eßzimmer hängen die großformatigen Bilder »der Helden des Siebzigerkrieges«[10]: Kaiser Wilhelm, Kronprinz Friedrich und Prinz Friedrich Karl; gegenüber Bismarck, Moltke und Roon, außerdem mehrere Generäle. Fast siebzig Jahre später schreibt Ricarda Huch in ihren Erinnerungen: »Beinah heilig war meinem Vater Bismarck.«[11]

Richard Huch hatte in sehr jungen Jahren, von seinem Vater zum Kaufmann bestimmt, Braunschweig verlassen und in das überseeische Geschäft der Familie in Porto Alegre eintreten müssen. Er hat es in diesem Beruf, dem Überseehandel, wie glaubhaft berichtet wird, zu Erfolg gebracht, aber, wie die Tochter später meint, wohl doch nur zu der Erfolgsstufe, die dem erreichbar ist, der sich nicht mit ganzer Aufmerksamkeit und Hingabe einer Aufgabe widmet. Dennoch sind immer wieder Glieder der weit verzweigten Braunschweiger Familie Huch wenigstens für begrenzte Zeiten in Brasilien ansässig gewesen, und einige erwarben dort auch die brasilianische Staatsangehörigkeit.

Lilly und Rudolf, die beiden älteren Geschwister Ricardas, wurden in Porto Alegre geboren, und erst zur Geburt des jüngsten Kindes kehrte Richard Huch mit seiner Frau Mimi (Emilie) geborene Hähn aus Südamerika nach Braunschweig zurück. Die schwere Geburt, die die einundzwanzigjährige Mutter fast das Leben kostet und von der sie sich nie wieder völlig erholt, führt dazu, daß die Familie von da an in Braunschweig bleibt. Richard Huch reist von Zeit zu Zeit zu mehrmonatigem Aufenthalt nach Porto Alegre, wenn das dortige Geschäftsunternehmen seiner Anwesenheit bedarf. Ist er in Deutschland, so führt er das Geschäft von Hamburg aus, wo er sich für gewöhnlich eine um die andere Woche aufhält.

Wenn er aber zu Hause in Braunschweig ist, versenkt sich der schöngeistig interessierte Mann in seine Bücher. Das Zimmer, in dem die deutschen Klassiker, französische und englische Romane, kurz: die schöne Literatur der Zeit die Regale füllt, wird für Ricarda später, als sie den Wert solcher Literatur zu ahnen beginnt, zu einem gern aufgesuchten Refugium, wenn der Vater nicht anwesend ist.

Die frühe Begegnung mit Südamerika und die Neigung

nicht nur der Auslandsdeutschen, sondern auch der Ausgewanderten anderer Völker, ihre nationale Herkunft in der Fremde besonders hochzuhalten und zu betonen, zeigen sich auch beim Vater der Geschwister Huch als starke Prägungen, und die jüngste Tochter erinnert sich später: »Überseer pflegen national und konservativ zu sein, für meinen Vater war Bismarck als Reichsgründer der Inbegriff dieser Richtung, ein unantastbarer Heros.«[12] Das führt im häuslichen Kreis bisweilen zu Auseinandersetzungen, bei denen besonders die Mutter nicht bereit ist, ihrem Manne nachzugeben, was immer einige Tage absoluten Schweigens von seiten des Vaters zur Folge hat. »...mein Vater führte als letztes, überzeugendstes Argument für Bismarck ins Gefecht, daß jeder Deutsche ihm dankbar zu sein habe und daß Undankbarkeit ein höchst gemeines, schändliches Laster« sei. Die aus der Rückschau Berichtende fährt fort: »Ich war schon, was man alt nennt, als ich für die menschliche Größe Bismarcks Sinn bekam; es ist nicht unmöglich, daß die in meiner Generation so seltene Abneigung, mehr noch Gleichgültigkeit gegen Bismarck mit der Popanzstellung zusammenhing, die er in unserem Hause einnahm.«[13]

In diesem Hause aber werden »Ton und Zuschnitt von feinen Frauen bestimmt«. Zwischen normalen Häusern und dem Huchschen besteht »ein Unterschied, ...wie der zwischen einer Apfelsine und einem Beefsteak mit Zwiebeln«. »Von einem Bedürfnis nach einer gewissen Anmut, wie sie eben feine Frauen in die Lebensführung bringen«, sei sonst nirgends etwas zu spüren.[14]

Der ruhende Pol und bestimmende Geist in Haus und Familie ist die Großmutter mütterlicherseits, Emilie Hähn geborene Wieter. Sie und ihr Mann, der Polizeirat Johann Justus Hähn, leben im Hause des Schwiegersohns seit die Gesundheit ihrer Tochter durch die Geburt Ricardas so geschwächt ist, daß nur beständige sorgfältige Pflege die gefährdete Lebensflamme vor dem Erlöschen bewahren kann.

Die Ärzte haben die Geburt weiterer Kinder für lebensbedrohend erklärt. Die Aufenthalte Richard Huchs in Brasilien, wohin seine Frau ihn nicht mehr begleiten kann, werden nun abgekürzt, wohl mehr, als dem Geschäft gut tut. Nach Jahrzehnten schreibt die Tochter, das eigene Leben und die Schicksale der Eltern bedenkend: »Ich glaube, daß mein Vater viel in sich überwinden und beherrschen mußte und auch konnte.«[15]

Da die Mutter wegen ihrer schwachen Gesundheit die Erziehung der Kinder nicht leiten kann, übernimmt eine Gouvernante, die sehr geliebte Anna Schröder, teilweise diese Aufgabe. Aber Mittelpunkt und wichtigste Person im Leben der kleinen Ricarda ist und bleibt die Großmutter. »Das Gefühl, das man zu einer Mutter hat«,[16] gehört ihr, »die alles leitet(e), für alles sorgt(e) und, ohne daß man sich dessen bewußt... (ist), durch ihren Geist und ihre Liebe alles beherrscht(e).«[17] Sie ist anspruchsvoll, wünscht des Abends nach dem Essen durch anregende Gespräche über interessante, auch belehrende Themen unterhalten zu werden und sorgt auf diese Weise für ein Niveau, das das anderer vergleichbarer Familien übertrifft.

Daß aber der Umgang mit der geliebten Großmama auch manchmal schwierig sein kann, läßt sich Briefen entnehmen, die etwa zwanzig Jahre später Ricarda Huch mit ihrem Vetter Richard Huch wechselt.

Der Großvater Johann(es) Justus Hähn, ist dagegen die Güte in Person. Heißgeliebt von der kleinen Enkelin, erwidert er diese Liebe auf das Zärtlichste. Von ihm und vom Vater wird sie auf die Bedeutung geschichtlicher Ereignisse hingewiesen. Die Enkelin entsinnt sich später, nur einmal habe der Großvater in ernstem, strengem Ton mit ihr gesprochen. Als sie sich nämlich, schwärmerisch für die heidnischen Sachsen eingenommen, abfällig über Karl den

Großen äußerte. »Er verwies mir das, indem er sagte, es komme mir nicht zu, mich unehrerbietig über einen so großen Mann auszusprechen.«[18]

Schon früh wird sie sich ihrer Vorliebe für Freiheit und Unabhängigkeit bewußt: »...ich haßte die Tyrannen und liebte die Rebellen, die Befreier.«[19]

Diese Großeltern, die das Leben der kranken Tochter und der heranwachsenden Enkel behüten, sind tiefreligiös. Rudolf Huch, Lillys und Ricardas Bruder, hat aber in seinen Erinnerungen auch die Religiosität seines Vaters betont.[20] Es kann sein, daß sich solche Empfindungen und Überzeugungen bei ihm weniger nach außen als in einer starken Innerlichkeit äußerten. So wird die religiöse Atmosphäre offenbar ganz durch die Großeltern bestimmt, ohne daß ihre Frömmigkeit einen fordernden oder gar bedrängenden Charakter hat. Für Ricarda Huch ist dieses stille, durch Handlungen wie das tägliche Tischgebet bezeugte religiöse Leben der Leitstern ihres inneren Daseins geblieben. »Die Haltung meiner Großeltern bewirkte, daß die Tatsache des christlichen Glaubens immer wie ein unverrückbares Sternbild über mir stand, auch wenn ich nicht hinblickte oder wenn es mir von ganz entgegengesetzten Anschauungen verdunkelt war, wie ich denn mit sechzehn oder siebzehn Jahren ganz von dem naturwissenschaftlichen Weltbild, das Haeckel verkündete, eingenommen war. Diese flotten Lösungen unergründlicher Rätsel leuchteten mir zwar ein, hinderten aber nicht, daß ich jederzeit gern in der Bibel las. Allerdings suchte ich wohl die Stellen heraus, die mich durch ihre poetische Schönheit bezauberten; aber das Gefühl war doch immer in mir, daß das Wort Gottes, dies unmittelbar erschütternde Wort, die Wahrheit sei, wenn ich mir dessen auch nicht klar bewußt wurde.«[21]

»Feine Frauen«[22] also führen das Regiment im Hause Hohetorpromenade 11; und Musik gehört dort zur Essenz des Lebens. Der Vater singt mit wohltönender, ausgebildeter Tenorstimme. Mit schönem Anschlag greift bisweilen die Mutter ein paar Akkorde auf dem Flügel. Früher hat sie gut und häufig gespielt. Aber jetzt ist sie nur noch »ganz schöne Natur, ein unwidersprechlich Herz und Sinne erfreuendes Dasein wie die Sonne, die genug tut, wenn sie scheint«.[23]

Ihr Sohn schreibt: »Was etwa im eigentlichen Sinne Geniales in uns sein mag, stammt von ihr... An dem Sarge meiner Mutter sprach der Pastor Eggeling, der später in Weimar gelebt hat. Er hatte die Verstorbene gekannt und verstanden, und er sprach von ihrem Leben als von einem schönen Traum. Das war natürlich nicht das, was man von ihm erwartete. Mir hat er wohlgetan, bei andern Ärgernis erregt.«[24]

Nicht nur die Menschen, auch Haus und Zuschnitt der Lebensführung sind von besonderer Art, geprägt durch die Beziehung zu Südamerika. Im Laufe der Zeit klaffen allerdings Verhalten und Verhältnisse wegen des Niederganges des Geschäfts immer mehr auseinander.

Für das Kind Ricarda aber ist alles wie es sein muß, immer gewesen ist und immer sein wird: die Kastanien auf einer Anhöhe im Garten, faszinierend im Wechsel der Jahreszeiten; die alte Ölweide, versteckt hinter Büschen und Bäumen, deren eigenartiger Duft Herz und Sinne betört, so daß die Erwachsene, fernab der Heimat, in Wien, an einem alten Garten vorübergehend, daran so erinnert wird, daß sie erschüttert ist. Und dann jener abfallende, dem Fluß, der Oker, zuneigende Teil des Gartens, jenseits dessen mit den Häusern der Echternstraße die Welt der Armen, der Durchschnittlichen, der weniger Begünstigten beginnt, die dem Kind fremd ist, etwas, das nicht zu seinem Leben gehört.

Zu seinem Leben aber gehören die Tiere – lebende und künstliche, gleichermaßen leidenschaftlich geliebt. Von Puppen hört und liest man wenig. Dafür spielen Rudolf und

Ricarda mit Zinnsoldaten. Noch die fast Achtzigjährige hat Freude an der Beschreibung der verschiedenfarbigen Uniformen von Kürassieren und Husaren. So dringt auf diese Weise doch etwas aus der Welt der Politik, der Reichsgründung in diese Kinderwelt ein, in der vor allem gespielt wird – und es werden Gedichte gemacht: Scherzdichtungen, aber auch Ritterdramen, wie jene Tragödie der kleinen Ricarda, in der »ein Kammzof« (nicht etwa eine Zofe) vorkommt. Rudolf erinnert später – »zum Glück für die deutsche Literaturgeschichte«, meint er – eine Stelle: »Erster Ritter: Haut ihn! Zweiter Ritter: Au!«[25]

Hingerissen von der Melodie der Worte, ohne die Notwendigkeit eines Sinnzusammenhanges zu ahnen, rezitiert das Kind die Zeile: »Vom Rubin des Monds ein Lächeln.« Muß es nicht »Vom Rubin des Munds« heißen? Nein, nein, gerade so heiße es, und so sei es wunderschön![26]

Die Erzieherin unterrichtet sie bis ins Alter von neun Jahren. Dann besucht sie eine Privatschule. Ein Volksschullehrer beeindruckt. Ein wenig zusammengekauert sitzt er auf seinem Stuhl, während er von den Taten der Helden berichtet – »wie ein Barde des Altertums« »...da wälzt(e) der gewaltige Strom todbringender Kämpfe, ungeheurer Frevel, unlösbarer Verknotungen«[27] sich dahin.

Mit vierzehn Jahren verläßt Ricarda die Schule, zu jung, wie sie später meint, um den Wert des Unterrichts in deutscher Literatur in der höchsten Klasse richtig einzuschätzen, den Pastor Eggeling gibt. Es ist Mode, für ihn zu schwärmen, und gerade deswegen tut Ricarda es nicht.

Aber Literatur ist ihr nicht fremd, auch wenn ihr Verständnis noch nicht ausgereift ist. Sie liest Eichendorff, Goethe, Schiller, »Gutes und Wertloses« und hat »dazwischen Ahnungen eigener Klänge«.[28]

Eine Freundin bleibt ihr aus dieser Zeit: Etta Heinicken, die Tochter eines Arztes, der sie einmal ein Gedicht widmen wird, in dem es heißt: Wie dir's so gut ergangen noch, / Das nimmt mich billig wunder; / Die Glücklichen sind meistens doch / Viel dummer und gesunder.[29]

Etta Heinicken kommt schließlich in ein Internat. Ihr verdankt Ricarda in einigen Jahren den ersten Anstoß zu einer der wichtigsten Entscheidungen ihres Lebens.

Anna Schröder, die Erzieherin, geht nach Brasilien, verheiratet sich dort mit einem Deutschen und wird zutiefst unglücklich.

Zwei Verluste, aber auch ein Gewinn: Eine Freundin ihrer Schwester Lilly entdeckt ihrer beider Leidenschaft für die Literatur: Anna Klie. Mit ihr, die einige Jahre älter ist als die »Königstochter jüngste«[30], wie die Mutter Ricarda nennt, tritt jemand aus jener anderen Welt der Normalen, der Durchschnittlichen in ihren Kreis und trägt doch – o Wunder – die Liebe zur Poesie in sich. »Anna Klie«, schreibt Ricarda Huch später, »war der Reiz und Duft meines Lebens hauptsächlich von meinem sechzehnten bis zu meinem einundzwanzigsten Lebensjahre«.[31]

Beide, Ricarda und Anna, schreiben Gedichte: »...für uns war die Poesie der Kern des Lebens.«[32] Anna Klies Gedichte hätten den Duft wilder Kräuter, meint Ricarda, während ihr die eigenen schal vorkommen. Dabei muß dieses ungewöhnliche Mädchen aus kinderreichem Hause viel mehr und auch ganz anderes tun, als dichten. Dort muß in jeder Hinsicht, auch mit der Zeit, gespart werden. »Der Umstand, daß Klies vor dem Frankfurter Tor wohnten, in einem hohen, geschwärzten, lauten, reizlosen Quartier, trug dazu bei, mir Anna wie eine Blume erscheinen zu lassen, die märchenhaft zwischen Schutt und Küchenpflanzen wächst... alle [in der Familie Klie] hatten Witz, Humor und Verstand mit einer eigenartig volkstümlichen Färbung. Der Umgang mit mir«, schreibt Ricarda Huch später, »wurde zugelassen, wenn auch nicht gerade gern gesehen, hauptsächlich wohl, weil er Anna viel Zeit raubte und sie, die Älteste, der Familie hätte entfremden können.«[33]

Anna erscheint das Haus der Huch-Familie wohl »als eine Region, wo die Begrenzungen des gewöhnlichen Menschenlebens wegfallen, eine Art jenseits von Gut und Böse, wo das Leben nicht durch kleine Pflichten peinlich geregelt ist, wo überhaupt weniger die Pflicht maßgebend ist als das Schöne und Angemessene, was allerdings mit der Pflicht zusammenfallen kann«.[34]

Volksliedhaft klingt jener Vierzeiler aus Annas Frühzeit, der Ricarda entzückt:

> Wenn du wiederkehrst, und währt es sommerlang,
> Bis der Schnee liegt, will ich auf dich warten.
> Es braust ein Sturmwind vom Binnenland,
> Die Flügel beladen mit Schnee. [35]

Durch Anna Klie, die später auch als Verfasserin von Kinder- und Mädchenbüchern bekannt werden sollte, wird die junge Ricarda angehalten, Literatur mit anderen Augen zu lesen. Durch Anna lernt sie Gottfried Keller kennen, durch sie hört sie von »Spiegel dem Kätzchen«, und von da an schlägt Ricardas Herz für den Schweizer Dichter. Leidenschaftlich bewegt, hingerissen liest sie die großen Werke der Klassiker und der romantischen Schriftsteller, berauscht sich an der Schönheit und steigert daran das eigene Lebensgefühl.

Anna liest »viel besonnener«, verweilt »beim einzelnen«. »Nur darin wichen wir voneinander ab, daß sie von den Untiefen des Lebens, von unversöhnbaren Gegensätzen nichts wissen wollte«, schreibt Ricarda Huch in ihren »Erinnerungen an Anna Klie«[36] und fährt fort: »›Zerstöre mir meine hübsche rote, blaue und goldene Welt nicht‹, sagte sie einmal... Ihre Gedichte hatten etwas, das ich bewunderte, um so mehr als ich das Gefühl hatte, daß es mir unzugänglich war. Sie waren wie Blumen, die wild am Berge wachsen...«[37]

Durch Anna erfährt Ricarda aber nicht nur etwas über Leben und Geist jener, die ihrem Umkreis fernstehen, sondern auch darüber, wie man über sie und die Ihren denkt. Annas zahlreiche Freundinnen betrachten Ricarda genauso als Fremdling, als Eindringling, wie diese und ihre Familie Kontakt mit Menschen aus der anderen Welt, der Welt der gewöhnlichen Menschen, meiden. Nicht zuletzt der abweichende Lebenszuschnitt des von der Beziehung zu Brasilien geprägten Hauses mit zahlreicher Dienerschaft, die Auffassungen, die hier vertreten und gelebt werden, erscheinen allzu frei, gegen Vorurteile gerichtet und gegen Herkömmlichkeiten weithin unempfindlich. Ricarda vollends erscheint Annas Freundinnen als sehr gefährlich.

Wieso? Warum? Wahrscheinlich aus denselben Gründen, die gegen Haus und Familie vorgebracht werden. Das Fremdartige befremdet.

In dieser Zeit wird aus dem Kind ein junges Mädchen. Vorbei sind die Zeiten der ersten Gedichte, von denen eines beginnt: »Ihr Leut, ihr Leut, kommt allherbei – es geschieht ein Wunder zu Norderney!«[38], wobei, ähnlich wie beim »Rubin des Monds«, das Entzücken über das Wort Norderney der Anlaß ist.

Vorbei auch die Wonne, die das kleine Mädchen angesichts der mit rotem Fingerhut bedeckten Berghänge des Harzes empfand, das bei Spaziergängen den anderen vorauslief, um die auf dem Wege befindlichen Tiere beiseite zu tragen, damit sie nicht Schaden litten: schwarze und rote Schnecken, Feuersalamander, Hirschkäfer vor allem, winzige Frösche.

Vorbei die Zeit der wilden Spiele, wo es auf schnelles Laufen ankam, des Schwingens am Rundlauf im Garten, der Gesellschaftsspiele im Haus, der Aufführungen des Papiertheaters mit hübschen, bunten Kulissen.

Vorüber die Trauer, weil die Mutter das zeitweilig nicht mehr so hübsche Mädchen vernachlässigte und die Großmutter fast entschuldigend sagte: »Aber sie ist doch ein so gutes Kind.«[39] Dieses Kind setzte sich dann abseits in den Garten, wo die Lebensbäume standen, von Melancholie umschattet, und schrieb Gedichte.

Vorbei die Zeit der ersten wilden Leidenschaft, die sich Bahn bricht, als die Familie aus den Harzferien zurückkehrt und Rudolf, der schon früher, zu Schulbeginn, heimfahren mußte, sie abholte. Er schreibt an den Vater in Brasilien: »Tuter [Ricarda] raste mit fliegenden Haaren voran. Sie raste schreiend mir entgegen, als sie mich auf dem Wall sah…« Die Großmama fügt viel später hinzu: »Ich sehe dich auch noch so vor mir, ganz der Freude des Wiedersehens hingegeben.«[40]

Jetzt hat Ricarda ein Literaturkränzchen, man liest mit verteilten Rollen, und ein junger Referendar, der mit wohlklingender Stimme mitwirkt, gefällt ihr. Eine Rezension des jungen Mädchens aus dieser Zeit zeugt von stilistischer Gewandtheit und sicherem Blick für das Wichtige und Wesentliche.

Aber daß es unversöhnbare Gegensätze gibt, wird sie nicht mehr nur bei ihren Gesprächen mit Anna Klie auf dem Wall stürmisch behaupten, sie wird es bald selbst erleben und leben, und es wird sie schließlich in die Ferne treiben – sie, Ricarda: die Königstochter jüngste.

Die verbotene Liebe

Das Leben der Tochter aus gutem Hause kennt keine fest umrissenen Aufgaben und Pflichten. Sie tut, was sie möchte, liest viel, die lyrischen »schönen Stellen« bevorzugend. Sie lernt Spanisch und Portugiesisch, Sprachen, die ihre Eltern sprechen und lieben. So liest sie spanische Romanzen und Volkslieder im Original; einige Gedichte übersetzt sie auch. »Zu dichten war mir selbstverständlich«, schreibt die berühmte Autorin, »ich hatte es getan, seit ich denken konnte, und daß es einmal mein Lebensberuf sein würde, stand für mich fest.«[40a]

Der Leseabend, den sie im elterlichen Hause einrichtet, dient im Grunde keinem ernsteren Zweck. Sie will Literatur nicht etwa wirklich in den Mittelpunkt stellen. Höhere Ziele, wie sorgfältiges Textstudium oder Deklamieren, bestehen nicht. Aber manche der Teilnehmer zeichnen sich vor anderen aus, darunter Referendar Mädge. Er ist blond und blauäugig, und das junge Mädchen geht klopfenden Herzens an seinem Hause mit den grünen Fensterläden vorüber. Sie, die nicht schwärmen wollte, wo die anderen schwärmten, verliebt sich nun, aber mehr als ein Schwärmen scheint es nicht gewesen zu sein. Und doch hat es Folgen, die unabsehbar sind.

Täglich besucht Ricarda ihre fünf Jahre ältere Schwester Lilly, die mit ihrem Vetter Richard Huch verheiratet ist, dem Sohn erster Ehe des ältesten Bruders ihres Vaters, William Huch.

Die englischen Vornamen kommen aus der Familie ihrer Großmutter väterlicherseits, Elisabeth Banks, einer Hamburger Patriziertochter aus schottischem Geschlecht, das im 17. oder 18. Jahrhundert nach Hamburg einwanderte. Ihr Bruder Edward vertrat Hamburg im Deutschen Bundestag, also in der Zeit zwischen dem Wiener Kongreß und 1848. Sie heiratete Heinrich Carl Rudolf Huch, der als ein Abenteurer in die Familiengeschichte eingegangen ist. Er gründete in Braunschweig sowohl die Hagenschenke, ein Lokal, in dem sich, wie es heißt, alle interessanten oder hervorragenden Leute einfanden, als auch das Feuerlöschwesen.

Vor seiner Heirat und Niederlassung in Braunschweig muß er in Lissabon als Kaufmann gelebt haben, denn von dort kam er im Jahre 1815 in Begleitung seines schwedischen Onkels Heinson nach Deutschland zurück. Nach einer Familienüberlieferung soll die Familie Huch im Anfang des siebzehnten Jahrhunderts aus Spanien eingewandert sein.

Dieser Großvater nun war ein Exzentriker, überschäumend in nahezu allem, was er tat. Solch Verhalten führt häufig zur Verschlechterung von Gesamtverhältnissen. Er ging zu seinen drei in Brasilien ansässigen Söhnen und starb in geistiger Umnachtung im Jahre 1858 in Porto Alegre. Seine Frau Elisabeth hatte ihn begleitet und kehrte nach seinem Tode nach Braunschweig zurück. Sie lebte dort in Gesellschaft ihrer Schwester Octavia, die Ricarda Huchs Patin wurde und ihr einen Vornamen vermachte. Rudolf Huch bilanziert: Als das »verhängnisvolle Erbteil aus dem schottischen Nebel bleibt ... der Hang zur Schwermut. Ein Banks hat sich in Hamburg erschossen, und seitdem ist der Selbstmord fast endemisch bei uns.«[41]

Lilly Huch weiß um die Neigung ihrer Schwester zu Referendar Mädge und bittet wohl ihren Mann zu ergründen, ob dieses Gefühl erwidert wird. Als sich herausstellt, daß das nicht der Fall ist, versinkt die Neunzehnjährige in Schmerz und Traurigkeit.

Ricarda Huch hat einmal darauf hingewiesen, man habe es als Beweis für Shakespeares psychologische Fähigkeiten angesehen, daß Romeo sich in Julia verliebt, als er gerade einen Liebesschmerz erlitten hatte.

Nicht anders ergeht es dem Mädchen, das wartend dahinlebt, ziellos würde man sagen, wenn da nicht die Überzeugung wäre, daß einmal die Dichtung ihr Lebensinhalt sein werde, sein müsse.

Es ist Abend. Der Schwager ist gekommen. Er rührt nicht an den Grund ihrer Traurigkeit, aber tröstet durch seine Gegenwart. Sie stehen am Zaun, der das Grundstück zur

Promenade hin abschließt, gegenüber jenen drei Bäumen, die so früh schon zu dem Kind Ricarda gesprochen haben: eine Birke, eine Linde und eine Schwarzpappel. Das Rauschen dieser Bäume war wie eine erste Musik, die sich in ihr Herz schlich und darin forttönte.

Jetzt, im sommerlichen Abend, ist dieses junge Herz betrübt. Da legt der Schwager seinen Arm um ihre Schultern und sieht sie an. Von diesem Augenblick an habe sie ihn geliebt, schreibt die sich Erinnernde. »Es war ein Augenblick reinen, vollkommenen Glücks… Ich stand in Flammen, die Welt war verändert.«[42]

Dieses Mal ist es keine unerwiderte Liebe, schon gar keine Schwärmerei. Was jetzt beginnt, wird von gewaltiger, elementarer Kraft angetrieben. Liebe – war das nicht eigentlich ein schönes, warmes Licht, überall ausgebreitet? In diesem Sinne kann es doch gar keine verbotene Liebe geben. Aber was da über sie kommt, ist »wie ein verzehrend Feuer, immer wachsend, nie gesättigt«.[43]

Richard Huch, der mit Ricardas Vater den Vornamen gemeinsam hat, ist promovierter Rechtsanwalt und Notar, zu dieser Zeit dreiunddreißig Jahre alt, verheiratet, Vater von zwei Kindern. Er ist hochgewachsen, dunkelhaarig mit braunen Augen – eine auffallende Erscheinung, die die mögliche spanische Abkunft bestätigen könnte. Von ihm geht der Funke aus, denn er ist als erster hingerissen. Ist es das verhaltene Feuer, das in dem unerfahrenen Mädchen lodert, was ihn so beeindruckt, daß er seine Verantwortung vergißt – nicht nur Frau und Kindern, auch Ricarda, der ganzen Familie gegenüber? Ahnt er die Leidenschaft, die er ausgelöst hat und weiter entfachen wird? Fühlt er den festen Kern, der sich herausschälen wird, als das von ihm und allem anderen Unabhängige? Ist es das, was ihn fasziniert? Oder spürt er die sprengende Kraft der Verbindung, die er da eingehen will?

Er sagt seiner Frau, daß »ein Verständnis«[44] für Ricarda in ihm erwacht sei, daß er »eine warme Zuneigung« zu ihr gefaßt habe. Noch weiß niemand sonst, was vorgeht.

So sieht die Familie eine Möglichkeit der Zerstreuung darin, daß Lilly und Richard die enttäuschte und bekümmerte Ricarda mit auf eine Reise in die Schweiz nehmen. Und damit beginnt das Verhängnis. Was vorher immer noch im Bann der ersten Empfindung, der Frische frühen Erlebens gestanden hatte, wird nun, angefacht vom täglichen Beieinandersein, zur Liebe, »die wie der Sturm das niederfegt(e), was ihr im Wege« steht.[45] Und im Wege steht eigentlich alles.

Zurückgekehrt nach Braunschweig verlangt diese Liebe, unersättlich und ungesättigt, vor Heimlichkeit und Verbotenem nicht zurückschreckend, nach täglicher Bestätigung.

Ist nicht der Vater monatelang abwesend von zu Hause? Seine Zimmer im Erdgeschoß eignen sich also als Treffpunkt. Richard ist auf den Gedanken gekommen, Ricarda führt ihn aus: Sie braucht nur den Riegel des Fensters umzudrehen, und schon findet der Geliebte nächtlich Einlaß. Wenn alle schlafen, geht Ricarda hinunter und wartet oder wird bereits erwartet. Das ist nicht ohne Risiko, denn nebenan schläft die Großmutter.

Meistens sind sie mehrere Stunden zusammen. »Es gab nichts mehr als diese Leidenschaft. Ihr Recht war ihre Gewalt... machte sie andere unglücklich, so waren wir selbst noch unglücklicher. Wir konnten uns nicht besitzen, denn an Scheidung der Ehe meines Schwagers dachten wir nicht. Diesen Verzicht warf ich in die Waagschale. Die flüchtig geraubte Seligkeit mußte uns dafür gewährt werden. Es gab keinen Kampf in meinem Innern; denn jedes Gefühl wurde von diesem einzigen unterworfen.«[46]

Begegnung

Traf ihn auf der Straße heute Morgen;
»Gott sei mit dir, Schatz, wohin so früh?
Was bedeuten diese bittern Sorgen?
In den Augen dein erblick ich sie.«
Früh ging ich, um früh dir zu begegnen.
Hab' nicht neue Sorgen, nur die alten:
Unsre Hände ineinanderfalten
Kann kein Priester und zur Eh' uns segnen.[47]

Aller Vorsicht zum Trotz bleibt den Angehörigen nicht verborgen, was mit den beiden ihnen so nahestehenden Menschen geschieht, die ihre Liebe jenseits von Konventionen und Moralbegriffen erleben, die das bürgerliche Leben regeln. Gewiß, sie müssen vorsichtig sein, sie müssen Rücksicht nehmen, sie verlangen nicht das Unmögliche: die Trennung der Ehe, die Verlassenheit von Lilly und den Kindern. Aber als die Nichte Käte, Richards jüngste Tochter, geboren wird, schmerzt das Ricarda.

Diese Liebe – so tief, so schmerzensreich, so mitreißend, so hoffnungslos, was soll aus ihr werden?

In dieser Zeit – 1883 – stirbt die Mutter. Kurz vor ihrem Tode meldet der Vater, aus Brasilien kommend, seine baldige Rückkehr. Als er eintrifft, kommt er in ein Trauerhaus. Von dem Schmerz, der ihn überwältigt, kann er sich kaum erholen. Eines Tages hält er Ricarda ein Zeitungsblatt entgegen, auf dem ein Roman abgedruckt ist mit dem Titel: *Die Liebe und die Pflicht*. Fast schon drohend, fordernd auf jeden Fall, ist sein Gesichtsausdruck. »Es war für mich ein schrecklicher Augenblick«, schreibt die viel später ihr Leben Bedenkende, »den ich nicht vergessen habe, aber mich schreckte es nicht in dem Sinne, daß mein eigenes Pflichtbewußtsein dadurch geweckt und gestärkt worden wäre. Unsere Liebe stand fest wie ein Fels, sie war unser

Schicksal; und es war sinnlos, die Pflicht gegen sie ins Feld zu führen. Diesem Schicksal mußte sich alles unterwerfen.«[48]

Wohl war auch der Mutter das veränderte Verhalten zwischen Richard und Ricarda aufgefallen. Aber der Neffe und Schwiegersohn ist ein hochgeschätzter Gast des Hauses, dessen untadelige Gesinnung außer Frage steht. Und Ricarda – ist sie nicht »ein gutes Kind« ?[49]

Braunschweig in jenen Jahren ist zwar Residenz, aber doch eine kleine Stadt. Das schließt Intimität und Neugier ein. Die Familie beginnt zu ahnen, schließlich zu wissen, daß im Hause Hohetorpromenade 11 etwas geschieht, was sie alle betrifft. Nicht lange, und auch die Stadt weiß es.

Einige Jahre zuvor ist der Bankrott von Eduard Huch erfolgt, dem zweitältesten der vier Huch-Brüder. Er ist Begründer und weiterhin auch Teilhaber des Geschäftes in Porto Alegre. Wegen dieser Beziehung zur überseeischen Firma sind die Brüder Ferdinand und Richard Huch gezwungen, für die entstehenden Forderungen aufzukommen. Es kommt hinzu, daß Richard Huch schon zuvor mehrfach seinem Schwager Justus Hähn mit erheblichen Summen beigesprungen ist. Nun zeigt sich, daß das Geschäft diesen Belastungen nicht mehr standhält. Mit aller Macht versucht der Vater der Geschwister Huch, das Schlimmste zu verhindern. Die lastende Schwermut, die zu seinem Erbteil gehört, weicht kaum noch von ihm.

Es steht nicht gut um diese Familie. Auch Rudolf, der Sohn, trägt dazu bei. Unglücklich in der Schule, leicht zu beeinflussen von willensstärkeren Kameraden, kommt er in schlechte Gesellschaft. Alkohol spielt eine Rolle, er findet nicht mehr heraus, und schließlich wird er von der Schule gewiesen. Auch ein Bittgang der zarten, immer geschonten Mutter bringt keine Änderung. Schließlich wird er auf das Gymnasium von Helmstedt gegeben, wo das Spiel von neuem beginnt. Rudolf Huch hat es später, als er längst ein bekannter Schriftsteller war, als tragisch empfunden, daß er drei Monate nach dem Tode seiner Mutter die erste juristische Staatsprüfung bestand und die zweite acht Tage nach dem Tod seines Vaters. »Meine Eltern haben nicht viel Freude an mir gehabt, und dies wäre doch eben Freude gewesen.«[50]

Beim Tode der Mutter beschließt die Familie, daß Richard und Ricarda dem Vater entgegenreisen sollen, um ihm die Trauernachricht zu überbringen. Die Alternde erinnert sich, daß die sich entfaltende »verderbliche Leidenschaft« ihr auf dieser Reise zu einem Glück wurde. »War ich es, die diese Stunden des Grauens und des Entzückens durchlebte?«[51]

Vier Jahre später, 1887, stirbt auch der Vater. In der Zwischenzeit hat Ricarda erkannt, daß sie in Braunschweig nicht bleiben kann, wenn es nicht zu einer ausweglosen Zuspitzung kommen soll. Da trifft es sich, daß ihr ihre Schulfreundin Etta Heinicken vom Frauenstudium erzählt, für das sie besonders eingenommen ist und von dem man in Deutschland in breiten Kreisen noch kaum etwas weiß.

Zwar liegt ihr der Gedanke zu studieren noch ganz fern, weil »die Pläne zukünftiger Dichtung«[52] sie beständig bewegen. Aber sie hat schon den dringenden Wunsch, selbständig zu werden. Das Studium würde ihr das ermöglichen.

So ist der Boden vorbereitet, als sie bei der Verlobungsfeier der ältesten Tochter des hochgeschätzten Pastors Eggeling mit einem weimarischen Minister einen Freund des Bräutigams kennenlernt: den Mitbegründer der Soziologie und späteren Kieler Professor Ferdinand Tönnies. Er erzählt ihr vom Frauenstudium in der Schweiz, über das er gut unterrichtet ist.

Unmenschlich häßlich sei ihr dieser Mann erschienen, schreibt Ricarda Huch, aber interessant und anziehend.

Lou von Salomé, die von 1880 bis 1881 in Zürich studierte, lernte Tönnies etwa 1882 in Berlin kennen und nannte ihn später den nächst Nietzsche geistvollsten Mann im Gespräch, der ihr begegnet sei.[54]

Daß Ricarda in Braunschweig nicht bleiben kann, sieht nach längerem Zögern auch die Großmutter ein. Der Vater befindet sich wieder einmal in Brasilien. Vielleicht hat die Freundin Etta Einfluß auf die alte Dame gewonnen, die voller Verzweiflung über ihre Machtlosigkeit der Entwicklung zusehen muß. Unter dem Versprechen, nicht Naturwissenschaften zu studieren, weil diese Richtung von der Religion fortführen könne, gibt die Großmutter schließlich ihre Zustimmung. Sie hofft wohl, was Ricarda insgeheim befürchtet: daß nämlich ihr Vater sie wieder zurückholen werde.

Ende Dezember 1886 verläßt Ricarda Huch Braunschweig, um in Zürich Geschichte zu studieren, was sie durchaus als ein Opfer bezeichnet. Im Sommer 1887 kehrt der Vater zurück – »in ein verödetes Haus«.[55] Er ist »ein stiller Mann geworden«.[56] Einige Tage später reist er nach Hamburg. Von dort aus schreibt er am 26. Juni 1887, kurz vor seinem Tode, an seine Schwiegermutter über Ricarda: »Ich habe keine andere Hoffnung, als daß sie selbst innerlich gesundet – denn es ist ein krankhafter Zustand und der Tag des Erwachens muß kommen (...). Sie *muß* in Zürich bleiben bis sie zu sich selbst gekommen ist, dann nehme ich sie hierher oder gehe mit ihr nach Porto Alegre. Mir blutet das Herz, wenn ich an sie denke, aber in erster Linie steht die unschuldige arme Lilly mit ihren Kindern.«[57]

Auf eine Venenentzündung achtet er nicht. Ein Thrombus löst sich, dringt ins Gehirn und führt zur Lähmung. Er stirbt, ohne das Bewußtsein wieder zu erlangen. Seine Kinder Lilly und Rudolf sind an seinem Sterbebett, »bis er den letzten Atemzug getan hat«[58], während Ricarda, telegraphisch herbeigerufen, durch die Nacht fährt. Als ihr Bruder sie am nächsten Morgen in Hamburg auf dem Bahnhof erwartet, weiß sie sofort, daß ihr Vater nicht mehr lebt. Sie kann den Toten noch sehen: »...in seinem schönen und edlen, stillen Gesicht lag mehr Vorwurf, als der Lebende hätte aussprechen können. In dem Zuge, mit dem wir gegen Abend abreisten, war auch der Sarg. Am Bahnhof waren mehrere Freunde meines Vaters aus Brasilien, um uns ihre Teilnahme auszusprechen. Auf irgendeiner Station mitten in der Nacht trennten wir uns: ich fuhr nach Zürich, mein Bruder nach Braunschweig. Auf einer der nächsten Stationen, wo wir mehrere Minuten Aufenthalt hatten, ging ein Schaffner durch die Wagen und rief meinen Namen aus. Mein Schwager war da, um mich einen Augenblick zu sehen und zu sprechen. Dann fuhr ich weiter in die Nacht hinein.«[59]

Die Stadt der Jugend und der Hoffnung

Am 31. Dezember 1886 sind sie abgereist: Ricarda Huch, entschlossen, das eigene Leben zu beginnen und Geschichte zu studieren, und ihr Bruder Rudolf, denn es ist undenkbar, daß ein junges Mädchen aus guter Familie alleine eine so weite Reise unternimmt. Am 1. Januar treffen sie in Zürich ein. Einen Tag später finden sie eine zusagende Unterkunft für Ricarda, und Rudolf fährt in der Gewißheit ab, in Braunschweig beruhigend berichten zu können.

Tatsächlich beginnt nun in den zwei Zimmern in der Gemeindestraße eine arbeitsreiche Zeit. Spätestens um sieben Uhr steht die Studentin in spe auf, um mit kurzen Pausen bis Mitternacht zu arbeiten. Morgens spielt oft die Wirtin einen Walzer auf dem Klavier, und Ricarda tanzt dazu. Das ist die einzige Abwechslung, außer daß sie am Nachmittag mit den beiden Kindern ihrer Vermieterin mehr tobt als spielt.

Ein Jahr hat sich das junge Mädchen gesetzt als Vorbereitungszeit für die Matura.[60] Das ist knapp, denn in Mathematik und Latein ist sie völlig unwissend. Aber auch in allen übrigen Fächern sind ihre Kenntnisse lückenhaft. Am besten steht es wohl in der deutschen Literatur. Von *Don Carlos, Wallenstein* und *Faust* kennt sie ganze Partien auswendig, aber eine »ausreichende Inhaltsangabe«[60a] kann sie kaum geben. Sie stellt fest: »Für das Tatsächliche hatte ich überhaupt nicht viel Sinn. Bei dem mir angeborenen Hang für die Historie hatte ich ziemlich viel Geschichtswerke gelesen; aber ich liebte die Geschichte als den farbigen Strom des Geschehens, aus dem große Persönlichkeiten auftauchten, die ich kämpfen und siegen oder unterliegen sah, als den Stoff, in den meine Phantasie hineingriff, um ihn dramatisch zu gestalten, und merkte mir nur, was mich in bezug darauf interessierte; viel zuverlässige Kenntnisse hatte ich nicht.«[61] Sogar in den modernen Sprachen, wo sie guten Unterricht erhalten hat, muß das vorhandene Wissen aufgefrischt werden.

Die Lehrer, bei denen sie Privatstunden nimmt, sind zwar anfangs wegen der gesetzten kurzen Frist bedenklich, aber nachdem sie den Eifer ihrer Schülerin an den tatsächlich gemachten Fortschritten messen können, verliert sich die Skepsis, und in mehr als einem Fall werden die Stunden für beide Seiten eine Freude; erstaunlicherweise auch in Mathematik, von der Ricarda anfangs annahm, das sei nur etwas für Männer, und die sie dann, als sie erst einmal ins Prinzip des mathematischen Denkens eingedrungen ist, besonders gerne betreibt.

In dieser Zeit konzentrierter, ernsthafter Arbeit schreibt sie, offenbar aufgeschreckt durch Nachrichten aus Braunschweig, in einer Art Beschwörung an Richard: »Glaube nicht, was man Dir von mir sagt, auch was Du in Briefen von mir liest, glaube nicht, denn ich schreibe an niemand ganz wie ich denke. Wenn man Dir meinen Trauschein oder meinen Totenschein zeigt, glaube nichts, als was Du selbst mit ansiehst oder ich Dir mündlich sage. Wenn die Cholera kommt[61a], telegraphiere mir ein um den andern Tag: Gesund. Fritz. Meine Adresse kannst Du leicht erfahren, im Notfall von Anna Klie. Wenn das ein Bruch unseres Versprechens ist, will ich es auf mich nehmen.«[62]

In Braunschweig kursieren also Gerüchte über das, was sie tut, was sie vielleicht tun will. Manches scheint aus Briefen von ihr herausgelöst zu sein. Sie fürchtet Mißverständnisse: »Wenn Du mich nächstes Jahr nicht mehr stürmisch liebst, schreib mir doch, ganz zutraulich, wie es Dir ums Herz ist, ich werde nie böse auf Dich sein. Sei Du auch nie böse auf mich... Lies lieber die alten Briefe von mir nicht wieder, da sind so viele häßliche bei, und wenn Du es Dir nicht vom Herzen schelten kannst, wirst Du mir böse.«[63]

Zu Hause verändert sich nahezu alles. Ein halbes Jahr nach dem Tod des Vaters bricht das Geschäft vollends zusammen. Der Familie bleibt fast nichts, nur das Haus, das verkauft werden muß.

Die Großmutter schreibt, daß Richard, der mit der Vermögensverwaltung beauftragt ist, einer Verwandten viertausend Mark zugesagt habe und schlußfolgert, daß Ricarda mit der Entsagung beginnen müsse, weil es zu schrecklich wäre, wenn ein so guter Mensch sich sagen müsse, er sei von anderen verachtet und verachte sich selbst. Ricarda, die das in einem Brief an Richard referiert, fährt fort: »Hoffentlich hast Du nicht so was mal gesagt, darüber würde ich wirklich entrüstet sein. Mein nächster Gedanke war, wie ich Dir offen gestehen will, folgender: Richard hat immer gerne als der Edelmütige, Opferbringende... dagestanden (ähnlich wie Papa); um das zu ermöglichen, gibt er sogar unsere Interessen auf und ist edelmütig auf unsere Kosten. Das wirst Du wahrscheinlich abscheulich von mir finden, aber so war es ...«[64]

Dieser Brief beleuchtet die Situation: Richard hat eine bürgerliche Existenz zu verteidigen. Von Verachtung ist die Rede, von Selbstverachtung, von Entsagung, vom guten Menschen. Ricarda aber stellt sich das Bild ganz anders dar. Es ist mit spitzer Feder gezeichnet und gerät zum Porträt – sowohl des Geliebten wie des toten Vaters. Tief verletzt von diesen Vorgängen, schreibt sie am Schluß bitter: »Ich stehe nun natürlich als die Verknöcherte da, die nichts hergeben will. Und so eine liebt dieser *edle Mensch!*«[65] Aber sie will nicht ungerecht sein, sondern auf seine Erklärung warten, vielleicht habe er zwingende Gründe für sein Verhalten.

Die Briefe gehen schnell hin und her, mindestens einmal in der Woche. Sie hatten versprechen müssen, einander fürs erste nicht zu schreiben. Aber kann das bindend sein, wenn die Cholera droht und sie Sorge hat um die Gesundheit des geliebten Mannes? Oder wenn aus Braunschweig Gerüchte zu ihr dringen, die sie quälen? So schreibt Ricarda etwa ein halbes Jahr nach der Abreise aus ihrer Heimatstadt: »Ich möchte wohl wissen, wie Du Dich benimmst, wenn man so auf Dich einstürmt, z. B. scheinst Du zu schweigen, wenn man Dir sagt, Du könntest mich nicht achten. Ich muß doch sagen, ich habe mich immer sehr nobel benommen und die Stimme erhoben, um Dich zu verteidigen oder unser Verhältnis ins rechte Licht zu stellen.«[66]

Es gibt also Zweifel an der Standfestigkeit des Geliebten, doch gleich folgt gewissermaßen eine Entschuldigung: »Du bist eben ein süßer kleiner Trottel«[67], so als sei Richard ein wenig weltfremd, und dann folgt, sofort angeschlossen, noch eine Klarstellung ihrerseits: »Daß ich gegen irgendjemand geäußert haben sollte, Du hättest mir nachgestellt, ist selbstverständlich nicht wahr.«[68]

Mahnend und zärtlich zugleich sind die Briefe der Großmutter, die die Hoffnung nicht aufgegeben hat, die Enkelin, die ihr so nahe steht, möge von dieser verderblichen Liebe lassen. Hin und her gerissen zwischen ihrer Leidenschaft und der Kindeszärtlichkeit zur geliebten Großmama, flüchtet sich das junge Mädchen in die Dichtung.

In dem zweiten erhalten gebliebenen Brief aus dem Jahr 1887 läßt sie Richard am Entstehen des Gedichtes *Widmung* teilnehmen. Sie schreibt genau und analysierend, die Gedanken seien nicht klar genug ausgedrückt, und doch kann sie sich nicht entschließen, das zu ändern: »...es ist mir das liebste von allen meinen Gedichten, das arme kleine Trümmerchen unseres Glückstempels.«[69]

Widmung

Deine Geige, lieber Meister,
Bin ich, spiele mich getreu!
Stumm kam ich zu dir und scheu,
Voller klang ich stets und dreister.

Laß sie tönend, liebend fliehen,
Und die Zeit bring Kraftgewinn
Dir und deiner Harmonien
Schwärmenden Verkünderin.[70]

Sie arbeitet an ihren Gedichten. Im dritten erhalten gebliebenen Brief diskutiert sie mit Richard, dessen Gegenbriefe nicht vorhanden sind: »Also: Lösen will ich mein Haar/ und lassen wehn in langen Strähnen. Anders weiß ich nicht.«[71]

Die Art, in der die Verse in die Briefe eingestreut sind, deutet auf bewußten Arbeitsaustausch. Nicht um Weiterführung des Briefes in Versform, sondern um Diskussion oder Mitteilung des inzwischen Entstandenen geht es.

Das alle Urteilsfähigen anfangs bedenklich stimmende Arbeitspensum, das sie sich verordnet hat und an dem sie mit eisernem Fleiß festhält, wohl auch, um durch Konzentration die schweifenden Gedanken zu zügeln, läßt aber nicht nur für Briefwechsel und Dichtung Zeit. Ricarda lernt jetzt auch bereits eine ganze Reihe von interessanten Menschen kennen und schließt Freundschaften. Als schließlich der Tag des Maturitätsexamens kommt, stellt sie eine Art Nachrichtenbörse dar, indem sie die Leichtsinnigen, die gründliche Vorbereitung für überflüssig hielten, mit Stoff versorgt. Mit der besten Note, was seit Jahren nicht mehr vorgekommen ist, geht sie als strahlende Siegerin im Kampf um das Wissen hervor und immatrikuliert sich Ostern 1888 an der Universität Zürich, um Geschichte zu studieren.

Die Stadt der Jugend und der Hoffnung hat die Romanautorin Ricarda Huch später die Metropole der deutschen Schweiz genannt. Jung ist sie, als sie das Studium aufnimmt, und zugleich von der Hoffnung auf ein eigenes, selbständiges, freies Leben beseelt. Obwohl bedrückt von der Last, daß ihre Liebe keine Erfüllung finden kann, wendet sie sich dennoch dem Augenblick zu.

Aus Braunschweig aber kommen immer wieder Nachrichten, die ihr zeigen, daß die gefährliche Ricarda, vor der schon Anna Klie gewarnt wurde, mit Klatsch und Tratsch verfolgt wird. Da schreibt auch die Großmutter von der »sündigen Liebe«[72] und beschwört sie, davon zu lassen. Sogar der Tod des Vaters wird mit dem Verhalten der Tochter in Zusammenhang gebracht. Ricarda schreibt an Richard: »...und von Großmama bekam ich Briefe!!... ich wär ja nun Schuld daran, daß Papa so unglücklich und gebrochen gewesen wäre, an ihm könnte ich nichts wieder gutmachen, nun möchte ich es an andern, sie erwartet, daß das ein Wendepunkt in meinem Leben sein würde.« Diese Lieblosigkeit – so nennt Ricarda es – trifft sie so sehr, daß sie sofort antwortet. Sie referiert auch das Richard – im selben

Brief: »solche Briefe könnte ich auch mit fremden Menschen wechseln, sie [die Großmutter] möchte sich daher nicht wundern, wenn ich nicht wieder schriebe.« Zweifelnd, ob das die richtige Erwiderung sei, fragt sie Richard: »Wie findest du das?« Sie weiß, daß das nicht das letzte Wort sein kann. Am Ende des Briefes heißt es: »Ich habe soviel zu tun und *muß* an Großmama schreiben.«[73]

Zwei Tage später meint sie entmutigt: »Wären wir doch nur beide gleich zusammen tot – ich hoffe so gar nichts von der Zukunft.«[74]

Im Wechsel zwischen Todessehnsucht und Auflehnung gegen das Schicksal zeigt sich sowohl das Huchsche Erbteil der Melancholie, das, entgegen Rudolfs Meinung, jedenfalls zu dieser Zeit durchaus Einfluß auf Ricarda nimmt, wie aber auch die Kraft, sich von der Umschattung des Gemütes zu befreien.

Waldzauber

Trank aus einem Quell im Walde tief.
Sprach der Quell: Wohl tausend Jahr ich schlief;
Wecktest mich, drei Wünsche sind dir frei.
Sprach ich stolz: Zu viel sind ihrer drei:
Gib mir siebenhundert Jahr zu leben!
Willst du mehr und dreimal mehr mir geben,
Sie zu füllen voll mit Tat und Lust
Hab' ich Glücks genug in meiner Brust.[75]

Es bleibt nicht aus, daß das schlanke Mädchen mit dem distanzierten Blick unter den schweren Lidern, der stolzen Haltung, dem fließenden Gang und dem damenhaften Flair den Studenten auffällt. Eines Tages findet sie an ihrem Platz im Hörsaal in den Tisch geschnitten die Worte: Ricarda, liebst du? Und gleich daneben die Antwort: Ja, mich selbst.

Zürich ist zu dieser Zeit die einzige deutschsprachige

Universität, an der Frauen studieren dürfen. Ein junger sozialdemokratischer Kommilitone dichtet den Vers: Das wird die Ochsen kränken – Im Stall Germania – Die Mädchen auf den Bänken – Der Wissenschaft: Hurra![76]

Was sie selbst damals bei dem Wort Sozialismus empfand, beschreibt sie so: »Ich wußte nicht viel von sozialistischen Theorien, aber ich war für die Richtung eingenommen, die das Los der Arbeiter, also der ärmsten und rechtlosen Klasse, verbessern wollte. Überhaupt hatte ich eine unwillkürliche Neigung zum Revolutionären. Das Legitime war mir verdächtig, die Worte Freiheit und Rebell hatten einen wundervoll drometenhaft erschütternden Klang für mein Ohr.«[77] Das Wort Sozialdemokrat aber alleine bedeutete, wie sie schreibt, »für die damalige Bourgeoisie ungefähr dasselbe wie Verbrecher zu sein«.[78]

Die Begegnung mit dieser Richtung in der Schweiz, die vielen politisch Verfolgten Asyl gewährt, hinterläßt bei Ricarda nicht nur menschliche und wohl auch gewisse politische Sympathien, sondern auch eine poetische Spur: Sie schreibt eine Komödie, die zur Zeit der dreißig Tyrannen in Athen spielt, in der es »toll und bunt«[79] zugeht. Ein darin vorkommender Sykophant* hat stets zwei Täfelchen bei sich: das eine enthält die wirklichen Tatsachen, das andere die Lügenversion. Ohne diese beiden Täfelchen hätte sich der Ankläger hoffnungslos im Gewirr von Wahrheit und Lüge verstrickt.

Ernsthaft und regelmäßig hört die Studentin die Vorlesungen in ihrem eigentlichen Fach Geschichte. Es scheint hier nicht viele weibliche Hörer gegeben zu haben. Jedenfalls berichtet Ricarda, daß sie, wie auch eine andere Studentin, von einem der Professoren, Georg von Wyss, der auf Grund seiner aristokratischen Herkunft und seines Alters nicht eben für das Frauenstudium eingenommen war, den-

* Verleumderischer Ankläger im alten Athen. Die Komödie ist verlorengegangen.

noch stets mit respektvoller Freundlichkeit behandelt worden sei. Das läßt den Schluß zu, daß sie die einzigen Studentinnen in diesem Kolleg waren.

Deutsche Geschichte hört sie bei Professor Meyer von Knonau, der mit einer Deutschen verheiratet ist und in dessen Haus sie auch des öfteren eingeladen wird, wie auch bei Professor Alfred Stern, der über Neuere Geschichte liest. In diesem aktuellen Kolleg, das Studenten aller Fakultäten besuchen, lernt sie die Zoologin Marianne Plehn kennen, später eine der ersten Frauen, die den Professorentitel in einem naturwissenschaftlichen Fach erhalten. Sie weiß, daß die Feuersalamander, die Ricarda geschenkt bekam, Regenwürmer fressen und erbietet sich, sie zu besorgen. So beginnt eine lebenslange Freundschaft, die mehr als einmal ihre Probe bestehen wird.

Noch früher kreuzt eine weitere Naturwissenschaftlerin den Weg Ricarda Huchs: Salomé Neunreiter aus Straßburg, Tochter einer begüterten Mutter, die, eine Ausnahme damals, selbst die ihr gehörende Weinhandlung führt. Sie finanziert sehr großzügig den Aufenthalt ihrer Tochter in Zürich. In Briefen an Richard berichtet Ricarda immer wieder über das Verhältnis zu dieser Freundin, mit der sie zeitweilig eine Wohnung teilt. Damals macht Ricarda ein Scherzgedicht, das beginnt: Tapfer und behende – lebensaufwärts klettert Salomé. – Was im Weg auch stände, – ihre kleinen Hände – können wohltun, doch auch weh.[90] Die so Charakterisierte ist mutig und stolz. Einmal zerschlägt sie ihren Sonnenschirm auf einem Vagabunden, der die Freundinnen auf einsamem Spaziergang belästigt. Ein anderes Mal gelingt es ihr, eine Schar Angetrunkener in der Eisenbahn in Schach zu halten, mit denen auch noch der Schaffner gemeinsame Sache macht. Ricarda bekennt, daß sie dagegen Angst und Widerwillen kaum verbergen konnte.

Am meisten aber sind beide empört über das Verhalten

eines Gynäkologen, der sich mit dem Frauenstudium durchaus nicht abfinden kann. In seinen Vorlesungen sind deshalb Anspielungen und Witze keine Seltenheit, die die Studentinnen vertreiben oder doch jedenfalls zum Gegenstand anzüglicher Blicke und Bemerkungen machen sollen. Da diese aber ihr Medizinstudium nur durchführen können, wenn sie das Kolleg hören, kommt das Benehmen des Professors einer Beleidigung gleich. Wenn sie sonntags spazierengehen, erzählt Salomé der Freundin, »glühend vor Empörung, was der Verabscheute wieder an Unanständigkeiten vorgebracht hatte«.[81] Aber dabei bleibt es nicht. Es wird beschlossen, den Unhold »der Verachtung der Nachwelt«[82] preiszugeben, und zwar in einem Buch, das sie den ›Rachedolch‹ nennen. Als Zugeständnis an das Publikum ist eine Liebesgeschichte vorgesehen. »Die Hauptsache war uns aber die Vernichtung des Feindes und daneben die Schilderung des Lebens an der Universität, namentlich in bezug auf das Frauenstudium, wovon in Deutschland noch so wenige Näheres und Bestimmteres wußten: Salomé war sich durchaus bewußt, Pionierin zu sein.«[83]

Das Manuskript bleibt in Salomés Händen. Die inzwischen berühmte Ricarda Huch versucht später, den »Rachedolch« zu veröffentlichen, doch hält der Verleger die Sache inzwischen für überholt. Nicht zuletzt aber will sie der Freundin, zu der sie keinen Kontakt mehr hat, die unglücklich verheiratet und oft in finanziellen Schwierigkeiten ist, beistehen. 1893 läßt jedoch Salomé Neunreiter eine ironische Schrift erscheinen: »Die Frauenbewegung als Ergebniß des Culturfortschritts nebst einer physiologisch-medicinischen Kritik der weiblichen Inferiorität«.[83a]

Zwei Jahre zuvor, 1891, erscheint in der Sonntagsbeilage der Berner Zeitung ›Der Bund‹ die erste Erzählung von Ricarda Huch: *Die Goldinsel.* Es ist offenbar die einzige Prosaarbeit, die sie während ihres Studiums verfaßt hat. Sie entsinnt sich später nur noch dunkel dieser kleinen Arbeit, die im portugiesischen Eroberungszeitalter spielt, ihr aber immerhin die Vertiefung der Verbindung zu Josef Viktor Widmann einträgt, dem Feuilletonredakteur des ›Bund‹. 1888 hat er bereits drei Gedichte von ihr veröffentlicht, und zwar unter dem Pseudonym R. I. Carda. Widmann verdankt die junge Autorin die Anknüpfung wichtiger Verlagsverbindungen, wie überhaupt die Förderung ihrer Arbeit. Vierzig Franken beträgt das Honorar für die Erzählung, das dazu dient, eine Fotografie von sich und jenen jungen Frauen anfertigen zu lassen, mit denen sie zu dieser Zeit hauptsächlich Umgang hat, um so die stets besorgte Großmutter zu beruhigen. Unter den sechs abgebildeten Medizinerinnen, von denen die eine als natürliche Tochter Kaiser Friedrichs III., des Neunundneunzigtagekaisers, gilt, hat eine andere eine Schwester, die zum Theater strebt und als Gertrud Eysoldt hochberühmt wird. Als Wissenschaftlerin erntet später dauerhaften Ruhm Agnes Bluhm.

Aber warum kennt sie so viele Medizinerinnen, die später in den Berichten über diese Zeit gar nicht mehr auftauchen? Ricarda Huch ist für ein Semester zur Präsidentin des Studentinnenvereins gewählt worden, und wahrscheinlich stammen diese Bekanntschaften aus jener Phase ihrer Jugend- und Studienzeit. Konflikte gibt es übrigens mit den russischen Studentinnen, die Vorträge und Diskussionen wünschen, während Ricarda für geselliges Beisammensein ist. Freimütig gesteht sie später ein, daß sie damals für die Russinnen und ihre Nöte kein Verständnis besaß.

Ricarda Huch ist ein Mensch der Freundschaft. Zum engen Zürcher Kreis gehört die Germanistin Hedwig Waser, aus alter Schweizer Familie, die zu der Novelle *Haduvig im Kreuzgang* Modell steht. Später wird sie den bedeutenden Psychotherapeuten Professor Eugen Bleuler heiraten und an seiner Arbeit wichtigen Anteil haben. Die lebenslang vertrauteste und zu allen Zeiten hilfs- und opferbereite Freundin aber ist die seit 1893 am Züricher Polytechnikum anfangs Mathematik, dann Chemie studierende Marie Baum aus Danzig. Beide wohnen in derselben Pension. Klein, zierlich, mit goldblondem Lockengekräusel, heiteren Gemütes und fast immer zum Lachen gestimmt, wird sie von der um zehn Jahre älteren, sehr zurückhaltenden Ricarda sogleich geduzt und ›Bäumchen‹ genannt. Marie Baum stammt aus einer für das Frauenstudium aufgeschlossenen Familie. Ihre Mutter gründete den Danziger Zweigverein des Verbands ›Frauenwohl‹, dessen Gymnasialkurse die Tochter besucht hatte. Marie Baum ist später als Sozialpolitikerin hervorgetreten. Sie war als Abgeordnete der Deutschen Demokratischen Partei Friedrich Naumanns in der Weimarer Nationalversammlung und betrachtete sich als zum gemäßigten Flügel der deutschen Frauenbewegung gehörend. Sie hat Ricarda Huch mit zahlreichen bedeutenden Frauen dieser Richtung zusammengeführt, wie Gertrud Bäumer, Agnes von Zahn-Harnack, Emmy Beckmann, Dorothee von Velsen und Marianne Weber. Sie promovierte 1899.

Über Marianne Plehn, die als Begründerin der Fischpathologie gilt, lernen die Freundinnen auch die Malerinnen Rose Plehn, Mariannes Schwester, und Mimi von Geyso kennen, die meistens auf dem Plehnschen Gut Lubochin in Westpreußen leben, aber dem rauhen Winter nach Rom oder Paris oder München entfliehen. Beide sind mit Käthe Kollwitz befreundet, mit der sie im berühmten Atelier Herterich in München ausgebildet wurden.

Aber Zürich wäre nicht die Stadt der Jugend und der Hoffnung, wenn neben ernster Arbeit und Jugendfreundschaft sich nicht auch heitere Geselligkeit entfaltete. Wanderungen in den Bergen, Fahrten auf dem Zürichsee, Schlittschuhlaufen im Winter, Spaziergänge und fröhliche Feste bilden Kulisse und Rahmen für Jahre, von denen Ricarda auch später geschrieben hat, sie habe voll und warm das Leben gelebt.

Und doch bleibt die Liebe zu dem fernen Freund Mittelpunkt ihres Fühlens und Hoffens. Aber Briefe sind nur ein Ersatz für Nähe und sinnliche Wahrnehmung. »Wir lieben uns ja, nicht wahr? Dann muß ja alles gut sein. Wie könnten wir je vergessen, daß wir Jahre lang durch dick und dünn zusammen gingen. Wären wir zusammen, würde sich auch schon wieder vieles zuziehen, denke ich mir«[84], schreibt Ricarda an Richard.

Es gibt also diese quälende Vorstellung der langsamen Entfremdung, die nur dadurch zu bekämpfen ist, daß sie sich und ihm die Schwierigkeiten in Erinnerung ruft, die sie gemeinsam bestanden haben. Doch es scheint, daß ihr seine Antworten auf solche beschwörenden Appelle nicht genügen: »Von Deinen Briefen halte ich nicht viel, aber dafür kannst Du gewiß nichts.« Ein Treffen in Basel ist geplant, und so heißt es am Schluß des Briefes: »Nun Richard, wenn Du mich nicht liebst wie der Teufel, ist es nicht der Mühe wert. Im anderen Fall aber freut sich sehr Dich zu sehen Deine Dich herzlich liebende Ricarda.«[85]

Noch siegt die Zuversicht, trotz aller Fährnisse und Schwierigkeiten, wiedergeliebt zu werden. Aber der andere, der eigentlich undenkbare Fall wetterleuchtet doch schon durch die burschikose Formulierung und weist auf Bruchlinien hin, die unterdrückte Unruhe erkennen lassen.

Sie hat einen Brief der Großmutter erhalten, der ihr wie ein Fels auf dem Herzen liegt, darin heißt es: »Richard denkt bürgerlicher, wird dick, ist über seinen Ruf nicht mehr in Sorge, die Häuslichkeit soll einen harmonischen Eindruck machen.« Das regt Ricarda allerdings nicht sehr auf, weil sie weiß, welche Tendenz hier zum Ausdruck kommt. »Aber als sie [die Großmutter] mir schrieb, wie Du Dich mit Rudolf wegen Puttkamer gestritten hast, wurde mir ganz eiskalt ums Herz.« »... wenn ich nicht über Kaiser, Bismarck und den ganzen Brudel [niederdeutscher Ausdruck für Klüngel] schimpfen darf – das ist ein Unglück.«[86]

Auch die, wie sie unentwegt meint und Richard unentwegt beschwört, so sehr bewährte Liebe kann also nicht verdecken, daß es zwischen ihnen auch Meinungsverschiedenheiten gibt. Und dann ist da noch die Großmama, die die Enkelin so zärtlich liebt und von dieser hingebungsvoll-kindlich wiedergeliebt wird: »Großmama tut mir so leid, sie scheint mit Lilly nicht so ganz gut zu stehen. Ich weiß ja nun zwar sehr gut, wie schwer es ist, mit Großmama auszukommen, aber ich glaube doch, mit mir ginge es noch am besten, könnte ich sie doch hier haben.«[86a]

Ein Gruß

Fern in stattlich hohen Räumen,
Die ich nimmer wieder schau,
Sitzt am Fenster unter Träumen
Einsam eine alte Frau.

Sieht die welken Blätter fliegen
Sturmbewegt an sich vorbei
Und am Wegesrande liegen,
Raschelnd klagen ihren Mai.

Eines Blattes mag sie denken,
Das, einst ihrem Herzen lieb,
Schon im Lenz mit vielem Kränken
Losgelöst ins Weite trieb.[87]

Das bange Fragen nach Bindung und Vertrauen kann das Gefühl einzigartiger Zusammengehörigkeit aber nur manchmal untergründig erschüttern, wie ein leises Zittern ein Erdbeben ankündigt.

Immer wieder schickt sie Richard Gedichte, meistens im Rohzustand, seine Kritik erbittend. Einmal findet sich auf der Rückseite eines solchen Blattes ein schnell hingeworfener Entwurf, kaum leserlich, offenbar eilig im Schaffensrausch niedergeschrieben. Neben einem aufgezeichneten Metrik-Schema steht: »Alkäische Strophe, zur Kontrolle.«[88]

Mag auch unruhiges Fragen bisweilen dies sich sonst so fest und sicher fühlende Herz durchziehen, der geistige Austausch, der allerdings die Liebe von anderer Warte und anderer Ebene aus feiert, bleibt. Ein untrüglicher Ton der Trauer, der Todesgefühle durchzieht viele dieser Verse.

Später Gast

Horch, wer klopft so spät an meine Türe?
Bleicher Bettler, tritt zu mir daher,
Wärme dich am Feuer, das ich schüre.
»Mich erwärmen keine Flammen mehr.
Bin dein Gatte, lag im Grab drei Nächte,
Zu dir wandert ich auf nackten Füßen,
Daß kein andrer dir die Botschaft brächte,
daß wir uns auf ewig trennen müssen.«[89]

Das Bewußtsein gewordene Gefühl zeugt vom Wissen um die Schicksalhaftigkeit ihrer Liebe. Es entsteht in Zeiten, da die andere Seite des Lebens in Freundschaft, Heiterkeit und Arbeit sie ›vergnügt‹ sein läßt.

Schicksal

Niemals nenn ich deinen Namen,
Teuren Namen meiner Liebe.
Zu des Lebens Festgetriebe
Wir zwei späte Gäste kamen –
Ist kein Platz mehr frei?

Du gehst hier und ich geh' dorten,
Nimmer gehen wir zusammen;
Unsre Herzen schlagen Flammen,
Aber sagen's nicht in Worten,
Brechen fast entzwei.

Schliefen gern auf einem Kissen,
Säßen gern auf einem Pfühle;
Doch getrennt stehn unsre Stühle,
Und uns schmeckt kein einz'ger Bissen
Von des Lebens Mahl.

Siehst du still nach mir hinüber,
Kann mich ferner keine laben
Von den zugeteilten Gaben;
Dich in Schmerzen hätt' ich lieber –
Keinem ward die Wahl.[90]

Die vielfältigen seelischen Belastungen schwächen Ricardas Arbeitskraft nicht. Vielmehr scheint es, daß die notwendige Konzentration auf die Aufgaben des Tages die Entwicklung auch ihrer künstlerischen Persönlichkeit fördert, wobei offenbar der Zusammenhang von ungeklärter Liebessituation und Liebessehnsucht die Spannungen anreizt und produktiv werden läßt.

Am 16. Juli 1891 besteht Ricarda Huch als erste Frau in der Schweiz das Diplom-Examen für das höhere Lehramt mit der Gesamtnote Eins und der Bewertung, sie sei »vorzüglich befähigt zur Bekleidung eines Lehramtes in den historisch-geographischen Fächern und anderen ähnlichen Lehranstalten...«[91] Die Prüfung bezog sich auf Alte Geschichte, Geschichte des Mittelalters, Geschichte der Neuzeit, Geographie, Latein, Englisch, Freier Vortrag.

Zwei Tage nach der Diplomprüfung, ihrem 27. Geburtstag, erfolgt die mündliche Doktorprüfung. Sie besteht mit der Note Magna cum laude. Da alle mit »Summa« gerechnet haben, ist es eigentlich eine Enttäuschung. Aber die Examinandin läßt sich durch die Einsicht, daß sie in manchen Fächern eben nicht genügend vorbereitet gewesen ist, nicht die Freude verleiden. Die Prüfung liegt hinter ihr, und ihr Ziel hat sie auf jeden Fall erreicht.

Das Thema ihrer Doktorarbeit bespricht sie aus Unkenntnis mit keinem der Professoren. Es lautet: »Die Neutralität der Eidgenossenschaft, besonders der Orte Zürich und Bern, während des spanischen Erbfolgekrieges.« Da sie keinen Doktorvater hat, ist sie auf sich selbst angewiesen und arbeitet vollkommen unabhängig. »Der Gegenstand war noch nie im Zusammenhang behandelt worden, auch einzelne Teile desselben so wenig, daß da ein ergiebiges Gebiet zur Verfügung stand. Mit meiner noch immer strotzenden Arbeitslust ging ich drauflos und suchte zuerst im Züricher Archiv Material.«[92] Anlaß ist wohl, daß sie bei Paul Schweizer eine Vorlesung gehört hat. Dieser Dozent arbeitet selbst an einem Buch über die schweizerische Neutralitätsgeschichte. Er könnte Ricarda bei der Zusammenstellung des Materials hilfreich sein; stattdessen läßt er sie eher fühlen, daß ihre Arbeit im Archiv ihm lästig ist. Als sie, um ihm Zürich weitgehend zu überlassen, mehr nach Bern ausweicht, wünscht er allerdings zu wissen, was sie dort gefunden habe. Das aber entlockt der sonst so distanziert-gemessen auftretenden jungen Dame einen Temperamentsausbruch: »...dieser elende Schuft Dr. Schweizer«, schreibt sie am 8. Oktober 1890 an Richard Huch, »...diese Spinne frägt mich jetzt ganz naiv aus, was ich in Bern gefunden habe, will womöglich alle meine Excerpte abschreiben, benutzt alle Quellen, die ich benutzt habe etc. etc. Der einzige Vorteil, den ich dabei habe, ist, daß er jetzt honigsüß mit mir ist, weil er mich aussaugen will!«[93]

Der Berner ›Bund‹ bringt in seinem Sonntagsblatt im Winter 1891 einen Auszug aus der Arbeit und im Mai 1892 eine Rezension, in der es heißt: »Wir haben es hier nicht mit einem Kriegszuge oder mit dramatischen Ereignissen zu tun, bei denen der Stoff unser Interesse von vornherein fesselt und die Darstellung verhältnismäßig leicht macht. Es galt vielmehr die verschlungenen Fäden diplomatischer Ränke und geheimer politischer Aktionen zu entwirren, eine Aufgabe, zu deren Lösung ebenso viel Geschick als Geduld gehört.«[94]

Der Rezensent, Josef Viktor Widmann, betont, daß zur Behandlung eines so schwierigen Stoffes »nicht nur ein äußerst fleißiges Studium, sondern auch ein scharfer, kritischer Verstand« gehört.[95]

Fünf Jahre später erklärt Professor Georg Busolt von der Universität Kiel in einem Gutachten zum Thema ›Die Akademische Frau‹, daß zur Lösung der vom Fach Geschichte gestellten Aufgaben Eigenschaften gehören, »die... eine Frau ihrer ganzen Natur nach nicht besitzen kann, so daß auch die fähigste niemals sich zur Historikerin eignen wird«.[96] Diese Eigenschaften sind: »ein lange methodisch geschulter, streng auf die Erforschung der Thatsachen gerichteter Blick, eine reife Lebenserfahrung und Menschenkenntnis, ein politisches Urteil und ein das ganze Gebiet des wirtschaftlichen, staatlichen und teilweise auch des religiösen Lebens umfassendes Wissen.«[97] Was in dieser Aufzählung interessanterweise fehlt, ist die Berücksichtigung der geistigen Grundlagen und Ausprägungen geschichtlicher Entwicklungen. Unter anderem lassen sich in der Vergangenheit auch die Gründe finden, die dafür ausschlaggebend waren, daß methodische Schulung, politisches Urteil und Kenntnisse der wirtschaftlichen, staatlichen und religiösen Zusammenhänge bei Frauen seltener zu finden waren als bei Männern.

Die Dissertation Ricarda Huchs ist auch aus heutiger

Sicht in drei Punkten bemerkenswert: Neben der vorauszusetzenden wissenschaftlichen Präzision und Klarheit weicht sie in Aufbau, Sprache und Durchdringung des Stoffes von anderen ähnlichen Arbeiten ab. Das Thema wird hier nicht nur als Aufgabe betrachtet, die zu lösen ist, sondern erhält den Rang eines menschliche Schicksale ebenso wie Machtinteressen betreffenden exemplarischen Problems. Für seine Darstellung werden sprachliche Mittel eingesetzt, die Vergleichbares weit in den Schatten stellen. Der Aufbau der Arbeit orientiert sich, wie es nicht anders sein kann, an den historischen Gegebenheiten einerseits, andererseits aber auch an den übergreifenden Interessen der Schweiz als Eidgenossenschaft, also nicht unbedingt am chronologischen Ablauf. Daß bei dieser Betrachtungsweise dennoch die Einzelheiten nicht zu kurz kommen, ist der künstlerischen Anlage der Verfasserin zuzurechnen. Ricarda Huch hat aus diesem Thema zum Beispiel die Grundlagen für ihre Novelle *Die Hugenottin* gewonnen.

Auch *Der Bundesschwur,* ein kleines Lustspiel aus der Zeit der Französischen Revolution, fußt auf der Dissertation. Dargestellt werden die Konflikte von Menschen, die ganz unterschiedliche politische Überzeugungen vertreten – konservativer und revolutionärer Richtung. Am Schluß aber glättet die Liebe den Aufruhr, und ohne Schärfe bekennt die vom Gefühl bezwungene Elisabeth scherzhaft und ganz im Stil ihrer für Rebellion und Tyrannenhaß eingenommenen Dichterin: »Aber ein Jakobiner bleibe ich doch!«[98]

Das Stück erscheint 1890 in Zürich im renommierten Verlag Orell Füßli unter dem damals von Ricarda Huch gebrauchten Pseudonym Richard Hugo.

1890 – das ist das Jahr der Entlassung Bismarcks als Kanzler des Reiches. Die britische satirische Zeitschrift ›Punch‹

bringt eine keineswegs ironische Zeichnung mit der Unterschrift: »Der Lotse verläßt das Schiff«. Für die junge Ricarda spielt dieses epochale Ereignis keine Rolle, der Blick für das Politische fehlt noch. Im selben Jahr laufen die 1878 auf Initiative Bismarcks erlassenen Sozialistengesetze gegen die »gemeingefährlichen Bestrebungen der Sozialdemokratie« aus. Auch davon nimmt die mit ersten literarischen Erfolgen beschäftigte Autorin keine Notiz.

Ein Jahr später – 1891 – kommt der erste Gedichtband unter dem Pseudonym Richard Hugo heraus, und zwar bei E. Pinson in Leipzig, einem typischen Anfängerverlag. Der Band enthält 217 Gedichte. Die meisten sind vor der Züricher Zeit entstanden, nur wenige Verse stammen aus der Vorbereitungszeit für das Abitur und aus der Studienzeit. Josef Viktor Widmann schreibt wieder die Rezension, in der es heißt: »Und als wir uns zum Schlusse Rechenschaft gaben, warum diese Gedichte so außerordentlich stark auf uns gewirkt, fanden wir, daß die Naturfrische des Talentes dies zustande gebracht hat ... Andererseits ist sie aber auch keineswegs ein Naturtalent, daß auf fleißiges Ausarbeiten verzichten zu dürfen glaubt. Auch in dieser Beziehung unterscheidet sie sich vorteilhaft von so vielen Poeten der jungdeutschen naturalistischen Richtung, denen es schon genügt, ein paar alarmierende Gedanken in der verlotterndsten Form in die Welt hinauszuschleudern.«[99]

Trotz dieser ungewöhnlich positiven Aufnahme ihrer ersten Gedichte, bleibt für Ricarda Huch noch eine Strecke selbstkritischer Prüfung zurückzulegen, bis sie einen Band veröffentlichen kann, der von Anfängerfehlern weitgehend frei ist und dem Anspruch, Dichtung zu enthalten, voll gerecht wird. Mit anderen Worten: Es gibt auch weniger zustimmende Besprechungen der ersten publizierten Versuche.

In bezug auf den Naturalismus stimmen Widmann und

Ricarda Huch weitgehend überein. Max Halbes *Jugend* und Frank Wedekinds *Frühlings Erwachen* lehnt sie ab. Als ihr ein junger Bekannter Hartlebens *Angele* empfiehlt, reagiert sie empört auf die Lektüre. Sie schreibt an Widmann am 17. Februar 1892: »Ich las es, sehe voller Entsetzen, wie die Personen schon in der ersten Szene nur ungenügend bekleidet auf die Bühne kommen und das dann so weitergeht, es ekelte mir ein bißchen, ich mag es wohl etwas flüchtig gelesen haben, kurz ich war außer mir und schrieb eine zornflammende Epistel an den betreffenden Bekannten, daß er mir ein so gemeines und niederträchtiges Stück zu empfehlen wage. Ja, diese Ausdrücke gebrauchte ich, nachher habe ich sehr lachen müssen, ich kann es nun einmal durchaus nicht ertragen, wenn die Männer sich hinsetzen und ihre Meinung über das Weib abgeben, ob man es verachten soll oder nicht u.s.w. Einem Schopenhauer oder Nietzsche verzeihe ich es leicht, weil die ja noch manches andre gesagt haben. Aber diese modernen jungen Leute, die besonders was das Sittliche anbelangt, keinen Schuß Pulver wert sind.«[100]

Als sie von dem ›Übeltäter‹ erfährt, Widmann habe das Stück gelobt, fühlt sie sich zwar etwas in die Ecke gedrängt, was sie aber »den Jüngling der Würde wegen nicht merken ließ, sondern [sie] ignorierte den Einwand möglichst und blieb dabei, daß das Stück sehr gemein wäre, ließ aber die Möglichkeit offen, daß mir [ihr] in der Hitze des heiligen Zornes vielleicht hie und da etwas Gutes entgangen wäre«. Und dann fügt sie, das ganze auf ein weiteres Gleis schiebend, hinzu: »Wenn man die vielen Frauenzeitungen liest und dazu die Schriften der Jüngstdeutschen, hat man wirklich den Eindruck, als ob ein hitziger Krieg zwischen Männern und Frauen entbrannt wäre, was ja in gewisser Beziehung auch der Fall ist; es macht einen so merkwürdigen und peinlichen Eindruck, weil sie ja doch keine Minute ohne einander fertig werden können...«[101]

Vor dem Erscheinen des ersten Gedichtbandes liest Ricarda in der ›Neuen Zürcher Zeitung‹ eine Ankündigung von Gedichten der Isolde Kurz, in der diese als den ersten deutschen Dichtern sich anreihend bezeichnet wird. »Meine Seele klappte sofort in zwei Teile auseinander«, schreibt sie an Richard, »von denen die eine sich über diesen Triumph des weiblichen Geschlechtes freute, die andre mit Verzweiflung den Platz besetzt erblickte, den Du mir angewiesen hattest.«[102]

Sie will sich nun die Gedichte kaufen – vier Mark kosten sie, und das ist viel für die damalige Zeit – sie lesen und ihm dann, sofern er will, zur Ansicht schicken. Am 23. Oktober 1890 kann sie nach Braunschweig berichten, daß die Gedichte von Isolde Kurz sehr schön seien, »aber doch anderen noch Raum lassend«.[103]

Sie weiß sich also einzuschätzen und läßt es auch an Selbstbewußtsein nicht fehlen. Aber es gibt Rezensenten wie Carl Spitteler, den Feuilletonchef der ›Neuen Zürcher Zeitung‹, der die mangelhafte Technik von Ricarda Huchs frühen Gedichten beanstandet. Auch Carl Busse, als Literaturkritiker hervorgetreten, bemängelt viel später im Vergleich mit Conrad Ferdinand Meyer das Fehlen der großen Form. Aber einiges überwältigt ihn in der Ausgabe von 1908, so das erste und dritte Gedicht aus dem Zyklus vom Dreißigjährigen Krieg: das Wiegenlied »Horch, Kind, horch, wie der Sturmwind weht / Und rüttelt am Erker…« und *Frieden*: »Von dem Turme im Dorfe klingt / Ein süßes Geläute…« sowie »die wundervolle ›Erinnerung‹«.[104]

Ricardas Briefe an Richard sind mehr denn je von Gedichten durchsetzt, die sie immer zur Diskussion stellt: »Ich fürchte, diese Gedichte gefallen Dir nicht, sag es aufrichtig.«[105]

An Dich

Unerfleht, mein Freund,
Wie die willkommene Nacht,
Wenn sie dem rastlos sich Plagenden
Seellos Mühsalversunkenen,
Die Erlöserin, aufgeht,
Zogest Du ein bei mir.[106]

Bei allem bewegten Leben bleibt Braunschweig doch immer nah. Dorthin berichtet sie der Großmutter und vor allem dem Geliebten, dorthin wenden sich aus Arbeitsernst und Freundinnenkreis, aus Jugendlust und angeregtem, gesellschaftlichem Verkehr Gedanken und Gefühle des Heimwehs und sammeln sich zum Gedicht.

Heimkehr

Ich komme still in sturmdurchbrauster Nacht,
Daß jeder Schritt verhallen soll im Wind,
Und von den Schläfern keiner mir erwacht,
O Vaterhaus, die deine Herren sind.

Den Fliederzweig brech' ich vom Busche ab:
O dufte das Vergangne mir zurück!
Du Garten und du Haus, versteinert Grab,
Sieh, ich bin da und will von dir mein Glück!

Ist's möglich, daß sich mir die Tür verschließt?
Mir, die ein Sandkorn kaum im Weg vergaß,
Das wilde Veilchen nicht, das seitab sprießt,
Den Weißdorn nicht, auf dem die Drossel saß!

So lang ich fort war, immer dacht' ich her,
Und ob der wilde Wein zum Dach jetzt reicht,
Und ob die Bäume rauschen wie ein Meer,
Wenn Abends durch sie hin der Südwind streicht.

Und ob die kranke weiße Rose noch
Im Schatten blüht, wo sie mich sonst erfreut;
Ob noch der Igel haust im alten Loch,
Und wer den Vögeln jetzt das Futter streut.

Du monderhelltes Fenster, tu dich auf!
Sie rufen: »Kind, wo bist du? komm herein!«
Ich bin's! die Treppen stürm' ich wild hinauf –
O Traum! ich bin ein Fremdling und allein.[107]

Die Entfernung von der Heimat, von den Menschen, die sie liebt, und zugleich das Wissen darum, daß Braunschweig für sie unerträglich sein würde, bedrücken sie. In all den Jahren des Studiums und der dann beginnenden Berufstätigkeit schwankt sie zwischen Heimweh, dem Bewußtsein, einer Liebe zu leben, die allem Ermessen nach aussichtslos ist, und vollem, reichem Lebensgenuß in der Stadt der Jugend und der Hoffnung. Denn Hoffnung und Zuversicht gewinnen immer wieder die Oberhand über die bedrängenden, quälenden Gefühle. Ist das Leben nicht, trotz allem, herrlich? Muß man es nicht lieben, vor allem: es leben? Und gehört zum Leben, zur Jugend nicht vor allem die Liebe? Solche Fragen fordern Antworten, bezeugen auch Leiden und Schwankungen in der Liebesintensität. Eines Tages schreibt sie an Richard: »Bereite Dich nur auf Überraschendes vor. Also neulich, von meiner Traurigkeit bis zum Punkte notwendige Reaction übernommen, beschloß ich ein anderes Leben anzufangen, worin es hoch hergehen sollte. Um dies einzuleiten, schien mir nichts geeigneter, als wenn ich mich verliebte... Der bevorzugte

Gegenstand meiner Gefühle wohnte über mir..., ist sehr häßlich, was mich nur aufs höchste bestärkte und 20 Jahre alt. Auch das schreckte mich nicht ab... er ist so glücklich, ganz rührend, meine Wonne stieg auf den Gipfel, wenn ich mir ausmalte, wie ich Dir dies Intermezzo ausführlich erzählen d. h. schreiben würde. Du wirst nun gespannt sein, wie sich der Gegenstand zu mir verhielt. Nun, er hatte meine Aufmerksamkeit durch liebevolle Blicke seiner träumerischen Augen auf sich zu lenken gewußt, sonst ließ sich ihm nichts Gravierendes nachweisen.«[108]

Aber sie kann sogleich die beruhigende Mitteilung anfügen: »Mit meiner schönen Liebe ist es aus, doch bebt mein Herz noch etwas, wenn er mit fremdländischem Accent (Franzose) hier und da ein deutsches Wort vorbringt.«[109]

Der geliebte Mann, der ja auch selbst ein Liebender ist, findet solche Mitteilung keineswegs harmlos und heiter. Er reagiert vielmehr gereizt und unglücklich. Ricarda erscheint das fast ein wenig merkwürdig, da er doch alles erfährt: »Du brauchst Dich gar nicht darüber aufzuregen, ich erzähle Dir ja alles.«[110]

Aber ein bißchen klopft das Gewissen doch an, und natürlich muß sie sich auch verteidigen: »Liebes, süßes Herz, bitte ärgere Dich doch nicht über mich, ich tue es schon selbst; denn ich führe ein so schwungloses, nichtsnutziges Leben, ekelhaft und erbärmlich...«[111]

Das mag den in der Ferne Leidenden wohl nicht besänftigt haben, so daß sie ihm fünf Tage später deutlich zu bedenken gibt, wie er sich Zeit ihres Lebens ›anhimmeln‹ ließ. Da findet sie sich ziemlich bescheiden, wenn sie den »häßlichen, täppischen kleinen Marmier« ein wenig beachtete.[112]

Aber das Geschehene kann doch nicht so einfach unter Vergangenes abgelegt werden. Nach Wochen kommt sie darauf zurück, denn diese Liebe zum ›kleinen Marmier‹ ist keineswegs geschwunden und setzt sie wegen der großen Liebe zu Richard, die unwandelbar und unverwandelt ist, in schiere Verzweiflung. Was ist von solcher Doppelliebe zu halten? Sie sucht nach Erklärungen und schreibt an Richard: »Du wirst Dir denken, daß es daher kommt, weil ich mich doch immer einsam fühle und dann macht es so mächtigen Eindruck auf mich, daß jemand mich lieb zu haben scheint. Weißt Du, ich bin so verwöhnt mit Liebe, und nun geht Tag für Tag hin, Jahr aus Jahr ein, ohne daß jemand ein zärtliches Wort oder mir sonst ein Zeichen der Liebe gibt.« Er, Richard, habe ja die Kinder. Marmier habe sie auf sich aufmerksam gemacht und schließlich hätten sich ihre Gedanken dauernd mit ihm beschäftigt.[113]

Sie ist inzwischen an der Stadtbibliothek Zürich angestellt und unterrichtet an einer Privatschule. Aber obwohl damit ihr Lebensunterhalt gesichert ist, kann diese Arbeit sie nicht wirklich zufriedenstellen. Sie schreibt am 21. März 1892 an Josef Viktor Widmann: »Bei mir dauert die dichtungslose, die schreckliche Zeit noch immer an, so ein Amt ist ein rechter Dämpfer, ich komme mir schon ganz vor wie l'home machine... Die eintönige Grauheit dieses Lebens war wahrscheinlich Ursache, daß mir neulich etwas Gräßliches passierte, ich hätte mich beinah ein bißchen in einen jungen Menschen verliebt, der 6 Jahre jünger ist als ich. Ich kam mir so heruntergekommen dabei vor, daß ich zu allem die Lust verlor, sogar Ihnen zu schreiben. Jetzt ist der Sommernachtstraum glücklich vorbei, und ich fühle mich als entzauberte Titania. Ich hätte eher geglaubt, daß ich ein Brot stehlen oder einen Menschen totschlagen könnte, als so etwas tun; man wird doch im Leben zu immer größerer Bescheidenheit geführt, über nichts, aber auch nichts kann man mit Sicherheit aussagen, ob man es nicht gegebenen Falls tun würde. Ich habe mich zwar nicht ordentlich, nur ganz beinah in diesen Jungen verliebt, und wahrscheinlich hauptsächlich, weil er sehr streng katholisch war und jeden Sonntag in die Kirche ging. Da ich nun ein geborener Heide bin und für christliche Frömmigkeit ohne Verständnis, interessiert und reizt so etwas mich immer außerordentlich.«[114]

Der kleine Schritt vom Wege wird hier also Anlaß zur Reflexion über die Unberechenbarkeit menschlichen Verhaltens. Unmoralisch erscheint zudem Verliebtsein bei einem Altersunterschied von sechs Jahren von Frau zu Mann. Damit ist eine damals gültige Konvention in ihrer ganzen Intensität und Irrationalität offengelegt. Demgegenüber ist das Erschrecken über die eigene Unberechenbarkeit erfrischend naiv und in ihren Konsequenzen erstaunlich modern.

Widmann antwortet zwei Tage später: »Wie ist für Sie das Leben noch schön. Selbst wenn Ihnen ein kleiner Herzensirrtum passiert. War's eigentlich nicht bloß eine Reminiszenz an den Jüngling in *Evoe** ? Lieber ist mir's freilich, daß Sie's überwunden haben... der Altersunterschied, – das wäre nicht so schrecklich gewesen; genau der Fall meiner Frau mit mir (der kein Fall war). Übrigens bin ich gerührt über Ihre liebe Beichte und auch meine Allernächsten erfahren davon kein Wort.«[115]

Widmann ist der treue, auch ein wenig väterliche Berater für die junge Dichterin. Er verschafft ihr nicht nur Zugang zu ihren ersten Verlagen und bespricht ihre Arbeiten verständnisvoll in seiner freisinnigen Zeitung – die berufliche Verbindung wird bald auch zur persönlichen Freundschaft. Vor allem aber: Widmann hat Menschenkenntnis und Verständnis für die Um- und Abwege des Herzens.

Aber noch am 27. Mai 1892 schreibt Ricarda an Richard: »...der kleine Marmier hat mich ein bißchen verzaubert...«[116]

* Dramatisches Spiel, erschienen 1892.

Es ist also nichts mit dem Darüberstehen, als sei die kleine Verliebtheit in drei Tagen vorbei, nein, es geht weiter. Am 2. Dezember fordert sie Richard auf: »...sag mir mal ganz ruhig und kühl, was Du denn eigentlich machen würdest, wenn ich nun mal sagen würde, ich liebe wirklich jemand anders?«[117]

Sie wagt sich weit vor, läßt Spekulatives einfließen. Vielleicht ist es wieder, wie bei der Frömmigkeit des kleinen Marmier, das Ungewöhnliche, fast das Interessante, das sie reizt? Ist Liebe wirklich etwas Dauerhaftes? Ist sie nur das, was wir aus ihr machen, was wir darunter ganz individuell, ganz persönlich verstehen? Und wie wird der Mann reagieren, der sie liebt, wenn sie sich anders entscheidet? Neugier oder Kühle, Wissenwollen – Übermut vielleicht, was ist hier im Spiel?

Ricarda arbeitet an ihrem ersten Roman, als sie die kleine Liebe neben der großen, die Richard heißt, erlebt und ausprobiert. Ihr Vetter Hans Hähn schreibt an Richard: »Die Episode Marmier war ein sehr glückliches, zweckmäßiges, fast prädestiniertes Intermezzo, das geschehen und durchlebt werden mußte, damit der neue Roman entstehen konnte... Eine Dichterin muß etwas erleben, um dichten zu können. Wenn der Roman geglückt ist, mußt Du Dich freuen.«[118]

Aber ist das wirklich der letzte Grund für diese Gefühlsaufwallung, für das Nichtloskönnen von dem jungen Mann, der fast schon zwanghaft als ›der kleine Marmier‹ auf ein möglichst geringes Format herabgestuft wird? Bis der Versuch sich als zumindest zweifelhaft erweist, weil nämlich dieser ach so unwichtige Jüngling, der eben einmal den Brief an den Liebsten zum Postkasten bringen darf, sie, nach eigenem Bekenntnis, ›verzaubert‹ hat.

Ja, sie schreibt an ihrem ersten Roman, als sie diese Episode erlebt. Der Leser – und Hans Hähn, der sie bewundert, ist ein erster Leser des Manuskriptes – mag sich das so denken: Die Künstlerin braucht Anregung; diesen Zweck kann auch eine solche, etwas abwegige Liebelei erfüllen. ›Der kleine Marmier‹ sozusagen als Stichwortgeber in Sachen Liebe.

Aber Ricarda weiß es besser. Dieses Gefühl, das länger dauert, als sie will und sie stärker beeindruckt und beeinflußt, als sie zum Ausdruck bringt, macht sie nachdenklich und unsicher: So etwas ist also möglich. Alle ehrlich und tief gefühlte Liebe, alle Konzentration auf den einen geliebten Mann vermag doch nicht die Liebessehnsucht zu begrenzen. Das ist erschreckend, qualvoll: Wie soll sie damit fertig werden? »...ich bin die Schuldige, die Schuldlose«, gesteht sie Richard, ihren Zustand in seiner ganzen Duplizität beschreibend und die Beteuerung anfügend: »...ich werde Dich immer lieben.«[119]

Leben – so lieb und so leid

Zürich, die Schweiz, das ist nicht nur ein Ort des Lernens, des Hoffens ins Leben hinein, des Strebens, der Freundschaft und der Freunde, sondern auch der sicheren bürgerlichen Lebensgrundlagen.

Als der Druck ihrer Dissertation 1300 Franken kosten soll, ist Ricarda, wie sie an Richard schreibt, der Verzweiflung nahe. Mit dem Rest des aus dem Hausverkauf in Braunschweig gezogenen Geldes, das ihr das Studium ermöglicht hat, bezahlt sie. Aber die Frage, was nun werden soll, bedrückt. Zuerst denkt sie daran, in Deutschland Lehrerin zu werden, was aber nicht möglich ist, da sie ihre Examina in der Schweiz abgelegt hat. Ricarda Huch nimmt an, daß die deutschen Frauenrechtlerinnen für diese Beschränkung verantwortlich sind. Die Frauenbewegung hat aber zu jener Zeit, also um 1892, gar nicht diesen Einfluß. Es handelt sich vielmehr um eine bürokratische, Frauen wie Männer gleicherweise treffende Maßnahme: Außerhalb der deutschen Grenzen abgelegte Examen werden gar nicht oder, in einigen Fällen, nur so weit anerkannt, wie ein besonderer öffentlicher Hinweis auf die im Ausland erworbene Ausbildung erfolgt.

Ricarda Huch jedenfalls bleibt in der Schweiz , erhält, ohne daß sie sich darum bewirbt, eine Halbtagsstelle als ›Bibliothekssekretärin‹ und ist die erste Akademikerin an einer schweizerischen Bibliothek.[120] Eine ihrer Aufgaben besteht im Katalogisieren, und resigniert stellt sie in einem Brief an Widmann fest: »Seit ich die ersehnte Bibliothekarsstelle habe, leide ich an Melancholie und Lebensüberdruß...«[121] Ihr bliebe nichts anderes, als zu lesen, zu schreiben oder zu sticken, wodurch sie ihre Augen schon so ruiniert habe, daß sie nun etwas anderes anfangen müsse, z. B. Buchbinderei. Widmann antwortet, wie immer, verständnisvoll und väterlich: »Werden Sie mir nur auf keinen Fall melancholisch und auch keine Buchbinderin. Ich will schon glauben, daß unausgesetzt geistige Beschäftigungen ein Gegengewicht körperlicher Tätigkeiten verlangen. Aber das mit dem Handwerk – das ist so eine Phantasie, die jeder Mensch einmal hat, der gescheitere aber nicht gar zu lange. Gehen Sie Schlittschuhlaufen oder am Ende auch nur tüchtig spazieren im Schnee, so daß Sie ein wenig müde werden.«[122]

Ein Zeitgenosse, der Literat Franz Blei, spricht in seinen Erinnerungen von einer eulenäugigen Ricarda Huch, »schlank und aufrecht hinter ihrem Pult in der Stadtbibliothek stehend, ein bißchen verträumt, ein bißchen vage und immer mit großer Delikatesse gekleidet«.[123]

Von Ostern 1892 an unterrichtet sie an einer Privatschule »Deutsch, Lesen und Aufsatz«, was sich schwieriger gestaltet, als sie vermutet hatte. Besonders die deutsche Grammatik ist voller Fallstricke, die sie zwar in Wort und Schrift bewältigt, aber die Begründungen kann sie nicht immer geben. Vor allem leidet sie unter dem Zwang, die Gedichte, die der Lehrplan zu behandeln vorsieht, zu erklären. Eine der Schulvorsteherinnen empfiehlt ihr deshalb ein Buch, anhand dessen ihr diese Arbeit leichter fallen werde. Darin werden Fragen gestellt und Antworten gegeben, etwa so: »Wie war die Waschfrau in dem gleichnamigen Gedicht von Chamisso? Sie war arbeitsam, fleißig, fromm, treu. Woran sehen wir, daß sie treu war? Sie ernährte, pflegte und begrub ihren Mann.«[124]

Ist es wegen der dichtungslosen Zeit, auf deren Ende sie hofft, wenn sie der Trübsal des Katalogisierens entgeht, oder die Einsicht, daß man nicht zwei Herren dienen kann: Zum Jahresende 1894 gibt Ricarda die Tätigkeit an der Stadtbibliothek auf. Vom Frühjahr 1893 an hat sie bereits eine provisorische, dann ab Februar 1895 eine feste Stelle an der Höheren Töchterschule inne, der städtischen Großmünsterschule. Hier sind die Schülerinnen älter und reifer, zwischen sechzehn und achtzehn Jahre alt. Sie gibt Unterricht in den Fortbildungsklassen, im Lehrerinnenseminar und in einer Abteilung, die auf den Übergang zur Universität vorbereitet.

Aber die Unterrichtspraxis fällt ihr noch schwer, beispielsweise richtig abzuschätzen, wieviel Stoff für eine Stunde benötigt wird. Besonders die Damen und Herren der Schulkommission, die bisweilen ihrem Unterricht zuhören, schrecken die junge Lehrerin. Bis 1892 gehörte diesem Aufsichtsgremium auch die Schriftstellerin Johanna Spyri an, weltbekannt durch ihre Heidi-Bücher. Da Ricarda, ohne es zu wollen, streng, ja fast gebietend wirkt, hat sie keine Schwierigkeiten, unter den Schülerinnen Disziplin zu halten.

Daß auch in dieser Zeit neben den Ängsten der Lehrerin die Freuden nicht zu kurz kommen, dafür sorgen nicht zuletzt die Kinder und jungen Mädchen. »...dem Typus der jungen Dame, die nur mit einem Drittel ihres Wesens mißlaunig durch die Klasse schlendert, weil der Hauptteil schon in den weltlichen Strudel geraten ist«, sei sie nicht begegnet, meint Ricarda viel später in *Frühling in der Schweiz.*[125] Und wenn eine der Schülerinnen ihr schreibt, daß sie sich nach den »herrlichen Deutschstunden« zurücksehnt und glücklich war, sie alle Tage zu sehen und an ihren Stunden, »die ich allen andern vorzog«,[126] teilzunehmen, so freut sie das herzlich. Wenn auch ein gewisser schwärmerischer Unterton nicht zu überhören ist, so scheint solche Aussage doch dafür zu sprechen, daß die Persönlichkeit der Dichterin bisweilen der Lehrerin Konkurrenz macht.

Aber im echten Sinn schöpferische Arbeit kann die Schule nicht bieten. Ricarda Huchs letzte größere Dichtung ist das dramatische Spiel *Evoë,* dessen Titel den dionysischen Jubelruf aufgreift. Das Stück spielt in der Renaissance während des Pontifikats von Leo X. und preist das ganz diesseitig ausgerichtete Lebensgefühl. Eine der dort gestalteten Personen ist die edle Römerin Emilia Massimi. Sie kommt an einem frühen Morgen, getragen in einer Sänfte, auf den Stadtmarkt und trifft dort zwei Geistliche: einen Kardinal und den Sekretär des Papstes. Beide sind erstaunt, die hohe Dame zu dieser Stunde dort zu finden, wo sie selbst sich um solche Zeit sonst nie aufhalten. Sie äußern ihre Verwunderung, und Emilia antwortet: »Faßt Euch, Ihr Herren. Ist es so erstaunlich, / Daß Rom nicht aussieht wie Eu'r Bett? So ist's / Hier jeden Morgen, grade so, nichts mehr, / Ihr wen'ger. Was hier nicht am Platze ist, / seid Ihr. / Bembo (der Sekretär): Wir danken euch für die Bericht'gung; / Wir werden nie vergessen, hohe Herrin, / Wie es bei Sonnenaufgang zugeht. / Emilia: Hell wird's, / So geht es zu. Das lockt mich sonst, heut sind's / Geschäfte....«[126a] Diese geistreiche, scharfzüngige, schlagfertige Matrone Emilia ist ein Abbild der Großmutter in Braunschweig, die nicht nur hier in die Dichtung der Enkelin eingegangen ist.

Ein Jahr später, 1893, wird das lyrische Spiel *Dornröschen*, das Ricarda für den Hottinger Lesezirkel geschrieben hat, aufgeführt. Dieser Lesezirkel, begründet durch die Brüder Hans und Hermann Bodmer, war anfangs ein Lesemappen-Unternehmen und wird nach und nach der kulturelle Mittelpunkt Zürichs – mit Vorträgen, Dichterlesungen, Festen. Der Stoff ›Dornröschen‹ wird gewählt, weil er »zu romantisch bunten, komischen, grotesken und gefühlvollen Auftritten Anlaß geben« kann.[126b]

In traumhaften Bildern werden, dem Gang des Märchens von »Dornröschen« folgend, die großen Tatsachen des Lebens – Macht und Liebe, Hochmut und Treue, Kampf und Frieden – nicht ohne Humor beschworen. Die romantisch verschwimmende Wirklichkeit wird immer wieder zum Leben erweckt. Für die Aufführung im größeren Kreis einer Bühne ist das Stück aber zu zart, vielleicht auch zu körperlos, um dauernde Wirkung zu erzielen. Anläßlich des sechzigsten Geburtstages von Ricarda Huch ist es in einer Veranstaltung des Lesezirkels Hottingen noch einmal aufgeführt worden. Es schließt mit dem Anruf der Parzen, daß alles, was geschah, ein Traum war. Dann aber erfolgt die Übertragung auf die großen Lebenszusammenhänge und weist auf die Transzendenz, schon den Titel eines späteren Romans vorausnehmend: Vita somnium breve. Die Parzen singen: »Was ist lang wie die Ewigkeit, / Wie ein Leben so lieb und so leid? / In der Sommernacht unter dem Rosenbaum / Ein Traum!«[127]

Die ›Neue Zürcher Zeitung‹ schreibt über die Aufführung: Ricarda Huchs »›Dornröschen‹ ist gesättigt von dichterischer Schönheit und erscheint als die Gabe eines großen poetischen Talents.«[128]

Das Spiel von den vier Zürcher Heiligen ist ebenfalls eine Gelegenheitsdichtung – aufgeführt zur Erweiterung der neuen Tonhalle im Herbst 1895 in Zürich. Anwesend ist auch Johannes Brahms, dessen Triumphlied erklingt.

Während des Balles, der die Aufführung des *Dornröschen*-Spiels beschließt, lernt Ricarda Huch einen bekannten jungen Autor kennen: Emanuel Zaeslin. Sie tanzen wiederholt miteinander – Zaeslin ist ein guter Tänzer –, und die tanzbegeisterte junge Dichterin findet Gefallen an dem gewandten Gesellschafter mit dem heiteren Gemüt. Er behauptet, daß sie unbedingt das Ehepaar Reiff kennenlernen müsse, mit dem er befreundet ist. Wenige Tage später macht Emmi Reiff-Franck Ricarda Huch einen Besuch, und so beginnt die lange Freundschaft mit Hermann Reiff, einem reichen Großkaufmann, und der Tochter des noch reicheren Kaffeefabrikanten Franck aus Ludwigsburg. Daneben verliert aber auch Zaeslin keineswegs an Anziehungskraft.

Ricarda berichtet Richard – in einem Brief, der an drei Tagen geschrieben wird: »Lieber, lieber Richard, was soll werden? Ich gewinne Zäslin täglich lieber, ich muß es Dir ja sagen.«[129]

Im nächsten vorliegenden Brief heißt es: »Denke bitte immer daran, daß ich ebenso verzweifelt bin wie Du.«[130] Zaeslin habe nie wirklich Menschen gefunden, die ihn verstanden. Die alternde Dichterin erinnert sich an ihn als jemand, der sich für einen Dichter hält, weil er einen Hang dazu besitzt, »sich pathetisch und überschwenglich in Worten und Handlungen zu äußern«.[131] Gestaltungskraft habe er nicht besessen. Auch sei er unfähig gewesen, etwas zu durchdenken und habe einen Mangel an Geschmack zu erkennen gegeben, »der wohl ein Mangel an Verstand war«.[132] Aber trotz dieser »geistigen Schwäche und obwohl er im Grunde ebenso unzulänglich als Mensch wie als Dichter war, mußte man ihn gern haben, und nicht nur, weil er hübsch war. Er war… liebenswürdig…, stets gutgelaunt…, … sang mit angenehmer Stimme, war freimütig, gutmütig, herzlich, verträglich, hatte Mutterwitz, war nie Spielverderber.«[133] Das ist eine beträchtliche Anzahl von Vorzügen.

Doch welcher Art sind sie? Doch wohl jener, die dazu geeignet sind, sich zu amüsieren, aber wohl kaum, um sich zu verloben und das spätere Leben miteinander zu teilen.

Zaeslin lebt zu dieser Zeit in Scheidung. Widmann bezeichnet sein Drama »Samuel Henzi« als »das beste von allen den in neuester Zeit aufgeführten Schweizerstücken«.[134] Er spürt aber aus Ricarda Huchs Mitteilungen über ihr persönliches Verhältnis zu Zaeslin ihr Schwanken und halbes Zuneigen heraus und schreibt: »Es ist mir seit Ihrem Brief ein unbehagliches Gefühl, als sollte Galeide [Hauptperson ihres gerade abgeschlossenen Romans *Erinnerungen von Ludolf Ursleu dem Jüngeren*] vor einem dämonischen Menschen gewarnt werden, während mir Herz und Verstand sagen, daß ich weder ausreichenden Grund, noch Recht zu warnen habe und daß außerdem Galeidennaturen überhaupt nicht gewarnt sein wollen. Das Eine glaube ich bestimmt, daß auch Z. eine Ausnahmenatur ist, die man nicht nach dem Maß der Philister messen darf und wenn Sie ihn als Persönlichkeit ›wundervoll‹ finden, so mögen Sie immerhin Ihrem freien Gefühl mehr trauen als jeder Einflüsterung – ... Also – bitte, bitte mißverstehen Sie mich nicht. Ich will nichts stören. Nur denke ich manchmal, wie allein Sie leben, ohne Familie, und da habe ich mir nun so ein quasi väterliches Wort erlaubt, das ich bereuen würde, wenn ich dächte, Sie nähmen es zu wichtig.«[135]

An Richard schreibt Ricarda, sie wisse nicht, was sie tun werde, wenn Zaeslin in sie dringe und sehr verzweifelt tue. Heiraten könnten sie noch lange nicht, da die Scheidung noch nicht erfolgt sei. Sie hat das Gefühl, Richard habe sie verlassen.[136] Der Brief stammt aus dem April 1893 und ist flüchtig mit Bleistift geschrieben. Damit zeichnet sich die innere Spannung und Unsicherheit auch in der äußeren Form ab.

Diese Krise, die tiefer geht als die Marmier-Episode, und so schnell auf diese folgt, erschüttert Richards Vertrauen nachhaltig. Anna Klie ist eingeschaltet und soll die endgültige Entscheidung von Richard übermitteln.

Ricarda ist in großer Verwirrung. Sie habe Marmier sogar lieber als Zaeslin, meint sie. Auch könne sie Zaeslin nicht so lieben, wie ihn, Richard.[137] Schließlich ist sie überzeugt, daß sie Zaeslin doch nicht heiraten werde.

Richard nimmt die Entwicklung aber durchaus ernst, genauso wie die übrigen Familienangehörigen in Braunschweig.

Am 27. Mai telegraphiert Ricarda an Richard: »Warum kommst Du nicht?«[138]

Zwei Tage später folgt die briefliche Mitteilung: »Gegen Abend sagte ich Zaeslin, daß ich Briefe mit Dir gewechselt hätte und daß ich Dich mehr liebte als ihn.«[139]

Aber Richard hat sich inzwischen mit dem anscheinend Unabänderlichen abgefunden: daß Ricarda ihm verlorengeht. Jedenfalls schreibt sie an Widmann, der auch hier ihr volles Vertrauen besitzt, sie habe gemerkt, daß sie ohne den, welchen sie in ihrem Roman Ezard nenne, nicht sein könne. Die alte Leidenschaft hat also noch ihre Kraft. »Aber ich merkte es zu spät«, heißt es weiter. »Denn inzwischen hatte er, während er anfänglich mich um keinen Preis hatte lassen wollen, beschlossen zu versuchen, ob er sich an den Gedanken gewöhnen könnte, daß ich einen anderen heirate. Das ist alles, was meine Familie, die wir sehr unglücklich gemacht haben, seit Jahren ersehnt. Wenn er es also versuchen will, darf ich ihn doch nicht darin stören, und ich bin also ganz durch meine Schuld und doch gegen meinen Willen mit Z. verlobt... Ich habe Z. recht lieb, und er ist ganz unbeschreiblich zart und gut gegen mich, da er alles dies weiß und erträgt in der Hoffnung, ich würde ihn immer lieber gewinnen. Aber ich kann mir noch nicht denken, daß es ein gutes Ende nimmt und eigentlich war ich noch nie in meinem Leben so unglücklich. Denn so unglücksvoll mein Verhältnis zu jenem andern [Richard Huch] auch war, so war es doch das Schönste, was man sich denken kann, und da etwas anderes nie wieder so sein kann, bleibt mir eigentlich nichts als Resignation, und dazu eigne ich mich am allerwenigsten.« Dann geht es ohne Absatz weiter: »Die Schule ist ›wundervoll‹, macht mir große Freude. Nicht wahr, Sie beschützen mich ein bißchen, wenn mein Roman erscheint, und es einen Krach gibt.«[140] Die klare und kräftige Vitalität ihrer Natur hat etwas Frappierendes.

Noch ist nicht erkennbar, wie sie sich entscheiden wird, denn nur sie kann letztlich die Lösung herbeiführen. Widmann meint, daß die Verlobung mit Zaeslin, den er persönlich nicht kennt, ein Glück sei. Sie solle doch einmal Lessings Geist beschwören und ihren Fall mit seinen klaren Augen sehen. Dieser Appell an die Vernunft soll ihr nahebringen, daß »die Fiktion, daß nur ein Einziger oder eine Einzige in der Liebe uns volles Glück gewähren könne, nicht bestehen« kann.[140a] Allerdings, und darauf legt Widmann wert, sollten auch die finanziellen Verhältnisse Zaeslins für eine äußerlich gesicherte Zukunft einige Gewähr bieten.

Am 2. Juni 1893 berichtet Ricarda an Richard, sie habe mit Zaeslin eine Übereinkunft getroffen, sich von Zeit zu Zeit zu sehen, ohne daß von Liebe die Rede sei. Im selben Brief schreibt sie: »Lieber, lieber, lieber Richard! Bitte behalte sehr in Deinem Gedächtnis, daß ich keinen Menschen auf der Welt jemals so lieb habe wie Dich!«[141]

Es ist, als strecke sie die Arme aus nach jenem Erscheinungsbild der Liebe, dem sie so lange und in so fester Überzeugung, es sei unveränderlich, Opfer um Opfer gebracht hat: das Opfer, die Schwester und deren Kinder unglücklich gemacht zu haben; das Opfer der Trennung von dem Geliebten; das Opfer, der geliebten Großmutter so schweren Kummer zu bereiten, das Opfer, eine Einsamkeit ertragen zu müssen, aus der weder die Freundinnen noch der väterliche Zuspruch Widmanns sie befreien können. Sie kann sich aber auch nicht über ihre vitale Natur täuschen, und Widmann gegenüber spricht sie es offen aus: »Denken Sie sich einen jungen, kräftigen, liebefähigen und -bedürftigen Menschen, der, weil er die Person, die er möchte, durchaus nicht bekommen kann, zur Ehelosigkeit und Unterdrückung seiner Natur verdammt sein soll. Es ist nämlich furchtbar hart, Sie glauben gar nicht wie. Und es will mich niemand begreifen, wenn ich sage, ich will noch lieber Z. ohne volle, ganze Liebe heiraten und dann meinetwegen unglücklich werden und untergehn; dann geschieht doch etwas und es nimmt irgendwie ein Ende. Es kann nun einmal alle Wissenschaft und Kunst nicht für den unterdrückten Lebensquell entschädigen. Übrigens ist es natürlich alles meine Schuld. – Ich würde für Richard alles tun und ertragen, sogar Schande und die Verachtung der Welt, aber sozusagen in ein Kloster gehn und von fern an ihn denken, das eine kann ich nicht. ... Das Leben könnte so schön sein. Das macht mich am meisten wütend, daß gerade ich so glücklich sein könnte und nicht kann.«[142]

Aber sie heiratet Zaeslin nicht, auch wenn sie ihn noch so »niedlich« findet, übrigens eine Bezeichnung, die oft bei ihr vorkommt, auch in noch so befremdlichen Zusammenhängen. Die Freundin Marianne Plehn, die Ricarda offen sagt: »Du liebst ihn ja gar nicht«, macht schließlich dem Treiben ein Ende, indem sie klipp und klar erklärt: »Man heiratet einen Mann nicht, weil er niedlich ist.«[143]

Widmann seinerseits nimmt die Verwirrung des Herzens und Gefühls, von der sie befallen ist, zum Anlaß, ihr den Wert ihrer eigenen Persönlichkeit vor Augen zu führen und damit auch ihre Verantwortung: »Wer ist denn von Mädchen und Frauen dermalen in dieser etwas langweiligen Welt wie Sie? Wäre ich der liebe Gott, so würde ich Sie für die vollsaftigste Feige im ganzen Pflanzengarten der Erde halten und Sie sehr langsam essen. Was er auch eigentlich tut. Daher Ihre Schmerzen. Lachen Sie nicht zu meinen Vergleichen, oder lachen Sie, aber nehmen Sie doch die Wahrheit daraus, daß Sie zugleich Ihr eigener Lindwurm und Ihr eigener Schatz sein müssen. Tragen Sie Sorge zu dem Wert, den wir in Ihnen haben, und dieses Wertes Bewußtsein mag Ihnen Vertrauen zum Leben geben.«[144]

Zugleich meint aber Josef Viktor Widmann doch in der Verbindung mit Zaeslin Glück für Ricarda sehen zu können, vorausgesetzt, die materiellen Grundlagen seien vorhanden.

Inzwischen ist die Entwicklung in Zürich aber schon weiter: Ricarda hat ihr Verlöbnis mit Zaeslin gelöst und schreibt dem Mentor und väterlichen Freund in Bern, seitdem fühle sie sich wieder glücklich. Das beweise, daß es nicht das Rechte war. »Wissen, Sie, diese allzu weiche Wonne, von der Sie einmal sprachen [auf Richard Huch bezogen] hatte Zaeslin; so etwas Auflösendes. Ich war schon ganz heruntergekommen. Von Reiten und Recken, aus dem Sattel werfen wäre keine Rede mehr gewesen. Jetzt habe ich noch ein klein bißchen Gewissensbisse, weil der reizende Z. doch nun einigermaßen unglücklich ist, aber das gibt sich ja natürlich. Wir paßten nämlich absolut gar nicht füreinander... Aber reizend ist er immerhin, und ich war eine Zeitlang ziemlich verliebt in ihn, und werde ihn immer recht lieb haben. Heute bin ich geradezu frech glücklich mit meiner wiedereroberten inneren Sicherheit. Wenn ich nur erst Ferien hätte...«[145]

Widmann scheint diese frohgemute Stimmung nach gerade überstandener Pein doch etwas zu befremden, jedenfalls schreibt er, nicht gerne zu etwas zu gratulieren [Entlobung], was das Unglück eines andern sei und fügt hinzu: »Sie sind doch einigermaßen eine Sphinx.«[146]

Davon will nun Ricarda nichts wissen: »Eine Sphinx bin ich aber gar nicht, nur verliebe ich mich zuweilen ein ganzes bißchen, das muß dann aber rechtzeitig wieder abgeworfen werden, denn etwas dauerndes zu sein ist das von vornherein nicht geartet, und wenn ich es dann dazu machen wollte, müßte ich mich selbst dazu aufopfern. Nun werde ich mich aber nie wieder verlieben.«[147]

Ist die Liebe zu Richard der Fixstern, der, was immer auch an Herzenstorheiten geschehen mag, fest in der Mitte ihres Lebens steht, wie die Sonne am Firmament? Ist das, was ihr geschehen ist und den fernen Freund leiden läßt, Untreue oder sind es Schatten einer Sehnsucht, die nicht gestillt werden kann? Ist dies wiederkehrende flüchtige Gefühl, das sie Verliebtsein nennt, Zeichen eines Nachlassens jener großen Spannung, die nun schon zehn Jahre andauert, ohne daß die Erfüllung nahe ist? Am 21. Dezember dieses zerrissenen und doch an künstlerischer Gestaltung reichen Jahres schreibt sie an Richard: »...meine Seele ist ganz matt von Gefühlen.«[148] Was sie erlebt, auch durchleidet, was an Spannungen sie quält, entlädt sich ins Gedicht, ins Werk.

Einig

Nicht bei Göttern, Mond noch Sternen
Schwuren wir den teuren Bund,
Doch durch alle diese Fernen
Sind wir eins mit Herz und Mund.

Dringt kein Wort von dir in meine,
Keins in deine Einsamkeit,
Allzeit sind wir zum Vereine
lebend oder tot bereit.

Leben wir: nie wird uns fehlen
Glück, das nach der Welt nicht fragt;
Sterben wir: was sich zwei Seelen
Sagen können, ward gesagt.[149]

1 Ricarda Huch um 1894

2/3 Die Großeltern mütterlicherseits
4/5 Die Eltern

8 Ricarda Huch, 1886

9 Mit Ermanno Ceconi, 1897

10 Die junge Familie um 1900

11 Ricarda Huch, 1903

12 Mit Richard Huch, 1907

13 Ricarda Huch, 1912

14 Mit Tochter Marietta um 1918

15 Ricarda Huch, 1924
16 In der Dichterakademie, 1928

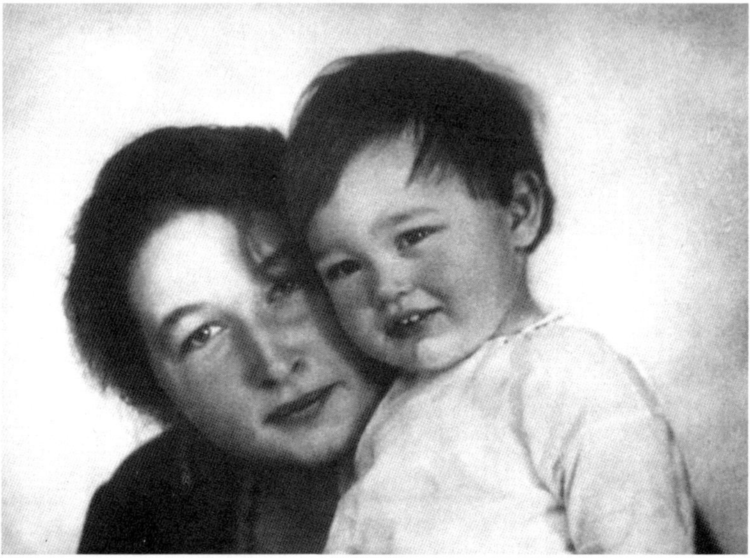

17 Marietta Böhm mit Alexander, 1930
18 Ricarda Huch mit ihrer Tochter

19 Ricarda Huch, 1942

20 Mit Marie Baum, 1944
21 Am Schreibtisch, 1944

22 Ricarda Huch, 1947

Galeide und Ezard

Im Jahr 1892 schreibt Ricarda Huch neben Bibliotheksarbeit und Schule ihren ersten Roman.

Am Silvestertag 1891 meinte sie in einem Brief an Richard: »Das schönste Buch, was man sich denken kann, ist Der Grüne Heinrich von Gottfried Keller. Ich lese es jetzt, mein aussichtsloses Stümpern dabei vergleichsweise beständig vor Augen, aber es stört mich nicht einmal im Genuß.«[150]

Schon Anna Klie hatte ja vor Jahren Ricarda auf Keller aufmerksam gemacht. Im Vorort Hottingen, in der Gemeindestraße, wo sie anfangs lebte, hat sie ihn oft gesehen, wenn der im nahen Zeltweg wohnende Dichter, eine kleine, verehrte Gestalt, vorüberstapfte. Es scheint aber, daß sie erst jetzt, wo sie die Schwierigkeiten des Anfangs eines größeren epischen Werkes durchleidet, auf den *Grünen Heinrich* stößt. Daß diesem Entwicklungs- und Bildungsroman, klar im Aufbau und psychologisch wie sprachlich ein Meisterwerk, sozusagen der Part der Lokomotive zufällt, die das neue, das sich entwickelnde, das noch nie dagewesene Kunstwerk über die Hindernisse seiner Entstehung hinwegbringen soll, mag an Ricarda Huchs Einsicht liegen, daß das, was sie sieht, was sie gestalten wird, der Klarheit dringend bedarf. Denn es ist nichts anderes als ihr Leben und das derer, die mit ihr gelebt haben, dem sie Gestalt, Form, Inhalt zu geben sucht.

Die junge Galeide, ein Kind von ungewöhnlicher Willenskraft, »verlangte beständig auf die hohen Berge hinauf, zu deren Besteigung sie auch eine Kraft und ein Geschick zeigte, die an einem Kinde ihres Alters in Erstaunen setzten. Wenn wir auf einer Höhe ankamen, pflegte sie vorauszuspringen, ein bacchantisches Triumphgeschrei erschallen zu lassen und ihre Locken im Winde zu schütteln.«[151]

Ihre Geschichte, die Geschichte der erwachsenen Galeide, und die ihres Vetters, des schönen Ezard, erzählt Galeidens älterer Bruder Ludolf, inzwischen als Mönch im Kloster Einsiedeln lebend. Alle, die sonst noch mit diesen beiden, Galeide und Ezard, verbunden waren: der Vater, die Mutter, der Urgroßvater, Ezards Frau Lucile, ihr gemeinsames Kind, Luciles Bruder Gaspard und die weiteren Verwandten, erleben mit Befremden anfangs, mit Furcht und Grauen schließlich die zerstörerische Leidenschaft einer verbotenen Liebe, die alles in den Abgrund reißt, was sich ihr entgegenstellt. In den Konflikten dieser beiden Menschen, Ezard und Galeide, mit bürgerlicher Moral und christlichen Wertvorstellungen stellen sie die Liebe zwischen Mann und Frau am höchsten, weil sie ein Naturereignis sei und gegen alle erdachten und tatsächlichen Schranken unempfindlich. Weil sie so hoch steht, besiegelt ihr Fall das Schicksal aller, die mit ihnen verbunden sind.

Parallel zum Aufstieg und Untergang von Liebe und Treue verläuft der Zusammenbruch des väterlichen Geschäftes, der Verfall einer norddeutschen Kaufmannsfamilie. Acht Jahre vor Thomas Manns *Buddenbrooks* werden in allerdings völlig anderer Gestaltung Menschen, Milieu, Zeit und Ewigkeit in schicksalhafter, dem oberflächlichen Geist der Zeit fremder Manier zum Ausdruck und zur Erscheinung gebracht.

Zum Schluß, nachdem auch Ezard gestorben ist, verbleiben noch Ludolf und Gaspard, der verführerische Unhold, dem Galeide verfiel – und damit dem Tode.

Ludolf lebt nur noch der Zurückgezogenheit, der Resignation, der wehmütigen und teils auch zornigen Erinnerung. Nicht Glaube, nicht Religion bestimmen seinen Aufenthalt im Kloster, sondern die Bindung an Ordnung und Frieden, die ihn auch vor dem Absturz in weltliche Freuden bewahren soll. »Denn was ist das Leben des Menschen?«, fragt Ludolf am Ende seiner Aufzeichnungen. »Wie Regentropfen, die vom Himmel auf die Erde fallen, durchmessen wir unsere Spanne Zeit, vom Winde des Schicksals hin und her getrieben. Der Wind und das Schicksal haben ihre unabänderlichen Gesetze, nach denen sie sich bewegen, aber was weiß der Tropfen davon, den sie vor sich her fegen? Er rauscht mit den anderen durch die Lüfte, bis er im Sande versickern kann. Aber der Himmel sammelt sie alle wieder an sich und gießt sie wieder aus, und sammelt und vergießt wieder und wieder immer dieselben und doch andre.«[152]

Ein unempfindliches, von Leiden und Freuden unbewegtes Schicksal ist also Herr des Menschen. So kann Ludolf der Jüngere sagen, daß es ihn nach menschlichen Ewigkeiten nicht gelüste und von höheren weiß er nichts. Aber ein Erinnern, ein heller Schein fällt dennoch aus der Vergangenheit in seine Seele, aus jener Zeit, da die Lust und die Empfindung noch unschuldsvoll und rein waren und ihn nun, da alles geschehen und alles durchlitten ist, sagen lassen: »...wenn ich einmal wieder als kleiner Junge, Hand in Hand mit Galeiden durch unseren blühenden Garten rennen könnte, unserer lachenden Mutter entgegen – würde ich nicht hundert Jahre voll Gram durchleben um dieses einen Augenblicks willen?«[153]

So enden die Aufzeichnungen von Ludolf Ursleu dem Jüngeren. Nur ein Satz fehlt noch, der anzeigt, daß auch dieses sehnsuchtsvolle Erinnerungsbild erbleicht: »O schweige meine Seele; es ist vorüber.«[154]

Über den Ursleuen liegt ein Schimmer des Ungewöhnlichen: »...man hielt in unserem Hause für die eigentliche Aufgabe des Menschen, das Leben wie ein schönes Gewand oder Schmuckstück zu tragen, das Haupt hochzuhalten und heiter zu sein.«[155]

Die Mutter entspricht diesem Schönheitsideal so sehr, daß niemand sich mit ihr vergleichen kann. Auch Galeide nicht, die aber still und zufrieden ist, »ein wonnig Ding«[156], von allen verhätschelt und verzogen und selbst auch fähig, anhänglich und liebevoll zu sein.

Der Urgroßvater besitzt »eine so merkwürdige Beweglichkeit des Geistes, daß ihm nichts Neues, mochte es auch noch so weit außerhalb des Gesichtskreises seiner Jugend und seines Mannesalters liegen, unverständlich oder gar gleichgültig war.«[157]

Ezard, der Neffe und Vetter, ist ausgezeichnet durch den »Schritt und die Haltung eines Siegers«. »Seine Schönheit war edel und maßvoll, aber höchst eindringlich dadurch, daß sie vollkommen mit dem seelischen Ausdruck verschmolz...«[158] Er heiratet Lucile, französische Schweizerin, die ins Haus kam, um Galeide »die scheu verehrte Sprache der übrigens verhaßten Nachbarn« zu vermitteln.[159]

Ziemlich zu Anfang der Geschichte vollzieht sich eine Konversion: Die katholische Lucile tritt zum evangelischen Bekenntnis über, und alle Stufen eines solchen Vorgangs werden sichtbar: die Liebe zum Bräutigam, mit dem das Mädchen eines Glaubens sein will; die rationale Begründung eines solchen Schrittes, der aus Einsicht in die höhere Wahrheit der anderen Glaubensrichtung gerechtfertigt wird, bis hin zu jenem Punkt, wo alle diese Erklärungen und Begründungen zurückweichen und ihre Essenz als Glaube angesehen und bekannt wird. Galeide allerdings hat eine ganz andere Auffassung: »Aber warum streitet ihr«, sagte sie schläfrig, »man tritt einfach zum Glauben des Mannes oder der Frau über, um heiraten zu können.«[160]

Ezard hingegen glaubt, seine Braut sei seinetwegen übergetreten und habe dabei bedacht, »daß der Unterschied zwischen protestantischem und katholischem Glauben nicht groß genug sei, um einen Gott in der Beurteilung von Menschenseelen zu beeinflussen...«[161]

Was aber kommen wird wie ein Blitz – das steht jenseits von kleinlicher Menschensatzung – unerwartet, taghell und doch verhängnisvoll. Glaube und Bekenntnis haben ihre eigenen Gesetze, sie sind nicht nur achtenswert, sondern auch lebensbestimmend. Aber über ihnen steht das Schicksal, mag man es Gott oder göttlich nennen. Wie aber Gott oder das göttliche Schicksal sich offenbart, das sagt viel oder alles aus über den Gang des Lebens. Für die Ursleuen wird die Liebe zwischen Galeide und Ezard zur unumkehrbaren Wirklichkeit mit ungeahnten Folgen: »...die Liebe ist wahrhaftig einem Feuer zu vergleichen, insofern, als sie sich niemals begnügt, sondern stets mehr Nahrung will, sich reckt und riesenhoch anschwillt zu furchtbarer Schönheit und zum Verderben alles dessen, was ihr im Wege steht.«[162]

Was hier beschrieben und Liebe genannt wird, ist aber eigentlich Leidenschaft oder auch Liebe, die von Leidenschaft verschlungen wird, und insofern ist ihr mehr als allem Irdischen, Menschlichen sonst schon eine vergiftende Spur Dämonie beigemischt. Dieses Element des von Menschenkraft Unbeherrschbaren wird von der Dichterin, die ihr junges Leben, ihre immer wieder qualvoll und glückstrunken erlebte Liebesleidenschaft zum Thema ihres ersten epischen Werkes macht, erkannt und gestaltet.

Galeide, die, wie ihre Schöpferin Ricarda, in die Schweiz zur Ausbildung ging und dort eine bedeutende Geigerin wurde, anerkannt in den wichtigsten Musikzentren, verliebt sich, obwohl Ezard in leidenschaftlicher Liebe verbunden, in Gaspard, den Bruder der unglücklichen Lucile. Ihn hat Ricarda Huch jenem Edouard Marmier nachgebildet, dessen stumme Leidenschaft sie so sehr verzauberte, daß sie die Erschütterung des so sicher geglaubten, auf Richard gerichteten Gefühls erfuhr. So hat sie ihn in *Frühling in der Schweiz* beschrieben: »Er fiel auf durch sein dunkles Gesicht von beinahe negerartigem Typus, in dem zwei schwarze Augen geheimnisvoll glitzerten... Er wohnte gerade über mir, und wenn ich abends vor dem Schlafengehen noch eine Weile im offenen Fenster saß, saß er wohl in dem seinigen und spielte die Geige. Eine Stelle aus der damals neuen Cavalleria rusticana gefiel mir besonders gut: es war dann, als ob die Nacht auf dem totenstillen Platz selber zu singen beginne.«[163]

Aber anders als Marmier, dem Ricarda auch durch seine Erzählungen von seiner Heimatstadt Estavayer-le Lac und den dortigen Festen und Bräuchen den Stoff für ihre Novelle *Der Mondreigen von Schlaraffis* verdankt, spielt sein Ebenbild Gaspard nicht die Geige, sondern die Flöte und bezaubert die eben noch so sicher in sich selbst ruhende Galeide. »Meine Liebe ist hin«, gesteht sie ihrem Bruder Ludolf, »die ich für ewig und einzig in meinem Leben hielt! Wie die Sonne vom Himmel gefallen! Wenn ich sie nicht für etwas Heiliges und Ewiges gehalten hätte, hätte ich dann alles das getan, was ich getan habe? ... damals war alles so natürlich, ich konnte nicht anders, glaub mir. Es kam mir auch nie ein Zweifel; ich war unglücklich, aber doch ruhig in mir, ich schlief wie ein Kind, das gar nicht weiß, was Gut und Böse bedeutet. Auf einmal begreife ich mich nicht mehr. Wenn ich mich selbst betrachte, wie ich früher war, und was ich euch und Lucile angetan habe, so erscheine ich mir wie eine kalte, ruchlose, fluchwürdige Teufelin.«[164]

Ludolf versucht sie zu beruhigen, indem er ihr bestätigt, daß sie und Ezard nicht aus böser Gesinnung handelten, die Leidenschaft habe sie gezwungen. »›Ja‹, sagte sie mit einem Hohn, der an ihr befremdend war, ›aber was war denn nun diese Leidenschaft und dieses Schicksal? Es zeigt sich ja jetzt, daß es nichts als Zufall war! Wenn Gaspard nun schon damals gekommen wäre? Was war denn der Zweck von diesem gewaltigen Aufwand, den das Schicksal mit uns machte? Nun ist alles, alles, alles umsonst. All der Jammer, den wir angerichtet haben! Wir haben niedergerissen, was zwischen uns stand, und nun liegt es im Staube da, daß wir uns die Hände reichen könnten, und Ezard streckt sie aus nach mir und ich? Ich gebe sie nicht! Ich kann sie ja auch nicht geben!‹«[165]

Am Ende, als Gaspard seine Macht an ihr erprobt und Galeide, um ihm zu beweisen, daß sie alles, was er will, tun wird, sich aus dem Fenster stürzt und zerschmettert in einem Lilienbeet liegt, ist es Ezard, der neben ihr sitzt und seinen Kopf an ihre Brust lehnt.

Aber das Jenseits ist nicht das Leben. Das menschliche Herz ist ein unruhig Ding. »Es fährt als ein Kähnlein auf dem gewaltigen Lebensmeere umher, und bald schluckt es zuviel Wasser und sinkt und verzagt, bald tragen Wellen es in die Lüfte, daß es sich dem Himmel nähert, und dann jauchzt es voll Übermut und triumphiert. Aber es muß immer wieder hinunter, und wenn es unten ist, wieder hinauf. Es kann auch eine glatte Bahn durchlaufen oder in eine Meeresstille geraten, daß es still und bange daliegt wie vor dem Magnetberge. Aber wie es auch sei, den Hafen findet es nicht im Meere, Häfen sind am Ufer; das ist das Jenseits.«[166]

Nicht der Hafen ist Ricarda Huchs Ziel, sondern das Meer mit seinem Hinauf und Hinab, mit seinen Schicksalen, Umwegen, Irrwegen – und die Liebe, die Leidenschaft ist nicht mehr das Felsenfeststehende, sondern wird hin und her geworfen wie die Nußschale auf dem Lebensmeer.

So schreibt sie sich den Schock und die Qual von der Seele, die sie erlitt, als sie die Wandelbarkeit des Gefühls erfuhr. Galeide nimmt sich das Leben. Ricarda stellt sich dem Leben.

Die *Erinnerungen von Ludolf Ursleu dem Jüngeren* werden ein großer Erfolg – für die junge Dichterin und für den Verleger. Der erfahrene Widmann sieht das schon bei der ersten Lektüre des Manuskriptes voraus. Zwar werde es Anfeindungen geben, »aber viel größer wird die Zustimmung aller fürs Schöne empfänglichen freien Menschen sein. Sie führen da ja eine ganze Symphonie des gesteigerten Lebensgefühls auf. Wirklich der Roman einer lyrischen Dichterin«. Aber Widmann sieht auch die möglichen Reaktionen voraus: »Ja, machen Sie sich darüber keine Illusionen, daß Ihre Dichtung Staub aufwirbeln wird. Dieses ehrliche Eintreten für die so komplizierte menschliche Natur auch nach ihrer sinnlich instinktiven Seite, diese Vorurteilslosigkeit nach allen Richtungen, die über alle Gewohnheitspferche der Sitte setzt (immer übrigens mit Grazie!) wird, da eine Dame, ein Mädchen auf dem Buchtitel genannt ist, enormes Aufsehen machen... Was mich betrifft, so möchte ich Sie wie eine liebe Tochter einwickeln und pflegen, wenn ich mir vorstelle, daß Sie in Ihrem jungen Gemüt diese Galeide getragen haben. Es wäre mir ganz himmelangst um Sie, dächte ich nicht, daß das eben der glückliche Vorteil der Dichter ist, einen Werther, eine Galeide so los werden und daran genesen zu können.«[167]

Wie weit aber Wahrheit und Dichtung sich mischen, ist Widmann noch nicht klar. Ricarda bekennt ihm: »Wahrheit ist, daß jener Ezard lebt, Dichtung ist, daß seine Frau gestorben wäre; sie lebt und ist meine Schwester.«[168]

Aber auch Widmann hat Bedenken wegen der Ehebruchsgeschichte und hält seine Besprechung in der ›Nation‹ so, daß er diese Zusammenhänge als dichterische Freiheit interpretiert und würdigt.

Doch es ist nicht nur die Zunft der Kritiker, also die Öffentlichkeit, die zu fürchten ist, sondern in mancher Hinsicht ist es viel mehr die Familie. Was wird Braunschweig sagen?

Der Vetter Hans Hähn, Ricarda und Richard in Freundschaft verbunden, überdies ein wenig in Ricarda verliebt, hat das Buch mit Verständnis und kritischer Distanz zugleich gelesen. Er schreibt am 28. August 1893 an seine Cousine: »Gestern sprach ich mit Lilly über den Roman: sie und Rudolf werfen Dir Vieles vor, worauf eine unbefangene Lektüre des Buches Niemand bringen kann. Z. B. finden sie es kanibalisch, daß Du Deinen Vater durch Selbstmord enden läßt. Ferner hättest Du Ezard zu sehr herausgestrichen. Das wird *seine Familie* sicherlich nicht finden. Die sehen ihn noch viel besser als Du. Also kann Dein Bild ihnen nur ungünstig erscheinen. Und für das wenige, was Du ihm Schlechtes genommen, hast Du ihm anderes Schl[echte] gegeben, so daß der Leser 100 Seiten lang ziemlich erbost auf ihn ist. Großmama wird sich freuen, sich so [als Urgroßvater] aufgefaßt zu sehen. Rudolf ist, falls er empört ist von Jemandem in dem Roman gesehen werden zu können, ganz gut fortgekommen. Das einzige Dumme ist Lucile. Lilly ist einfach netter, viel bedeutender, reicher und reizvoller, u. da die Worte Luciles alle von ihr hätten gesagt werden können, wird man in dieser ein entstelltes Bild deiner Schwester sehen u. dasselbe schlechter Absicht, im günstigsten Fall durch Leidenschaft und Eifersucht verursachter Verblendung zuschreiben. Dagegen ist nichts zu machen. Wer den Roman ohne Voreingenommenheit durchliest, wird den Gesamteindruck von Luciles Charakter haben u. dabei weniger an Lilly denken, als wer finden will, daß Lucile nicht Lilly ist, nach Beweisen sucht u. gerade in Einzelheiten u. Äußerlichkeiten immer auf Belegstellen für die gern widerlegte Auffassung stößt. ... Ich würde gleich Rudolfs Exemplar mitschicken, damit Viele zur gleichen Zeit lesen können. Das Buch ist viel zu gut, stimmungsvoll u. wirkungsvoll, als daß man bei der ersten (vorurteilslosen) Lektüre an Kieks und Kaks denkt, man wird gefesselt sein, es als Kunstwerk nehmen, loben u. tadeln u. auf Familienpietätlosigkeit erst kommen, wenn man darauf aufmerksam gemacht wird.«[169]

Lou Andreas-Salomé bespricht das Buch in der Zeitschrift ›Die Frau‹[170], und hier fühlt sich Ricarda, wie überhaupt durch die meisten Leser, ganz mißverstanden, was Galeides Liebe zu Gaspard angeht. Sie schreibt an Lous Freundin Frieda von Bülow am 25. Dezember 1895: »Die

Galeide *liebt* den Gaspard ganz echt und recht, wie man eben liebt. Sie liebt nicht den einen [Ezard] mit edler, den anderen [Gaspard] mit unedler Liebe, sie ist eine viel zu ganze Natur, um nicht, wenn sie liebt, ganz zu lieben. Sie macht die Erfahrung, daß Liebe, auch die schönste, wärmste vergänglich ist und geht an dieser tragischen Erfahrung zugrunde. Das ist alles.«[171]

Im Ursleuen-Roman hat Ricarda Huch nicht nur ihrem Schuldbewußtsein Ausdruck gegeben, sie hat auch die Geschichte von Ezard [Richard Huch] und Galeide [Ricarda Huch] nicht einfach erzählt, sondern sie, indem sie sie auf eine künstlerische, eine literarische Ebene gehoben hat, verfremdet. Sie hat den Roman mit Herzblut geschrieben, alle Qualen, alle Wonnen, alle Verzweiflungen in ihn eingewoben, aber so, daß sie die ihren sind und doch auch wieder nicht. Galeide bleibt eine eigene, unverwechselbare Gestalt aus Phantasie und Wirklichkeit, so wie Ricarda die Autorin und nicht die literarische Gestalt ist. Das gleiche gilt für Ezard. Die Autorin ist ganz dabei und behält doch distanzierte Haltung. Das gelingt nicht zuletzt durch die Einschaltung des Erzählers Ludolf. Er erweckt die handelnden Personen zum Leben, durch ihn reden sie und schweigen, lieben sie und brechen die Treue, denn Galeide und Ezard und all die anderen sind tot. Nur Ludolf lebt und Gaspard, und beide sind Mönche geworden. Weiter läßt sich Distanz, Distanzierung kaum treiben. Das Persönliche wird auf diese Weise entprivatisiert, ohne peinlich, geschwätzig zu sein, und es erlangt zusätzlichen künstlerischen Rang durch Stilisierung. Dabei ist dieser Begriff in seiner modernen Fassung gemeint, als »spezifisch ästhetische Darstellungsmethode, die von der Wirklichkeit als ihrem Substrat ausgeht und auf diese hinzielt... mit dem Ziel, eine Interpretation der Wirklichkeit zu gewinnen und zu formulieren.«[172]

Rilke hat ausgedrückt, was in der Sprache der Literaturwissenschaft ohne umständliche analysierende Beschreibung nicht möglich ist. Er schrieb, daß »die stilisierte, also unrealistische Darstellung... gerade... der Weg zu einer selbst sich vertiefenden, innerlichen Wahrheit: die primitiven Elemente zu erkennen« ist.[173]

Erst um 1900 zeichnet sich eine solche Sprachentwicklung ab, die sich an entstehende Formen der bildenden Kunst anlehnt beziehungsweise diese ins Sprachliche überträgt, wodurch sie eigenen Charakter erhält. Ricarda Huchs »poetische Sprache« im *Ludolf Ursleu* von 1893 ist ein frühes Beispiel »der modernen Stilisierung«[174] und damit des modernen künstlerischen Ausdrucks, der aus dem Jugendstil hervorgeht und die literarische Form des Jugendstils ist.

Die Entzauberung

Der Ursleuen-Roman bringt künstlerische Bestätigung und psychische Entlastung, aber er verändert die konkrete Situation nicht: Lilly Huch ist nach wie vor nicht zur Auflösung ihrer Ehe bereit. Die Beziehung zwischen Ricarda und Richard bleibt also weiterhin ohne jede andere Grundlage als die Gefühlsbindung. Die junge Autorin hat aber gerade selbst erfahren und im Schicksal ihrer Romanfigur Galeide bestätigt, daß auch die innigste Liebe gefährdet sein kann – durch Empfindungsschwankungen, nicht zuletzt durch das Nachlassen erotischer Spannung, wie es lange Trennung mit sich bringt.

Das Leiden daran durchzieht die Briefe dieser Jahre. Die Zaeslin-Episode bewirkt, daß wenigstens ernsthaft über ein gemeinsames Leben nachgedacht wird. Kann sich Richard vielleicht in Zürich niederlassen? Das Ehepaar Reiff, das zu den engsten Freunden Ricardas in Zürich gehört, zusammen mit ihren Freundinnen den ›Kreis des Herzens‹ bildend, der vom übrigen gesellschaftlichen Verkehr des überaus reichen Ehepaares getrennt ist, wird ins Vertrauen gezogen. Die erwogene Niederlassung als Anwalt gilt als wenig aussichtsreich, weil die potentielle Klientel in ihm einen Fremden sehen würde. Da Richard aber auch ausgebildeter Kaufmann ist, käme vielleicht eher die Beteiligung an einem Geschäft in Frage.

Aber alles ist unsicher. Sicher ist nur, daß sie beisammen sein wollen. Doch Ricarda hegt auch gewisse Zweifel: »Das Bild das aus Deinen Handlungen aus (?) der letzten Zeit resultiert, ist nicht so wie das Bild, das ich sonst von Dir hatte.«[175]

Fünf Tage später meint sie, als wolle sie sich selber Mut zusprechen: »Es wird mit der Zeit wohl schon alles wieder gut werden.«[176]

Aber das Vertrauen in Richards Beständigkeit scheint gelitten zu haben. »Liebster«, schreibt Ricarda, »Ich denke so, daß ich Dich liebe und überzeugt bin, daß Du immer so handelst wie Du es für richtig hältst und daß Du mich liebst.«[177]

In der Zeitung liest sie eine Notiz über eine Ethikerversammlung in Eisenach, wo Professor Dr. Tönnies unter anderem sagte, »daß die lebenslängliche Ehe die ethische Aufgabe der Familie erschwere; die Ehen zeigten starke sittliche Schäden; die fortschreitende Vermehrung der Ehescheidungen spreche für eine Ehe mit Zeitbegrenzung«.[178] Der Ausschnitt wird sorgfältig aufbewahrt. Enthält er nicht auch eine Rechtfertigung, noch dazu eine wissenschaftlich begründete, ihres Verhaltens?

In Ricardas Briefen an Richard Huch steigern sich die Liebesbekenntnisse: »...ich kann nicht ohne Dich leben.«[179] Die Zusammengehörigkeit wird beschworen: »Liebes Herz, laß uns hoffen. Entweder wir sind beide glücklich oder beide unglücklich.«[180]

Eine Lösung ist nicht in Sicht. Aber ähnlich wie damals in Braunschweig, fühlt Ricarda jetzt, daß ihre Zeit in Zürich zu Ende geht: »...ich muß gewiß fort, ich gehe hier zu Grunde.«[181]

Gerade ist eine Rezension ihres zweiten Gedichtbandes in der ›Zeit‹ in Wien, die Hermann Bahr redigiert, erschienen. Man unterstellt ihr Kühle. Das fällt ihr aufs Herz.[182]

Aber auch, daß sie und Richard unterschiedliche politische Anschauungen haben: Der Kaiser und Bismarck: sie müsse sich beständig vor Ekel schütteln, schreibt sie in Anspielung auf aktuelle Vorgänge an Richard, wohl wissend, daß dieser es anders sieht.

Dann neue Überlegungen, wie man eine Lösung der qualvollen Situation herbeiführen könne: Ob Richard Lilly nicht sagen kann, daß er keine Scheidung anstrebe, daß er aber das Leben, so wie es ist, nicht länger ertragen könne. Richard muß in Panik geraten sein, denn in höchster Aufregung schreibt sie ihm: »Man müßte also nur einen Ort ausfindig machen, wo Du leben und Geld verdienen kannst. Das sollte doch möglich sein! Bitte, Richard, verzage noch nicht. Ich kann mich an allerlei Leute wenden, wenn Dir das recht ist.«[183]

Wieder werden die Freunde Reiff eingeschaltet. Hermann Reiff schlägt Nizza als neuen Aufenthaltsort für Richard vor. Alles erscheint so aussichtslos. Richard ist gefährdet. Ricarda hatte schon früh ertragen, daß Lilly und die Kinder unglücklich waren. Das machte sie selbst auch unglücklich, aber es war eben doch erträglich. Nur daß Richard litt, war das Unerträgliche, immer schon – und jetzt wird es gefährlich. Sie weiß, daß er die Kinder sehr liebt. Deshalb, so schreibt Ricarda ihm, solle er sein Leben mit ihnen ausfüllen und den Gedanken an Scheidung und alles, was damit zusammenhängt, endgültig aufgeben. Er solle es um der Kinder willen wieder mit dem Leben versuchen. Es ist ein schöner, ein rührender Gedanke, den die einst so leidenschaftlich Liebende hier ausspricht. Ist Eros Agape gewichen? Fast muß man es annehmen, wenn man liest: »*Unsere* schöne Zeit war doch vorüber. Wenn Du nun für Deine Kinder lebst, kann man doch noch einen gewissen Sinn in allem sehn.«[184]

Kraftlosigkeit, Resignation, Müdigkeit – nie hat es das zuvor gegeben. Die Zukunft erschien oft dunkel, alles war aussichtslos, aber das bedeutete nicht Nachlassen der Sehnsucht nach Gemeinsamkeit, bedeutete nicht Ermatten der Liebe. So wechselnd der Gemütszustand auch manchmal war – nach ein paar Tagen war Ricarda schon wieder »ganz vergnügt«, man kämpfte sich eben hindurch. Aber jetzt? Am 21. Juli 1895 schreibt sie Richard offen, der sich über ihre Briefe, ihren Tenor, ihre Mutlosigkeit beklagt zu haben scheint: »Du bist jetzt ganz böse auf mich. Ich begreife das auch, und es ist ja auch möglich, daß ich die Schuld habe. Ich möchte so gern so schreiben, wie Du es wünschst, aber ich kann es nicht. Du kannst mir glauben, daß ich mich nach Dir sehne, Du bist mir ja zugleich Freund und Familie, alles, was ich habe. Aber um das Sehnen als ein so leidenschaftliches, alles Niederwerfendes zu empfinden, dazu habe ich Dich zu lange nicht gesehen, Du kennst mich ja in diesem Punkte. Und dann erinnere Dich doch... Du schreibst mir im Winter oder Frühling, unter diesen Umständen, wo alles aussichtslos wäre, hätte es keinen Sinn mehr, uns zu treffen. Daran denke ich doch auch noch, es ist doch vielleicht richtig.«[185]

Ungeheure Kräfte sind darauf verwendet worden, diese Liebe aufrecht zu erhalten und ihre Flamme immer wieder bis zur Leidenschaft anzufachen. Als sei das, was so viele Schmerzen ausgelöst hat, so vielen Kummer bereitete, geradezu verpflichtend. Es muß sie doch geben, die unbezwingbare, unwandelbare, über alle Widerstände hinausreichende, lebendige, empfindsame Liebe. An ihrer Beständigkeit hat Ricarda auch dann nicht gezweifelt, wenn Gefühle sich in ihr regten, die nicht Richard galten. Aber hat er denn eigentlich eine Vorstellung von dem, was sie ertragen muß? »Ich glaube, ich schrieb Dir früher schon einmal, Du kannst nicht wissen wie es ist, einen verheirateten Mann zu lieben.«[186]

Immer aufs Neue werden die finanziellen Möglichkeiten des Familienunterhaltes erörtert, aber je konkreter die Zukunftspläne angesprochen werden, als umso verwickelter erweisen sie sich.

Sie sind miteinander gereist, waren zusammen mehrfach in London, im schottischen Hochland, trafen sich öfter in Deutschland, in der Schweiz, alles in größter Heimlichkeit. Aber können diese abgestohlenen Tage, wenige Wochen vielleicht, manchmal nur Stunden die fiebrige Stimmung, wie sie vor zehn Jahren zwischen ihnen herrschte, wieder herstellen? Kann es noch sein wie früher?

Nein, Ricarda glaubt es nicht mehr. Aber dann klammert sie sich doch wieder an Hoffnungszeichen. Es kann doch nicht alles umsonst gewesen sein. Doch sie läßt den unter so heftigen Schmerzen und Zweifeln immer noch geliebten Mann auch wissen, daß sie ihn nicht zur Scheidung drängt, ja, daß sie eher das Gegenteil möchte.

In dieser quälenden, Kräfte zehrenden Situation kommt die Nachricht, Richard habe eine Zuneigung zu einem jungen Mädchen gefaßt, einer Katastrophe gleich. Er war letztlich immer der Treue gewesen, jedenfalls ihr gegenüber. Und nun, wo sie selber zweifelt an der Berechtigung dieser Liebe, beginnt er nicht nur zu wanken, sondern scheint sich einer anderen zuzuwenden. Zwar ist die Gefahr wohl gering, vielleicht gar nicht vorhanden, aber ganz genau weiß sie das nicht.

Sie fühlt nur den Abstand immer weiter werden; sie bittet, ihr nicht zu schreiben, so lange sein Zustand so ist. »Eifersüchtig bin ich nicht; aber es ist etwas so ganz, ganz anders geworden.«[187] Zwei Tage später bittet sie: »...lass uns ja nicht wieder so traurig werden.«[187a]

Die Krise erschüttert beide: »Ach, Richard, ich empfinde auch, wie wir uns ... weiter und weiter voneinander entfernen.«[188] Und der Höhepunkt dieser Qualen ist noch nicht erreicht. Beide klammern sich an den so lange bewahrten Glauben an die Einzigartigkeit ihrer Liebe, die Ricarda dichten ließ:

Es bebten Tal und Berge von Gewittern,
Das Licht erlosch am Himmel in die Nacht,
Noch überläuft die fernen Berge Zittern,
Doch löst sich linde schon der Stürme Schlacht
Im frisch entwölkten Blau strahlt durchs Gewimmel
Der Sterne stolz ein Schwert mit Schneid und Knauf.
O Erde, rolle jauchzend durch die Himmel:
Das Sternbild unsrer Liebe ging dir auf.[189]

Bei allem Weh der Trennung, blieb doch immer die Gewißheit der Gemeinsamkeit:

Du warst nur kurze Tage mein Gefährte,
Doch ist mein Wesen so von dir durchstrahlt,
Und so dein Bild in meinem Tun gemalt,
Als ob ein Leben deine Nähe währte.

So kann, ins Glas gesprüht, ein Tropfen Wein
Des Wassers Nüchternheit in sich verschlingen
Und es mit Süße, Farbe, Duft durchdringen,
Daß keins vom andern je mehr zu entzwein.

So schwingen Sterne sich und aber Sterne
Um eine Sonne, die sich nie enthüllt,
Mit ihrer Kraft und ihrem Licht sie füllt,
Und sie regiert aus unermessner Ferne.[189a]

Vielleicht wird dies bleiben, das Ineinander des einen im anderen. Aber wird nicht vielleicht auch das eines Tages dahin sein?

»Lieber Richard. Dein Brief preßt mir das Herz. Wüßte ich nur, wieviel an allem Unglück ich schuld bin und ob es Dir besser ginge, wenn ich anders wäre. Vielleicht wenn ich immer gleich in meiner Liebe geblieben wäre, würdest Du die gänzliche Aussichtslosigkeit unserer Zukunft eher ertragen können, selbst wenn ich dann oder wir beide aus Sehnsucht und Verzweiflung elend wären.«[190]

Aber auch Ricardas Herz ist aufs neue bewegt von einem Gefühl, das sie Liebe nennt und das nicht Richard gilt. Es gibt keinen Widerhall, wie es beim ›kleinen Marmier‹ nichts gab, was den fernen Geliebten auf Dauer verdrängen und als Untreue im groben, stofflichen Sinne bezeichnet werden müßte. Aber eine Untreue des Herzens, wenn auch nur eine zeitlich begrenzte, war es allemal und ist es jetzt wohl auch wieder.

Ricarda ist viel zu wahrhaftig, um zu verschweigen, was mit der Reinheit und Stärke ihrer Liebe zu Richard auch nur im entferntesten nicht zu vereinen wäre. So leiden sie beide unaussprechlich, und das bessert sich auch nicht dadurch, daß Ricarda schreibt: »...wenn ich allein bin mit dem leidenschaftlichen Bedürfnis zu lieben, das ich nun einmal habe, kann ich nicht dagegen an. Daß ich nicht wiedergeliebt werde, trägt wohl noch dazu bei. Ich sehe ihn übrigens ganz selten, kaum einmal im Monat. ... Lieber, lieber Richard, Du kennst mich ja so gut, Du weißt gewiß alles und begreifst es alles, warum es so kommen mußte. Und Du weißt doch auch, daß ich Dich liebe. ... Richard, ich beschwöre Dich nun (?), denke nicht daran, Dir das Leben zu nehmen.« »So gut wie Du durch den Tod die Familie verlassen kannst, kannst Du es auch anders. Versprich mir, das nicht zu tun und es jedenfalls nicht zu tun, ohne es mir zu sagen.« »Zu denken, daß Du immer so traurig und mutlos und hoffnungslos bist, glaube mir Richard, das ist mir das Allerschlimmste. Aber wie ich es anders machen soll, das weiß ich nicht. Deine Ricarda.«[191]

In der folgenden Zeit scheint der Briefwechsel unterbrochen zu sein. Nur Ricarda fragt mehrmals Richard nach seinem Befinden, erhält aber wohl keine Antwort und schweigt schließlich auch. Im April (1896) hört sie von der Großmutter, daß er umgezogen ist und schreibt kurz, nicht ohne zu erwähnen, daß es ihm vielleicht lieber sei, nicht an sie erinnert zu werden und nichts von ihr zu hören. Fünf Tage später, am 9. April 1896, nach einem Vierteljahr des Schweigens, atmet sie erleichtert auf: Richard hat geantwortet, und sie gesteht ihm nun, daß sie immer gemeint habe, glücklich sein zu müssen und das zu erzwingen versucht habe. Auch die Ursleuen hatten diese Lebensmaxime: den Kopf stets hoch zu tragen.

Aber es ist nicht nur die erneut erschütterte Liebesgewißheit, der Zweifel an der Zuverlässigkeit des Herzens, was sie umtreibt. Sie fühlt, daß sie Freiheit braucht, daß normale Berufstätigkeit auf die Dauer eine Fessel für ihre schöpferischen Kräfte ist, die sie abschütteln muß. Es mag auch sein, daß ihre komplizierte Gefühlssituation zu Gestaltung drängt und Nebensächliches – in der Rangfolge nebensächlich – nicht mehr duldet. So bekommt der Gedanke, Zürich zu verlassen, neuen Auftrieb. Am 3. Mai meldet sie Richard, daß wohl Bremen das neue Ziel sein wird: »...ich habe das Gefühl, daß ich hier zugrundegehe.«[192]

Eigentlich ist es ihr ziemlich egal, wie es in Bremen ist, sie will nur fort aus Zürich. Gerade weil sie hier einmal so glücklich war, in der Stadt der Jugend und der Hoffnung, fühlt sie sich nun an diesem Ort doppelt unglücklich. Vor wenigen Jahren hat sie sich noch darum bemüht, Schweizerin zu werden und scheiterte daran nur, weil nicht feststellbar war, welche Nationalität ihr Vater hatte. Danach aber richtete sich die ihre. Brasilianische Freunde haben dann später bei anderer Gelegenheit an Eides Statt erklärt, daß der Vater das brasilianische Bürgerrecht besaß.

Doch es scheint, daß Zürich für sie nun ist, wie die abgelegte Haut einer Raupe, aus der der Schmetterling geschlüpft ist. Es muß etwas anderes kommen, und vielleicht ist Bremen, das sie gar nicht kennt, auch deswegen anziehend, weil Richard, zu dem das Verhältnis immer noch sehr zerbrechlich anmutet, sich sogar ein bißchen auf ihre Nähe freut. »O lieber Richard! Könnte ich Dich doch einen Augenblick sehen. Schreib mir ein freundliches Wort, bitte! Bitte bald, ja? Deine Ricarda.«[193]

In Bremen erwartet Ricarda und die mit ihr aufbrechende Marianne Plehn die Aufgabe, Vorträge zu halten, um die Gründung eines Mädchengymnasiums vorzubereiten. »...ich werde jede Woche zwei Vorträge halten müssen, sonst nichts«, schreibt sie an Widmann[193], und im ersten Jahr winken ihr sogar vier Monate Ferien. Das ist verlockend. Die Gründung wird vor allem von Dora Gildemeister betrieben, einer Nichte von Otto Gildemeister, der Mitglied des Bremer Senats ist, wiederholt Bürgermeister war und als Übersetzer von Byron, Shakespeare, Ariost und Dante in Fachkreisen hohe Anerkennung genießt. Die Voraussetzungen für die Arbeit in der Hansestadt erscheinen also verheißungsvoll.

Richard, bereits von ihr vorbereitet, teilt sie schließlich ganz kurz mit, daß sie den Ruf nach Bremen angenommen habe, um dann fortzufahren: »Und heute erfahr ich, daß Du eine Geliebte hast. Ich kann nichts denken und fühlen. Nicht, daß es ist, aber daß Du mir noch vor ein paar Tagen schriebst von meiner Treulosigkeit.«[194] Der Brief ist mit Bleistift geschrieben, in übergroßen Buchstaben, fahrig, heftige Gemütsbewegung verratend, ohne Anrede und Unterschrift. Es scheint einer jener Augenblicke zu sein, wo die in zehn Jahren angestaute Qual aufbricht und mühsam versucht wird, die Beherrschung zu bewahren. Im Grunde ist der ferne Geliebte der ruhende Pol ihres Lebens, treu, zuverlässig, bisweilen leidend, auch und nicht zuletzt unter ihren Herzensschwankungen, aber der doch letztlich immer Geliebte, ohne dessen Liebe sie nicht leben zu können meint. Ihr »Richard, was soll werden?« aus der Krise, für die Emanuel Zaeslin ebenso wie Edouard Marmier nur der Anlaß war, die aber ihre tiefere Ursache in einer quälenden Sehnsucht nach dem geliebten Mann hatte, tönt unausgesprochen auch in dem Schmerz wider, der sie nun, da sie das Standbild des Geliebten fallen zu sehen meint, erfüllt.

Richards Antwort bringt die Erlösung, aber noch zittert sie: »...ist es denn gewiß nicht wahr?« Sofort ist die Schrift wieder zügig, ist der Brief, wie gewöhnlich, mit Tinte und Feder geschrieben. Aber der Schluß vibriert noch vor Erregung: »Gott, was habe ich um Dich gelitten... was soll aus uns werden, wenn es nun doch wahr wäre.«[195]

Der Briefaustausch nimmt schärfere Züge an, und vorwurfsvolle Töne werden bestimmend. Sie akzeptiert es, Richard keine Vorwürfe machen zu dürfen. Aber gegen seinerseits erhobene ungerechte Vorwürfe wehrt sie sich: Haltlos soll sie geworden sein. Nein, so ist es nicht. Vielleicht hätte Verzweiflung im Falle, daß er sie nicht mehr liebe, sie zu einem anderen treiben können oder auch Rachsucht, aber das sei doch etwas anderes als er ihr offenbar unterstelle: nämlich zu gleicher Zeit ein Liebesverhältnis mit einem anderen Mann zu haben und dennoch ihm ihre Liebe zu beteuern.

Jetzt wird deutlich, daß Ricardas offene Bekenntnisse über ihre platonische Liebe zu Marmier und Zaeslin für Richard Huch schwere Kränkungen waren. Daß ihre Wahrhaftigkeit auch ein Zeugnis ihres unveränderlichen Gefühls für ihn ist, blieb unverstanden und hat Irritationen ausgelöst. Bei Ricarda ist plötzlich die Reaktion geradezu euphorisch: Alles wolle sie, was ihr vorgeworfen wird, in

Bausch und Bogen anerkennen; durch ihn werde sie doch noch einmal »ein besserer Mensch«.[196] Aber dann scheint sie wieder die Angst zu überfallen, sie könne verlassen sein, allein, einsam, ein Gedanke, mehr noch eine Vorstellung, die sie lebenslang nicht ertragen kann, und eine Realität, der sie sich zu entziehen trachtet. Jetzt steigert sich diese Angst, und der Selbstzweifel schürt die feurige Beängstigung bis zu dem Schrei: »Liebe mich um Gottes willen, wenn ich es auch nicht wert bin.«[197] Am 5. Oktober 1896 schreibt sie Richard den letzten Brief aus Zürich, eine Woche später den ersten aus Bremen.

Aber schon drei Tage danach erklärt sie nüchtern, sie »...sehe das ganze als einen so unseligen Mißgriff an, daß ich dachte, das einzige, was ich von Bremen haben kann, ist Richard nah zu sein und dies einzige will ich nun auch haben, wenn es sein kann.«[198]

Nicht zuletzt bedrückt sie die Atmosphäre der Kaufmannsstadt; das Bildungsniveau mag doch noch niedriger sein als sie es vermutet hatte. Dann stellen sich auch noch Geldschwierigkeiten ein. Sie will nichts geliehen haben, sondern das bekommen, was ihr zusteht. Es sieht so aus, als hätten sich die beiden Gründerinnen des Gymnasiums, Dora Gildemeister und Christiane Rassow, übernommen.

Um diese Zeit gibt es in Berlin bereits die Gymnasialkurse für Frauen unter der Leitung von Helene Lange, und die ersten sechs Absolventinnen haben gerade das Abitur mit Glanz bestanden. Ähnliche Anstalten sind in Leipzig, Danzig und anderenorts gegründet worden, in Karlsruhe ein humanistisches Mädchengymnasium.

Am 2. November schreibt Ricarda an den Mann, dem unverändert ihre Liebe gehört, daß sie den ersten Vortrag hinter sich habe, alles gut gegangen sei und sie glücklich ist. Am 9. November scheint der Vortrag schon fast Routine zu sein, jedenfalls berichtet sie nach Braunschweig, sie habe ihren Vortrag »abgebetet«[199]. Etwa zwanzig »ganz unbekannte, fragwürdige Frauenzimmer, Margaritas«* seien die Hörerinnen gewesen.[200]

Am 15. November sendet sie einen Jubelruf nach Braunschweig: »Süßer Richard, ich *kann* radeln.«[201] Und das ist in der Tat mitteilenswert, schließlich ist das Radfahren etwas, was nur sehr Mutige wagen, etwas, was vielleicht Salomé Neunreiter anstehen würde, aber Ricarda? der Gemessenen, Damenhaften, Scheuen? Sie erwirbt sogar einen Fahrradführerschein – so etwas gibt es damals –, übt in der Fahrradrennbahn, kauft sich ein Rad und macht Ausflüge.

Anfang Dezember kommt sie nach Worpswede, lernt dort den Maler und Illustrator Heinrich Vogeler kennen und gewinnt einen tiefen Eindruck von seiner Persönlichkeit und der Umgebung, in der er in seinem Bauernhaus lebt. In einigen Jahren stattet Vogeler ihre Bücher *Dornröschen* (zweite Auflage), *Aus der Triumphgasse, Vita somnium breve* (Michael Unger) und *Gottfried Keller* mit Illustrationen aus. Sie erwirbt die Radierung *Liebe* von Vogeler und schenkt sie Marie Baum. Daneben gefallen ihr die bei diesem Besuch gesehenen Blätter *Im Mai* und *Frühling* besonders gut, wobei die unverkennbare Symbolik in der Verbindung von Mensch, Natur und Kultur(landschaft) sie vor allem anspricht.

Ricarda drängt jetzt auf Heirat, auch wohl aus Sorge um ihre Stellung und ihr Ansehen in Bremen. Emmi Reiff-Franck rät brieflich dazu, die Zukunft auf den Juristenberuf zu gründen. Am wichtigsten aber ist, daß sich Lilly Huch nun bereiterklärt, in die Scheidung einzuwilligen. Allerdings wird sie Braunschweig nicht verlassen, so daß der künftige Lebensmittelpunkt für Ricarda und Richard woanders gesucht werden muß. Schließlich wird beschlossen,

* Frauengestalt in dem Roman *Im Kampf um Gott* von Lou von Salomé, 1885 unter dem Pseudonym Henri Lou erschienen.

daß Richard nach Paris reist, um dort die neuen Lebensgrundlagen zu schaffen. Reiffs leihen ihnen zehntausend Mark, damals eine bedeutende Summe, um die erste Zeit leben zu können. Sogar die Großmutter ist jetzt damit einverstanden, daß diese mehr als ein Jahrzehnt lang über alle Schwierigkeiten und Sehnsüchte hinweggerettete Liebe endlich ihre Erfüllung findet.

Ricarda fährt Richard bis Hannover entgegen und begleitet ihn von da aus bis Köln. Und hier, im Hotel, erklärt ihr der Mann, mit dem sie ihr Leben verbinden will, daß er sich nicht von seinen Kindern trennen könne, besonders nicht von seinem Sohn Roderich. Ricarda kämpft um ihre Liebe, denn dieser Ausgang, wie immer er ausfällt, wird entscheidend sein, das ist ihr klar, so wie sie schließlich erkennen muß, daß sie unterliegt, daß jetzt sie das Opfer ist.

Viel später, am 28. Februar 1906, ruft Richard ihr in Erinnerung, was für ihn in jener Nacht entscheidend wurde: Er sagte ihr in Hannover, daß Lilly versprochen habe, ihm fortlaufend über die Kinder zu berichten. Da habe sie, Ricarda, ihm gesagt, »man müßte immer im Leben ganze Arbeit tun und in meiner Lage sei eine reinliche aber gründliche Scheidung das einzig richtige. Ich empfand das damals als etwas sehr Grausames...«[201a]

Von Köln telegraphiert er nach Braunschweig, Freunde fahren ihm entgegen und begleiten ihn das letzte Stück heimwärts. Völlig gebrochen kommt Ricarda in Bremen an. »Diese Liebe war seit dreizehn Jahren der Kern meines Lebens gewesen, ich hatte an sie geglaubt... ich hatte mein Gewissen einem Trugbild geopfert.«[202]

Marianne Plehn ist teilnahmsvoll, aber auch wirklichkeitsverbunden: Jetzt müsse Ricarda den Tatsachen ins Auge sehen. Und auch Ricarda selbst erkennt, daß sie, wenn sie weiterleben will, sich dem Dasein anpassen muß; und sie will, trotz dieser bisher tiefsten und schmerzlichsten Erschütterung, leben.

Das ändert aber nichts daran, daß sie nahe der Verzweiflung ist. Sie weiß nun, daß Richard sie nicht wirklich liebt, oder doch weniger als seine Kinder, und schreibt ihm aufgewühlt: »O Richard, Richard, wenn Du immer nur Glück wolltest von mir haben wollen und mir gar nichts zum Opfer solltest bringen können, nicht Deine angenehme Stellung und Dein bequemes Auskommen. In Deinem ersten Brief [nach der Katastrophe] schriebst Du mir: ›Gott schütze Dich.‹ Es ging mir wie ein Messer durchs Herz. Es kam mir wie eine Redensart vor. War denn alles nur Redensart?«[203] Die Erschütterung wird bis in den unvollständigen Satzbau hinein spürbar.

Zugleich sieht sie auch jetzt Schuld bei sich selbst. Sie hatte bemerkt, daß mit den Schmerzen, die er um sie litt, seine Liebe zu ihr nachließ. Sie ahnte, was kommen würde, und in der Nacht der Entscheidung hat sie ihm wohl diese Enttäuschungen ungeschminkt entgegengeschleudert. Das erkennt sie nun als ihren Teil der Schuld an der sie fast vernichtenden Entwicklung an. Sie ist bereit, seinem Wunsch zu entsprechen: ihm nicht mehr zu schreiben und auf Briefe von ihm zu verzichten. Drei Tage zuvor hat sie, die Tiefgetroffene, ihm in einer Art Bilanz geschrieben: »Ich danke Dir ja mein ganzes Leben, oh ja, mein ganzes Leben, es ist nicht übertrieben, wenn ich das sage, das ganze überschwängliche Glück... danke ich nur Dir, alles, was ich bin, bin ich durch Dich, das kann nie ausgelöscht werden, was Du auch tätest.«[204] Und am selben Tag entschuldigt sie in einem Akt der Selbstüberwindung, der diese Liebe als Ganzes und als individuelle Empfindung kennzeichnet, Richards Verhalten gegenüber Marie Baum: »Ich dachte nicht, daß ich Dir heute schon schreiben könnte; es kommt wohl, weil ich von allem Jammer jetzt so abgespannt bin, daß ich im Augenblick nicht viel empfinde. Ich möchte vor allen Dingen, daß Ihr nicht denkt, es wäre Richard irgendein Vorwurf zu machen. Der einzige, den man ihm machen könnte, wäre ja, daß er nicht vorher wußte, wie sein Gefühl der Kinder wegen sein würde. Aber es war ja unmöglich für ihn, das zu wissen, bis zu dem Augenblick, da er die Kinder als die unschuldigen Opfer wußte. Ich kann mich vollständig hineinversetzen...«[205] Aber trotz dieses Versuches, auch jetzt noch zu verstehen, ist sie wie zerschmettert: »Ich weiß nicht, wozu ich aufstehe, wozu ich esse, wozu ich arbeite, wozu ich existiere. Ich kann jeden Augenblick in Tränen ausbrechen, und wenn ich mich gehen ließe, würde es nie aufhören; eigentlich habe ich das Gefühl, als ob das das Beste für mich wäre.«[206]

Marianne Plehn, die das Elend täglich mitansieht, bittet die Großmutter, daß weder sie noch andere Familienmitglieder an Ricarda, die in einen Erregungszustand verfallen sei, schreiben sollten. Die Großmutter hatte berichtet, daß Richard die halbe Nacht bei Lilly gesessen habe und ihr von Ricarda erzählte. In den Wochen zuvor hatte Richard bereits gegenüber Christiane Rassow, die von Ricarda über ihre Beziehung informiert worden war, offenbar sehr ausführliche Ricarda betreffende Mitteilungen gemacht. Die fühlt sich nun doppelt verraten und schreibt: »Ich will nicht sagen, daß ich an Dir irre geworden bin, aber ich kann doch keine sichere Tendenz in Dir finden.«[207]

Wie soll, wie kann sie sich zu seinem Verhalten einstellen? »Richard, es konnte nur dadurch zu erklären sein, daß Du wahnsinnig warst oder mich nicht mehr liebst.«[208]

In Bremen will sie nicht bleiben. Sie setzt auf eine Existenz als freie Schriftstellerin und hofft, an einem anderen Ort wieder arbeiten zu können. Ihre Vorträge hält sie, streng diszipliniert. Aber schon vorher hatte sich gezeigt, daß der Erfolg sich nicht recht einstellen wollte. Sie liest über das Zeitalter Cromwells in der englischen Geschichte und über die romantische Schule, den Stoff ihres nächsten Buches. Der Brief endet: »Lebwohl, lieber Richard. Es wird mir so schwer, aufzuhören, aber was sollte ich Dir noch sagen? Daß ich Dich liebe, weißt Du wohl. R.«[209] Auf einem Beiblatt erkennt sie alles an: seine Beweggründe, sein Verhalten. Ob er ihr schreiben wolle, hänge von ihm ab. »Durch Deine Liebe kannst Du mich immer noch glücklich machen, nicht durch Mitleid oder Pflichtgefühl oder Hochachtung.«

Am 27. März ist sie sogar glücklich, daß es nicht anders gekommen ist. »Du glaubst ja nicht, liebster Richard, wie anders ich Dich jetzt liebe, jetzt mit Bewußtsein, so wie ich es am Anfang, ganz am Anfang tat, weißt Du, als Du noch für mich wie Gott warst.«[210]

In dieser Zeit der Unruhe, des letzten, fast schon verzweifelten Versuches, diese Liebe zu retten, für die so viel dahingegeben wurde, lernt sie einen jungen Bremer kennen, der sie bald schon liebt. Und Ricarda erfährt nun, daß »das Feuer, das so lichterloh gebrannt hat, ...nicht plötzlich erlöschen (kann); es flackert weiter und sucht sich irgendeine Nahrung.«[211] Sie verliebt sich in diesen Mann um die Dreißig, und es ist bezeichnend, daß dabei ihr ästhetisches Gefühl eine große Rolle spielt. »Er war so schön gewachsen, daß er den Bildern Begas und Böcklins ... von griechischen Heroen ... glich ... Er war ein romantisch leidender, kein einfacher Mensch, einer, der sich selbst quält... Mit seinen vielfachen Hemmungen empfand er mich als eine Befreiung und Beglückung; er war so fremdartig und interessant... wir machten Ausflüge zu Rad...«[212] Sie verlobt sich mit ihm.

Der letzte Brief, den Ricarda Huch aus Bremen an ihren Vetter und Schwager Richard schreibt, ist vom 10. Juni 1897 datiert. Sie nimmt darin Abschied: »Es ist meine feste Überzeugung, daß die Neigung, die ich gefaßt habe, wahr und dauerhaft ist. Sie hat mich nicht mit toller Leidenschaftlichkeit ergriffen. Sie kam, nachdem ich nach den furchtbarsten Kämpfen meines Lebens innerlich auf Dich verzichtet hatte und ich heilig überzeugt war, mit dem Leben abgeschlossen zu haben.

Aber Du bist deshalb doch derselbe, der mir mein Glück und mein alles war so lange… Kannst Du auch ohne Groll an mich denken? Es ist ja nicht meine Schuld. Ich habe Dich gewiß nie so wahr, so rein geliebt wie nach der Katastrophe, das mußt Du aus meinen Briefen gefühlt haben.«[213]

Zwei Tage später verläßt sie Bremen. Die neue Liebe, die ihr wohltut, gibt dem Abschied von der Stadt einen versöhnlichen Schein, aber dort zu bleiben ist ihr unmöglich.

Sie wendet sich nach Zürich, das sie als ihre »Heimat«[214] bezeichnet. Reiffs nehmen sie auf, und hier beginnt sie wieder zu arbeiten. Die Vorstudien zu ihrem Romantikbuch bringt sie aus Bremen mit. Aber der Zürich-Aufenthalt dauert nicht lange. Schon Anfang September reist sie mit Marie Baum nach Wien. Zu Richard hat sie jede Verbindung abgebrochen.

Entscheidungen

Seit Jahren schon lockt Wien. Es ist nicht die Kaiserstadt, die Ricarda Huch ruft, auch nicht so sehr die Kunststadt, viel mehr schon die Erwartung, die Menschen dort seien so ganz anders.[215]

Zuerst besuchen Ricarda und Marie Baum den Chemiker Paul Friedländer, dessen Frau Martha und die Kinder. Solange die Freundin in Wien ist, bleiben sie meist unter sich, erst dann stürzt Ricarda sich ganz in die Wiener Kunstszene.

Die Reise von Zürich nach Wien war beschwerlich, vierundzwanzig Stunden im überfüllten Coupé. Morgens um dreiviertel sieben kamen sie an, um zehn begannen sie bereits die erste Besichtigungstour und sahen am Abend Gerhart Hauptmanns *Die versunkene Glocke* im Burgtheater. Ricarda konnte aber dem Stück nichts abgewinnen, nur das durchsichtige Kleid der Rautendelein gefiel ihr. Viel eher kann sie sich mit der kleinen Oper *Zar und Zimmermann* von Albert Lortzing anfreunden: »das war wirklich vollkommen«.[216]

Und Peter Altenberg lernen sie kennen, den Meister vielbewunderter Skizzen und kleiner Geschichten. »Sie haben einen eigenen Ton, einen sonderbaren Ton«[217], wie Hugo von Hofmannsthal meint. Ricarda Huch hat *Das Altenbergbuch* in Bremen gelesen und Altenberg offenbar dazu geschrieben, jedenfalls antwortete er ihr und bekannte, daß er kein »Freund des ›Mannes‹« sei[218], den er als einen perfiden »Sich-Abfinder mit dem Leben«, einen findigen, unerbittlichen Geschäftsmann, einen »Hausierer des Glückes«, einen »Concessionen-Macher der Seele« nennt.[219] Das hat sie befremdet, wie auch Altenbergs völlig an den Eindruck des Starken, Fremden hingegebenes Zusammenleben mit einer Gruppe von Askantee-Negern, die im Prater gezeigt werden. Die Mischung aus Kult und Verstiegenheit bringt sie bald zu der Einsicht, daß hier doch zu unterschiedliche Sichtweisen aufeinandertreffen und es deswegen wohl besser sei, die Bekanntschaft ruhen zu lassen. Aber zwei Jahre später wird sie eine Besprechung von Altenbergs in zweiter Auflage erschienenem Buch *Wie ich es sehe* veröffentlichen.[220] Jetzt aber, im Herbst 1897, ist »dieser Esel«[221] nicht in der Lage, Billetts für *Hamlet* mit Josef Kainz in der Titelrolle zu besorgen.

Ein anderer Begleiter dieser Tage in Wien ist Max Messer, Mitarbeiter von Hermann Bahr bei der ›Zeit‹. Aber auch er findet keine Gnade vor Ricardas Augen: »Da ich glaube, daß die Literaturjünglinge alle im selben Styl sind, habe ich auf die Bekanntschaft der übrigen Jünglinge freiwillig verzichtet. Übrigens ist der kleine Max ja ein rührendes Kind, wirklich, er dürfte nur nicht sprechen; aber dazu müßte ich ihn doch mehr lieben, um mich nur mit dem Anstarren zu unterhalten.«[222]

In Wiener Zeitungen ist Ricardas Roman *Erinnerungen von Ludolf Ursleu dem Jüngeren* »sehr günstig«[223] besprochen worden, sie ist dort in literarischen und literaturinteressierten Kreisen geradezu prominent. Hier lernt sie nun Hermann Bahr persönlich kennen, und die Schriftstellerin Marie Eugenie delle Grazie lädt sie zu ihrem Jour fixe ein, wo sie andere bekannte Persönlichkeiten des Wiener Kulturlebens kennenlernt. Widmann hat sie an den Wiener Schriftsteller und Musikkritiker Max Kalbeck empfohlen und Christiane Rassow an die drei Schwestern von Vesque. Marie von Frisch, Freundin Gottfried Kellers, und Gattin des Zoologen Anton von Frisch, gehört mit ihrer Familie ebenfalls zu dem sich schnell bildenden Wiener Bekanntenkreis.

Zu den ›großen Häusern‹, in denen Ricarda Huch ein gern gesehener Gast ist, zählt auch das Heim der in der österreichischen Frauenbewegung führenden Marie Lang und das von der ebenfalls frauenbewegten Rosa Mayreder. Bei beiden trifft sich das kultivierte Wien. Dauerhaft aber ist vor allem die Begegnung mit der Schriftstellerin Marie Herzfeld, die den Ursleuen-Roman gleich nach Erscheinen in der ›Neuen Freien Presse‹ besprochen hatte und deren Äußerungen Ricardas Zustimmung fanden.

Im November und Dezember ist Ricarda unausgesetzt eingeladen, besucht Konzerte, Theateraufführungen, sogar eine Parlamentssitzung, folgt Einladungen – kurz: sie genießt das Leben, genießt, was Wien zu bieten hat. Es ist, als ob sie nach all den Qualen und Quälereien, den Selbstanklagen, Schuldgefühlen und Schmerzen aufatmet und mit Entzücken das freie Leben wie die frische Luft eines klaren Wintertages einatmet.

Aber teuer ist Wien. In Zürich würde sie viel billiger leben. Sie wohnt in einer kleinen Pension in der Lammgasse, und dort begegnet sie dem Mann, dessen Bedeutung für ihr Leben sie erst im Alter in seiner ganzen Umfänglichkeit erkennt. »Die Tischgesellschaft bestand aus mehreren Italienern... einem Rumänen... ein paar jungen Österreichern und einer jungen Musikstudentin ...«[224] sowie einem norwegischen Arztehepaar. »Wir saßen schon alle an der langen Tafel..., als er ins Zimmer kam mit dem eigentümlichen, etwas schaukelnden Gang, wie Matrosen gehen, die gewohnt sind, keinen festen Boden unter den Füßen zu haben. Sein Anzug war sehr schäbig; um so mehr fiel die feine Bildung seines Kopfes und seines Gesichts auf, die hohe und breite Stirn, die gebogene Nase, der schöne Mund..., ein Mund, der weniger für das materielle Geschäft des Essens und Trinkens als zum Sprechen, Lächeln geschaffen schien. Obwohl er von allen Seiten lebhaft begrüßt wurde, war etwas Einsames um ihn; er erinnerte mich, vielleicht nicht sofort, aber sicher bald an den Königssohn des Märchens, der, aus der Heimat vertrieben, in Bettlertracht unter fremden Menschen Dienste tun muß. Schnell erfuhr ich, daß dieser Gast ein Italiener war, der bei einem der ersten Wiener Zahnärzte als Assistent angestellt war, und daß er Ceconi hieß...«[225]

Dr. Ermanno Ceconi ist in der Pension allgemein geachtet und beliebt. Einem durch Überanstrengung derzeit an der Ausübung seines Berufes gehinderten Geiger massiert er morgens die Hand und steht eigens dazu früher auf. Der krebskranken Mutter der Pensionswirtinnen steht er nachts bei und gibt ihr die erforderlichen Spritzen.

Als Ricarda einen Zahnarzt aufsuchen muß und nicht recht weiß, an wen sie sich wenden soll, raten ihr alle, zu Ceconi zu gehen. Aber sie fragt sich, ängstlich wie sie ist, ob sie sich nicht lieber seinem Chef anvertrauen soll. Da legt ihr der Großvater der Pensionsinhaberinnen die Hand auf die Schulter und sagt: »Gehen Sie zum Ceconi; er ist edel!« Die Vorstellung, einen Zahnarzt zu wählen, weil er edel ist, belustigt sie. Aber sie folgt dem Rat und vergißt bei der sachkundigen, schnellen Behandlung fast ihre Angst und Schmerzen: sie »... war abgelenkt durch die temperamentvolle und originelle Persönlichkeit, die sich so geschickt und mit außerordentlicher Sicherheit«[226] um sie bemühte.

In ihren Erinnerungen an Ermanno Ceconi hat Ricarda Huch diesen ungewöhnlichen Mann beschrieben, der sie nun immer mehr fasziniert. Sie muß wochenlang fast täglich zur Behandlung und sieht so den »reizenden beweglichen Mund« über sich, »der...an das Märchen von dem Kinde« erinnert, dem eine Fee verlieh, »daß Perlen und Edelsteine aus seinen Lippen sprangen, wenn es redete.«[227] Die Sprache sei seine Kraft und seine Lust gewesen, das eigentliche Organ seines Wesens, schreibt die alte Frau viele Jahre später, aber daß von seinen Lippen auch Kröten und Mäuse springen konnten, gehörte dazu.

Meistens ist sie die letzte Patientin. Dann sitzen sie nach der Behandlung noch in einem Café zusammen und Ceconi spricht.

Ermanno Ceconi ist Sohn eines Italieners und einer Deutschen, Tochter eines bekannten Hamburger Arztes, die ihren späteren Mann in ihrer Heimatstadt kennenlernte, wo er italienische Stunden gab und eine Stellung am Konsulat erhielt. Eine Tochter kam in Hamburg zur Welt, die beiden jüngeren Söhne in Italien, wohin die Familie nach einigen Jahren zurückkehrte. Als Ermanno acht Jahre alt war, starb seine Mutter, die in seiner Erinnerung mit all der Sehnsucht und Einzigartigkeit umkleidet wird, die einen tief geliebten Menschen lebensnah erhalten. Der Vater heiratete bald wieder, ein überaus schönes Mädchen, dessen charakterliche Haltlosigkeit der ganzen Familie zum Unglück wurde. Die Kinder der ersten Frau mußten arbeiten und die vier nachgeborenen Kleinen der zweiten Ehe versorgen. Wie durch die böse Stiefmutter im Märchen, wurde der Vater gegen die Kinder aus erster Ehe aufgehetzt. Schließlich verlor die Frau vollends den Halt und verließ Mann und Kinder. Der Vater versucht, den Lebensunterhalt durch die Anfertigung und den Verkauf von Hemden zu verdienen – ohne wesentlichen Erfolg. Sein ältester Sohn Ermanno muß für die Familie mitsorgen und ist deshalb stets in Geldschwierigkeiten. Gern wäre er Chirurg geworden, aber dafür langten die Mittel nicht. Bei allem Schweren dieses Jugendschicksals liebt der Sohn den Vater und läßt keine Kritik an ihm gelten, anerkennt sogar dessen Recht, ihn, den Erwachsenen, körperlich zu züchtigen.

Ermanno Ceconi ist trotz seiner mütterlicherseits deutschen Herkunft, seinem Gefühl, seinem Selbstverständnis und seiner ganzen Haltung nach Italiener, neigt zu Temperamentsausbrüchen, zu geistreichen Einfällen, die er gleich Raketenblitzen in die Welt schleudert; »er konnte vulkanische Heftigkeitsausbrüche haben und gab zu, daß es besser für alle wäre, wenn er nicht mit seiner Familie zusammen lebte, da sie ihn beständig reizten und an den Nerven rissen.«[228]

Ricarda entgeht nicht, daß dieser noch nicht einmal Dreißigjährige ein Mann der Widersprüche ist: »Ich liebte den einsamen Jungen mit den mandelförmig geschnittenen, opalig schimmernden Augen, die so überirdisch und so schelmisch blicken konnten. … Diese Augen konnten aber auch gefährlich stechen, so wie dieser Kindermund auch spotten und höhnen konnte und wie in dieser Seele ebenso stark wie der Trieb, anzubeten und zu bewundern, der Trieb, selbst das Geliebte zu verletzen und zu entheiligen, war. … Die Worte Philipps II. gingen mir damals oft durch den Sinn: ›Ich habe solch einen Menschen nie gesehen‹.«[229]

»Ich liebte den einsamen Jungen…« – so hat sie Liebe noch nie erlebt: kein stürmisches Aufwallen, kein sinnliches Hingerissensein, keine glühenden Gedichte, kein unbedenkliches Niederreißen, keine Besitzergreifung. Während sie diesem seltsamen, seltenen jungen Mann mehr nachdenkliche Gedanken widmet als je einem anderen, von dem sie geliebt wurde und den sie liebte, in jener verzehrenden, flammenden Liebe, die zu einem Häufchen Asche zusammenfiel, wird sie von einem jungen dichtenden Arzt verehrt und schließlich geliebt. Doch hier gibt es keine Gegenliebe; und während sie von Einladung zu Einladung geht, das künstlerische Wien genießt, fragt sie sich, ob sie mit Manno, denn so heißt er jetzt für sie, leben könnte. Wann hätte sie jemals zuvor sich und den gerade Geliebten so befragt? Aber sie kann sich nicht verhehlen, daß es große geistige Unterschiede zwischen Ceconi und ihr gibt. Ihre Liebe zur Malerei teilt er nicht mit ihr. Er hat sich nie um bildende Kunst gekümmert, er weiß nichts davon und will nichts davon wissen. Aber als er sie eines Tages in eine Ausstellung der damals modernen Malerei des Impressionismus und Expressionismus begleitet, erstaunt er sie durch die Fülle feiner Anmerkungen. Sein Blick für die Technik der Malerei ist angeboren. Eine rasche Auffassungs- und eine subtile Einfühlungsgabe führen ihn zum Wesentlichen.

Poesie ist ihm nahe, ohne daß er große Kenntnisse hat. Ricarda erkennt jetzt ganz bewußt, was ihr mehr unbewußt bereits die Umwelt von Anna Klie nahebrachte, »daß die Anforderungen des täglichen Lebens zu schwer drücken können, als daß man nach dem Schönen verlangen könnte; die Sorge um das Notwendige zehrt alle Kräfte auf«. Das hat etwas Befremdendes an einem Menschen, »der in der körperlichen Erscheinung, im Auftreten und Benehmen, in der Art zu denken so sehr kultiviert« ist.[230]

Sie erkennt die Schwierigkeit, »zwei Menschen zu vereinen, die in so verschiedener Weise aufgewachsen und erzogen sind, dem Leben mit so verschiedenem Anspruch und verschiedener Bereitschaft gegenüberstehen«.[231]

Es habe wohl unter ihren damaligen Bekannten in Wien

niemand gegeben, mit dem sie sich nicht hätte mehr oder weniger interessant unterhalten können, erinnert sich die fast Siebzigjährige, nur mit dem, den sie liebte, war es nicht möglich. Er dagegen findet sie zuweilen pedantisch und schwerfällig, was sie sehr wundert. Außerdem ist er so sehr Romane, Italiener, daß er findet, die Frau gehöre ins Haus, sie solle nicht ohne Begleitung des Mannes ausgehen, kurz: Vorstellungen, die sich mit dem Leben der frei und ungebunden ihre Studienzeit genießenden und erste Berufsarbeit leistenden Ricarda und der Dame, die in Wien en vogue ist, nicht vereinbaren lassen. »Und doch, und doch konnte ich mir mich nicht mehr ohne ihn und ihn nicht ohne mich denken. Durch ihn erlebte ich zum ersten Mal das Göttliche, richtiger: zugleich das Christliche und Göttliche in einem Menschen.«[232] Es drückt sich aus in besonderer Liebesfähigkeit. Dabei ist Ermanno Ceconi äußerst hellsichtig für die Fehler der Menschen. Er kennt ihre Schwächen und haßt sie deswegen, sie fallen ihm mehr auf als die positiven Eigenschaften. Aber wenn ein solcher Mensch der Hilfe bedarf, gibt es für ihn kein Zaudern, und Ricarda erkennt in der bedingungslosen Hingabe an den Hilfsbedürftigen unverfälschte Nächstenliebe, die sie so tief beeindruckt, weil sie nicht aus einer Überlegung, einem Pflichtgefühl erwächst, sondern aus dem spontanen Antrieb. »Er war gleichsam besessen von Gott, und das war es, glaube ich, was mir den Eindruck des Göttlichen so stark zum Bewußtsein brachte.«[233] Sie fragt sich später, was sie wohl schon damals als Rätsel empfindet: »Warum hatte Gott gerade diesen sich auserwählt und von ihm Besitz ergriffen, diesen eigenwilligen, unberechenbaren, unlenkbaren Wilden.«[234]

Gleichzeitig aber ist sie überzeugt, daß es unmöglich sei, mit diesem geliebten Einsamen zu leben, der am Elend dieser Welt leidet bis aufs Blut.

Sie flieht nach Zürich – unglücklich und ohne zu wissen,

was nun werden soll. Von dort aus schreibt sie am 14. Januar 1898 an die Freundin Christiane Rassow in Bremen: »Männlich ist an ihm nur seine selbst für einen Italiener ungewöhnliche Heißblütigkeit, Leidenschaftlichkeit. Aber er hat gar keine Tatkraft und Ausdauer. Klug ist er wie man nur sein kann, kann alles schneller als andere Menschen; aber dann läßt er es auch gleich liegen. Er ist wie ein Kind, für das man alles sorgen und tun sollte. Er sagt auch selbst, seine Frau müßte zugleich seine Mutter sein.«[235]

Noch in Wien verfaßt sie das Gedicht:

Begegnung

Weißt du, warum ich bei dir bin so gerne,
Landfremder Findling, liebe Kostbarkeit?
Die andern Leute sind ein Haufen Sterne,
Du wie der Mond bist einzig weit und breit.
Was andre sprechen ist wie Sand der Düne,
Was du sprichst, ist wie Edelstein im Schacht,
Die andern machte Gott mit der Maschine,
Mit seinen Händen hat er dich gemacht.[236]

Dieses Gedicht ist auch in einer Abschrift von Richard Huch vorhanden und enthält in dieser Fassung neben zwei Textabweichungen die Unterschrift: »Dem lieben dummen Dr. Ceconi von Ricarda Huch. Wien 19. XI. 1897.«[236a]

Aber da ist noch nichts entschieden. Doch Briefe, die sie an Marie Baum schreibt, zeugen von tiefer innerer Erregung. Manche sind mit Bleistift geschrieben, flüchtig und fast unleserlich, wie in der Zeit der Krise mit Richard. »Wenn es wirklich dazu kommt, daß ich Manno heirate, werde ich vielleicht sehr unglücklich«, schreibt sie an die Freundin. »...Aber ich glaube, daß ich das eher ertragen kann als das ruhige Glück. Weißt Du, meine eine Hälfte ist ein hilfloses Kind, das gern verhätschelt und gepflegt sein möchte, meine andere ist kräftig und mütterlich und möchte etwas tun und sich aufopfern für das, was sie liebt. Diese Seite wird Manno hauptsächlich in Anspruch nehmen, und Du kannst Dir denken, daß das Kind sich ein bißchen verzagt und elend fühlt. Aber ich glaube, mein Instinkt sucht jemanden, der meine Kraft in Anspruch nimmt.«[237]

Dennoch bleibt ihr der Zweifel, ob die Gegensätze zu überbrücken sind. Da knüpft ein Brief Ermanno Ceconis die unterbrochene Beziehung wieder an.

Marie Baum und die Malerinnen Mimi von Geyso und Rose Plehn reisen im Frühjahr 1898 nach Florenz. Ricarda schließt sich an, um die dort lebende Familie Ermanno Ceconis, vor allem seinen Vater, kennenzulernen und von ihm als Schwiegertochter angenommen zu werden. Der hatte Ricarda geschrieben, daß eine Person, »die ihr Lebenlang mit Studentinnen, Doktoressen und Schriftstellern herumgebummelt wäre, ...keine Frau für seinen guten häuslichen Sohn« sei.[238]

Ricarda ist beeindruckt von der Würde des alten Mannes, der aus einem einst vornehmen Geschlecht stammt, das einmal die Dogenwürde von Aquileja besaß[239], so daß ihm eigentlich der Titel Duca d'Aquileja zukommt. Nun sieht sie ihn arm, in engen, fast proletarischen Verhältnissen, von den Kindern aus zweiter Ehe umgeben, in einem dunklen Laden Hemden anbieten, die keiner kauft.

Sie wurde freundlich aufgenommen, berichtet die Zurückdenkende, der die Unfreundlichkeit und die Bedenken, die der Vater zuvor erkennen ließ, aus der Erinnerung geschwunden sind. Am 2. April schon meldet sie der Bremer Freundin: »Der Schwiegervater ist erobert und ich ruhe insofern auf meinen Lorbeeren, aber sie sind etwas hart und stachelig.«[240]

Zum Abschied erhält Ricarda von Ermannos Vater eine kleine, zierliche, goldene Lorgnette aus dem Besitz seiner verstorbenen Frau. Ricarda hat sie immer bei sich getragen, wie eine Topasnadel, die sie von ihrer Mutter geerbt hatte, bis ihr, zu ihrem Kummer, wohl bei einem Umzug, die Lorgnette verlorengeht.

Ricarda Huch ist nie wieder in Florenz gewesen. Die Kunststadt, die Stadt mit den herrlichen Lichtwirkungen, die ungezählte Kunstfreunde und Maler beeindruckt und begeistert, ist ihr nicht nahegekommen. Sie begreift nun, »wie wesenlos und stumpf Schönheit sein kann«[241], und sie versteht, warum es Ermanno oft so schwer ums Herz ist. Einmal hat er als Junge sogar versucht, sich das Leben zu nehmen. Noch die alte Frau läßt in ihren Aufzeichnungen das Grauen aufscheinen, das sie empfand und das zweifellos den fein organisierten Mann bewegte. »Er war«, schreibt Ricarda Huch, »...sehr verletzlich, am meisten durch alles innerlich oder äußerlich Häßliche, Gemeine, Kleinliche. Ich traute meiner Kraft alles zu; aber angesichts dieser Schwierigkeiten konnte man doch zaghaft werden. Ein Schwanken indessen gab es nicht; man mußte die Zähne zusammenbeißen und die Aufgabe durchkämpfen.«[242]

Von Florenz reist Ricarda nach Wien. Ermannos Freude ist so intensiv, daß er einen Migräneanfall bekommt. Sie beschließen, so schnell wie möglich zu heiraten. Ricarda muß nun ihren Bremer Verlobten enttäuschen, meint aber, daß man Männern damit keine bleibende Kränkung zufüge, da sie bald wieder jemand anders fänden.

Die Vorbereitungen für die Hochzeit ziehen sich in die Länge, weil wieder keine Klarheit über Ricardas Staatsangehörigkeit besteht, und jetzt leisten Hamburger Freunde und Brasilien-Kaufleute an Eides Statt jene erwähnte Erklärung, daß der Vater die brasilianische Staatsbürgerschaft besaß, so daß Ricarda Huch am 9. Juli 1898 in Wien als Brasilianerin und ›Dottoressa in filosofia‹, wie es in der italienischen Fassung der Vermählungsanzeige heißt, den

Italiener Dr. med. Ermanno Ceconi heiratet. Weder Verwandte noch nahe Freunde sind bei der Trauung in der Dorotheenkirche zugegen.

In Wien-Döbling, in der Iglaseegasse, hat das jungverheiratete Paar seine erste Wohnung – ein kleiner Pavillon: zwei Zimmer und ein Nebenraum als Küche. Eine richtige Wohnung ist das nicht, aber sie sind zufrieden.

Leider kann Ricarda als verheiratete Frau nicht damit rechnen, eine Anstellung als Lehrerin zu bekommen, um die sie sich Anfang des Jahres bemüht hatte. Es war zwar eine Stelle frei, aber es wurde kritisch vermerkt, »daß sie in Begleitung von Herren im Café gesehen worden sei…«[243]

Schon in dieser ersten Zeit der Ehe zeigen sich Schwierigkeiten: Ceconi reagiert eifersüchtig auf Ricardas Vergangenheit, und zwar so heftig, daß er einmal mit einem Messer nach ihr sticht, wovon ihr eine kleine Narbe am Arm verbleibt. Zwar meint die sich Erinnernde, es habe damals immer sonniges Sommerwetter geherrscht und stets das Sternbild des Wagens über ihnen gestanden. Aber in Wirklichkeit sind die Beziehungen des jungen Paares zwar liebevoll, aber doch unsicher und durch das reizbare Temperament des Mannes gefährdet. Tagsüber ist Ricarda allein, und dann arbeitet sie an ihrem Buch über die Romantik.

Im November 1898 tritt Ermanno Ceconi eine Anstellung als Assistent bei einem Zahnarzt in Triest an, das damals zu Österreich gehört. Für Ricarda Ceconi-Huch eröffnen sich mit der Übersiedlung in eine italienisch geprägte Umwelt neue Eindrücke und Erfahrungen, die sie zu neuen künstlerischen Umsetzungen anregen und befähigen werden.

Das neue Leben
Romantik und Elend

Über Kindheit und früher Jugend Ricarda Huchs standen trotz unverkennbarer Veränderungen die Zeichen bürgerlichen Wohlstandes und einer Sicherheit, die unverrückbar schien. Die Bäume rauschten »O Leben, o Schönheit«.

In Zürich, der Stadt der Jugend und der Hoffnung, wurde hoffend und liebend ins Leben hineingelebt. Rauschhaftes Empfinden überwog das untergründige, geheimes Grauen erregende Erlebnis der Unsicherheit durch das eigene unzuverlässige Gefühl. So war Zürich, trotz dieser Erfahrung, Aufbruch und Gewinnung eigener Kraft.

Zuversicht

O Jugend meiner Sinne,
O Jugend meiner Jahre!
Mir glückt, was ich beginne;
Mich freut, was ich gewahre!

Ich will in meine Hände
Des Schicksals Führung nehmen;
Ich denke nicht ans Ende,
Kein Fürchten soll mich lähmen.

Und naht der Tod am Schlusse,
Will ich ihn selber werben
Und, wie der Hauch im Kusse,
Im Schoß der Liebe sterben.[244]

Dagegen ist Bremen der leidvolle Abschied von sicher geglaubter Liebeserfüllung.

…
Sieh, schwarz verhüllt im Mantel nach meines Liebsten Art,
Lehnt einer an den Zweigen und späht hinaus und harrt.
Er winkt mir, Blätter tanzen im Nebel um ihn her.
Es ist der Tod. Ich komme – Umarmst du so wie er?[245]

Dagegen wird Wien zum flüchtigen Tanz, zu heiterer Gebärde, bis Eros wankt, um Agape den Platz zu räumen.

Zu eines Liedes Takt
Klingt lustig unser Schritt;
Hals, Haupt und Hände nackt
Nimmt Sonnenbräune mit.
Wenn unsre Gedanken auch jagen
Nicht stets auf gleichem Strich,
Wir werden uns doch schon vertragen,
Mein Kamerad und ich.[246]

Der etwas angestrengten Zuversicht dieses – recht holperigen – Wanderliedes macht das Triestiner Klima bald ein Ende. Ricarda leidet unter dem heißen, trockenen Scirocco wie unter der trockenen, kalten Bora, dem kräftezehrenden Fallwind an der Küste Dalmatiens. Es fällt ihr schwer, sich einzuleben. Es gibt zwar einen regen Schiller-Verein am Ort, aber es ist unklar, ob das Ehepaar Ceconi dorthin Beziehungen angeknüpft hat. Der Umgang wird fast ganz durch deutsch-österreichische Kaufleute und deren Familien bestimmt. Schon nach kurzer Zeit ist Ricarda erbittert gegen die Art der Geselligkeit und der Lebensauffassung in diesen Kreisen. Sie schreibt am 4. Januar 1899 an die Freundin Marie Baum: »Denke Dir, wenn man unter lauter Menschen lebt, die das, was man Gutes hat, absolut nicht schätzen können und einzig das lieben und bewundern, was einem fehlt. Schön sind hier die in Körperfett und Kleiderpracht rauschenden Damen, Geld ist schon zur Herstellung der Toilette erste und notwendige Tugend; von Geistesgaben wird nur die geschätzt, viele Sprachen sprechen zu können. Humor hat man nicht. Du sagst nun vielleicht, das ginge mich nichts an, da ich Manno hätte, aber siehst Du, als Einsiedler leben kann man nun doch einmal nicht, oder tut man es, fühlt man sich ausgestoßen oder wie Sonderlinge.«[247]

Und zehn Tage später heißt es: »Für mich hat der Gedanke, in Triest zu bleiben, etwas Tödliches... Weißt Du, wenn ich denke, daß ich hier in dem schrecklichen Triest sterben sollte – denn das liegt doch wirklich nicht so fern, eine erste Geburt in meinem Alter ist immer höchst bedenklich – könnte ich mich totweinen... ich möchte lieber in der Schweiz trocken Brot essen, als hier alle möglichen guten Dinge genießen – wovon übrigens gar keine Rede ist.«[248]

Hinzu kommt, daß sich auch für Ermanno Ceconi die berufliche Situation nicht so positiv entwickelt hat, wie er hoffte. Er hat wieder einen Arbeitgeber, der ihn ausbeutet. Sein Vertrag ist für zwei Jahre geschlossen. Ricarda, im ersten Monat ihrer Schwangerschaft, strebt aus Triest fort: »Die Leute möchten ihn eben immer für sich ausnützen, wie es Menschen, die tüchtig, gutmütig, arm und etwas unpraktisch sind, geht. Mein ganzes Sinnen und Trachten geht darauf, von hier fortzukommen, und wir haben einstweilen beschlossen, daß ich diesen Dienstag abreise, in welchem Falle ich Sonntagabend in Zürich sein würde. Etwas in Sorge bin ich, ob es dem winzigen Bübchen nichts schadet, aber Manno meint, es hätte keine Gefahr... Wäre nur erst die Reise überstanden, aber man kriegt eben nichts ohne Mühsal und Beschwerde. Wir machen uns manchmal schon himmlische Träume von dem Leben in Zürich – mein Gott! Heute habe ich auch schon, wenn mein kleiner Junge ein Mädchen wird, es nach Dir genannt.«[249]

Und nun ist sie wieder in Zürich, das in diesen Tagen und Wochen mehr denn je die Stadt der Hoffnung ist. Zwei Dinge werden gleich geklärt: Marie Baum, die geerbt hat, ist bereit, ihnen eine für die damalige Zeit größere Summe zu leihen, die aber für die Einrichtung der Praxis gerade reichen wird. Schweizer Freunde meinen, Ermanno habe gute Aussichten und würde reüssieren. Wenn er nur erst da sei, würde das nötige Geld schon zu bekommen sein, zumindest eine Bürgschaft.

Ricarda hat inzwischen schon Wohnungen besichtigt: bei der einen ist die Treppe zu dunkel, bei der anderen vielleicht die Lage nicht günstig genug. Manches ist in Zürich viel teurer als in Triest. »Die Möbel dürfen wir hier nicht anschaffen, ich muß sehen, wie wir das machen«, schreibt sie an ihren Mann und fährt fort: »Liebes Herz, das klingt alles nicht besonders ermutigend, aber ich habe viel mehr Kraft und Mut, es wird gewiß alles überwunden werden. Wenn Du nur erst hier wärest.«[250]

Der vorletzte Satz weist auf Schwierigkeiten im Zusammenleben. Ermanno Ceconi ist, sicher auch auf Grund seiner unbefriedigenden beruflichen Lage, heftigen Stimmungsschwankungen ausgesetzt. Ricarda fühlt sich unglücklich in Triest. Beide sind der Bewältigung des normalen Alltags unter dem Druck finanzieller Sorgen nicht sonderlich gewachsen, besonders da Ricarda häusliche Arbeiten nicht gewohnt ist und sie weithin nicht beherrscht. Der Schluß ihres Briefes läßt Bedrückung und fast so etwas wie ein schlechtes Gewissen ahnen: »Hast Du denn wohl auch etwas Sehnsucht nach mir? Ich bin wirklich so eine häßliche Frau gewesen in der letzten Zeit, aber denke Dir, die arme Katze ist so krank, nicht?«[251]

In der Fortsetzung dieses Briefes beschäftigt immer wieder die Frage der Wohnung. Ceconi ist während Ricardas Abwesenheit bei seiner Familie in Padua gewesen und tief deprimiert zurückgekommen. Sie ist unsicher, ob er wirklich in Zürich leben will: »Ich weiß überhaupt nicht recht, ob ich nun, wenn ich eine passende Wohnung finde, sie nehmen soll. Eventuell muß ich schnell zugreifen. Und wenn Du dann nachher nicht kommst? Kann ich mich auf alle Fälle darauf einlassen, daß Du zum April kommst, wenn ich eine Wohnung nehme? Seit ich hier bin, habe ich so sehr viel mehr Mut zu allem, das kommt ja jedenfalls nur von der Luft, aber es ist doch so wichtig, Mut ist die Hauptsache.«[252]

Schließlich scheidet Zürich aus, weil Ceconi seine Examen in Italien abgelegt hat. Ricardas Enttäuschung läßt sich denken.

Sie muß Geld verdienen, schreibt für Zeitungen, und natürlich kann diese Gelegenheitstätigkeit, die neben ihren eigentlichen schriftstellerischen Arbeiten herläuft, sie nicht zufriedenstellen: »Denke Dir, für das Feuilleton der ›Neuen Freien Presse‹[253], das so ein fades Geschwätz ist, daß ich rot werde, wenn ich daran denke, habe ich vierzig Gulden bekommen! So kann man Geld machen. Und die ›Jugend‹ soll ebensogut bezahlen. Neulich habe ich auch von Maximilian Harden[254] einen Brief bekommen mit der Bitte um Beiträge für die ›Zukunft‹. Schade, daß ich das nicht ausnützen kann.«[255]

Sie sieht schon, daß sie den Kampf um das Geld nicht gewinnen werden, und dann denkt sie daran, daß sie ihrem Mann mit ihrem Drängen nach Weggang zuviel auferlegen könnte: »Manchmal denke ich«, schreibt sie der Freundin, »vielleicht ist es nur Egoismus von mir, daß ich nicht hier bleiben will. Aber das ist doch wohl unzweifelhaft, daß die Luft, nach der ich mich sehne, reiner ist als die hiesige. Manno hätte ja, an sich betrachtet, das Recht zu verlangen, daß ich mich an sein Volk, seine Freunde, seine Familie anpaßte, aber es ist, so glaube ich, wirklich keine Frage, daß ich damit heruntersteigen würde. Und er möchte so gern etwas Besseres. ... Glaube mir, ich würde selig sein, das Kind zu haben, aber ich habe noch keinen Augenblick geglaubt, daß es dazu kommt.«[256] Doch es gibt auch gute Nachrichten: am 19. Juni kann sie der Freundin nach Zürich melden, daß der erste Band der *Romantik* gedruckt ist und Ende August ausgeliefert wird.

An diesem Buch hat Ricarda Huch schon in Bremen gearbeitet. Aber die wechselvollen Ereignisse dieses Zeitabschnittes machten sie fast unfähig, sich zu konzentrieren. Es war die Züricher Freundin Hedwig Waser, die Ricarda immer wieder anfeuerte und nicht nachließ in ihrem Bemühen, die Beendigung des ersten Teiles zu erreichen. So schrieb sie am 24. Februar 1897 nach Bremen, also nach der Trennung Ricardas von Richard Huch: »Ich finde, daß es [das Buch] die einzige Beschäftigung ist, bei der ich mir Dich denken möchte, etwas hervorbringen – nur dies macht ja Freude und Kraftgefühl, etwas, das Du nicht ganz aus Deiner Seele zu holen brauchst und das doch Deine dichterischen Fähigkeiten in hohem Grad in Anspruch nimmt, das nicht ganz subjektiv ist, und das doch nur Du so, gerade so zu Stande bringen kannst – ganz gewiß, das ist das Richtige jetzt für Dich, der einzige [...] Weg auch, aus diesem Grenzgebiet von Poesie und Prosa Dich in das Land eigener Dichtung hinüberzufinden.«[257]

Man spürt die Einfühlung in die verzweiflungsvolle Lage der Freundin, in der wohl nur Arbeit hilfreich sein kann und das Gefühl, daß da noch Menschen sind, die nicht nur Anteil nehmen an ihrem Unglück, sondern auch diese Anteilnahme mit der Überlegung verbinden, wie ihr am besten zu helfen sei.

Aber Ricarda war der Mut, die Kraft, ja eigentlich fast das Interesse an dem Gegenstand vergangen. Doch das ließ Hedwig Waser nicht gelten. War der erste Brief noch eine Ermunterung, so ist der vom 12. August 1898 geradezu eine

Strafpredigt: »Daß Du die Romantik nicht mehr magst, find' ich scheußlich von Dir, einfach weiberhaft launisch oder ich weiß gar nicht wie – Jedenfalls hängt das mit subjektiven Dingen zusammen – geht das Buch gar nichts an. Wenn Du Deine Lebensanschauung inzwischen geändert haben solltest, ist das auch kein Grund – wer sagt Dir, welches die richtige ist? – wenn man auf die endgültige warten wollte, wüßte man nie was machen – also heraus damit! Ich künde Dir die Freundschaft, wenn Du das Buch verleugnest. Siehst Du, wie gut ists wieder mal, daß Du kein Geld hast und es also drucken mußt.«[258]

Offenbar ist es der energischen Hedwig Waser zu verdanken, daß *Die Romantik* fertiggestellt und veröffentlicht wird. Der erste Band *Blütezeit der Romantik* erscheint im August 1899. Einige Kapitel werden in den Wiener Zeitschriften ›Ver sacrum‹ und ›Die Zeit‹ vorabgedruckt, außerdem in der ›Deutschen Rundschau‹. Der zweite Band, *Ausbreitung und Verfall der Romantik*, kommt 1901 heraus.

Diese große literaturgeschichtliche Arbeit ist seit der Monographie von Rudolf Haym die erste Darstellung zum Thema Romantik. Sie ist literaturhistorisch, was den Stoff und die geschichtlichen Fakten betrifft, und poetisch, was Sprache, Auffassung, Interpretation und Einfühlung angeht. Die Konzeption ist historisch und poetisch zugleich, wie überhaupt die gelungene Verknüpfung von Wissenschaft und Kunst dem Werk einen außergewöhnlichen Rang zuweist. Es gründet sich alleine auf die Schriften der Romantiker, einschließlich Briefe und biographische Aufzeichnungen, und ruft die schon vergessenen Ideen der Romantischen Schule wieder in Erinnerung. Es behandelt die wesentlichen Persönlichkeiten genauso wie die ideengeschichtlich wichtigen Stichworte Religion, Charakter, Philosophie, romantische Liebe, romantische Ironie, um nur diese zu nennen. Ist schon die Ausweitung auf romantische Politik, romantische Ärzte erstaunlich, so ist es die

Behandlung des Stoffes nicht weniger. Der Anfang des Kapitels ›Apollo und Dionysos‹ vermittelt einen Eindruck:

»Die Romantiker waren die Entdecker des Unbewußten. Indiensuchende Träumer sandten sie ihre Seele aus nach dem uralten Wunderlande, von dem die Märchen der Vorzeit erzählten. Düfte, Blumen, die abgerissen im Wasser flossen, verkündeten den einsamen Schiffern oft die Nähe der blühenden Küste. Wie Kolumbus wußten sie nicht, was sie gefunden hatten. Denn nicht das entfernte Mittelalter oder irgendein wunderbares Traumland war es, sondern in ihnen selbst öffnete sich das unendliche Nachbarland ihres Geistes, die entgegengesetzte Scheibe des beseelten Planeten, wie einer von ihnen die verhüllte Hälfte des mit sich selbst unbekannten Menschen nennt, hatte sich ihnen zugewendet.«[259]

Dieses Erkennen des Unbewußten bedeutet die Unterscheidung des Bewußtseins. Ricarda Huch hält das Erkennen für das weibliche Prinzip, das »liegt in einer der ältesten Sagen des Menschengeschlechtes: Eva war es, die den verhängnisvollen Apfel pflückte«.[260]

Aber der Erkenntnis, als einem Ergebnis des Bewußtseins, steht das Unbewußte gegenüber. Von beiden hat Ricarda geschrieben: »Der unbewußte Mensch hat die Gefühle, aber kennt sie nicht, der bewußte Mensch kennt sie zwar, aber hat sie nicht, der harmonische Zukunftsmensch hat und kennt sie.«[261] Diesem aber kommt allein der Künstler, das Genie gleich.

In einer Rezension von Maurice Maeterlincks *Schatz der Armen* aus dem Jahr 1900, also aus der Zeit, in der der erste Band der *Romantik* veröffentlicht wird, hat Ricarda diese Erkenntnis ganz klar als ihre Auffassung bezeichnet: »Im Wunderbaren, wie es die Väter unserer Ästhetik, die Schweizer Bodmer und Breitinger nannten, im Unbewußten, in der Mystik oder wie man es immer bezeichnen mag, ist der Urquell des Lebens wie der Kunst zu suchen… Daß aber andererseits ohne einen wachen, ordnenden Geist aus der prächtigen Traumverworrenheit nie ein Kunstwerk werden kann, wird viel weniger bedacht, und gerade das möchte ich hier betonen, da mir die Herabsetzung des bewußten Geistelebens gegenüber dem Unbewußten mindestens ebenso gefährlich erscheint wie das Umgekehrte.«[262]

Die neue Ästhetik aber, die die Romantik schuf, stellt das Interessante und die Ironie heraus. Das Interessante ist das Zwischensein, – inter esse –, also das Werdende, wie ja die Romantik nie abgeschlossen ist und alles Leben als Werdendes begreift. Ironie aber ist nach Friedrich Schlegel, von dem der Begriff stammt, »geistiges Fliegenkönnen«[263], »Ironie ist klares Bewußtsein der ewigen Agilität des unendlich vollen Chaos.«[263a] Oder: »Ironie ist die Form des Paradoxen. Paradox ist alles, was zugleich gut und groß ist.«[263b]

Ricarda Huch bringt ein eigenes Beispiel, das in gewisser Weise Schlegel widerlegt: »Es ist eine Kümmerlichkeit, daß die Menschen sich gewöhnt haben, an dem schäbigen, hölzernen Entweder-Oder zu hinken. Sie würden niemals glauben, daß ein Denker praktisch sein könne, und wenn er vor ihren Augen, in Abwesenheit seiner Frau, einen Haushalt mit sieben Kindern sparsam, vernünftig und geräuschlos regierte, würde man nach wie vor dabei bleiben, daß er zwar schwerverständliche Werke schreiben, aber nicht einen einzigen kleinen Koffer leidlich packen könne. Die Folge davon ist, daß, wer nach einer gewissen Richtung hin ehrgeizig ist, das Entgegengesetzte oder Gegenüberliegende in sich unterdrückt... Daß es unmöglich sei, zugleich groß und gut zu sein, ist jedem selbstverständlich, so daß man häufig lesen oder hören kann, jemand sei zu groß gewesen, um gut sein zu können; während man vielmehr sagen sollte, er sei nicht groß genug gewesen, um zugleich gut zu sein.«[264] In solchen Erörterungen bringt sie den eigenen, oft abweichenden Standpunkt objektiv und subjektiv zugleich und damit romantisch zum Ausdruck.

Wie sie in Kant den eigentlichen Philosophen der Romantik sieht, »weil er den Schwerpunkt der Philosophie in den Menschen verlegte«[265], weist sie auf Jakob Grimm als einen echten romantischen Politiker hin, der 1851, also nach der gescheiterten Revolution von 1848, als die Reaktion blühte, sagte: »Es ist an gar keine Rettung zu denken, wenn sie nicht durch große Gefahren und Umwälzungen herbeigeführt wird. Es kann nur durch rücksichtslose Gewalt geholfen werden. Je älter ich werde, desto demokratischer gesinnt bin ich. Käme ich nochmals in eine Nationalversammlung, würde ich viel mehr mit Uhland stimmen.« Ricarda Huch fügt hinzu: »Hier sieht man die natürliche Neigung des Romantikers, ›über den Polen‹ zu bleiben, sich nach rechts zu neigen, wenn sich der Schwerpunkt nach links, umgekehrt nach links hinüberzugehen, wenn er nach rechts verrückt wird.«[266] In der Kommentierung des erwähnten Jakob Grimm-Beispiels liegt nicht Zustimmung, sondern Erläuterung des Prinzips. Ähnlich ist Ricardas Einstellung zu Bettina von Arnims politisch vorwärtsstrebender Haltung, die die Revolution positiv wertete: »Es ist interessant, gerade an der Bettine, die als einer der bekanntesten typischen Vertreter der Romantik angesehen wird, zu beobachten, wie die Romantik sich mit ihrem Gegensatz verbindet, über sich hinausgeht. Vielmehr: es erhellt wieder, wie es das Ideal der Romantik war, alles zu umfassen, Nordpol und Südpol, Innen und Außen, Historisch und Radikal, und während es im allgemeinen ihr Schicksal ist, höchst einseitig in die Vergangenheit zurückzusinken, ranken sich aus ihrem Absterben einzelne Ranken nach außen und verbinden sie von neuem mit der Zukunft.«[267]

Das Unvergängliche der Romantik und damit ihre Zukunftsträchtigkeit, aber bleibt in der Hoffnung bestehen, der Ricarda mit den Worten Ausdruck gibt, mit denen sie ihre Poesie und Wissenschaft vereinende Darstellung beschließt: »Je mehr sie [die Romantik] Kraft hat, desto besser wird es ihr gelingen, das Innere mit dem Äußeren zu verbinden, in das große Räderwerk einzugreifen, ohne der Zweckmäßigkeit ihre Schönheit, ohne der Berechnung ihre Mysterien aufzuopfern.«[268]

Thomas Mann hat über Ricarda Huchs *Romantik* geschrieben: »...zwei Bände, die das Niveau ihres Gegenstandes besitzen, will sagen: das höchste in Deutschland, ja in der Welt je erreichte.«[269]

Aus der Triumphgasse

Am 9. September 1899 wird in Triest Ricarda und Ermanno Ceconis Tochter Marie Antonie geboren: Marie nach Marie Baum genannt, Antonie nach einer Schwester des Vaters; zusammengezogen ergibt das Marietta.

Die Patentante, frisch promoviert und vor dem Antritt der ersten Stellung in Berlin, ist schon Wochen vorher gekommen. Nach der schweren Zangengeburt heben sie und Ceconi die gerade aus der Narkose Erwachende von einem Bett aufs andere. Viel später, am 30. November 1913, schreibt Ricarda an die Freundin von dem »schönsten Augenblick« ihres Lebens, »als ich, nachdem Busi [die Tochter] ans Licht gekommen, in Deinen und Mannos Armen erwachte. Wie wundervoll, einen Augenblick erlebt zu haben, an den man sich in jeder Epoche seines Lebens mit der gleichen Innigkeit erinnern kann. Ich wollte, es gäbe die ewige Wiederkehr, sie ist mir überhaupt sympathisch, aber dies wäre jedenfalls das Süßeste vom Süßen, der Magnet, auf den ich zustrebte.«[270]

Die vertraute Freundin schreibt: »Hätte noch etwas an der Verbundenheit zwischen uns gefehlt, die Tage in Triest würden es uns gegeben haben.«[271] Auch Ermanno Ceconi versteht sich glänzend mit der jungen, heiteren Naturwissenschaftlerin.

Ricarda ist eine begeisterte, zärtliche, ängstliche Mutter. »Denke Dir, ich schreibe Dir mit dem Busi [schweizer Kosename für ein Kätzchen] im Arm, worunter die Schrift natürlich leidet. Es liegt ganz ruhig und schaut und ist so entzückend, daß es große Mühe macht, die Augen woanders hinzurichten«, schreibt sie der Freundin[272] und fährt dann fort: »Wenn ich nicht alles Wünschenswerte geschrieben habe, begreife es bitte, es ist unmöglich, sich einmal so ganz zu konzentrieren. Jetzt z. B. weint das Busi, und das nimmt meine Seele zur Hälfte in Anspruch.«[273]

Sie hat Heimweh. Als die Freundin ihr eine Landschaft in der Mark Brandenburg schildert, erwidert Ricarda: »Ich gäbe ganz Italien für einen solchen Fleck Erde.«[274] In solchen Augenblicken vergißt sie, wie tief sie bereits in Italiens Wesen, in seine Geschichte eingedrungen ist.

Das Kind bekommt die Masern, sie selbst erkrankt, eine Ordensfrau übernimmt die Pflege. Giovanna, die treue Haushilfe, kommentiert ungerührt: »Ja, in späteren Jahren werden Sie sagen, weißt Du noch, was das für ein böses Jahr war, als am 1. Januar die Klosterfrau ins Haus kam!« Ricarda erläutert: »Nämlich die Schwester, die übrigens reizend ist, kam gerade am 1. zu uns, und nach hiesigem Glauben bedeutet eine Klosterfrau großes Unglück.«[275]

Sie fühlt sich noch lange elend. Auch Ermanno ist bedrückt: Der Tod seines Vaters hat ihn der Hoffnung beraubt, ihm noch einige schöne Jahre bereiten zu können. Damals in Braunschweig, als sie vom unteren Garten des Elternhauses auf die ärmlichen Häuser der Echternstraße blickte und dabei Schauder der Angst und des Entsetzens nicht unterdrücken konnte; damals, als Anna Klie aus dem rauchgeschwärzten Stadtviertel, fern der feinen Hohetorpromenade, den Hunger nach Schönheit und den Sinn fürs Poetische mit einfachen, liedhaften, schmerzlich-schönen

Versen ausdrückte, die sie selbst so nie schreiben kann; damals, als die Welt noch hell war und den Gesunden, Reichen gehörte, da hat sie schon etwas gespürt vom Wesen jener Mauern, die alles trennen und nichts aufhalten können.

Und jetzt sind die Mauern vollends eingestürzt, und sie, Ricarda, einst die Königstochter jüngste, steht auf der Seite der Armen, der Elenden und horcht auf ihre Worte, schaut auf ihr Leben, fühlt ihre Verzweiflung und daß sie zu ihnen gehört. Vielleicht nicht ganz, aber doch um so viel, als sie selbst Elend und Armut, Krankheit und Ausweglosigkeit kennengelernt hat. Und sie schreibt die ersten Zeilen des neuen Buches: »Im Traum habe ich die Triumphgasse wiedergesehen. Ich stieg die steile höckerige Straße herauf, die ich in Wirklichkeit so oft begangen habe, ohne wie damals vor dem Hause des heiligen Antonius haltzumachen; erst als ich oben, am Ende der Gasse, angelangt war, blieb ich stehen und drehte mich um. Die Laterne am Eckhause brannte, denn es war Nacht; das wohlbekannte schmutzigrote Flämmchen hinter dem staubigen, auf der einen Seite zerbrochenen Glase, das die abschüssige Gasse kaum zur Hälfte beleuchtete. Der Himmel war dunkel und sternenlos, nur am Horizonte zog sich ein grellweißer Streifen hin, unter dem ich den Ausschnitt des Meeres, der von hier aus wahrzunehmen ist, sehen konnte. Jetzt erst fiel es mir auf, daß es totenstill in der Gasse war. Wie spät war es denn? Die Laterne brannte ja noch, und überdies pflegte das Leben erst lange nach Mitternacht im Triumphgässlein einzuschlummern, ja, verworrenen Lärm aus den nächsten Schenken hörte man bis gegen den Morgen. Kein Lachen, kein Singen, kein Zirpen der Mandoline, nicht einmal das Geflüster des Brunnens hörte ich. Einmal war es mir, als schlüge Riccardos Krücke in dem ihr eigenen Takt auf die Steine, und ich wollte rufen: Riccardo, wo bist du? wo warst du so lange? aber ich brachte den Laut nicht aus der Kehle.«[276]

Von diesen Sätzen und allen anderen der ersten drei Seiten der Lebensskizzen »Aus der Triumphgasse« ist gesagt worden, daß man sie wochenlang nicht losgeworden sei.[277] Der Erzähler hat das Schicksal kennengelernt, das nicht jubelnd einherzieht, obwohl er zu den Lichtgestalten gehört. Er konnte dem, was er sah, nicht entfliehen, und wurde widerstrebend, aber mächtig davon angezogen. Er sah Leben, das er nicht kannte, das er aber immer ahnte und dem er sich nun nicht mehr entziehen kann. Am Schluß versucht er es noch einmal im Bild einer Schiffsreise: »O rätselhafte, entsetzliche und wonnevolle Fahrt. Ja, ich werde mich abwenden von dem Schrecken dort unten, mich in das Gedränge werfen, dahin, wo die Musik lockt und die Frauen lächeln, werde vor dem Abgott knien, mit Entzücken die krachenden Bretter und das quellende Wasser unter mir spüren und nicht beachten, daß das Heer der Ertrunkenen gleich Schwärmen von Möwen, dem Schiffe nachfliegt, um sich wieder unter uns Lebende zu mischen und uns über den Schiffsrand hinunter ins Meer zu drängen.«[278]

Aber das ist Traum, wie anfangs das Bild der Triumphgasse, das schaurige, atembeklemmende. Doch zwischen Traum und Traum stürzt sich das Leben wie eine Kaskade hinab in die Tiefe. Da ist die Farfalla – Schmetterling –, die aber nicht taumelt, sondern nüchtern und zielstrebig ihren Weg geht, ihren kranken Sohn Riccardo mit aller Kraft liebt, pflegt, hegt – und auf seinen Tod wartet als seine und ihre Erlösung. Sie glaubt an kein Schicksal und an Gott nur so weit, wie sie nichts von ihm erwartet. »Die Heiden müssen mehr Glück gehabt haben als wir, daß sie solche Siegestore bauten«, sagt die Farfalla, als Hugo von Belwatsch, der Erzähler und Eigentümer des Hauses in der Triumphgasse, mehr zufällig als bewußt den Triumphbogen betrachtet, nach dem die Gasse benannt ist. »Wir kämpfen mit dem Elend und das kriegt einen immer unter; aber dafür steht unser Triumphbogen im Himmel.« »Das letzte«, schreibt der Erzähler, »hatte sie mit merklicher Ironie, wenn auch gutmütig lächelnd hinzugefügt...«[279]

Diese Armen, die aus dem Ghetto ihrer Beschränktheiten nicht herausfinden, die ihren Leidenschaften verfallen sind oder die, wie Riccardo, an körperlichen Gebrechen leiden und denen auch ihr engelsgleiches Wesen nicht hilft, was wissen sie von der strahlenden Symphonie des Lebens?

Aber sind nur sie die Betrogenen, die Unwissenden, die Opfer? Nein, der Erzähler ist sich da ziemlich sicher. Nur wie anders ist das Betrogensein derer, die jenseits des Triumphbogens leben und zu denen er gehört: »Was soll man erst von unserem Wahnsinn sagen, die wir Gott, dem Geiste, für unsere vollen Kasten, für unsere Siege, für unser sorgloses Kissen, für unser Wohlleben danken, als hätte er es zum Lohne unserer Güte oder aus Zärtlichkeit wie ein liebender Vater gegeben.«[280]

Die Ironie ist auch hier unüberhörbar, aber es ist die Ironie dessen, der sich schmerzlich bewegt vom eigenen Leben abwenden muß, um das neue Leben zu finden.

Nach all den krassen, miteinander verschlungenen Erscheinungen des Elends, der Katastrophen, der Schicksale, die wie ohne Anfang und Ende erscheinen, weil es nie einen Ausbruch, eine Änderung, eine wirkliche Hoffnung geben kann; nach der Kette des Grauens von blinder Leidenschaft bis zum Mord, von rührender Liebe bis zu stoischem Ertragen des Elends, kann es für den Beobachter, der ein Suchender ist, nicht weitergehen wie bisher. Er wird sich seinem Leben, leicht und bunt wie ein Schmetterling, nicht ganz entreißen, aber er ist anders geworden. Hugo von Belwatsch, der eben noch in seiner Phantasie an einer Schiffspartie teilnahm, bei der einige Unglückliche über den Rand in die Tiefe stürzten, sagt zu der geliebten Lisabella: »Weißt du, daß mich eben jetzt, wo ich dich erwartete, eine Sehnsucht faßte wie ein Schwindel, mich hinabzustürzen zu den Gescheiterten? Und daß die roten Augen eines alten Trunkenboldes mir tiefer ins Herz rührten als deine? Du siehst mich an, und die Melodie des Glückes, die mich hundertmal in deine Arme gelockt hat, atmet von deinen Lippen: laß uns lieben und selig sein. Aber horch! Es ist ein anderer Ton laut geworden, und ich muß mich über den Rand des Schiffes beugen, um dem Chor der Untergegangenen zu lauschen, die das Tränenlied ihres Schicksals singen.

O Lisabella, was wird aus dir und mir, wenn mein Herz deine Stimme überhört! Ich weiß nicht, warum ich mich nicht in deine Arme werfe: warum ich weinen muß, wenn ich an dich denke!«[281]

Der neue, der andere Ton ist Gefühl, ist Herzensmelodie und – Sprache, ist Empfindung und Ausdruck, Stoff und Form, wie früher auch und doch so anders. Der Erzähler ist erschüttert von dem, was er erlebt hat, und jeder Nerv ist durchzittert von der Gewalt des Eindrucks, der ihn ahnen läßt, wohin ihn dies führen könnte. Die Autorin Ricarda Huch ist bereits auf diesem Weg – menschlich und künstlerisch. Schon ein früher Rezensent[282] deutet an, »eigentlich ist das Buch auch die Geschichte der inneren Wandlung des Erzählenden«, und man kann hinzufügen: vor allem aber der Dichterin, die es schrieb. Auch Ludolf Ursleu hat schließlich sein Leben geändert, aber das ist nur aufgesetzt: er geht ins Kloster ohne Beziehung zu Religion und Glaube. Er flieht.

Die Sprache der *Triumphgasse* ist nicht mehr die der Ursleuen. In beiden Romanen ist ein Erzähler die Brücke vom Leser zur Vergangenheit. Aber während Ludolf in seiner Mönchszelle alles hinter sich gelassen hat, wandelt sich Hugo von Belwatsch während der Handlung und läßt uns als wichtiger Vermittler und Handelnder diese Wandlung miterleben.

Das alles geschieht in Formen, die nicht allein dem klassisch-romantischen Ebenmaß verpflichtet sind. »Mit den Mitteln der poetischen Bildlichkeit wird die vertraute Wirklichkeit des Elendsviertels ins Erschreckende, Unheimliche und Unwirkliche transponiert; ›ein schriller, entsetzlicher Schrei‹ ertönt aus den Häusern – aus den Ritzen des Gemäuers ›quoll‹ Blut immer schneller und stärker hervor und ›floß die Mauern hinunter auf das Pflaster‹. Die poetische Sprache deformiert und verfremdet die gewohnte Realität. Sie hebt auf erschreckende Weise die Gesetze der Wirklichkeitserfahrung auf und schockiert den Leser.«[283]

Die zitierten Beispiele haben expressiven Charakter. Der Sprachwandel von Stilisierung und Allegorisierung, wie sie im Ursleuen-Roman zu finden sind und in der »Triumphgasse« durchaus noch auftreten, hin zu einer in Ansätzen aufkommenden neuen, den sozialen Sprengstoff des Buches ausdrückenden Sprachform, dem Expressionismus, zeigt die Schriftstellerin, die Dichterin Ricarda Huch auf der Höhe ihrer Zeit. Zum Teil ist sie dieser Zeit sogar voraus. Wer die Verfasserin der *Romantik* und mehr noch von Erzählungen wie *Der Mondreigen von Schlaraffis* oder *Der arme Heinrich* in einer romantisierenden Nachhutbewegung ausmachte und meinte, sie verbliebe dort, irrt sich. Es ist auch äußerst fraglich, ob die Schlußfolgerung des nächsten Satzes dem Gesamtbild, das der Roman entwirft, noch gerecht wird: »Im ganzen dominieren... noch die Züge des Festlichen, Erhabenen und Gehobenen – und damit auch in gewisser Weise der Rechtfertigung und Verklärung des Elends.«[284]

Es gehört in diesen Zusammenhang, daß Ricarda Huch den Naturalismus scharf abgelehnt hat, für Gerhart Hauptmanns Bedeutung Achtung, für die weniger Genialen wie Holz, Wedekind, Halbe aber nur noch entschiedene Ablehnung zeigt. Sie schreibt – noch in Zürich – an Josef Viktor Widmann: »In den Ferien habe ich die *Jugend* von Halbe

[Max Halbe] gelesen und finde es schlechtweg gräßlich, ohne auch nur einen einzigen Vorzug daneben entdecken zu können. Übertrieben, unmotiviert, häßlich, langweilig, reizlos, kurz, ich sehe nicht ein, warum man es überhaupt liest. Da es nichts Schönes ist, könnte es doch nur als Tendenzstück eine Art von Wert haben. Was soll aber damit gesagt sein? Wahr finde ich es nun schon garnicht.«[285]

Vier Tage später drängt es sie aber doch, Widmann zu erläutern, wie sie eigentlich zur modernen Literatur, zum Naturalismus steht. Sie schreibt: »Das Unwahre liegt meiner Meinung nach bei Halbe, Zola und allen solchen Leuten nicht in dem, was sie schildern, sondern darin, daß sie nichts als das schildern. Es ist, wie wenn einer die Natur sähe mit Augen, die nur für eine Farbe da sind.«[286]

So sucht sie ihren Weg jenseits der anerkannten Literaturrichtung ihrer Zeit und bahnt der neuen, der kommenden Richtung bereits den Pfad, ohne das zu beabsichtigen. Aber auch dabei bleibt sie nicht stehen. Das Buch *Aus der Triumphgasse* ist Zeugnis für Ricarda Huchs aus eigenen schweren Erfahrungen gewachsene Öffnung für die Trostlosigkeit sozialer Not. Daraus entwickelt sich eine weltanschauliche Veränderung, die ganz offensichtlich nicht in den Zusammenhang jener Weltanschauungskrise zu stellen ist, die im Vorfeld des Ersten Weltkriegs viele Intellektuelle und Künstler befällt. Erstes Zeugnis für diese Wandlung im Werk Ricarda Huchs ist die Karfreitagsszene in *Aus der Triumphgasse*: »In einer dunklen Nische hing über einem roten Lämpchen ein Gekreuzigter, vor dem zwei schwarze, unbewegliche Gestalten Wache hielten; dorthin mußte ich immer wieder sehen und denken: Gottmensch, sie rotten sich zusammen, nicht um dich anzubeten, sondern um dich von neuem zu ermorden. Wenn du das niedrige Schauspiel der Menschengeschichte sehen kannst, mußt du bitterere Schmerzen empfinden als Todesschmerzen. Ihre schlechten Taten, ihre schnöden Worte, ihre lieblosen Blicke schlagen dich ewig von neuem ans Kreuz, die Qual deines Martyriums wächst, und die Hoffnung schwindet, daß sie, die du erlöst hast, jemals dich erlösen könnten. Hunderte und Hunderte von Jahren vorüber und immer dieselben Menschentiere...

Die ganze Zeit über, während ich betrachtete, was mich umgab, und meinen Abscheu und meine Verachtung hegte, hatten die Priester und Chorknaben in der Tiefe der Kirche gesungen, ohne daß ich eine zusammenhängende Folge von Tönen deutlich vernommen hätte. Auf einmal erhoben sich aber die Stimmen lauter, in einer Melodie von großartiger Traurigkeit, die gleich darauf in einem breiten Akkord abriß; die wenigen Töne waren so überirdisch an Schmerz und Schönheit, daß sie die Welt voll Schmutz und Niedrigkeit, die sich unter ihnen wälzte, damit überschütteten und verhüllten. Ich hörte den Akkord nicht nur, sondern sah ihn wie eine Blume aus Gold sich langsam öffnend zu einer Schale entfalten, aus der sich Gnade auf die elenden Menschen ergießt. Eine andere, unsichtbare Welt hatte sich aufgetan, die ebenso lauter, süß, wahr und selig war, wie die unsere falsch, unflätig, verdorben, verzweifelt. Es gab also etwas Hohes und Schönes, etwas, das unendlich höher über mir stand als ich über den Unglücklichen, die ich verabscheute, und dies Göttliche beugte sich mit wärmster, liebendster Seele auf uns alle herab.«[287]

Der Erzähler und damit die Autorin, hört den neuen, den anderen Ton, und der gewußten Realität der Erlösung tritt die geglaubte an die Seite.

Aus der Triumphgasse stammt nicht nur aus der italienischen Umgebung, das Buch ist auch dort entstanden. Anfang November 1900 beginnt der durch Geldnot gebotene Vorabdruck in der ›Frankfurter Zeitung‹. Um die Buchausgabe bewerben sich mehrere Verlage. So verläßt Ricarda ihren bisherigen Verlag Haessel und übergibt Eugen Diederichs die Veröffentlichungsrechte. Das Buch erscheint offiziell 1902, bei 1901 beginnender Auslieferung.

Inzwischen haben sich die Verhältnisse in Triest so weit zugespitzt, daß Ermanno Ceconi seinen Vertrag vorzeitig kündigt und die Familie sich im Juli desselben Jahres in München niederläßt. An den neuen Wohnort nimmt Ricarda den Eindruck italienischen Volkslebens mit und die durch ihren Mann vermittelten Kenntnisse der neueren italienischen Geschichte.

In der Glückstraße

Als Ricarda Huch mit Mann und Kind im Sommer 1900 nach München kommt, wird sie schon sehnsüchtig erwartet: Die Freundin Marianne Plehn lebt dort, zeitweilig auch ihre Schwester Rose und deren Freundin Mimi von Geyso, die beiden Malerinnen, sowie einige Verehrer der Dichterin Ricarda Huch. Zu ihnen gehört Ria Schmujlow-Claassen, eine Freundin von Hugo von Hofmannsthal, die über Ricarda an ihn schreibt: »In ihrer Nähe wirkt sich alles zurecht, was verschoben ist. Und ihr Wesen strömt so viel Überlegenheit und eine solche Wärme aus, daß dem wohl nicht zu helfen ist, dem das nicht hilft. Wir kommen sehr oft zusammen. Leider hat sie auch einen Mann, von dem man zugeben kann, daß er ein lieber Mensch ist, mit dem man sich gut stellen kann, da man sich mit ihm stellen muß; aber er ist in jedem Sinne das, was man ein ›enfant terrible‹ nennt, und besteht hartnäckig darauf, sie nicht zu sich selbst kommen zu lassen – alles in allem die sonderbarste glückliche Ehe, die man sich vorstellen kann.«[288]

Ermanno Ceconi befindet sich zu Beginn des Münchner Aufenthaltes in einer schwierigen Situation. Er darf zwar seinen Doktortitel führen, sich aber nicht Zahnarzt nennen. Unter diesen Umständen ist eine Praxis nicht zu begründen, so daß die deutschen Examen nachgeholt werden müssen, was auch zur vollen Zufriedenheit des Kandidaten und der Examinatoren gelingt. Aber auch dann ist es schwierig, Patienten zu finden. Wieder ist es Marie Baum, die über die Anfangsprobleme hinweghilft, indem sie viertausend Mark leiht, damit die nötigen Einrichtungsgegenstände für die Praxis gekauft werden können.

Anfangs wohnen sie im Luitpoldblock in der Brienner Str. 8, gerade über dem Café Luitpold, dessen Ventilator mit erheblichem Lärmaufwand eine scheußliche Luft ausstößt. Ermanno kennt bald alle Italiener in der Stadt und trifft sie drunten im Café. Wenn dann wirklich einmal ein Patient kommt, muß Ricarda ihn holen. Die italienischen Freunde sehen darin eine empfindliche Störung und in Ricarda den Störenfried. Die Praxis befindet sich damals in der Amalienstraße.

Im April 1902 übersiedeln Ceconis samt Praxis in die Glückstraße 12, wo sich auch zahlungskräftigere Patienten als bisher einfinden. Denn nach und nach stellt sich das prominente künstlerische München bei Dr. Ceconi ein, darunter Thomas Mann und dessen Familie, zu der es auch persönliche Kontakte gibt. Viel später, es ist schon im Dritten Reich, schreibt Ricarda Huch an Golo Mann: »Lieber Golo, noch sehe ich Sie, wie ich Ihnen zum ersten Mal in der Uhlandstraße [in Berlin] die Tür öffnete: Klein, schüchtern, absonderlich und reizvoll; ich schloß Sie gleich ins Herz und behielt Sie seither darin...«[289]

München bietet, anders als Triest, zusagende Möglichkeiten zur Geselligkeit. Eines Tages kommt Hedwig Bleuler-Waser an die Isar, die Studienfreundin aus Züricher Tagen und Retterin der »Romantik«, jetzt verheiratet mit dem bedeutenden Arzt Professor Eugen Bleuler, einem Schüler von C. G. Jung. Sie ist seit langem Templerenzlerin und will einen Vortrag halten. Abgeholt wird sie bei Ceconis vom Vorsitzenden des Münchner Vereins, dem Verleger Ernst Reinhardt – und eine Freundschaft fürs Leben beginnt. Reinhardt ist Schweizer, Junggeselle und ein Freund der Heiterkeit. Er und Ceconi können Wortspiele betreiben und lachen wie zwei Schulbuben. »Trauliche Abende, wenn wir in dem kleinen Eßzimmer in der Glücksstraße unter der Lampe saßen, Manno, Reinhardt und ich. Manno telefonierte – wir hatten die Nummer 1756, das Anfangsjahr des Siebenjährigen Krieges und deshalb leicht zu behalten –: ›Reinhardt, kommen Sie, daß wir lachen!‹ und dann kam er ---, gewöhnlich sein Abendbrot, das hauptsächlich aus Obst bestand, und eine Arbeit mitbringend. Busi war zu Bett gebracht, es war still geworden in der Wohnung, und ich hatte nichts mehr zu tun; aber ich war todmüde und glücklich, daß das Arbeitsrad des Tages stillstand. Wenn ich aufstehen wollte, um für Erfrischungen zu sorgen, sagte Manno: ›Bleib du nur ruhig, meine Katze, ich mache schon alles!‹, ging in die Küche und kam bald mit einem Brett voll Tee, Limonade oder was es sonst war, zurück.«[290] Während sie sich unterhalten, liest Reinhardt die Korrektur der Bücher seiner Autoren. Ricarda Huch beschreibt ihn als den idealen Leser, sorgfältig, objektiv, nicht seine Meinung mit der des Autors vermischend, mit einem hervorragenden Gedächtnis ausgestattet, das ihm erlaubt, das Gelesene auch anzuwenden. Da er als Pfarrerssohn auch noch bibelfest ist, kann Ricarda mit ihm »bis zu einem gewissen Grad theologisieren«[291], und das spielt jetzt eine immer größere Rolle.

Zum engeren Bekanntenkreis gehören außer Marianne Plehn und den Schwestern Frieda und Elisabeth Duensing, von denen die Juristin Dr. Frieda Duensing in der Frauenbewegung arbeitet, auch der Augenarzt Fritz Salzer und die diversen ›Flammen‹ von Reinhardt. Sie alle treffen sich am Sonntagnachmittag im Hause Ceconi.

Neben diesem Freundeskreis, der durch Geist und eine

unkomplizierte Heiterkeit ausgezeichnet ist, gibt es noch den gesellschaftlichen Verkehr im Hause des Mathematikers Professor Pringsheim, wo Ceconis Thomas Mann und dessen Frau, eine geborene Pringsheim, kennenlernen und Ermanno besonders das Gespräch mit der jungen Frau Katja schätzt. Auch das Haus des Archäologen Professor Furtwängler öffnet sich der nun berühmten Dichterin und ihrem Mann. Der Sohn Wilhelm befindet sich am Anfang seiner Dirigentenkarriere. Er steht in enger Beziehung zu Ricardas Cousine, der Schauspielerin Lisbeth Huch, die sich aber wegen des großen Altersunterschiedes weigert, den jungen Mann zu binden. Später meint dieser, nur seiner Aufgabe leben zu können. Die gemeinsame Tochter Friederike trägt seinen Namen.

In diesen reichen und gastfreien Häusern ist die Verfasserin des Ursleuen-Romans, der *Romantik*, der kleinen, anmutigen Erzählungen voller Feuer und Geist als bedeutende Schriftstellerin bekannt und geschätzt. Ricarda und ihr Mann sind nicht in der Lage, solche glänzenden Einladungen zu erwidern, ja, es macht schon Mühe und Kosten, sie überhaupt zu besuchen. Ricarda erinnert sich: »Gewöhnlich fehlte mir im letzten Augenblick noch die richtige Handtasche oder Strümpfe. Ich besuchte sie alle [die Einladungen] in einem einzigen Kleid, zu dem mir Emmi Reiff einmal den Stoff geschenkt hatte; es war aus schwerer blaugrüner Seide, kostbar und schick, aber dunkel und mit einem kleinen Ausschnitt versehen, da es für alle Gelegenheiten, große und kleine Gesellschaften, Konzert und Theater passen mußte. Manno litt zuweilen darunter, daß er mir nicht mehr schöne Kleider kaufen konnte; aber wenn wir in der Nacht heimgingen, sagte er nicht selten befriedigt: ›Meine Katze war doch die Schönste.‹ Die schönste hieß bei ihm die vornehmste.«[292]

Wegen ihrer kleinen Nase nennt Ermanno Ceconi seine Frau ›Katze‹, und weil sie so rund und weich wie ein Kätzchen ist, wird die kleine Marietta nach Schweizer Art ›Busi‹ – mit kurzem u – gerufen.

Von den Schwabinger Künstlerkreisen halten sich Ceconis weitgehend fern. Bei einem Tee im Hause Pringsheim lernt Ricarda allerdings die Malerin Sophie Baronin von Scheve kennen. Sie malt 1903 das künstlerisch wohl beste Porträt, das es von Ricarda Huch gibt.[293] Marie Baum bezeichnet Sophie von Scheve als die einzige von der Bohème oder Schwabing Geprägte unter den befreundeten Malerinnen; und gerade sie hat ihre Alterssicherung in einem der säkularisierten Klöster Norddeutschlands, die seit der Reformation der Versorgung unverheirateter Töchter des Adels dienen. »Die Erörterungen, wann sie die herrliche Freizügigkeit ihres Daseins aufgeben und aus Mangel an Einkünften in die Verbannung gehen müsse, nahmen in ihren Gesprächen breiten Raum ein.«[294]

Marie Baum erwähnt auch das Bildnis, das Sophie von Scheve, übrigens eine Mecklenburgerin, von Ricarda gemalt hat, bemerkt aber, es habe sie und andere Freunde verdrossen, weil die Malerin die Dargestellte nur von der erotischen Seite aufgefaßt habe.[295]

Ricarda Huch hat im Alter diese Schilderung der Malerin ihres besten Porträts gegeben: »Die Scheve hatte eine hübsche Wohnung von der älteren Art in der Rottmannstraße, mit überraschenden Gängen und Winkeln, eingerichtet mit Möbeln, die alt und kostbar, aber zum Teil sehr verschlissen waren. Das Ganze machte einen höchst behaglichen und vornehmen Eindruck, wenn es auch sehr unordentlich war. In dem Raum malte sie mich in einer gelben Sammetbluse, die ihr gehörte, den Kopf auf die Seite geneigt, unzählige Zigaretten rauchend. Sie hat das Porträt immer für eines ihrer besten gehalten.«[296]

Dieses Zitat sagt viel aus über Ricarda Huchs Lebensauffassung in dieser ersten Münchner Zeit: Das höchst Behagliche der Behausung von ›Schevchen‹ gefällt ihr; das

Unordentliche und etwas Schlampige fällt ihr auf, ohne daß es sie abstößt. Bürgerliche Lebensform und künstlerische Freiheit von deren Zwängen vereinen sich in ihrem Gefühl; im täglichen, praktischen Leben überwiegt das Bürgerliche. Ohne Kritik schreibt sie über die Freundin: »Es war ihr wohl im Schlampigen.«[297] Ja, sie erkennt deren Eigenart an: »...zuweilen trat sie in großem Stil auf und wirkte dann imponierend. Sie trug dann schöne altsilberne lose Ohrringe, was damals noch nicht Mode war; es gefiel mir so gut, daß ich es nachmachte. Ich hatte schöne saftiggelbe Bernsteintropfen, die Manno und ich einmal bei einem Althändler gekauft hatten.«[298]

In dieser Zeit schwieriger materieller Lebensumstände ist die innige Gemeinschaft von Frau und Mann der tragende Grund, auf dem das Kind aufwächst. Heiß liebt die Mutter das Busi. Wenn sie abends ausgehen, versetzt der heftige, tränenreiche Protest der Kleinen Ricarda in tiefe Depression: sie kann das Kind nicht weinen sehen. Unterwegs, auch in noch so froher und interessanter Gesellschaft, kann sie sich der Vorstellung, was alles inzwischen zu Hause geschehen könne, nicht erwehren, obwohl Margret, die verlobte, dann verheiratete, überaus zuverlässige Hausgehilfin, die das Busi liebt und von ihm geliebt wird, an solchen Abenden nicht weggeht, bevor die Eltern wieder zurück sind. Wenn nicht Mannos Clownerien mit Scherzen und Neckereien die dunklen Gedanken vertrieben, würde die ängstliche Mutter zu keinem Genuß der heiteren Stunden kommen.

Nach einer solchen Einladung bringen Ernst Reinhardt, Fritz Salzer und Manno Ricarda nach Hause und gehen dann zusammen noch in ein nahe gelegenes Café. Hier geschieht es dann zum ersten Mal, daß Ceconi »eines seiner nachmals in diesem Kreis berühmten Feuerwerke von Geist, Witz, tiefem sozialem Empfinden und philosophischen Einsichten in etwas gebrochenem Deutsch losließ«.[299] Später nennt man das dann einen ›kosmischen Anfall‹ und begreift, was seine Frau meint, wenn sie sagt, »er habe sie dadurch so gefesselt, daß er Engel und Teufel in einer Person sein könne«.[300] »Unzählige seiner treffenden Bemerkungen zirkulieren noch heute unter seinen Freunden«, schreibt Fritz Salzer Jahre nach Ceconis Tod, »und lösen jedes Mal ein befreiendes Lachen aus.«[301]

Ebenfalls zum Lachen, wenn auch aus anderen Gründen, reizten Ricarda, Ermanno und deren Freunde das Auftreten und die Ansprüche des George-Kreises, der 1903 in München sein Zentrum findet und seine eigentliche Blüte erlebt.

Im Oktober 1900 lernt das Ehepaar Ceconi Hanna und Karl Wolfskehl kennen. Karl Wolfskehl ist als expressionistischer Dichter hervorgetreten und hat es sich zur Aufgabe gemacht, einen geistigen Zirkel zu bilden, in dessen Mitte Stefan George strahlt. Eines Abends wird Ricarda Huch in das hinterste der berühmten drei Wolfskehlschen Zimmer gebeten, um George vorgestellt zu werden. Ihr Eindruck von dem von vielen hochverehrten Dichter ist keineswegs überwältigend: »Er sieht abschreckend und häßlich aus, wie das böse Prinzip oder wie ein giftiger Pilz.«[302] Was dann wirklich vorgefallen ist, läßt sich genau kaum noch feststellen, da es mehrere variantenreiche Berichte gibt. Ricarda schreibt an Marie Baum, daß Frau Wolfskehl sie George vorstellte und sie, Ricarda, ihr zu verstehen gab, daß doch eigentlich die Herren den Damen vorgestellt würden. Am Schluß ihrer Schilderung der denkwürdigen, weil gar so folgenlosen Begegnung heißt es: »Bald darauf gingen wir, denke Dir, Hans [Hähn] und Manno waren überhaupt nicht der Ehre würdig befunden, zu Manno sagte Frau W.[olfskehl] beim Adieusagen: ›Sie werden ein andermal die Ehre haben‹, Manno in voller Wut sagte Wolfskehl ein paar wilde Grobheiten.«[303]

Fritz Salzer berichtet ähnlich, aber doch mit bemerkenswert anders gerichtetem Akzent: »...als der Hausherr die Dichterin einlud, ihm in den geweihten Raum [das dritte Zimmer, in dem George sich aufhält] zu folgen, hatte er nicht mit der vulkanischen Ader in den Tiefenlagen der Mannoschen Seele gerechnet: sie explodierte beim Abschiednehmen mit enormer Gewalt in den denkwürdigen Worten, wenn Herr George Frau Dr. Ceconi kennenzulernen wünsche, möge er sich zu ihr bemühen, um sich ihr vorstellen zu lassen, das Umgekehrte entspreche nicht der gesellschaftlichen Sitte. Es war nicht leicht für den erschrockenen Wolfskehl, die Situation zu retten...«[304]

Wieder anders klingt die Schilderung von Roderich Huch, dem Sohn von Richard und Lilly und Neffen Ricardas. Er studiert zu dieser Zeit in München Jura und wird als ›Konstantin, der Sonnenknabe‹ zu einem wichtigen Mitglied des ›Kreises‹. Dieser ›Kreis‹ wird besonders durch Ludwig Klages und Alfred Schuler bestimmt, während George, dessen hohe dichterische Begabung auch von Außenstehenden wie Ricarda Huch anerkannt wird, Zentrum eines eigenen Kreises ist. Neben Roderich ist auch sein Vetter Friedrich Huch, Schriftsteller und Stiefbruder von Richard Huch, Mitglied des Kreises um Klages und Schuler und Verehrer Georges.

Roderich, der seine Tante Ricarda seit früher Kindheit besonders liebt, hätte einem negativen Urteil von Klages über sie widersprochen.[305] Klages erklärt aber, daß Ricarda zu den ›Enormen‹, den Herausgehobenen, gehöre. Doch das sei eigentlich schon vorbei, nun sei sie nicht mehr glühend, sondern ihre Farbe sei ein blasses Lila. Roderich Huch schreibt dazu: »Daß Ricarda Klages blaß erschien, lag nach meiner Überzeugung daran, daß sie im Verkehr meist still war und lieber zuhörte als sich selbst hören ließ; ja sie konnte zuweilen einen ganz zerstreuten und abwesenden Eindruck machen und ging auf der Straße selbst an ihren nächsten Bekannten fast immer vorüber, ohne sie zu erkennen, was besonders ihren eigenen Mann, den in München schnell beliebt gewordenen italienischen Arzt [Zahnarzt] Dr. Ermanno Ceconi zu den boshaftesten Bemerkungen hinriß: ›Ostia‹, pflegte er italienisch zu fluchen, ›die Ricarda ist dumm auf der Straße, du kannst sie anschreien, so laut du willst, geht sie doch an dir vorüber und starrt in die Luft, ostia, sie ist eben eine Huch!‹ Aber in Wirklichkeit verehrte er sie grenzenlos und konnte es durchaus nicht vertragen, wenn man es an der nach seiner Meinung nötigen Achtung auch nur im geringsten fehlen ließ.

Als Wolfskehl damals die Bekanntschaft zwischen George und Ricarda vermitteln wollte und es ihm endlich gelungen war, den sonst ganz unzugänglichen George zur Zustimmung zu bewegen, führte er an einem seiner Jours Ricarda vor Georges Sessel und sagte: ›Meister, darf ich Ihnen Frau Ricarda Huch vorstellen?‹ Da stürmte Manno aus seiner Ecke hervor, tobte und schrie, wie es nur ein Italiener fertigbringen kann, den völlig fassungslosen Wolfskehl an: ›Wolfskehl, wie können Sie sich unterstehen, meine Frau, eine vornehme Dame, einem Herrn vorzustellen, wissen Sie nicht, was sich gehört? Komm, Ricarda, wir werden dieses Haus verlassen!‹ Damit zog er Ricarda, die diesem Auftritt gar keine besondere Bedeutung beigelegt hatte, mit sich fort und brach so den bisher sehr freundschaftlichen Verkehr zwischen Wolfskehl und Ricarda für einige Zeit ab, bis der darüber untröstliche Wolfskehl eine dem zornigen Italiener genügende Entschuldigung vorgebracht hatte und die Bekanntschaft zwischen George und Ricarda auf eine günstigere Gelegenheit verschoben werden konnte«,[306] wovon aber weder Ricarda noch andere berichtet haben.

Roderich Huch ist dann der Anlaß zum ersten Bruch im ›Schwabinger Kreis‹ geworden, als er, von George auf die Probe gestellt, wie weit er sich seinem Herrschaftsanspruch unterwerfen werde, auf die Forderung, sich in Anwesenheit der Mitglieder des Kreises zu entkleiden, mit Nein antwortet. Auch mit Ludwig Klages kommt es aus anderem Grunde zum Bruch, und nur die Gräfin Franziska zu Reventlow, die vielbewunderte und gleicherweise verpönte Schwabinger Muse, von Rilke verehrt, von den Enormen mit leichter Abwehr nur Klages zuliebe zur Kenntnis genommen, bietet ihm Versteck und Schutz vor den Nachstellungen der Klages-Anhänger. Sogar Friedrich Huch macht ihm Vorwürfe, trennt sich aber doch nicht von ihm.

Als Roderich zur Gegenoffensive übergeht und sich an das von der Gräfin Reventlow verfertigte Blatt ›Schwabinger Beobachter‹, in dem witzige Anzüglichkeiten über den ›Kreis‹ zu lesen sind, anhängt und seine spitze Feder gegen Klages kehrt, wird ihm umgehend handgreiflich heimgezahlt. Am nächsten Abend fühlt er sich auf dem Heimweg auf der sogenannten kosmischen Wiese von »harten Armen«[307] ergriffen und zu Boden geworfen. Er erkennt im Dunkeln ein Mitglied der Enormen. Roderich kann sich durch die Flucht retten – unter Zurücklassung von Rock, Weste, Kragen, Krawatte und selbst Teilen seiner Hose gelingt es ihm, die Trambahn an der Schwabinger Brauerei zu erreichen. »Von da an«, berichtet er, »begab ich mich in den Schutz des Hauses Ceconi; zwar wollte Ricardas Mann, der temperamentvolle Manno, sofort mit mir wieder aufbrechen und zum Angriff auf der ›kosmischen Wiese‹ übergehen, aber Ricarda verbot es.«[308]

Wenig später kommt es zu dem tiefen Zwiespalt zwischen George und dem Klages-Schuler-Kreis, den Kosmischen und den Enormen, der nicht zu überbrücken ist.

Wie nun jener Auftritt im Hause Wolfskehl, der die Phantasie mehrerer Berichterstatter beflügelt hat, wirklich in allen Einzelheiten verlaufen ist, erscheint vielleicht nicht so wichtig – Ricardas Brief an Marie Baum enthält wohl, kurz gefaßt, den authentischen Verlauf –, doch die Arten der

Schilderung geben alleine schon einen Einblick in das Schwabing um die Jahrhundertwende. Ricarda Huch, deren Freundinnen Rose Plehn und Mimi von Geyso zu den ›Enormen‹ gehören[309], hat meistens nur von Ferne und in den wenigen Fällen, wo sie selbst involviert ist, mit Erstaunen, Befremden und auch Amüsement auf die Vorgänge, die ihr so fremd sind, reagiert. Neben der Familie bleibt der persönliche Umgang im Freundeskreis die Mitte ihres Lebens in dieser Zeit. Aber sie muß und sie will arbeiten. Das Kind wird ihr von der zuverlässigen, treuen Margret für Stunden abgenommen, wann immer es geht, und von Ceconi, der besonders in Krankheitszeiten ein sachkundiger und liebevoller Helfer und Pfleger ist. Aber in der Brienner Straße hatte sie nicht einmal einen Schreibtisch. Ernst Reinhardt hat in seiner Rede zum sechzigsten Geburtstag von Ricarda Huch die Situation beschrieben, Professor Fritz Salzer sie in der Festschrift zum siebzigsten Geburtstag wiedergegeben: »Ich vergesse es nie, wie ich sie einmal am Luitpoldblock bei der Arbeit traf, an einem Brett, das als Ersatz für ein Pult, um das spärliche Licht auszunützen, am Fenster angeschraubt war..., hinter ihr in einem Laufstall ihre damals einjährige Tochter, die sie ständig störte – ich bitte das harte Wort zu entschuldigen, denn ich weiß, daß Frau Dr. Huch die Ansicht vertritt, ihre Tochter habe sie nie gestört – in dieser mehr als nüchternen Umgebung saß die Poesie an einem harten Brett und schrieb ihre schönsten Romane...«[310]

Glücklicherweise bietet sich nach einiger Zeit die Möglichkeit, ein kleines Haus in Grünwald, damals vor den Toren Münchens gelegen, zu mieten. Später, als es ihr schwer wird, die Miete zu zahlen, schenken es Ricarda die Züricher Freunde Reiff. Das Haus hat vier Zimmer, ist einfach und schlicht, mit einem Blechdach gedeckt. Auch die Landschaft ist nicht durch besondere Schönheit ausgezeichnet. Aber:

»Im Frühling blühten im Garten Kirschbäume, Apfel- und dann Birnbäume, es bauschte sich wolkig weiß in den Zweigen, ein Duftgewebe, das die Welt überirdisch verzauberte.«[311]

Die Nähe der Natur, das Eintauchen in ihren Kreislauf, trägt das Lebensgefühl, weitet es, befreit innerlich von Sorgen und Nöten. »Es entrückte das Leben und meine Seele aus der Wirklichkeit, ich empfand bisweilen nichts als das beglückende Stillestehn der Zeit.«[312]

Am Sonntag kommt Manno und bringt oft auch Freunde mit. Dann ziehen sie hinaus übers Feld, in den Wald. Man lebt einfach. Ein Essen im ländlichen Gasthaus, das eine Mark kostet – Gänsebraten –, ist für die meisten schon zu teuer. Aber Rindfleisch oder Kalbsnierenbraten kann man sich eher leisten. Hauptgang des Abendbrots sind Eier, die es im Dorf billig zu kaufen gibt. Busi ist immer dabei, und die leidenschaftliche Mutter schreibt beglückt an die Freundin Marie Baum: »Ich arbeite so viel ich kann und fühle mich wohl dabei; es ist wirklich eine schöne Zeit, ich genieße es auch mit vollem Bewußtsein... Das Busi ist goldig jetzt, so übermütig und voller Einfälle... So schön, wie ich es hier jetzt habe, daß man jeden guten Tag von Anfang bis Ende genießen kann, das ist ja wirklich etwas Unglaubliches.«[313]

Es ist der Sommer 1901, Ricarda schreibt am zweiten Teil der *Romantik*, fertigt die Skizze des Romans *Von den Königen und der Krone* an und teilt der Freundin am 1. Oktober mit: »Endlich ist es so weit, endlich ist mein *Vita somnium breve* – so heißt es nämlich – fertig, und ich atme auf.«[314] In diesen Zeiten des Befreitseins von den alltäglichen Haushaltspflichten, denn Margret und ihr Mann leben mit in Grünwald, steigert sich Ricardas Arbeitskraft in kaum glaublicher Weise. Allerdings hat sie »wie ein Galeerensträfling gearbeitet. Nichtsdestoweniger war es schön, das ist wahr«.[315]

Aber auch Ungemach sucht sie heim: eine Erbschaft ist ihnen verlorengegangen durch den Bankrott der Bank, und gerade von diesem Geld wollten sie Marie Baum die geliehenen viertausend Mark zurückzahlen. Die reagiert mit einem einzigen Satz: »Rege dich doch nicht auf über das dumme Geld.«[316] Ricarda hat einmal über diese ihr am meisten verbundene Freundin gesagt, daß sie so edel denke und so opferbereit sei.

Im Freundeskreis wird auch über Politik diskutiert. Das Anwachsen der sozialdemokratischen Bewegung, die Bestrebungen Friedrich Naumanns, eine liberal-soziale Gruppierung zu gründen und die Arbeiterschaft an ein nationalsoziales Staatsbewußtsein heranzuführen, die besonders von Marie Baum geteilt werden, die jährlich zwei- bis dreimal bei der Freundin zu Besuch ist, werden lebhaft erörtert. Aber anders als bei den übrigen Freunden, führt die Auseinandersetzung der jungen Frau mit solchen Bestrebungen aktiv in die sozialpolitische Arbeit hinein, was ihr den Namen »das rote Bäumchen« einträgt.

Im Herbst 1901 stirbt in Braunschweig die Großmutter Emilie Hähn im Alter von 93 Jahren. Mit ihr entschwindet der Mensch, mit dem alles verbunden war, was Heimat und Kindheit umfassen. »Es ist kein so heftiger Schmerz«, schreibt Ricarda, »aber ich werde ihn immer fühlen.«[317]

Geldsorgen zwingen in dieser Zeit erneut dazu, einen ihrer Romane – jetzt ist es *Vita somnium breve*, der später *Michael Unger* heißt – einer Zeitung zum Vorabdruck anzubieten. Die ›Neue Freie Presse‹ bringt ihn für dreitausendfünfhundert Mark Honorar. Fünftausend Mark hat sie gefordert, »aber wir brauchen das Geld zu nötig, als daß ich hätte darauf warten können... Diese Verhandlung ging telegraphisch vor sich, fünf Telegramme in vierzehn Tagen; ich habe gewiß ein paar Pfund abgenommen in der Zeit, so aufregend war mir das Warten von einem Telegramm zum anderen. Gerade als es abgeschlossen war, habe ich erfahren, daß die ›Gartenlaube‹, welche der Zeit angemessen nun auch einen höheren Aufschwung nehmen will, auch gern einen Roman von mir genommen hätte. Und von der hätte ich leicht das Doppelte bekommen! Da es aber doch unsicher ist, ob etwas daraus geworden wäre, will ich mich nicht weiter kränken. Bis Ostern erscheint dann der Roman als Buch, ebenso, will's Gott, die ›Romantik‹ zweiter Teil, und dann sind wir doch wieder für ein Jahr versorgt.«[318]

Wenig später kann sie melden, daß sie nun Deutsche geworden sind und ihnen niemand mehr etwas anhaben könne. Allerdings habe es Geld gekostet.

Im Sommer 1902 ist Ricarda in Zürich bei den dortigen Freunden zu Besuch und fühlt sich wieder ganz heimisch in der Schweiz. Im Herbst hält sie zwei Vorträge in Wien, den einen über das Frauenstudium, den anderen über Alkohol und künstlerische Produktion. Das Alkoholproblem in seinen unterschiedlichen Aspekten und Perspektiven wird um die Jahrhundertwende viel diskutiert. Diesen zweiten Vortrag hält sie in der Universität, und es ist so voll, daß die Besucher, vor allem Studenten, bis auf den Korridor stehen. Das freut sie, wie überhaupt die Wiener Art, so ganz ohne steife Ehrfurcht, sie angenehm berührt.

Im Frühling 1903 reist die Familie Ceconi, zusammen mit Ernst Reinhardt und Fritz Salzer, nach Italien, vor allem nach Padua zum Besuch von Ermannos Familienangehörigen. Ricarda, die sich unendlich schwer von ihrer Tochter trennt, fährt einige Zeit später mit Reiffs nach Venedig und Ravenna. Jetzt begeistert sie die Schönheit Italiens, und sie fragt sich: »Ob ich damals doch nicht das Richtige gewollt habe? Man kann das eigentlich so schwer glauben, wenn man etwas mit solcher Entschiedenheit gewollt hat.«[319]

Sechs Wochen später, wieder zurück in München, kann sie berichten, daß der Roman *Von den Königen und der Krone* im Druck ist. Sie aber arbeitet bereits an einem neuen Buch, einer kleinen Monographie Gottfried Kellers. Mit dem Honorar finanziert sie eine dreiwöchige Reise nach Rom im April 1904, die sie zusammen mit ihrem Mann unternimmt. Die neuen vorgesehenen großen Arbeiten mit Stoffen aus der italienischen Geschichte bedürfen zur Gestaltung der sinnlichen Anschauung. Wieder ist Marie Baum die Adressatin ihres glückseligen Berichtes: »Weißt Du, ich war... in einem Rausch, ich hatte eigentlich alles vergessen und schluckte nur wie rasend alles Schöne herunter, im Bewußtsein, daß ich es nur kurze Zeit haben könnte. Das Glück habe ich ja, daß für mich immer alles hundertmal schöner ist, als ich es mir vorgestellt hatte... Italien fängt nämlich eigentlich erst bei Rom an. Manchmal hätte ich mich auf die Erde werfen und weinen mögen über die Fülle und Schönheit.«[320]

Die Bücher über das Risorgimento, die italienische Freiheitsbewegung des 19. Jahrhunderts, den Nationalhelden Garibaldi und der Roman *Das Leben des Grafen Federigo Confalonieri* entstehen noch in München oder schon in Braunschweig. Damit ist eine neue Lebensphase angezeigt, während *Vita somnium breve*, *Von den Königen und der Krone* sowie *Gottfried Keller* noch ganz der Zeit familiärer Arbeit und Eintracht angehören.

Das Leben – ein flüchtiger Traum

Noch einmal steigt Zürich auf, noch einmal die Welt der norddeutschen Patrizier, noch einmal das Wunder der schrankenlosen Liebe, die meint, ihre Gesetze in sich selber zu tragen. Und doch ist *Vita somnium breve** [*Michael Unger*] anders als *Die Erinnerungen von Ludolf Ursleu dem Jüngeren*. Was dort noch tastend, in manchmal allzu lang geratener indirekter Form schemenhaft Gestalt gewann, ist in dem neuen Buch, das 1903 im Insel-Verlag in Leipzig[321] erscheint, deutlicher konturiert. Vor allem aber setzt die fortgeschrittene Erfahrung und Reife der Autorin in entscheidenden Punkten neue Akzente. Klar stehen die einzelnen Personen in ihrer jeweiligen Umwelt: Verena, Michaels Frau, intelligent, beredt, ganz auf den Mann, ihren Mann, fixiert, von der eigenen Schönheit berauscht, an Tiefe mangelnd, was ihr an oberflächlicher Gewandtheit gegeben ist, von unklarer Sehnsucht beherrscht bis hin zum Glaubenswechsel aus der naiven Überzeugung, auf diese Weise wirklich fromm zu werden, und doch der Verzweiflung so nahe.

Dann Michaels Vater, patriarchalisch, fest verwurzelt in seiner Umwelt als Kaufmann, die Gegebenheiten seines Lebens akzeptierend, auch die Kühle seiner Frau Malve.

Malve wiederum lebt sich und ihrer vielbewunderten Schönheit in der unangefochtenen, selbstverständlichen Sicherheit von Wohlstand und ruhigem Gleichmaß des Lebens.

Mit Rose Sarthorn, der Malerin, tritt ein Mensch von ganz unbürgerlichem Zuschnitt und naturhaftem Wesen in diesen reglementierten Gleichklang und schlägt einen neuen, ungekannten Ton an.

Michael Unger, junger Kaufmann mit kühler Frau – Ve-

* Auch Titel eines Gemäldes von Arnold Böcklin († 1901).

rena – und heißgeliebtem Kind – Mario –, hört diesen Ton und wird durch ihn geweckt.

»Es war der feurigste Tag im Herbste, als Rose Sarthorn ankam, und im Ungerschen Garten blühten Beete voll Astern und Georginen, gelbe, rote, purpurrote und solche, die fast schwarz waren und nicht glänzten. Die Bäume hingen voll Obst, und auf den Tischen lagen Trauben und gelbe Melonen aus dem Treibhause aufgehäuft. Obwohl sie nicht die prächtige Schönheit der Unger hatte und in einem schlichten schwarzen Kleide einherging, erschien sie doch nicht ungehörig inmitten dieses Überflusses, vielmehr war es so, als bekäme alles durch sie erst seinen eigentlichen Ausdruck. Sie hatte Augen wie ein Zauberbrunnen, in dem das Schöne und Wunderbare der Welt sich spiegeln mußte; aus ihrem ernsten, nicht blassen und nicht roten, gleichmäßig gefärbten Gesicht schauten sie groß und mächtig und sprachen zu allen Wesen und Dingen: Komm zu mir, ich mache dich frei, ich mache dich schön. Das Überraschendste für die, welche sie noch nicht kannten, ereignete sich, wenn sie lachte, denn dann schimmerte plötzlich ihr ganzes Gesicht von seliger Heiterkeit, und sie hatte etwas von einem Kinde, dessen Augen tiefere Dinge träumen, als seine Gedanken wissen.«[322]

Rose Sarthorn bleibt ein paar Tage, kündigt dann ihre Wiederkehr in einem halben Jahr an, um Michaels und Verenas kleinen Sohn zu malen.

Als sie wiederkommt, herrscht frohe Stimmung, und nach dem abendlichen, ihr zu Ehren festlich gestalteten Essen, als alle zur Ruhe gegangen sind, sieht Michael sie auf der Freitreppe stehen und die Arme zum Mond erheben. »Überrascht sah er die kindlich kräftige und sanfte Seitenlinie ihres zum Himmel erhobenen Gesichtes, ihren festen schlanken Hals und ihre schönen Hände, die im gelben Licht leuchteten, und er konnte sich nicht enthalten, leise zu fragen: ›Sind Sie Nachtwandlerin oder beten Sie?‹ Sie ließ die Arme fallen, drehte sich langsam nach ihm um und sagte: ›Ich bete.‹ Und da er sie noch immer fragend ansah, fuhr sie fort: ›Ich bete: Mond, bleicher Engel, schütze mich vor Tränen!...‹[323]

Am nächsten Tag, einem Sonntag, meint Michael, sie gehe wohl nie in die Kirche. Rose bestätigt, nur als Kind einige Male in die Kirche gegangen zu sein. Sie habe kein Bedürfnis zu beten, außer den Mond anzurufen und da, wo es besonders schön sei, niederzuknien und zu beten: »Mutter Erde, segne dein Kind.«[324]

Rose Sarthorns ganze Erscheinung ergreift Michaels Denken und Fühlen. »Er sah jetzt, daß der Kreis, in den er hineingeboren war, nicht die Welt, nicht das Schicksal, sondern etwas Zufälliges und Unvollkommenes war, und daß jenseits erst das Leben mit seinen Höhen und seinen Wundern begann, das Gefilde sich breitete, wo Seelen sich entfalten und reifen.«[325]

Als Rose, nachdem sie den ihr gestellten Auftrag erfüllt hat, abreist, weiß Michael, daß er sie nicht zum letzten Mal gesehen hat. Eines Morgens geht er nicht ins Geschäft, sondern zum Bahnhof, fährt ihr nach, trifft sie an dem Ort, den sie genannt hatte, und dieses Finden wird zur Gemeinschaft.

Michael entscheidet sich: er will für einige Zeit Haus, Familie, Heimatstadt verlassen, um an einer Universität Medizin zu studieren.

Verena weiß mit der instinktiven Sicherheit der Frau, für die alle noch so wichtigen und achtenswerten Betätigungen, denen sie sich widmet, nur der Vorhang sind, hinter dem sich ihr Anspruch auf die Liebe eines ganz bestimmten Mannes verbirgt: »Du warst bei Rose!«[326]

Am Ende seines Besuches, als er sich von Rose trennen mußte und mit dem Schiff davonfuhr, hatte er in das Getöse der Wellen hinein die rauschenden Stimmen aus dem Garten seiner Kindheit: »O Leben, o Schönheit, o Leben, o Schönheit!«[327] gehört, und es war ihm, als verknüpfe ein magisches Band jene Träumereien mit der eben erlebten Stunde des Glücks.

Eines Tages steht Michael Unger in der Stadt, die seine Freiheit begründen soll: »Grün waren die Höhen, an denen die Stadt der Jugend lag, und wenn der Frühling sie betrat mit Kränzen goldener Blumen, widerstrahlten der Himmel und der Spiegel des Sees, widerstrahlten die weißen Häuser und die Augen der Menschen ... O Stadt der Jugend und der Hoffnung!«[328]

Kindheit und erstes Mannesalter, Hoffnung und in dem neuen Lebensabschnitt wiederkehrende, noch nicht verlorene Jugend – das verschlingt sich nun in dem In- und Miteinander der Geschichte von Michael und Rose, von Verena und Mario, dem Kind, von Raphael, dem Bruder, der Michaels Stelle in dem alten Kaufmannskontor einnimmt, von Waldemar und Malve, den Eltern. Zwei Lebensströme laufen parallel zueinander: der der patriarchalischen Welt der Kaufleute und ihrer Frauen, beschäftigt mit Basaren, dilettierend in allerlei künstlerischen Betätigungen und verwirrt aufbegehrend dem gegenüber, was sie mit Schicksalsgewalt trifft, während Michael und Rose still ihrer Liebe leben, getrennt und nur manchmal zueinander findend. Schließlich leidend, so wie Michael es Verena gedeutet hatte, als er ihr sagte: »Leiden gibt es in jedem Leben... und wenn wir sie überwunden haben, erkennen wir oft, daß sie größeren Wert haben als viele unserer Freuden. Aber auch davon abgesehen, muß jeder lernen, mit seinem Schicksal fertig zu werden, denn dazu sind wir da.«[329] Auch für Michael und Rose gilt diese Forderung, die im Ursleuen-Roman noch nicht denkbar war.

Neben Studierenden aller Fakultäten lernt Michael in der Stadt, die nun für Jahre seine Heimstatt ist, ihm die Heimat ersetzen muß, den Freiherrn Gilm von Recklingen kennen, den alle nur den Freiherrn vom Geist nennen. Er ist ein naturwissenschaftlich ausgewiesener Mann, geistig das Allgemeine dem Einzelnen vorziehend und überblickend. Allerdings findet sich dabei auch manch revolutionärer und die hergebrachten Ordnungen verletzender Gedanke. Ein junger Russe charakterisiert den Freiherrn auf seine Weise: »Es wird Sie eine Gotteslästerung dünken«, sagt er zu Michael, »wenn ich sage, daß ich den Mann nicht liebe, den Sie und alle anderen verehren; und das nicht etwa, weil er mir das Mädchen entzieht, das ich mehr als alles auf der Welt und einzig auf der Welt liebe, sondern weil er ein kaltes Herz ohne Begeisterung hat, aber gerade Genie genug, um sein marmornes Heidentum so zauberhaft darzustellen, daß er die Schwachen damit betört.«[330]

Am Ende aller Mühen, allen Strebens, aller Kämpfe und wahrer Liebe kehrt Michael zu seinem Sohn, seiner Familie zurück. Rose, das Kind der Erde, nun verlassen, verfällt dem Freiherrn, der durch freigeistige Ideen, wie Ablehnung der Ehe und Lob der freien Liebe, Bedenken auch in solchen hervorruft, die ihm wohlwollen. Wie sagte Rose? »Einmal hörte ich einen großen, schönen Ton, in den alles harmonisch einklang, was ich vernahm ... Wo war ich früher, daß ich die leere Häßlichkeit nicht sah, von der das Leben voll ist?« »Sie saßen in einer Rosenlaube und hörten Nachtigallen singen«, sagte der Freiherr nach einer Pause, »und das tun jeden Frühling Liebespaare zu Hunderten.« – Rose schwieg, während ihre Augen sich langsam mit Tränen füllten. »Ja, die Erde ist immer gut und schön«, sagte sie mit weicher Stimme, die ein wenig zitterte... »erst wenn ich das vergessen könnte, wäre ich ganz verloren.«[331]

Um seinen Sohn nicht aufzugeben, opfert Michael Rose, nicht ahnend, daß Mario sich ihm später entziehen wird.

Ricardas Erlebnis mit Richard kehrt wieder, als Michael zu Rose sagt: »Ich liebe dich nicht mehr. Ich fühle nichts für dich als Mitleid, daß ich dir das sagen muß.«[332]

Am Schluß, als alles geglättet und manches zerrissen ist,

als Pflicht und Vaterliebe gesiegt haben, steht Michael Unger allein am Fenster seines Elternhauses. Die kleine Malve kommt zu ihm, die Tochter seines Bruders Raphael, und will wissen, was die Bäume rauschen. Als ganz kleines Mädchen hat sie ihn das schon einmal gefragt und zur Antwort erhalten, daß sie noch zu jung sei, aber einmal werde sie es verstehen. Jetzt, zu dieser Stunde am offenen Fenster, sagt er es ihr: »Sie rauschen: o Leben, o Schönheit, o Leben, o Schönheit!«[333], und die Kleine reagiert darauf mit starker, empfindsamer Bewegung. »...er liebte das ernste, warme, stolze Kind, das sie war, und die mutige, opferwillige Frau, die sie werden wollte... ›Du bist traurig‹, flüsterte sie weinend... Er küßte sie und sagte zärtlich: ›Ich bin nicht traurig, ich habe ja dich!...‹ und denkt: sie geht den Weg der Sehnsucht in das Tal der Träume und der Tränen. Er hingegen war erwacht...«[334]

Anders als im Ursleuen-Roman steht in *Michael Unger – Vita somnium breve* – am Ende nicht der völlige Zusammenbruch der Menschen und ihrer materiellen Grundlagen. Hier hat sich ein Mensch durchgekämpft zur Akzeptanz bestimmter moralischer, gesellschaftlicher Regeln, ohne deswegen den geweiteten Horizont seines Geistes zu verraten. Daß der Preis die Absage an eine tiefe, alles andere überragende Liebe ist, und daß Rose, die Frau mit dem harmonischen Lebensgefühl, der pantheistischen Weltanschauung der Preis ist, zeigt Ricarda Huchs wehmütigen Abschied von einem nicht lebensfähigen Ideal, das einen Wert – Wunder und Wirklichkeit der Liebe – über alle anderen erhebt. Hier zeigt sich aber auch jener Bruch in der Gestalt Michael Ungers, der ihn realer werden läßt, näher dem poetischen Realismus als dem puren Realismus und Naturalismus einerseits und der Neuromantik andererseits.

Rein formal gehört auch die Darstellung von Roses Naturfrömmigkeit[334a], erwachsen aus pantheistischem

Geist und Lebensgefühl, zu den Elementen des Jugendstils. Naturverehrung, das Licht des Mondes, die gen Himmel gestreckten Arme, die gerungenen Hände sind unverkennbare Zeichen der von der Autorin vollzogenen Hinwendung zu einer stilistischen Form, die eine neue künstlerische Antwort auf die Ricarda Huch entseelt und häßlich erscheinenden literarischen Richtungen der damaligen Zeit ist. Dabei zeigt sich, daß die Betrachtungsweise realistischer Romane aufzugeben ist.[335] Auffällige Beispiele sind dafür die Veränderung körperlicher Merkmale ein und derselben Person; die Kategorien der Zeit werden teilweise aufgehoben – das alles ist unwichtig.[336] Auch das weiße Gesicht und der präraffaelitische Frauentypus: schmalschultrig, zartgliedrig, wallendes Haar, fließende Gewänder, sinnlicher Mund, melancholisch-traumverlorener Gesichtsausdruck[337] sind bezeichnend und typische Leitbilder des Jugendstils.

Das zeigt sich auch an der immer wieder erwähnten Färbung der Haut. Dieses Element taucht zu oft auf, um es als Mittel der Charakterzeichnung aufzufassen, es differenziert nicht, sondern stilisiert, es »führt alle Erscheinungen in Richtung auf einen Ur-Typ der Frau…«[338] Diese Merkmale finden sich in allen drei Romanen des Frühwerks: den Ursleuen, der Triumphgasse und in *Michael Unger*.

Schon in den frühen Novellen, mit Ausnahme der *Hugenottin*, gibt es neben eindeutig romantischen Elementen solche der ornamentalen Richtung des Jugendstils: bleichgesichtige Mädchen und Frauen, blumengekrönt, fremdartig anmutende Vegetation, das Meer in seiner Erhabenheit, Symbole wie die Krone – alles das wird zur Stilisierung herangezogen und kann bis zur allegorischen Verfremdung führen.[339] Der schöne, adelige Mensch ist ebenso eine solche Verfremdung wie die kranzgeschmückte Frauengestalt: Galeide und Flore im *Ursleu*, außerdem Michael Unger und seine Freunde bei der nächtlichen Kahnfahrt, Frau Sälde im

Mondreigen von Schlaraffis und Ricarda Huch selbst an ihrem dreißigsten Geburtstag.

Was den Roman *Michael Unger* vom Lebensgefühl des Jugendstils unterscheidet, ist allerdings die entschlossenere Hinwendung zum bürgerlichen Beruf, zur Familie, zur Pflicht, die die junge Ricarda in leidenschaftlicher Abwehr so tief unter der Liebe gesehen hatte. Wenn auch in ihren dem italienischen Erlebniskreis entwachsenen Büchern die weitschwingende Sprache von der anhaltenden Wirkung des Jugendstils zeugt, bleibt letztlich doch die Abwendung vom autobiographisch unterlegten Roman hin zur historischen, aber dennoch bildhaften Gestaltung deutliches Zeichen neuen Ansatzes auch in formaler Hinsicht.

Viel deutlicher als im ersten Roman sind in *Michael Unger* die Anzeichen für die Auseinandersetzung mit dem Geist der Zeit, mit den Entwicklungen des Übergangs vom 19. zum 20. Jahrhundert. Die Inanspruchnahme der persönlichen Freiheit als Recht zur Ausbildung der eigenen Persönlichkeit, verbindet zwar beide Werke, aber die Darstellung des Zirkels um Verena und den Dichter Ariost ist Kritik an dem deutlich erkennbaren Kreis um Stefan George und die ›Kosmischen‹, die in elitärer Absonderung sich über die gemeine Menschheit erheben wollen. Entwicklungen der Moderne, die Politik, Religion und Wertordnung umfassen, werden im Freiherrn vom Geist plastisch und einsichtig, auch in ihrer Gefährlichkeit transparent, doch nicht einseitig verworfen. Schließlich ist Michael Unger ›erwacht‹, genau wie Ricarda Huch, und stellt sich den Erfordernissen des Lebens, nicht ohne mit Wehmut auf die Träume, Sehnsüchte und Bestrebungen zu blicken, die ihn einst fortführten aus seinem angestammten Kreis.

Aber trotz des Opfers seiner Liebe, trotz Leiden ist Michael Unger kein Gescheiterter, auch niemand, der sich widerstandslos seinem Schicksal ergibt. Er hat vielmehr wie die Autorin die Erfahrung gemacht, daß das Leben ohne

Verzichte nicht zu meistern ist und die Verzichte an Ordnungen orientiert sein müssen, die allerdings durchaus Wandlungen unterworfen sein können. Vom bangen und süßen Wahn des Lebens ist da im letzten Satz des Romans die Rede, von unsterblichen Gipfeln, die nur bisweilen entschleiert werden, aber letztlich von der Zuversicht, mit der Michael Unger auf seiner Bahn geht, »wie einer, den unsichtbare Götter führen«.

Nicht Tod und Zusammenbruch, sondern Hoffnung steht am Ende der Geschichte von Michael Unger, einer Geschichte, die das Flüchtige des Lebenstraumes und damit eine große Lebensliebe beschreibt, in der das erdhaft Beständige ebenso Raum hat, wie der Traum, ohne den der Mensch sich nicht über die Erde erheben kann.

In mancher Hinsicht zeigt sich das auch in dem Roman *Von den Königen und der Krone*, der 1904 erscheint. Auch hier spielen autobiographische Elemente eine wichtige Rolle, dieses Mal jedoch mehr indirekt, weil es sich um eine phantasievolle und künstlerisch-literarisch beachtliche Weiterführung der Familienüberlieferung von Ermanno Ceconi handelt. Von einer Herzogsdynastie ist da die Rede. Bei Ricarda Huch wird daraus die Königswürde.

Die ersten Seiten des Romans erzählen ganz sachlich, in einfacher, schon fast schmuckloser Sprache von der Abstammung der Familie, dem Verfall ihrer Stellung und ihrer Anpassung an schlichte, ja proletarische Lebensformen bei gleichzeitigem Wissen um ihren Auftrag. Ausdruck dieser unverlierbaren Würde ist »eine goldene Krone, schwarz von Alter und ungestalt, die zu verwahren und gegen Räuber bis zum Tode zu verteidigen sein [des jeweiligen Thronanwärters] Amt war«.[340]

Um diese Krone und um die damit verbundene Aufgabe, Herkunft und Würde entsprechend zu leben, was bei aller Armut und Demütigung nur möglich ist, so lange die Krone bewahrt wird, geht es in dem Roman. Der letzte Erbe, Lasko, ist in seinem schwankenden, wenn auch edlen Wesen Ermanno Ceconi nachgezeichnet. Er ist zu wenig ehrgeizig und zu sehr moderner Mensch, um die Krone zu bewahren und überläßt diese Aufgabe dem Vetter seiner Frau Maielies, Rizzo, dem aber die tieferen Zusammenhänge gleichgültig sind und den Genußsucht und eine revolutionäre Idee von Freiheit antreiben. Laskos Schwester Surja tötet sich, als sie Rizzo durchschaut und in ihm lediglich einen Frauenjäger und Abenteurer erkennt. Ihr Bruder Dragaino springt auf der Flucht vor politischer Verfolgung mit der Krone ins Meer, wo sie mit ihm versinkt. Als Lasko stirbt, von seinem wahnsinnigen Stiefbruder ermordet, scheint die Geschichte jenes mythischen Königsgeschlechts beendet zu sein.

Aber der kleine Dragaino, der Sohn des Rizzo und Adoptivkind der Maielies und des Lasko, hört von seinem Großvater Lastari die Geschichte des Königs Zarro, der nach Unterwerfung und Demütigung durch einen Mächtigeren und Brutaleren in einen Turm verbannt wird, von wo man nächtlich ein Pochen und Hämmern hört, denn Zarro schmiedet seine Krone. »Niemand kann wissen«, sagt Lastari, »ob die Krone, die wir in der Höhle bewachten, die alte war oder die des Zarro aus dem Turme.«[341]

Es gibt also mehr als eine Krone, aber es ist nicht ihre Zahl, sondern der Sinngehalt, der sie einzigartig macht. Der königliche, der stolze und zugleich demütige Mensch in der modernen Welt – das ist das eigentliche Thema des Romans *Von den Königen und der Krone*.

Es scheint, daß im Gegensatz zur märchenhaft-mythologischen Fabel Ricarda Huch zu einer strengeren Darstellung gelangte, die den starken Bewegungen der Sprache und Form des Jugendstils nicht mehr so eng angelehnt ist. Josef Viktor Widmann allerdings kann die Mischung aus modernem Leben zwischen Klinik und Fabrik, mit romantisch-abenteuerlicher Fernsehnsucht und dunkler, unbelegbarer

Überlieferung nicht vertragen. Mißfällig reibt er sich an dem, wie er meint, atemlosen Stil, der häufigen Verwendung der indirekten Rede. Er weiß nicht, was er davon halten soll und hat das Gefühl, hier würden die »Nibelungen im Frack«[342] vorgeführt. »Eine Heimat fehlt Ihnen halt«, schreibt er an Ricarda. »Sie wurzeln nirgends tief genug, gehören dem deutschen Norden, der Schweiz, Italien an und leben nun im deutschen Süden.«[343] Und dann bewegt ihn noch eine andere Sorge: »...ist Ihre Sehnsucht nach dem Urstoff im Menschlichen nicht ein Produkt zu subtiler Verfeinerung Ihrer ganzen Geistigkeit?«[344]

In seiner Rezension in der Sonntagsbeilage des ›Bund‹ [Nr. 51, 1903] beanstandet Widmann, daß sie »die Welt mit allem was darin ist und auch den tiefsten Seelenjammer in eitel goldene Phantasiegebilde ausmünzt und eine romantische Schimmerburg aufbaut, in der das strahlende Ungeheuer Schönheit als allein anbetungswürdige Gottheit sich ungezählte Menschenopfer darbringen läßt«. »Die von unerhörten Leidenschaften umhergetriebenen Menschen sind in der Hand der Dichterin Geschöpfe ihrer Willkür, spotten aller Psychologie, sind wie Narren unberechenbar.«[345]

Dagegen stellt Karl Wolfskehl den Roman *Von den Königen und der Krone* überaus hoch. Er habe ihr lange Vorträge darüber gehalten, »was für ganz neue Schönheiten darin wären, und warum Widmann das nicht verstehen könne«, schreibt Ricarda an Marie Baum. Aber sie habe durchaus nicht mit anderen Gedanken und Gefühlen geschrieben als sonst und sei, wie immer, »durchaus gegen das bloß Ästhetische«.[346] Ihr Mann habe das Buch längst gelesen, schreibt sie am 31. Januar 1904 der Freundin, »und war ganz entzückt davon, ist bereit, jeden Buchstaben gegen jedermann zu verteidigen«.[347]

Aber das Buch scheint nicht so viel Anklang zu finden wie ihre früheren Romane, und das interessiert natürlich auch vom pekuniären Standpunkt, so daß sie schreibt: »Kürzlich fiel es mir auf, daß ich eigentlich nichts mehr auf der Welt mit dem geringsten Interesse tun kann, was nicht mit dem Geldverdienen zusammenhängt. Das ist ja auch gerade das Fürchterliche an der Armut, daß alles darin untergehen muß; ich kann mir gar nicht vorstellen, wie ich die Dinge ansehen würde, wenn plötzlich diese gewaltsame Triebfeder wegfiele...«[348]

Inzwischen ist auch der zweite Teil der *Romantik* erschienen: *Ausbreitung und Verfall*, in dem sich gerade in den Lebensläufen bedeutender Romantiker das tragische Element ausprägt: Sie tauchen auf, haben ihre produktivste, ihre beste, ihre freundesreichste Zeit, und versinken – manche zu einem langen Leben bestimmt.

Ganz ähnlich ist die Romantik überhaupt eine Epoche, die in ihrer Frühzeit ungewöhnlich anregend und schöpferisch ist, in der Hochblüte ihr Eigentliches bereits einbüßt und in der Spätphase nur noch eine Ahnung des einstigen Glanzes erkennen läßt. In dieser Zeit werden die weltanschaulichen Vorstellungen von einer unsichtbaren Kirche, die Novalis hegte, Vorstellungen von einer unaufhebbaren Einheit der Welt, spätromantisch eingeengt auf eine alleinseligmachende sichtbare Kirche. Zugleich breitet sich die neue Wissenschaft der Psychologie aus. Ärzte wenden die Kraft des Magnetismus an. Politiker verbinden die nationale Färbung, die allgemein als fortschrittlich gilt, mit beharrenden, konservativen Tendenzen. So geht das Romantische ins Alltägliche, Praktische über, ohne in dieser Phase noch eine besondere Note zu besitzen.

Auch Ricarda Huchs *Darstellung* des Menschen und damit ihre *Auffassung* vom Menschen verändert sich in den letzten großen Werken, die aus dem italienischen Stoff- und Erlebniskreis stammen. Die *Triumphgasse* war auf dem schmalen Grat zwischen Volksleben und angemessener, aber nicht naturalistischer Sprache gegründet, deren klug eingesetzte Brechung in der Konfrontation mit dem sozialen Elend bestand. Das Königsbuch behielt einen weit ausschwingenden Atem, der die auseinanderliegenden Pfeiler des modernen und des mythischen Lebens miteinander verband. Doch klang hier schon etwas Neues, bis dahin in der Kunst Ricarda Huchs Unbekanntes an: Nicht das Persönliche, geistig verwandelt, ist hier das entscheidende Element, sondern das darüber Hinausreichende ist letztlich bestimmend.

In dem großen Epos *Die Geschichten von Garibaldi*, die in drei Teilen erscheinen sollen, wovon aber nur zwei geschrieben und veröffentlicht werden, sind die historischen Fakten des Kampfes um die Befreiung Italiens von österreichischer und französischer Herrschaft sachlich behandelt, wenn auch, wie die Fachkritik anmerkt, nicht völlig fehlerlos. Aber letztlich bilden sie nur die Grundlage für die Zeichnung eines individuellen Persönlichkeitsbildes. Das besagt schon der dem ersten Teil, *Die Verteidigung Roms* (1906 in der Deutschen Verlagsanstalt erschienen), vorangestellte Chorus:

»Wir wollen alte Lieder singen, um den Toten der Insel zu beschwören. Eine Äolsharfe wollen wir zwischen die Klippen spannen: wenn der Wind darüberfährt, wird sie von heiligen Erinnerungen tönen: von wehenden Fahnen und rasenden Schwertern, von Opfern und Triumphen. Wenn wir von Italiens Begrabensein und Auferstehen singen, wird Garibaldi hören …«[349]

»Wir wollen alte Lieder singen, um den Löwen der Insel zu beschwören.«[350]

Der Löwe Garibaldi ist die zentrale Gestalt dieses Epos in zwei Teilen. Er beherrscht die Szene, auf der ihm die hin- und herwogenden Vorgänge gleichsam die Auftrittsmöglichkeiten bieten. Tapferkeit, Heldentum, Kindlichkeit

– das sind die Eigenschaften von Menschen, die zu Großem berufen sind, aber allzu oft am Unverstand der Zeitgenossen oder auch an ihrer eigenen Unfähigkeit, die Eigenschaften der Durchschnittsmenschen richtig einzuschätzen, scheitern.

Der Politiker Cavour, der seine Verdienste hat, steht neben Garibaldi wie ein Bürokrat neben einem Genie, das durchglüht ist von der Bedeutung seiner Mission.

In den beiden Garibaldi-Büchern hat Ricarda Huch den Menschen, der weder Tod noch Teufel fürchtet, weil er tut, was er muß, gestaltet. Sie hat den heldischen Menschen, den sie bald in der Person Gustav Adolfs von Schweden schildern wird, als Typus in ihr Werk eingeführt und ihn auf ihre ganz spezielle Weise gestaltet. Die »Garibaldi«-Romane sind der Beginn einer neuen, dem historischen Geschehen zugewandten Epoche im Werk Ricarda Huchs. Das Historische ist der Stoff. Die Menschen aber, auf die es der Dichterin vor allem ankommt, werden, durch sie geformt, zu Trägern von Geist und Leben. Und so farbig die Palette auch ist und so weit die Geste des Umfassens auch reicht – das Flüchtige des Lebens, das Traumhafte bleiben untergründig erhalten – das Geistige im Menschen und durch den Menschen der Banalität entreißend.

Irrlicht

Im April 1905 schreibt Ricarda Huch an Josef Viktor Widmann in Bern, wie sehr sie bedauere, ihn auf ihrer letzten Reise in die Schweiz nicht besucht zu haben. »Aber nie reichten Zeit und Geld! Es ist mir immer etwas schmerzlich, in der Schweiz zu sein und zu sehen wie schön sie ist. Jetzt ertrage ich es aber einigermaßen, weil die schöne Zeit für mich kommt, wo ich auf dem Lande bin, das ist hier auch schön.«[351]

Das Häuschen in Grünwald ist nicht nur Refugium, wo sie in aller Ruhe arbeiten kann, wo das Kind in ihrer Nähe ist. Es ist nicht nur der Ort froher Geselligkeit: in Grünwald folgt Ricarda auch ihrer Liebe zu Tieren. Sie hält Meerschweinchen, Hasen, einen Raben, ein Eichhörnchen, Hunde, darunter einen großen Leonberger – jedenfalls meint sie, es sei einer gewesen – und schließlich ein Äffchen.

An das Häuschen ist eine Veranda angebaut worden. Im oberen Stockwerk wohnte eine alte Frau mit ihrem Enkel, die den Wunsch hatte, dort bis zu ihrem Tod zu bleiben. Anfangs verblieb es dabei. Aber dann wollten Ceconis doch das ganze Haus bewohnen, und es kam zur Kündigung und zum Auszug. Ricarda kann sich auch viel später nicht von diesem Erlebnis befreien. »Nachher fragte ich mich oft, wie es möglich war, daß Manno und ich etwas so Grausames taten. Es lassen sich Entschuldigungsgründe finden, aber sie haben mein Gewissen nie entlastet; es war ein Zeichen des Unheils über unserem Einzug in das Haus. Die Begebenheiten des Tages führten damals darüber hinweg. Es war Sommer, der Hollunder blühte, und dann kamen bunte Sommerastern und kamen die Malven.«[351]

In diesem Sommer, der unheilvoll beginnt und dann so reich blüht, in dem die Gemeinschaft der Eltern mit dem Kind, mit den Freunden so tief und echt ist, wie es nur sein kann, arbeitet Ricarda in Grünwald am *Garibaldi* und dem Essayband *Das Risorgimento*, der Porträts bedeutender Persönlichkeiten des italienischen Freiheitskampfes, darunter des Dichters Silvio Pellico, enthält. Am Wochenende kommt Ermanno mit Freunden, und bewegtes Leben löst die Arbeitsruhe der Woche ab. Wenn dann aber am Sonntagabend die Stille wieder einkehrt und alle in die Stadt gefahren oder geradelt sind, überkommt die zurückbleibende Ricarda zuweilen »eine unbeschreibliche Schwermut«. »Ich stand dann wohl am Fenster und sah in die stille Dämmerung, wo die Umrisse der Bäume im Dunst des fernen Waldes sich auflösten. Über das ganze Leben breitete sich trostlose Einsamkeit und Sterbensmüdigkeit aus.«[352]

In diesem Sommer 1905, der die Gegensätze – Ruhe und lebhafte Heiterkeit, Freude und Wehmut, Empfindung der Zusammengehörigkeit und Herzlosigkeit – vereint, kommt Ricardas Nichte Käte, die jüngste Tochter von Lilly und Richard, nach München. Da Ricarda in Grünwald lebt, sehen sie sich kaum oder gar nicht. Ermanno übernimmt die Gastgeberpflichten und führt den Besuch durch München. »Meine beiden Nichten«, schreibt Ricarda Huch, »waren blond und blauäugig, zierlich gewachsen. Mimi, die ältere, glich meiner Großmutter, Käte, die jüngere, meiner Mutter, als ob ein lieblicher Abglanz jener blonden, schönen Erstausgabe noch eine Weile auf Erden blühen sollte.«[353]

Ermanno Ceconi, der zu Flirt und kurzen Affären neigt, verliebt sich heftig in die hübsche Medizinstudentin und spricht ganz unbefangen darüber mit Ricarda, so daß sie nicht beunruhigt ist. Aber dann tritt ein Zwischenfall ein, der sie mit anderen Augen auf dieses »hübsche(n) Intermezzo«[354] blicken läßt: Das Äffchen hat Marietta ins Bein gebissen. Ricarda hat gehört, daß so ein Biß giftig sein könne. Zwar zweifelt sie daran, bittet aber doch ihren Mann, nach Grünwald zu kommen, um sich die Wunde anzusehen. Sie weiß, daß ihm die Störung lästig sein wird, aber seine Reaktion schockiert sie: »Kaum gab er sich Mühe, seine Ungeduld zu verbergen. Wir waren ihm beide, Busi und ich, mit einem Schlage gleichgültig, sogar lästig geworden.«[355]

Ricarda weiß, daß ihr Mann in ihrer Ehe nicht volles Genüge findet. Sie führt das auf den Altersunterschied zurück – sie ist sechs Jahre älter – und fühlt sich deshalb geradezu schuldig. Als ihr nun vollends klar wird, daß er nach einer jüngeren Frau verlangt, entschließt sie sich zur Scheidung. Nach Roderich Huch hat seine Schwester angenommen, Ricardas Ehe sei bereits gescheitert, als sie in nähere Beziehung zu Ermanno Ceconi trat.

Bis dahin war Ricarda zutiefst gewiß, daß die Gemeinschaft mit dem Vater ihrer Tochter unauflöslich sei. Jetzt fühlt sie sich in dieser Gewißheit getäuscht. Dieses Gefühl mag noch gesteigert werden durch das Bewußtsein, daß es die Tochter ihrer von ihr so tief gekränkten Schwester ist, die ihr, wohl ohne Absicht, diesen Schlag versetzt. Ricarda Huch ist eine stolze Frau. Hier sind Grenzen ihrer Selbstachtung berührt.

Es ist nur ein Jahr her, daß sie glaubte, wenn eins vor ihnen stürbe, müßten die beiden anderen folgen: »Wir drei sind eins.«[356] Eines Nachmittags kommt ihr Mann, um sie zu bitten, doch bei ihm zu bleiben. Sie glaubt, fest bleiben zu müssen, obwohl sein Anblick herzzerreißend ist: »Er sah grau und traurig aus; den Hut tief in die Stirn gezogen, verließ er mich. Ich sah ihn über das Stoppelfeld zur Bahn gehen, über das er vielleicht ein Jahr vorher mit dem Äffchen an der Hand so fröhlich gekommen.«[357]

Um diese Zeit erklärt sich Lilly Huch zur Scheidung ihrer Ehe bereit, und Ermanno Ceconi macht Käte Huch einen Heiratsantrag, der aber abgelehnt wird. Ceconi wendet sich an ihren Vater Richard Huch, der nun seinerseits Verbindung mit Ricarda aufnimmt. Die schreibt am 16. Oktober 1905 aus Grünwald an Marie Baum: »Dir muß ich es sagen, ich habe Richard wiedergesehen. In einem Augenblick sind neun Jahre wie ausgelöscht... Wie soll ich Dir mit Worten diesen Augenblick beschreiben? Jetzt weiß ich es und kann es sagen, daß ich diese ganzen Jahre nur künstlich gelebt habe, nicht spontan, nie, nie ohne Willensanstrengung, wenn es mir auch nicht immer bewußt war, und daher kam es gewiß, daß meine Nerven nicht mehr standhielten.

Auf einmal bin ich wieder lebendig, wieder jung; es braust in meinem Körper, die Tränen fließen ständig aus meinen Augen, wie aufgetaute Ströme ist es. Gott weiß, was für geheimnisvolle Ströme meine Rettung herbeiführten, denn ich habe ja nichts dazu getan... Während dieser Tage war es, als ob der Stein, den ich auf meine Vergangenheit gelegt hatte, sich gewaltsam löste... Gestern abend ist er wieder fort; nach den zwei Tagen ist es, als ob wir nie getrennt gewesen wären.«[358]

Für Ricarda kommen schwere Zeiten, da Ceconi, seit jeher von Eifersucht gegenüber Richard und Ricardas Vergangenheit geplagt, nun in heftige Szenen ausbricht. Ricarda schreibt am 16. Oktober 1905 an Richard: »...als Du gestern Abend fort warst, hatte ich schreckliche, schreckliche Auftritte mit Manno. Wie mir schon ahnte, war er fast rasend vor Eifersucht.«[359]

Vier Tage später heißt es: »Geliebter, am Schluß eines schrecklichen Tages kommt Dein Brief und gibt mir wieder etwas Kraft. Es ist entsetzlich, einen Menschen, den man so lieb hat, so leiden zu sehen...«[360]

Ermanno Ceconi will nun auf Ehebruch klagen. Ricarda erfährt davon durch Marianne Plehn, die es von Friedrich Huch hörte. Richard habe ›damals‹ – wohl 1897 – sein Ehrenwort gegeben, die Beziehung zu Ricarda abzubrechen. Wenn in Braunschweig ihr Treffen bekannt würde, könnte Richard aus der Anwaltskammer ausgestoßen werden. Fritz (Friedrich Huch) fürchtet Schwierigkeiten und rät, dem zuvorzukommen, indem Richard sofort die Scheidung einreicht. Dessen Vermögen sei groß genug, um die Familie sicherzustellen.

Marianne Plehn sucht auch Ceconi auf und findet ihn in »schrecklicher Stimmung«.[361] Wegen der beabsichtigten Ehebruchsklage habe er bereits mit dem Anwalt gesprochen. Zwar kann Ricarda sich nicht wirklich denken, daß ihr Mann das Geplante auch durchführen wird, aber sie weiß, daß er mehrfach gegenüber anderen behauptet hat, sie habe ihn nie geliebt.

Gleich nach dem Wiedersehen in Grünwald setzen die – vorhandenen – Briefe von Richard Huch ein. Sie sind anfänglich ganz erfüllt von dem Erlebnis des Sich-Wiederfindens. Aber die Aufregungen, die Ricarda zermürben, schlagen bald auf den Inhalt, die Form, den Ton auch seiner Briefe durch. So antwortet er auf die Ankündigung von Ceconis Absicht, auf Ehebruch zu klagen, wodurch der Bruch des Ehrenwortes von Richard öffentlich bekannt würde: »Geliebteste. Endlich ein Brief. Gott, reg Dich doch über diese Sache mit Manno nicht so auf. Manno hat doch keine Ahnung davon, daß er mir schaden kann... Laß diese ganze Sache Dein Herz nicht schwer machen.«[362]

Die Briefe gehen in schnellem Tempo hin und her. Oft schreibt Ricarda in heller Aufregung und entschuldigt sich später dafür. Alles spitzt sich zu: Ermanno will Weihnachten nicht zu ihnen kommen, dabei fragt Marietta unausgesetzt nach ihm. Richard reagiert verständnisvoll und beteuert seine Liebe.

In dieser Zeit der Zerrissenheit, der ungeklärten Verhältnisse bewegen Ricarda immer wieder Zweifel an der Beständigkeit dieser so lange und so hart umkämpften Verbindung. Aber unentwegt antwortet Richard darauf mit Liebesbeteuerungen: »Liebste Ricarda, ich sollte nie sagen, daß uns nichts trennen könnte?... Nein, Ricarda, uns kann gewiß nichts, nichts mehr trennen.«[363]

Am 7. März 1906 werden Ricarda Ceconi-Huch und Ermanno Ceconi wegen Ehebruchs des Mannes geschieden. Ermanno hat also die Schuld auf sich genommen. Als Scheidungsgrund fungierte Franziska zu Reventlow, die Schwabinger Gräfin.[363a]

Immer wieder reflektiert Ricarda die Gründe, die zur Eheschließung mit Ermanno führten und die Folgen:

»Manno und Busi ermöglichten es mir doch damals, ein ganz neues Leben zu schaffen, ich könnte das niemals vergessen. Ich bin eben viel mehr zum Lieben als zum Hassen... gemacht...«[364]

Seit sie neu mit Richard verbunden ist, bricht ihre lyrische Begabung wieder auf. Fast jedem Brief liegen Gedichte bei, die der neu erwachten Liebe in oftmals erotisch-religiösen Bildern huldigen. So in: »Mich band die Liebe an den Pfahl der Pein« und »Du, dem ich angehöre, lass, wenn ich gestorben«[364a], »Du warst, o Hand, die Taube, die mich nährte« und »Du reichtest mir den Kelch voll bittrer Flammen«[364b], sowie »In jener Zeit, da ich dich nicht mehr nannte«[365].

In wenigen Tagen werden diese Verse an Richard geschickt, alle sind im Oktober 1905 entstanden, dem Monat ihres Wiedersehens. Für Richard sind sie Balsam, eine Wohltat, vielleicht gar eine Voraussetzung für seine ungehemmt bezeugte Sehnsucht. Immer häufiger und drängender wird sein Ruf nach der geliebten Frau.

Im März 1906 ist er entsetzt und gekränkt zugleich. Er lebte in der Hoffnung, sie nach ihrer Scheidung um Ostern irgendwo zu treffen. Und nun schreibe sie ihm, daß sie gerade zu dieser Zeit acht Tage mit Ermanno nach Italien reisen müsse. Es ist ein Eifersuchtsbrief, der dennoch die Situation ziemlich klar reflektiert und analysiert: »...die Einsamkeit nagt mir am Herzen ...und macht mich unfähig, das Leben zu ertragen.«[366] Der Schluß eines dieser melancholisch verhangenen Briefe ist wie ein schmerzlicher Ruf aus Sehnsucht und Verlangen: »Ricarda, geliebte Ricarda! R.«[367]

Noch während des ganzen Jahres 1906 bleiben die Stimmungsschwankungen auf beiden Seiten bestehen. Bangigkeit bewegt die Frau, als traue sie dem Glück nicht: »Richard, liebst Du mich auch noch?«[368] Sie ist in Zürich. Hier, in der geliebten Schweiz, die ihr, wie sie immer erneut beteuert, Heimat ist, will sie wieder zu sich selbst finden, die Scheidung Richards von Lilly abwarten, sich der Aussicht auf das neue Leben ganz langsam nähern. Sie ist krank, sie braucht Erholung.

Die gründliche Untersuchung durch eine Ärztin erweist, daß ihre körperlichen Beschwerden, die sie schon seit Jahren quälen, durch Erschlaffung von Magen und Darm ausgelöst worden sind. Die ständigen Aufregungen durch ihre und Richards Scheidung tragen nicht zur Besserung bei. Insbesondere Widmann möchte sie ein möglichst getreues Bild ihres Lebens, ihrer Ehe und der Gründe, warum sie sie löste, geben. Sie schreibt, daß sie innerlich mit »Manno (mit dem Dr. Ceconi) nicht ein bißchen auseinandergekommen« sei. »Ich habe ihn gerade so lieb wie immer – – das Schlimmste war, daß ich ihn immer wie einen Bruder oder Freund oder wie ein Kind liebte, aber nicht wie einen Mann. Zugleich ist das aber auch das Gute. Es wäre mir schrecklich, wenn ich den Vater meines Kindes nicht lieb haben könnte; überhaupt jemand, der mir einmal so nahe gestanden hat. Die Leute können das aber gar nicht begreifen und leiden, sie wollen durchaus, daß wir uns hassen sollen.« Sie hat es nicht leicht und weiß auch, was sie ihrem Kind zumutet: »Busi hängt an ihrem Papa mit leidenschaftlicher Liebe (und das wünsche ich auch), hat Heimweh nach ihm und nach München...«[369]

Auf einen Brief Widmanns, der durch Münchener Nachrichten falsch informiert zu sein scheint, antwortet sie ausführlich, mit deutlichem Bemühen, die Dinge klarzustellen. Sie weiß sich im Gerede und leidet darunter. Nicht zuletzt trägt dazu auch bei, daß sie, die das leichtfertige Schließen und Lösen von Ehen immer so gehaßt hat, nun selbst als leichtfertig erscheint. Sie weiß, daß sie nicht ohne Schuld an dem allen ist, »aber die Schuld liegt viel, viel weiter zurück«. Der Brief, wohl der persönlichste, den sie je an

Widmann geschrieben hat, schließt: »Ich habe ein bißchen sehr flüchtig geschrieben – entschuldigen Sie – es ist mir so kränkend, daß Sie eine derartig irrige Meinung über mich haben; ich möchte sie so schnell wie möglich berichtigen. Ihre wie immer ganz ergebene Ricarda Ceconi-Huch.«[370]

Da weiß sie schon, daß Ermanno über Hermann Reiff inständig darum bittet, Busi bei ihm leben zu lassen. Reiff erwähnt hier schon Ceconis spätere Frau Lucie: Die geschiedene Frau des Verlegers und Kunsthändlers Paul Cassirer sei sehr reich und habe zwei Kinder. Ricarda berichtet das alles an Richard, aber sie will sich auf eine solche Regelung nicht einlassen.[371]

Schwer tragen beide an der Trennung. Wie gern würde Richard ihr »zum Schluß ein entzückendes Gedicht« schicken, aber er kann, wie er ihr schreibt, noch nicht einmal schlechte machen.[372]

Immer wieder fürchtet sie, daß seine Liebe zu ihr zu schwach sei, aber er beteuert in vielen Varianten sein unwandelbares Gefühl: »Liebe, geliebte Ricarda, ich kann Dich nicht mehr lieben, als ich es tue, ich bin ganz bei Dir R.«[373]

Auch fürchtet sie, daß irgendetwas eintreten könne, daß ihren Plänen Gefahr drohe. Die Nerven sind überreizt, sie ist zutiefst erschüttert und ermattet.

Geldfragen sind wichtig. Richard listet seine Einnahmen seit 1896 auf, die seitdem ungebrochen steigende Tendenz zeigen: von 17400Mark 1896 bis 39100 Mark im Jahr 1905 – alles nach Abzug von Unkosten. Das ist für damalige Zeiten ein sehr gutes Einkommen. Von hier aus bestehen also keine Schwierigkeiten. Aber seine Scheidung hat zur Voraussetzung, daß sie sich ein Jahr lang nicht sehen dürfen.

Lilly Huch verläßt Braunschweig. Sie zieht später nach Berlin, macht das Abitur, studiert anschließend Staatswissenschaften und promoviert. Zeitweilig ist sie als Hauslehrerin in Ostpreußen tätig und arbeitet, wie ihre Geschwister Rudolf und Ricarda, schriftstellerisch, allerdings ohne zu veröffentlichen. Wie schrieb Hans Hähn in seiner Beurteilung des Ursleuen-Romans an Ricarda: »Lilly ist einfach netter, viel bedeutender, reicher und reizvoller« als Lucile, die Lilly des Buches.

Richard wünscht, Marietta nicht zu sehen, bevor sie verheiratet sind, was Ricarda offenbar nicht beunruhigt, sondern von ihr zugestanden wird. Später wird sie wissen, daß das ein Fehler war.

Am 1. April 1907 berichtet sie aus Grünwald an Richard, daß sie in München an der Bahn von ihrer Tochter, die nun bei ihrem wiederverheirateten Vater lebt, mit einem großen Rosenstrauß und von Lucie [Ermanno Ceconis zweiter Frau] und Marianne Plehn empfangen wurde. Sie hebt die »wunderschönen Augen« Lucies hervor, sie sei ganz »einfach und beinah ein bißchen herbe, kurz, sie gewann sofort mein Herz«.[374] Sie sei aber zu erregt und benommen gewesen, um davon etwas zu zeigen.

Lucie Ceconi ist umsichtig und warmherzig, sie hat Mariettas Sachen schon nach Grünwald geschickt, »für alles hat sie gesorgt. Aber Busi spricht das reinste Berlinisch – weißt Du, gebildetes Berlinisch, natürlich nicht das furchtbare, ordinäre... es macht sie mir ganz fremd. Ich konnte ihr süßes Wesen durch diese Sprache gar nicht mehr herausfinden.«[375]

Solch ein im Grunde durch Unwichtiges ausgelöstes Urteil ist charakteristisch für Ricardas emotional gesteigerte Reaktionen bei unliebsamen Vorfällen, die sich auch in den Briefen abzeichnen und nach einigen Tagen meistens korrigiert werden.

Sie ist auch irritiert dadurch, daß Richard in der Zeit, da sie sich nicht sehen können, bei beruflichen Aufenthalten in Berlin, aber auch in Braunschweig, in befreundete Häuser eingeladen wird. Sie kann es nicht ertragen, daß er dort wegen seiner besonderen Qualitäten – hervorragendes Aussehen, gewandter und gebildeter Gesellschafter – im Mittelpunkt des Interesses stehen wird, worin sie Gefahren wittert. Diese Reaktion läßt auch auf ein intuitives Wissen um eine im Grunde seines Wesens angelegte Wankelmütigkeit schließen. Dennoch müssen sie ausharren und darauf warten, daß das Jahr der Trennung nach Richards Scheidung um ist.

Aber nicht nur sie haben Sorgen, Aufregungen, Ärgernisse zu bestehen. In den Briefen dieser Zeit findet sich ein Zeitungsausschnitt, der aus Karlsruhe meldet, daß »dem Vernehmen nach die großherzogliche Fabrikinspektorin Dr. Marie Baum aus ihrer bisherigen Stellung aus[scheidet], obwohl ihre dienstlichen Leistungen jederzeit die vollste Anerkennung ihres vorgesetzten Ministeriums gefunden haben. Die Ursachen ihres Rücktritts sind, wie man hört, persönliche Meinungsverschiedenheiten mit den männlichen Beamten der Fabrikinspektion, die von Anfang an bestanden haben, und gütlich nicht beigelegt werden konnten. Wissenschaftlich ist Fräulein Dr. Baum wiederholt an die Öffentlichkeit getreten. Auch persönlich hat sie besonders hier große Sympathien genossen...«[376] Die Meldung trägt die Überschrift »Fabrikinspektorin hinausgeekelt«. Aber das alles kann natürlich nicht über die eigenen Probleme hinweghelfen.

Endlich reißt Richard fast der Geduldsfaden: »Ricardachen, wenn Du nicht bald kommst, komme ich. Ich kann nicht mehr ausharren.«[377]

Am 6. Juli 1907 findet in Braunschweig die Eheschließung statt. Die Vermählungsanzeige ist unterzeichnet: »Dr. Richard Huch und Frau Ricarda geb. Huch«. Ihr Name ist wesentlich kleiner gedruckt als der ihres Mannes und des Doktortitels beraubt.

So beginnt Ricarda Huchs zweite Ehe.

Ein Stern erlischt

Aus Zürich hatte Ricarda an den geliebten Mann geschrieben: »Du weißt ja, daß es mein größtes Glück ist, mich nach Deinen Wünschen zu richten...«[378]

Eine Braunschweiger Zeitung erwähnt den ersten Band des Garibaldi-Epos »der gefeierte(n) Mitbürgerin«[379].

Im Besuchertagebuch der Stadtbibliothek wird »Frau Notar Huch« aufgeführt.[380] Braunschweig ist eine kleine Stadt, die zwischen den Urteilen ›Ehebrecherin‹ und ›Künstlerin‹ schwankt.

Dennoch steht nun dem so schmerzlich und lange entbehrten Glück der Gemeinsamkeit nichts mehr entgegen. Die lange Zeit der Trennungen ist vorüber: keine verschwiegenen Treffen, keine heimlichen Reisen, keine Vorwürfe, keine Gewissensbisse mehr.

Richard ist siebenundfünfzig Jahre alt und Ricarda dreiundvierzig, als sie endlich heiraten können, und Ricarda hat ein Kind. Marietta ist erst einmal bei ihrem Vater und dessen neuer Familie untergebracht und fühlt sich dort wohl – bei der Stiefmutter und den beiden Kindern Suse und Peter.

Richard Huch hat sich ausgebeten, erst einmal seine Frau für sich zu haben. Ricarda findet das begreiflich, wie sie sich auch sonst bemüht, alles nach Richards Wünschen einzurichten. Dann aber, in Grünwald, als er Busi kennenlernt, zischt der erste Blitz aus dem glückstrahlenden Himmel: Richard Huch erklärt seiner Frau, daß er ihr Kind nicht lieben kann, daß es immer zwischen ihnen stehen werde. In einer Aufzeichnung, die einige Jahre später erfolgt, heißt es: »Ich flehte meinen Mann auf den Knien und unter Tränen an, die grausamen Worte zu mildern, er blieb dabei, es sei so und darum sage er es. Wie sehr ich darunter auch litt, war ich meinem Mann doch nicht böse, sondern dachte, meine

Liebe und Hingebung würden ihn umstimmen.«[381] Aber für den Augenblick muß sie den Gedanken, Marietta nach Braunschweig mitzunehmen, aufgeben.

Richard Huch fühlt sich in Braunschweig nicht mehr wohl. So malen sie sich aus, in Grünwald zu wohnen, wo es ihm bei seinen wenigen Besuchen gefallen hat. Da Richard hochmusikalisch ist und ein Pianist von künstlerischem Rang, ist der Flügel unentbehrlich. Aber die Grünwalder Zimmer sind zu klein für das Instrument. Es müßte also eine Wand versetzt werden, und da ohnehin umgebaut werden soll, wird gleich noch ein Waschraum vorgesehen und nach einiger Zeit der Umbau in die Wege geleitet.

Bevor aber diese Veränderung der Lebensumstände möglich wird, heißt es, in Braunschweig zu leben. Im Haus am Bruchtorwall, gegenüber dem Bahnhof, das sie bewohnen, hat Ricarda ihr eigenes Zimmer, das anfangs außer einem Schrank und einem Bild, die sie aus München mitgenommen hat, nichts enthält. Da sie sich zum Grundsatz gemacht hat, alle Ausgaben, die sie persönlich betreffen, auch aus ihren eigenen Einnahmen zu bezahlen, richtet sie ihr Zimmer selbst ein und bezahlt auch alles, was sie sonst braucht, wie Kleidung und Bücher. Wohnungs- und Haushaltskosten trägt ihr Mann.

Den Haushalt führt Richards älteste Tochter Mimi. Mit Hilfe von zwei Mädchen – es ist noch die Zeit, wo Hauspersonal in bürgerlichen Kreisen als selbstverständlich gilt – ist das nicht schwierig. Ricarda braucht sich um nichts zu kümmern. Sie schreibt später: »So ungehemmt hatte ich mich meiner Arbeit noch nie widmen können.«[382]

Doch sie, die unter fast allen Umständen gearbeitet hat, erlebt nun eine Lähmung der schöpferischen Kräfte. Am 12. Oktober 1908 schreibt sie an Marie Baum: »Hätte ich nur etwas mehr Glück mit dem Schreiben! Ich habe etwas angefangen, womit ich einfach nicht fertig werde, und je länger ich daran arbeite, desto unerträglicher wird es mir.«[383] Es ist der Roman *Das Leben des Grafen Federigo Confalonieri,* der sie beschäftigt, das letzte große Werk aus dem italienischen Themenkreis.

Anders als bei den Garibaldibüchern handelt es sich hier gewissermaßen um einen Entwicklungsroman. Der Graf Confalonieri, jung, reich, unabhängig, talentiert, beschließt eines Tages, sein Leben zu ändern. Statt müßiggängerisch dahinzuleben, werden die Befreiung Italiens von französischer und österreichischer Herrschaft und die Errichtung eines italienischen Nationalstaates sein Ziel. So wird er zum Verschwörer. Rücksicht auf Menschen, die um ihn sind und durch ihn leiden, nimmt er nicht: nicht auf seine Frau Teresa, die er schon lange betrügt, nicht auf das gemeinsame Kind, das durch seine Schuld zu Tode kommt. Sein Vater, gut österreichisch gesonnen, ist erbost über die politische Haltung des Sohnes und weigert sich nach dessen Inhaftierung, ihn überhaupt als Sohn anzuerkennen.

Federigo Confalonieri, eine historische Persönlichkeit, wird schließlich wegen Hochverrats zum Tode verurteilt und entgeht nur durch die Bemühungen seiner Frau und seiner Familie der Hinrichtung. In jahrzehntelanger Kerkerhaft beginnt er sich zu wandeln, nicht wie der Kaiser in Wien will und seine Schergen beflissen verlangen, zu einem gebrochenen, untertänigen Diener, sondern von einem selbstsüchtigen Menschen zu einem erkennenden, an sich arbeitenden Charakter. Daraus ergibt sich ein anderer, ein neuer Blick auf Menschen und Welt.

Der Confalonieri-Roman läßt sich mit den vorangegangenen Werken Ricarda Huchs nicht vergleichen. Hier ist eine neue realistische Bewußtseinsstufe erreicht, und dementsprechend wandelt sich auch die Sprache vom Hymnischen – wie in den Garibaldi-Büchern – zum schnörkellos geraden, aber zugleich auch weitgespannten Ausdruck: »Federigo saß am Fenster und atmete die abgekühlte Luft ein, ohne sich davon erfrischt zu fühlen. Von der Weide waren viele Blätter abgerissen und jagten im Winde über die nassen Steine; der Hagel hatte ein frostiges Kältegefühl verbreitet. Er dachte, daß nun die Blätter eins nach dem andern abfallen würden, und daß er den geliebten Baum nie wieder grün im Frühling sehen würde.«[384] Dies ist der Graf der Gefängnishaft.

Der junge, noch ungeläuterte Mann zeigte seine Anlagen in der Äußerung, »daß der Mensch nicht Element sei, sondern Geist«.[385] Dies zu bekräftigen, danach strebt seine ganze Entwicklung. Der gesamte Prozeß der Charakterbildung ist darauf gerichtet. Der stolze, aristokratische Mann lernt, den Menschen dem Rang vorzuziehen.

Die des öfteren geäußerte Auffassung, Ricarda Huchs gesamtes Werk habe ihre Idee vom Menschen darstellen sollen[385a], ist wohl insofern berechtigt, als es eine Idee ist, die sich fortschreitend wandelt und zugleich in der Vielfalt der Individuen wie in der Vielzahl der historischen Epochen, die den Menschen mitprägen, Ausdruck findet. Der Mensch, der die Liebe als sein Schicksal empfindet und ihr alles opfert, ohne Bedenken und selbstsüchtig; der andere, der von diesem verhängnisvollen Weg schließlich abweicht und der Pflicht folgt; die Elenden, denen nur die Hoffnung auf ein besseres Jenseits leuchtet; die Stolzen, Hochgemuten, die kein Blitz zu treffen, denen nichts zu widerstehen und zu mißlingen scheint, bis das Leben sie beugt und sie sich dessen bewußt werden – sie alle haben eines gemeinsam: Sie stehen auf verschiedenen Bewußtseinsstufen, und jeder ist geprägt durch sein Leben, nur daß dieses jeweilige Leben ihnen ganz unterschiedliche Perspektiven und Abläufe bestimmt. Für die einen bleibt es gleich von Anfang bis Ende: Geburt, Elend, Not, triebhafte Gebundenheit, Hoffnung, Enttäuschung, Tod. Für die anderen läßt sich alles glücklich an: vornehme Geburt, Reichtum, Stolz, Unantastbarkeit. Aber dann ist da einer, den es in die tiefste, elendeste Gefangenenhöhle verschlägt, wo Einkehr und Umkehr Hochmut und Egoismus entlarven und ihn auf eine ungekannte Höhe führen, die jenseits von Rang und Namen existiert.

Ricarda Huch zieht ihre Konsequenzen: Dem stolzen, adeligen, königlichen Menschen folgt der herabgestiegene, aber bewußt zum Geistigen hinaufgestiegene Mensch der Läuterung, der eine neue Stufe der Charakterfestigkeit und Einsicht erreicht.

Nach diesem Buch ist das Schwärmen mancher der frühen Erzählungen unmöglich geworden. Die unreflektierte Schicksalsgläubigkeit der Ursleuen nicht minder. Aber in Michael Unger hat der Graf Confalonieri schon einen frühen Vorläufer, und im Epos vom Dreißigjährigen Krieg einen Nachfolger, der im Strom der Geschichte die Einzelpersönlichkeit auftauchen und versinken läßt.[385b] Dieses große Werk nimmt Ricarda Huchs Kräfte bis ins Jahr 1913 in Anspruch.

Zuvor aber, ausgelöst durch das Auflodern ihrer Liebesleidenschaft zu Richard Huch, sind vermehrt Gedichte entstanden, die 1907, dem Jahr der zweiten Eheschließung, im Band *Neue Gedichte* im Insel-Verlag erscheinen. Hier veröffentlichte Verse sind Zeugnisse eines großen, ans Unendliche rührenden Gefühls, ausgelöst, getragen und erhöht durch Eros und religiös gesteigerte Hingabe. 1913 sind diese Gedichte als eigener Band in die Insel-Bücherei aufgenommen worden. 1937 beträgt die Auflage hunderttausend Exemplare.

Stefan Zweig bespricht 1907 die *Neuen Gedichte* in der ›Neuen Freien Presse‹, schickt ihr die Rezension »mit einem verehrungsvollen Brief«, spricht von »religiöser Erotik, daß die Dichterin ›vom Kult, von den Riten [...] die glühendsten Bilder der Verzückung‹ geborgt habe«.[386]

Und Rilke, selbst gequält, nach Liebe suchend, Liebe fühlend und ausdrückend, der 1912 nach Spanien reist und ein bereits ausgeliefertes Exemplar der *Liebesgedichte* mit sich nimmt, schreibt aus Toledo am 7. November 1912 an die Dichterin: »Wie oft über den Versen der Gräfin von Die, über den Sonetten der Louise Labé, fragte ich mich, ob denn das nicht mehr möglich sei, ob es verschwiegen, ob es übersprungen, ob es nur eben gelebt werde, denn dasein mußte es doch noch, dieses, das immer wieder in weiten Abständen durch die Zeiten hin aufgenommen worden war wie ein voller Früchtekranz, daß er nicht daliege, sondern die Guirlande bilde –. Und hier, endlich, ist nun wieder die Kraft, die Beherrschung, das reine Umgehenkönnen mit dem unendlichen Gegenstand, Gedichte, deren Antrieb so groß ist, daß jede Übertreibung ausgeschlossen war, daß sie von selbst schon das Äußerste erreichten, indem sie, genau, nichts als entsprachen [...]. Verzeihen Sie, was an diesen Zeilen unbescheiden erscheinen mag; (ich weiß, solche Arbeiten selbst geben dem, der sie hervorbringt, in der Potenz, alles, was sie später in den davon Bewegtesten etwa aufregen können), gleichwohl, meine Freude mußte sich irgendwie mitteilen, und da waren Sie doch die nächste, verehrteste Frau, und die, die sie am Besten verstehen wird. In Bewunderung Ihr Rainer Maria Rilke.«[387]

Ich werde nicht an deinem Herzen satt,
Nicht satt an deiner Küsse Glutergießen,
Ich will dich, wie der Christ den Heiland hat:
Er darf als Mahl den Leib des Herrn genießen.
So will ich dich, o meine Gottheit, haben,
In meinem Blut dein Fleisch und Blut begraben.
So will ich deinen süßen Leib empfangen,
Bis du in mir und ich in dir vergangen.[388]

Solche Bilder sind kühn, nicht fern der Blasphemie, aber eben doch um jene Spanne davon entfernt, die entscheidend ist. Was die Dichterin davor bewahrt, ist die Wahrhaftigkeit und Tiefe des Empfindens, seine Klarheit und Ernsthaftigkeit, die die allein angemessenen Worte da borgt, wo sie zu finden sind, so wie der Mystiker für seine Gottesliebe sich die Worte der Menschenliebe leiht.

Neben der Arbeit und dem Kummer, daß die Tochter nicht ständig bei ihr ist, läuft das normale Leben, allerdings ohne größere Geselligkeit. Außer Mimi lebt Roderich häufiger im väterlichen Haushalt und des öfteren auch Käte. Allerdings gestaltet sich das Zusammensein mit ihr schwierig, da sie Ricarda bisweilen feindselig gegenübertritt. Aber auch Ricarda muß zu Käte ein anderes Verhältnis haben als zu deren Geschwistern: Mit Käte ist die Trennung von Ermanno Ceconi verbunden; Käte hat Ricarda angetan, was diese einst deren Mutter, Lilly, zufügte, und Käte liebt ihre Eltern, an deren Trennung Ricarda nicht unschuldig ist. Das ist genug, um bittere Gefühle zu wecken – auf beiden Seiten, wenn auch Ricarda, sich erinnernd, meint, sie sei Käte wegen ihres ablehnenden Verhaltens nicht böse gewesen, aber hinzufügt, daß es sie manchmal peinlich berührt habe.

Richard und Ricarda machen Ausflüge zu Rad in die Umgebung: »Die stille Landschaft mit dem unendlich schwebenden Himmel«[389] entzückt sie. Sie sieht erst jetzt ihre Heimatstadt Braunschweig mit dem bewußt aufnehmenden Blick, der dem naiv Lebenden fehlt. Auf diesen Gebieten stimmen sie und Richard ganz überein, in manchem anderen nicht: »Wie hätte er es verstehen können, daß ich mich zu den Armen als meinen Brüdern hingezogen fühlte. Er war aus der Welt der Gebildeten und Besitzenden nie herausgetreten, wenn er auch nicht engherzig war. Er kannte natürlich geschäftliche Sorgen, ja er würde sicherlich, wenn er durch eine Katastrophe irgendwelcher Art verarmt und seinem Beruf entzogen worden wäre, sich ohne zu klagen durchgekämpft haben; aber seine Seele wäre durch die Tiefe nicht mitgegangen, hätte sie nicht erlebt. Kritik an der staatlichen und gesellschaftlichen Ordnung, wie sie nun einmal war, tolerierte er, aber auf Auseinandersetzungen darüber ließ er sich nicht ein.«[390]

Gewiß, das ist aus der Sicht der Vergangenheit geschrieben. Aber es zeigt dennoch die Verschiedenheiten dieser beiden Lebenspartner. Die Bemerkung über ihre unterschiedlichen Standpunkte zu politischen Fragen erfährt später auf anderer Ebene eine Fortführung, als Ricarda nämlich über Eichendorff, einen Dichter, den sie liebt und verehrt, sagt, er habe träumerisch in sich und der Natur gelebt, »in Verbindung mit wenigen Freunden und hauptsächlich der Familie; die scharfe Luft des öffentlichen Lebens der Gegenwart war ihm peinlich«. Sie fährt dann fort: »Diese Eigenschaft schaltet Eichendorff aus der Reihe der ganz großen Dichter aus, die das Volk überallhin geleiten und es erheben und erschüttern.«[390a]

Mit Ermanno Ceconi war Ricarda Huch wohl erotisch nicht fest genug verbunden, als daß dies die Ehe hätte retten können. Die Tochter, Marietta Böhm, hat berichtet, daß in der zweiten Ehe ihres Vaters, aus der noch eine Tochter, Marianne, hervorging, die jähen Stimmungsumbrüche aufhörten, die das Zusammenleben für Ricarda so schwer machten. Sie waren offenbar begründet in Ermannos Eifersucht auf Ricardas Vergangenheit und dem Leiden an der eigenen Untreue ihr gegenüber, was die sensible Psyche des Mannes überforderte. In seiner zweiten Ehe gab es Voraussetzungen für ähnliche Konflikte nicht.[391]

In der Ehe mit Richard Huch zeigt sich, daß erotisches Glück allein die Harmonie des Zusammenlebens auf Dauer nicht garantieren kann, zumal das Kind aus Ricardas erster Ehe aus der Gemeinschaft ausgegrenzt wird.

Trotz mancher Schatten gibt es aber auch heitere Stunden und Tage in den Braunschweiger Jahren. Aus einer Wette mit Richards Kindern, daß sie, deren Zweifeln zum Trotz, doch einen Detektivroman schreiben könne, geht die Erzählung *Der letzte Sommer* hervor, die im zaristischen Rußland spielt und die Vorbereitung eines Attentates zum Inhalt hat. Am Schluß steht in einer fast an Fontane erinnernden diskreten, nur angedeuteten Form die Explosion der Schreibmaschine, die die tödliche Bombe birgt, während der Attentäter längst entflohen ist. In der Spanne zwischen Vorbereitung und Ausführung werden kunstvoll die unterschiedlichsten Charaktere und Grundhaltungen entwickelt. Das kleine Werk ist 1910 in der Deutschen Verlagsanstalt erstmals erschienen und ein verlegerischer Erfolg bis heute geblieben.

Marie Baum hat ihm keine große Bedeutung beigelegt. In ihrer Ricarda Huch-Biographie *Leuchtende Spur* meint sie, diese Erzählung sei, wie auch der später geschriebene und veröffentlichte Kriminalroman *Der Fall Deruga*, Ausdruck des zu Ricardas Wesen gehörenden Spieltriebs, dürfte aber nicht, »wie die Kritik zuweilen tat, mit allzu ernstem Maß gemessen werden«.[391a]

Aber nicht nur die Kritik, auch die Literaturwissenschaft hat sich dieser aus dem Rahmen des Huchschen Schaffens herausfallenden Arbeiten angenommen. So hat Alfred E. Ratz den *Letzten Sommer* als eine Detektivgeschichte aufgefaßt, die im Grunde geschichtliche Prognose ist. »Was der Letzte Sommer bietet«, heißt es bei Ratz, »ist... eher eine Vorwegnahme bestimmter Überzeugungen, die in der Folge erst genauer formuliert werden.«[391b] Damit hätte diese Erzählung eine Brückenfunktion, die vom Frühwerk und der ersten Zeit des mittleren Lebensalters zur zweiten Hälfte des Schaffens von Ricarda Huch hinüberführt, in der Geschichte und Weltanschauung einen ganz eigenen Rang erhalten.

Die Freude an der Schönheit der sie umgebenden alten Stadt, an der Landschaft, sowie die vorbereitende Arbeit an einem Werk, das alles, was sie bisher geschrieben hat, in den

Schatten stellen wird, kann doch die Sehnsucht nach ihrem Kind nicht verdrängen. Es ist zwischen den Ehegatten verabredet, daß Marietta mit ihnen leben soll. Erst einmal werden kürzere Versuche gemacht, wahrscheinlich, damit sowohl das Kind als auch Richard sich aneinander gewöhnen können. So begleitet Marietta im Sommer 1909 Mutter und Stiefvater nach Bad Kissingen, wo Richard Huch wegen eines Magenleidens die Kur gebraucht. Aber sein Zustand duldet keine Abweichungen vom Gewohnten: Ricarda muß Marie Baum abtelegraphieren, die einen Besuch plant, und sogar die Kleine nach München bringen, wo sie – offenbar die verborgene Abneigung spürend – auch lieber ist.

Ab Oktober 1909 lebt Marietta aber in Braunschweig, von der Mutter in Berlin abgeholt. Voller Freude, das Kind endlich bei sich zu haben, geht Ricarda mit ihm ins Warenhaus Wertheim. Nun soll es sich etwas recht Schönes aussuchen. Aber die Kleine wählt kein aufwendiges Spielzeug. Sie, die so lebhaft von Suse und Peter, den beiden Münchner Spielgefährten, berichtet, wünscht sich nur ein Paar Puppenstrümpfe für 20 Pfennige, alles andere braucht sie nicht, will sie nicht.

Dennoch verläuft das Zusammenleben anfangs gut. Richard Huch läßt für Marietta ein kleines Rad anfertigen, damit sie zur Schule radeln kann, was die zärtliche Mutter oft ängstigt, ohne daß sie sich dies anmerken läßt. Auch die Schule bietet keine Schwierigkeiten. Dafür aber leidet Richard Huch unter der Zärtlichkeit, die Mutter und Tochter füreinander empfinden und auch ausdrücken. Wie Ermanno Ceconi der Gedanke an Richard Huch und dessen einstige Beziehung zu Ricarda nahezu unerträglich war, ist nun das Kind aus der Ehe mit Ermanno als sichtbares, lebendiges Zeichen der Verbindung mit einem anderen Mann für Richard ein bohrender Schmerz.

Bis Februar 1910 lebt Marietta mit ihnen in Braunschweig. Dann bringt Ricarda sie wieder nach München.

Das Verhältnis der Eheleute zueinander ist Schwankungen ausgesetzt. Aus den Jahren 1908 und 1909 erhaltene Briefe Richard Huchs lassen aber noch keine grundsätzliche Veränderung in seiner Haltung erkennen. Von einer Reise schreibt er: »Liebe, süße Frau, wäre ich doch dageblieben bei Dir...«[392] Im Februar 1909 heißt es: »Lebewohl, Du meine geliebte, geliebte Frau.«[393] Ein Brief vom 14. Dezember 1909 ist voller Zärtlichkeit, allerdings enthält er die nicht leicht zu interpretierende Formulierung: »Ja, ich kann Dir nicht mehr gut schreiben, ich kann gar keinen... (?) Gedanken oder (?) Empfindung für Dich fassen. Es ist der Beginn der Stimmung, die ihren Endpunkt zu finden bereit ist, wenn man sich endlich Aug in Auge [gegenüber] steht und vor Anspannung nichts von all der Liebe und Sehnsucht fühlt.«[394]

Auf gesundheitliche Störungen deutet eine Passage aus Richards Brief vom 6. März 1909 hin: »Liebes Herz. Heute geht es mir sehr gut und ich habe auch gut arbeiten können.«[395]

Am 28. Juni 1910 teilt Richard Huch seiner Frau mit, daß er einen Brief von Lucie Ceconi bekommen habe und meint dann, offenbar annehmend, daß Mariettas Weigerung, wieder nach Braunschweig zu kommen, durch die Stiefmutter bestärkt werde: »Ich scheine ja ganz gut mit ihr fertig zu werden, und wenn du es für gut befindest, so könnte ich ja, wenn ich hier fertig bin, nach München fahren und mit ihr und Manno wegen Busi noch auf sie einreden. Aber ich weiß ja auch nicht, ob nicht dieser Brief Dich bestimmt, auf Deinen früheren Plan mit Grünwald zurückzukommen...« Schließlich heißt es: »Ich habe eine bestimmte Grundlage für meine Erregung noch nicht feststellen können.«[396]

Ganz offenbar ist also auch Richard Huch über seine psychische Verfassung beunruhigt. Dieser Brief ist bereits nach jener heftigen Szene geschrieben, von der Ricarda Huch in ihrer ausführlichen Darstellung der Ursachen und Vorgänge, die zu ihrer Scheidung von Richard Huch führten, berichtet und die sie auf den 19. Juni 1910 datiert hat. Richard erklärte Ricarda unvermittelt, daß er allein zur Kur nach Bad Kissingen fahren wolle, und daß es sein Wille sei, sich von ihr zu trennen. Ricarda schreibt: »Ich verlor alle Fassung und weinte laut.«[397]

Voller Verzweiflung verließ sie das Haus und suchte eine Cousine auf, die sich bemühte, auszugleichen, indem sie mit Richard sprach, der ganz gebrochen sei und gesagt habe, seine Unbeherrschtheit täte ihm leid. Sie überredete Ricarda, wieder nach Hause zu gehen, um Redereien durch die beiden Hausmädchen vorzubeugen. Von einer Gesinnungsänderung ihres Mannes schreibt die tiefverletzte und verzweifelte Frau, sei aber nichts festzustellen gewesen, wie sie schnell gemerkt habe.

Am 24. Juni, also vier Tage vor jenem nachdenklichen Brief vom 28., schreibt ihr vielmehr Richard, seine Geliebte und seine Frau seien ganz verschiedene Wesen, »die eine die Weiche, in ihrem Geliebtscin Aufgehende, die andere die Enkelin ihrer Großmutter« mit dem Wieterschen Trotz.[398]

Die detaillierte Schilderung, die Ricarda anfertigt, nachdem die Scheidung ausgesprochen ist, und die sachlich die Ereignisse zusammenfaßt, durchzieht ein Grundton wie von unterdrücktem Weinen. Ricarda schreibt: »Ich hätte auf diesen Brief hin [vom 24. 6. 1910] meinen Mann bitten können, er möchte mich doch bei sich behalten. Dazu war ich allerdings zu stolz.«[399] Sie hatte den Eindruck, daß sie ihm lästig sei und er sie nicht mehr liebe.

Bestärkt wird sie später noch in diesem Gefühl dadurch, daß Richard ihr am 22. Oktober 1910 schreibt: »Ja, ich erinnere mich sehr deutlich, daß ich eine Frau gehabt habe und daß ich plötzlich aufgehört habe, sie zu lieben.«[400]

Das schreibt der Mann, der vor noch nicht langer Zeit in vielen, variantenreichen Wendungen versichert hat, daß er sie leidenschaftlich liebe und daß nichts sie trennen könne, derselbe Mann, dem die Frau immer wieder in Verzückung poetische Liebeserklärungen zurief. Eine Liebe endet, die in siebenundzwanzig Jahren flammte, niedergebrannt zu sein schien und wieder emporlohte. In unnennbarer Qual windet sich die in ihrem Stolz fast vernichtend getroffene Frau.

Anläßlich eines Ausflugs nach Blankenburg am Harz hat Ricarda ihrem Mann einmal den Vorschlag gemacht, die Wohnung dorthin zu verlegen, er könne dann leicht am Wochenende zu ihnen kommen. In Braunschweig würde Mimi für ihn sorgen. Da sie, Ricarda, in Braunschweig kaum geselligen Umgang habe, aber in Blankenburg auch Gespielen für Marietta wären und sie dort zur Schule gehen könne, sei doch auf diese Weise alles zu aller Zufriedenheit zu regeln.

Um diese Zeit sind zu den Hausmusikabenden eine Cellistin und eine Geigerin hinzugezogen worden. Ricarda lauscht seit jeher mit leidenschaftlicher Hingabe dem Klavierspiel ihres Mannes. Als es Schwierigkeiten gab, weil Marietta nicht einschlafen konnte, wenn Richard gleich nach dem Abendessen spielte, hatte dies allerdings die Beziehung der Ehegatten belastet.

Jetzt wird zu dritt musiziert, und Ricarda freut sich daran, bis sie entdecken muß, daß ihr Mann eine Vorliebe für die Geigerin gefaßt hat.

Aber die Atmosphäre ist bereits so gespannt, daß auch weniger schmerzvolle Ereignisse sie verletzen und dadurch Gewicht erhalten: Die Verlobungsanzeige seiner Tochter Käte hat Richard zusammen mit seiner geschiedenen Frau Lilly unterzeichnet; dies und gemeinsame Berliner Theaterbesuche der geschiedenen Eheleute erregen Ricardas Protest.

Bei Richards Abreise nach Bad Kissingen kommt es zu einem Gespräch, in dem Ricarda ihrem Mann erklärt, daß die weitere Entwicklung von ihm abhinge. In den letzten Tagen hatte er schon mehrfach den Vorwurf erhoben, daß sie noch im Hause sei. Im ersten Brief aus Kissingen spricht er dann noch einmal seine feste Absicht aus, sich von ihr zu trennen.

Sie nimmt an, daß er zu ihrem Geburtstag oder noch einen Tag vorher käme. Aber durch einen Brief an ihre Tochter erfährt sie, daß er stattdessen zu Mimi fahre.

Von einer Verwandten hört Ricarda, Richard habe gewünscht, sie solle künftig in Blankenburg leben, damit er sie »zuweilen besuchen könne«. Für Ricarda ist das unverständlich, denn der von ihr stammende Vorschlag bezog sich ja auf eine liebevolle, harmonische Beziehung zwischen ihnen. Unter den veränderten Umständen würde eine solche Regelung eine Qual sein.

Von Bad Kissingen aus teilt Richard Huch seiner Frau, die mit Marietta Sommerwochen in Blankenburg verbringt, mit, daß er bereit sei, ihren Wunsch zu erfüllen, die Entzweiung nicht bekannt werden zu lassen.

Als Ricarda mit ihrer Tochter nach Braunschweig zurückkehrt, ist sie krank. Ihr Mann lehnt ein weiteres Zusammenleben ab. Sein Sohn, Ricardas Neffe Roderich, übermittelt Richards Wunsch, sie solle das Haus verlassen, sein Vater nehme alle Schuld auf sich. »Da ich zu stolz war, mich meinem Mann aufzudrängen, blieb mir nichts anderes übrig, als fortzugehen.«[400a]

Obwohl sie durch Krankheit geschwächt ist, hilft ihr niemand beim Packen. Am Tag der Abreise sagt ihr Mann, sie habe ihn verlassen.

Die zahlreichen Auseinandersetzungen und deren Verlauf wecken in Ricarda den Eindruck, daß ihr Mann hysterisch sei. Später erklärt Roderich Huch, sein Vater habe seit 1906 an einer fortschreitenden Gehirnparalyse gelitten, die der Arzt ihm aber verschwiegen habe.[400b] Richard Huch stirbt im Januar 1914 an einem Gehirnschlag.

Jetzt, im Juli 1910, schreibt Ricarda Huch an ihren Mann: »Wenn ich denn einmal allein leben soll, so wirst Du es mir nicht verdenken, wenn ich dahin gehe, wo mein Kind ist und wo ich Freunde habe, nämlich nach München, und wo ich weit genug von Dir entfernt bin, um nichts mehr von Dir und Deiner Familie zu hören.«[400c]

Die Scheidung erfolgt in Berlin. Wie seinerzeit Ermanno Ceconi, schaltet jetzt Ricarda den Schweizer Freund Hermann Reiff als Vermittler ein. Sein Verhalten gibt ihr aber zu denken, da es den Eindruck erweckt, daß Reiff mehr Richards als ihre Interessen vertritt. So endet diese langjährige Freundschaft mit einem besonders häßlichen Mißton. Die Beziehung zu Emmi Reiff-Franck, die sich 1913 von ihrem Mann scheiden läßt, bleibt aber bestehen.

In den gerichtlichen Verhandlungen stellt sich Richard Huch auf den Standpunkt, er habe nie den gesamten Lebensunterhalt seiner Frau bestritten, und er begründet damit seine Weigerung, dies jetzt und künftig zu tun. Er verlangt von ihr, die Schuld am Scheitern der Ehe auf sich zu nehmen. Freunde raten Ricarda, sich nicht darauf einzulassen. Aber neuerliche Lektüre der Briefe aus der Zeit vor ihrer Eheschließung überzeugt sie davon, daß sie sich nur dann die Erinnerung an die Vergangenheit retten kann, wenn sie einen langwierigen Prozeß vermeidet. Ricarda zieht sich zuerst nach München, dann nach Zürich und schließlich nach Düsseldorf zurück, den damaligen Wohnort von Marie Baum.

In Richards Haus lebt inzwischen die Geigerin, mit der er gegen den Protest seiner Kinder Mimi und Roderich später eine dritte Ehe eingeht. Marie Huch, die Witwe von William Huch – Tante Mady – lebt ebenfalls in Richards Haus und erklärt Ricarda auf deren Vorhaltungen, sie – Ricarda – habe Richard unglücklich gemacht.

Trotz dieser ernüchternden und enttäuschenden Erfahrungen trifft es sie schwer, daß Richard im Scheidungsverfahren von Hans Hähn, dem Vertrauten der Züricher Jahre, und Willy [William] Huch, seinem Bruder, vertreten wird. Dieser Verrat, denn als den sieht sie die Mitwirkung dieser mit ihr verwandten Anwälte, macht ihr Braunschweig vollends unerträglich. Sie ist auch später nur noch ganz selten in ihre Geburtsstadt zurückgekehrt. Muß sie auf der Durchreise Braunschweig passieren, zieht sie, so wird berichtet, die Vorhänge zu, um möglichst nichts von der Stadt zu sehen, in der sie Liebe und Glück gewann und in qualvoll erschütternder Weise wieder verlor.

Bis nach Weihnachten 1910 bleibt Ricarda bei Marie Baum, dann reist sie nach München und wohnt zuerst in einer kleinen Pension, völlig entkräftet fast den ganzen Tag zu Bett liegend. Vom Silvestertag an findet sie Zuflucht bei Marianne Plehn. Am 19. Februar 1911 schreibt sie an Marie Baum: »Was für trostlose Verwicklungen, alles die Folge meiner Liebe zu Richard, in dem ich als halbes Kind mehr einen Gott als einen Menschen sah. Die hingebende Liebe der Frauen zu den Männern ist offenbar *das* Verbrechen der Frau, das an ihr heimgesucht wird. Sie soll lernen, auf sich selbst zu stehen. – Man muß eben Hammer oder Ambos sein, und man ist eigentlich hassenswert, daß man nicht zufrieden ist, zerschlagen zu werden, wenn man nicht das Herz hat, Hammer zu sein.«[401]

Sie leidet namenlos und begreift erst nach und nach das Ausmaß ihres Elends. Noch am 30. April 1911 macht sie einen letzten Versöhnungsversuch, indem sie ihrem Mann ihre Bereitwilligkeit, zu ihm zurückzukehren, mitteilt. In einem Telegramm und zwei Briefen vom 1. Mai 1911, beschwört Richard sie, nicht zu kommen.[401a]

Es ist nicht mehr zu bezweifeln: Die so oft beteuerte Liebe ist zerbrochen. Es gibt keine andere Erklärung als die, daß sie das echte Glück besaß und es hingab für ein Irrlicht, das sie ins Verderben führte. Auch später schont sie sich nicht: »Ich sah es allein ein, sah ein, daß ich erntete, was ich gesät hatte; das machte mich nicht weniger elend. Es machte mich auch nicht gerechter gegen Richard. ... Ich war gescheitert, und der Gescheiterten wurden alle Klagen zu Anklagen.«[402]

Was in der immer noch nur mühsam zu beherrschenden Form der Rückschau Ausdruck findet, hat der unter den Schmerzen der Gegenwart zutiefst Leidenden die Erkenntnis abgerungen, daß nichts mehr zu entschuldigen war. Hier brach ein seit langem, wohl seit Jahrzehnten, mühsam aufrechterhaltenes Gebäude zusammen, in das unendlich viele Energien eingegangen waren, um es vor dem Einsturz zu bewahren. Diese Liebe war von Anfang an sehr zerbrechlich und gefährdet – zu hoch schlugen die Flammen, zu radikal wurde die Umwelt ausgeblendet, zu groß war die Gefahr der Selbstverbrennung. Aber erst am Ende enthüllte sich die volle Wahrheit.

Es gibt nicht mehr viel zu sagen: Daß Richard viel älter war als sie, als sie sich forttragen ließ vom unwiderstehlichen Strom eines großen Gefühls, und daß vielleicht die Qualen, die sie litt und die sie als Höllenfeuer fühlte, sie entlasten könnten – nicht vor den Menschen, schon gar nicht vor sich selbst, aber in einer Sphäre, die sich ihr erst jetzt voll zu erschließen beginnt. Aus dieser Zeit stammt wahrscheinlich das *Gebet in höchster Not,* in dem es am Schluß heißt:

> Herrgott, mein töricht Wunsch und Wahn
> Weiß nicht, was Nutz und Schade;
> Was mir von Dir wird angetan,
> Sieg oder Tod, das nehm ich an,
> Das fließt vom Quell der Gnade.[403]

Zweierlei ist ihr geblieben: das Kind und ihre Arbeit. Auf sie und auf eine sich immer mehr klärende Beziehung zur Transzendenz gründet sich nun ihr Leben.

Ein Stern verlöscht im goldnen Himmelskranz;
Ich schau hinaus, ihn einmal noch zu sehen.
Wo bist du hin, du freudenreicher Glanz?
So wird nun unsre Liebe bald vergehen.
Ich weiß nicht wie: ach, kannst du mich verlassen?
Könnt' ich vergessen deiner, ich dich hassen?
Einst wird die schöne Sonne nicht mehr scheinen –
O Stern, o Liebe, wer wird dich beweinen?[404]

...aus Flammen neu

Ricarda Huch hat ihren neuen Anfang in München so geschildert: »Nach jahrelanger Zerrissenheit war ich ganz frei. Der Unglücksfaden, den eine unheilvolle Leidenschaft gesponnen hatte, war ganz und gar abgesponnen; ein Stück Leben ausgelebt, das wie ein Felsblock auf meinem Wege gelegen hatte. Das Leben fing für mich frisch, morgenhell, voll von ungeduldigen Kräften noch einmal an.«[405]

Wenn man dieses Erinnerungsbild liest und auf sich wirken läßt, stellt sich der Eindruck her, hier sei frühlingsfrisch das neue Leben emporgestiegen. Die Briefe jenes schweren Jahres 1911, vor allem an die vertraute Freundin Marie Baum, sprechen jedoch zuerst einmal eine andere Sprache. Am 9. Mai schreibt sie aus Berlin, wo die Scheidungsverhandlungen ihre Anwesenheit verlangen: »Nicht Leben ist schrecklich, aber ob Leben nicht vielleicht doch noch ein bißchen schrecklicher ist? ... Wie unberechtigt und lächerlich ist dies Verlangen nach Glück, das höchstens nebenbei, gewissermaßen zufällig, als ein süßer Tropfen einem zufließen sollte, während man es als Ziel und Hauptsache betrachtet. Ich sehe das ein – ohne natürlich doch meine Natur ändern zu können, und zuweilen habe ich das Gefühl, als würde ich noch an der ewigen Selbstbeherrschung sterben.«[406]

Und am 29. Mai, nun wieder aus München, lauten die Nachrichten auch nicht viel besser: »Ich war von allem so entrüstet [Richard Huchs Forderungen hinsichtlich der Scheidungsbedingungen], daß ich mit Entschiedenheit sagte, ich würde jetzt nur noch auf meinem Recht bestehen. Am anderen Tag las ich zu irgendeinem Zweck in Richards Briefen vor unserer Heirat. Wie mir da unsere Liebe, unsere Hoffnung, unser Glück, unsere Gemeinsamkeit so lebendig entgegentrat, fühlte ich, daß ich das Opfer [jeder weiteren Verbindung mit ihm]*, bringen müßte, um mir wenigstens die Vergangenheit zu retten. Ich habe so viel geweint, bis ich fast keine Augen mehr hatte; aber es war seit langer Zeit die erste Stunde, wo ich mich, wenn auch namenlos unglücklich, doch mit mir selber einig fühlte.«[407]

Haß und Rachsucht bedrängen sie nicht nur, sondern erscheinen ihr auch gefährlich, »aber es geht dann vorüber, ohne daß es dem Positiven Schaden getan hat. Das, was einem einmal viel gewesen ist, wird ein Teil von einem selbst, und man kann es nicht ausreißen, ohne sich selbst zu zerstören. Das heißt, andere Menschen können anders sein, sie gefallen mir eigentlich viel besser.«[408]

Sie liegt nun zu Bett, steht eine ganze Weile nur zum Essen auf, ist erschöpft, abgemagert, fühlt sich elend. Sie muß sich erst wieder erholen, bevor sie ans Arbeiten denken kann.

Je besser es ihr nach und nach geht, um so mehr denkt sie darüber nach, wo sie sich niederlassen soll, denn noch hat

* In [ ] die Erläuterung von Marie Baum, genau: Die Übernahme der Schuld an der Zerrüttung der Ehe.

sie sich keineswegs endgültig für München entschieden. Ricarda denkt an Darmstadt, weil dort Professor Friedländer mit seiner Familie lebt. Sie kennen sich aus Wien. Martha Friedländer ist ihr eine liebe Freundin, und die Kinder wären die erwünschten Spielgefährten für die Tochter. Auch Freiburg wird als künftiger Wohnsitz ins Auge gefaßt. Dann überlegt sie, an die neu gegründete Frauenhochschule in Leipzig als Dozentin zu gehen. Sie erhält auch ein Angebot, allerdings noch ohne Garantie für eine feste Bindung. So sehr sie die Berechtigung dazu seitens der Verantwortlichen anerkennt, kann sie weder ihre finanzielle Zukunft auf so unsicheren Boden stellen, noch auf die Freiheit schriftstellerischer Arbeit verzichten, so daß sich diese Pläne zerschlagen.

In diese erste dunkle Zeit fällt auch Mariettas schwere Erkrankung an Lungenentzündung. Ernst Reinhardt, der treue Freund vergangener und kommender Jahre, sagt es Ricarda. In Grünwald, wo Ceconis das einst gemeinsam begründete Haus bewohnen, findet sie ihr Kind in einem Zustand, der ihr bald hoffnungslos erscheint. Obwohl alles getan wird, was menschenmöglich ist, verschlechtert sich Mariettas Befinden. Auch Ermanno Ceconi ist nun mutlos. Er fährt wie sonst in die Stadt, »er könne das Kind nicht sterben sehen«.[409] Gegen Abend dieses Krisentages bessert sich aber der Zustand der kleinen Patientin leicht. Ermannos zweite Frau, Lucie, hat bisher Wert darauf gelegt, daß ein Zusammentreffen der geschiedenen Eheleute vermieden wird. In dieser Nacht jedoch bleibt Ricarda bei ihrem Kind. Auf die Krisis folgt die langsame, völlige Genesung.

Im September 1911 bezieht Ricarda Huch ihre neue Wohnung in einem Gartenhaus der Kaulbachstraße 35. Fast sechzehn Jahre wird sie dort leben – glückliche Jahre, die keineswegs überschäumend beginnen, steht doch an ihrem Anfang der mühsam durchgehaltene Zusammenbruch einer

Lebensillusion, der mit seiner Gewalt ihre seelischen und körperlichen Kräfte schwächte und fast zugrunderichtete.

Jetzt aber kommt das Neue, das Hoffnungsvolle: »Noch einmal dem Nichts entstiegen, / Noch einmal aus Flammen neu«[409a], dichtet sie. Aber Geldmangel sorgt dafür, daß die Bäume nicht in den Himmel wachsen. Sechs Zimmer hat die Mansardenwohnung. Miete und Lebensunterhalt müssen teilweise durch Untervermietung finanziert werden. »...ich getraute mich oft nicht, die notwendigen Anschaffungen zu machen...«, schreibt Ricarda Huch in ihren Erinnerungen.[410] Aber nach und nach bessern sich die Verhältnisse, und schließlich kann sie hoffen, daß die Einnahmen weiter steigen werden.

An bestimmten Tagen der Woche ist Marietta bei der Mutter; das sind Festtage. »Gegen Abend begleitete ich sie durch den Englischen Garten bis in die Nähe des Hauses, das Manno bewohnte.«[411] Einige Jahre zuvor schrieb Ricarda Huch, wie in Vorahnung des Kommenden, das Gedicht *An ein Kind*:

Leg deine Kinderhand in meine,
Und geh mit mir auf kurze Zeit.
Den Weg, der gar so lang alleine,
Verkürzt dein liebliches Geleit.

Aus deinem tiefen Augensterne
Drängt forschend eine Frage sich:
»Warum hätt'st du es doch so gerne,
Hast du kein Bübchen, so wie ich?«

Geh wieder heim nun, kleine Seele,
Die Dämmerung bricht schnell herein;
Der Engel, dem ich dich befehle,
Wird liebreich schützend bei dir sein.

Und ich, indem ich weiter schreite,
Vergesse, daß der Traum schon schwand,
Hör' noch den Schritt an meiner Seite
Und fühle noch die kleine Hand.[412]

Das Kind hat sie ans Leben gebunden, als sie den tiefsten Sturz erlitt. Des Kindes drohender Tod erschütterte die Mutter zutiefst. Nun ist die Welt nicht mehr aus den Fugen, und das Leben wieder hell und lebenswert. Liebenswert aber wird es wohl erst, als eine Begegnung ganz eigener Art sich anbahnt, in der die Frau die zurückhaltend Werbende, der Mann der zögernd Verharrende, mit eigenen Problemen Kämpfende ist, vor denen er langsam und leise den Rückzug antritt.

Etwa zwischen 1912 und 1914 schreibt Ricarda Huch an den Schweizer Kunsthistoriker Heinrich Wölfflin, der 1912 von Berlin einem Ruf an die Universität München folgte, einen Brief, in dem sie anfangs ein zwischen ihnen geführtes Gespräch fortsetzt, um ihn dann aufzufordern: »Bitte, bitte! können Sie nicht für mich ins Deutsche übersetzen bis etwa nächsten Mittwoch von S. 154 Ad quod respondo bis S. 158 ducunt me in sententiam, quam dixi. Ich meine ein gutes, vorlesbares Deutsch. Da ich für Sie bete, könnten Sie doch vielleicht dies bißchen für mich arbeiten...«[413] Die Bekanntschaft ist noch neu, aber schon so weit gefestigt, daß sie weltanschauliche Fragen erörtern. Demselben Brief sind Paulus-Texte beigefügt, die sie zu lesen empfiehlt, alles offenbar Früchte ihrer Luther-Lektüre, mit der sie ihr kommendes Buch über den Reformator vorbereitet. Wölfflin scheint das zu wissen. Ricarda Huch wiederum kennt seine skeptische Haltung zu religiösen Fragen, so daß sie die scherzhafte Bemerkung anbringen kann, wenn sie für ihn bete, könne er doch etwas für sie arbeiten, die auf die benediktinische Regel ›ora et labora‹ deutet.

Heinrich Wölfflin ist ein hochangesehener Wissenschaftler, zwar in der Schweiz 1864 geboren, aber großenteils in Deutschland aufgewachsen, wo sein Vater, der klassische Philologe Eduard Wölfflin, überwiegend lehrte, zuletzt von 1880 bis 1900 in München. 1901 wurde Heinrich Wölfflin als Nachfolger seines Lehrers Jacob Burckhardt Professor in Basel. In seinen Büchern beschäftigt er sich vor allem mit klassischer Kunst, so in *Die Kunst Albrecht Dürers* (1905), *Die Bamberger Apokalypse* (1918), *Italien und das deutsche Formgefühl* (1931). Sein Hauptwerk *Kunstgeschichtliche Grundbegriffe,* das 1915 erscheint, ist der Bedeutung der Form und ihrer Entwicklung gewidmet. Barock und klassische Kunst miteinander vergleichend und dieser vergleichenden Betrachtungsweise fünf von ihm definierte Kategorien zu Grunde legend, hat Wölfflin mit diesem Werk weit über die Grenzen seines Faches hinaus gewirkt. Die meisterhafte Darstellung seiner Gedanken und Ideen hat dazu erheblich beigetragen.

Während also Wölfflin an seinen *Kunstgeschichtlichen Grundbegriffen* arbeitet und Ricarda Huch anfangs an ihrer Darstellung des Dreißigjährigen Krieges und dann an dem kühnen Buch *Luthers Glaube,* befinden sie sich im persönlichen Gespräch. Dabei ist ein Aufblitzen von Heiterkeit bei Ricarda und trockenem Humor bei Wölfflin die Würze ihres Briefwechsels. So schreibt Ricarda Huch am 16. April 1915 an Heinrich Wölfflin: »Sie haben einen Tropfen Gift in meine Seele gegossen, indem Sie sagten, Sie verkehrten nur mit mir, weil ich die erste Dichterin Deutschlands wäre. Vielleicht kann ich mich von ihm befreien, indem ich meine maßlose Entrüstung darüber laut äußere.

Ich fürchte nur, es mache Ihnen gar keinen Eindruck. Direkt vergällt haben Sie mir das Leben. Sagen Sie aber nur nicht, Sie hätten es nicht gesagt, denn Sie haben es doch gesagt.«[414]

Wölfflins persönliche Eigenart, die nicht zuletzt in seiner inneren Zurückgezogenheit und seiner humorvollen Ruppigkeit besteht, wird auch von Fritz Strich bestätigt, der vor 1929, als er durch Ricarda Huchs Vermittlung Ordinarius für deutsche Literatur in Bern wurde, in München lehrte und dem Bekanntenkreis sowohl von Ricarda als auch dem von Wölfflin angehörte. Er weist 1955 in seiner Ansprache zu Wölfflins zehntem Todestag in Basel darauf hin, nachdem er von Wölfflins »Unnahbarkeit und Einsamkeit« gesprochen hatte: »Nur wenn ich in München bei Ricarda Huch mit ihm zusammen war, sah ich ihn gelöst und heiter. Sie war der einzige Mensch, der gar keine Scheu vor ihm hatte. Sie konnte ihn nehmen, wie nur eine Frau es vermag. Aber auch an solchen Abenden trat wohl einmal ein kritischer Augenblick ein. Es geschah, daß Wölfflin auf seinem Stuhl unruhig zu werden begann, und als Ricarda Huch ihn fragte, ob sie ihm vielleicht einen anderen Stuhl bringen solle, kam die klassische Antwort: »Der Stuhl ist mir bequem, die Lehnen haben die passende Höhe, der Rücken ist dem meinigen angemessen, die Polsterung behagt mir und außerdem dauert es ja nicht mehr lange.«[414a]

Wölfflin, dem man nachsagt, daß er anziehend auf Frauen gewirkt habe, war nicht in der Lage, eine dauerhafte Beziehung herzustellen. So ist die Neigung, die Ricarda Huch zu dem geistreichen, zwischen Schroffheit, Humor und Nachdenklichkeit schwankenden Wissenschaftler faßt, letztlich einseitig und wandelt sich etwa seit 1916 zu einer tiefen Freundschaft, in der Wölfflin auch der Part eines Ersatzvaters von Marietta zufällt. Gemeinsam besuchen sie Konzerte, Theateraufführungen und Bälle, treten also auch in der Öffentlichkeit zusammen auf.

Diese Freundschaft scheint ein vielgekanntes und doch im nachhinein von den Eingeweihten sorgsam und diskret gehütetes Geheimnis gewesen zu sein. Am 19. März 1914 schreibt Ricarda Huch an Marie Baum: »[...] erzähle ich Dir, Dir allein [...], daß ich in eine Leidenschaft verstrickt war und dadurch zu nichts zu gebrauchen bin. Vielleicht findest Du, ich könnte mich freuen, daß ich jetzt noch genauso leidenschaftlich, so frisch und so unerschöpflich lieben kann wie mit 19 Jahren, und hätte mich das anfangs nicht so gefreut, hätte ich mich dem Gefühl vielleicht auch gar nicht so hingegeben. Aber es muß irgendein Gesetz in mir sein, daß Liebe und Glück mir nicht verbunden sein können. Liebe ich vielleicht überhaupt nur, wo ich das Unmögliche vorausfühle? Es könnte ja sein, daß nur das Unmögliche die starke Spannung in mir hervorbringt, oder daß nur das Unmögliche des Kraftmaßes bedarf, das meine Natur braucht. Oder der Typus, zu dem es mich hinzieht, ist unglückbringend.«[415]

Nach und nach stellt sie fest, daß es durchaus Übereinstimmungen zwischen Wölfflin und Richard Huch gibt: »...er kann nichts geben, so wenig wie Richard es konnte, er kann nur konsumieren und muß es, er lebt sozusagen davon.«[416] Charakterlich erinnert er sie an die Unentschiedenheit Wallensteins, über den sie gerade arbeitet. Das hindert sie aber nicht, über Wölfflin zu schreiben: »Ich bin von ihm besessen, obgleich ich längst weiß, daß er ganz anders ist, als ich zuerst glaubte; ...Ich verkehre übrigens mit ihm in einer sehr netten freundschaftlichen Weise.«[417]

Irgendwann zwischen 1911 und März 1914 analysiert Ricarda Huch in einem von ihr nicht veröffentlichten Essay Heinrich Wölfflin. Der schreibt am 10. März 1914 an Lotte Warburg, die er in Berlin kennenlernte und die er 1911 gebeten hatte, eine ähnliche Skizze über ihn anzufertigen: »Aber lassen Sie mir meinen Roman... nicht verkümmern. Er interessiert mich jetzt doppelt, weil Ihre Collegin Ricarda Huch sich ebenfalls die Aufgabe gestellt hat, mich zu zeichnen. Sehr exakt, 13 Folioseiten enggeschrieben. Da würden Sie schauen! O, Oh!...«[418]

Am 1. August 1914 erklärt Deutschland Rußland den Krieg, rund fünf Wochen nach dem tödlichen Attentat eines serbischen Nationalisten auf den österreichischen Thronfolger Franz Ferdinand und dessen Frau. Und dann geht es Schlag auf Schlag: Kriegserklärung an Frankreich am 3. August, Einmarsch deutscher Truppen in Belgien am 4. August, Kriegserklärung Englands an Deutschland am 5. August.

Ihren fünfzigsten Geburtstag am 18. Juli hat Ricarda Huch noch ganz fern von Kriegsgedanken mit ihrer Tochter auf Reisen begangen. Als sie in Passau ihr Hotelzimmer betrat, grüßte sie eine Schale mit weißen Rosen und ein Geburtstagsglückwunsch. Ein literarisch gebildeter Hotelgast hatte ihren Namen auf der Tafel gelesen, die die Ankunft neuer Gäste meldete. Als sie nach München heimkehrte, erwartete sie »ein Garten voller Blumen«[419] in ihrer Wohnung.

»Der Sommer 1914 war außerordentlich warm, ein sonnendurchglühter Tag reihte sich an den anderen ...«[420] »Viele Menschen hatten sich schon seit geraumer Zeit mit der Möglichkeit eines Krieges beschäftigt; ich nicht.«[421] Sie habe sich nicht im geringsten um Politik gekümmert, schreibt sie in ihren Erinnerungen. Als der Krieg ausbricht, ist sie überzeugt, daß er bald von den Deutschen siegreich beendet werde. Sie meint später, das sei vielleicht eine Nachwirkung des Krieges von 1870 gewesen, mit dem ihr bewußtes Leben begonnen habe. Schon am 9. August aber schreibt sie an Marie Baum: »...ich bin ja nun einmal für das Komische empfänglich, ich kann nichts dafür – ich muß über manches lachen –, zum Beispiel, daß jetzt schon jeder ein Schurke ist, außer den Deutschen und der zu ihnen hält, und daß alle Gott anrufen und überzeugt sind, er würde die verfluchten Feinde vertilgen usw. ... Schon jetzt leben die häßlichsten, populären Instinkte auf – unter der Maske patriotischer Begeisterung, d. h. Maske ist nicht das richtige Wort, denn sie glauben es wohl selbst. Ich rege mich einstweilen noch nicht sehr auf, weil ich mir denke, es kann und wird nicht sehr lange dauern, und weil ich von der Überlegenheit der deutschen Kraft und Kultur wirklich überzeugt bin.

Ich glaube, es fehlt mir an Phantasie, mir das Zukünftige und Etwamögliche so lebendig auszumalen, sonst weiß ich nicht, warum alles in einer so bodenlosen Aufregung ist und ich nicht.«[422]

Der Krieg bringt eine persönliche Veränderung: Ermanno Ceconi verläßt 1915 mit Frau und Kindern Deutschland, um nach Italien zurückzukehren. Aus Lindau erhält Ricarda eine Karte von ihm: »Warum eigentlich? Warum das Ganze?«[423] Noch weiß er nicht, daß in nicht sehr fernen Tagen seine Loyalität zu Italien in Zweifel gezogen werden wird, weil er eine deutsche Mutter hatte, und er deswegen seines Postens als Feldarzt im Offiziersrang enthoben wird.

Nachdem der Vater ihrer Tochter nicht mehr in Deutschland lebt, hat Ricarda die alleinige Verantwortung für Marietta und braucht sie nun auch mit niemand mehr zu teilen. Sie ist glücklich, »so vollkommen glücklich, wie es wenige Menschen sind«.[424]

Die veränderte familiäre Situation, die ja auch eine finanzielle Seite hat, veranlaßt Ricarda Huch, das Angebot des Ullstein Verlages anzunehmen und nach *Der letzte Sommer* eine weitere Kriminalgeschichte zu schreiben: den Roman *Der Fall Deruga,* in dem eine Charakterstudie Ermanno Ceconis gegeben wird. Der liebenswürdige, wandlungsreiche, leichtlebige und zugleich barmherzige Doktor Deruga handelt wie Ermanno. Auch er hat, wie der Arzt im Roman, seiner Frau das Versprechen gegeben, sie von ihrem Leiden zu erlösen, wenn sie einmal von den unerträglichen Schmerzen einer unheilbaren Krankheit gequält werden sollte.

Das Buch enthält über den ernsten Gegenstand hinaus eine ganze Reihe von treffenden Beobachtungen über das schier unerschöpfliche Thema Deutschland und die Italiener oder Italien und die Deutschen, man kann auch sagen: die Ausländer und die Deutschen. Es ist darüber hinaus eine Sammlung von geschickt arrangierten psychologischen Studien. Das Buch erscheint 1917. Ricarda Huch schreibt an Marie Baum: »Ich habe meinen Zweck erreicht und für die Schundgeschichte von Ullstein zwanzigtausend Mark bekommen. Nun schreibe ich noch ein oder zwei, bis ich Busi so viel Geld hinterlassen kann, daß sie nicht abhängig zu sein braucht. Ich halte das für meine Pflicht – das nimmt noch etwa zwei Jahre in Anspruch, und dann kann ich mit dem Bewußtsein sterben, daß ich mein Leben ganz anständig durchgeführt habe. Es wäre ja schöner gewesen, ich hätte das nicht nötig gehabt – aber du weißt ja, ich stehe auf dem Standpunkt, daß das alles sehr unwesentlich ist; man tut das Notwendige, obwohl man auch davon nicht weiß wozu – eben nur, weil es die eigentliche Forderung ist ...«[425]

1937 wird der Roman mit Willy Birgel in der Hauptrolle verfilmt und läuft ein Jahr später mit großem Erfolg in den Kinos.

So distanziert Ricarda Huch auch der bisweilen hysterische Formen annehmenden Kriegsbegeisterung gegenübersteht, so entschieden fühlt sie sich doch aufgerufen, zu Angriffen Stellung zu nehmen, die sie für ungerecht hält. Als nach der Beschießung der Kathedrale von Reims die Deutschen als Wilde bezeichnet werden und die Beschädigungen als Akt der Barbarei, schreibt sie in einem Artikel in der ›Frankfurter Zeitung‹ vom 16. Oktober 1914: »Zwischen Kunst und Leben abzuwägen ist außerordentlich schwer; sicher ist aber, daß nur ein Volk, das instinktiv Leben und Menschen für wichtiger hält als Kunst, fähig ist, Kunst hervorzubringen.«[426]

Am 29. September 1914 hatte ein Augenzeuge, Ernst Heims, in derselben Zeitung geschrieben, daß schon aus

Rücksicht auf die in der Kathedrale untergebrachten französischen und deutschen Verwundeten diese kein Ziel der deutschen Artillerie war, »daß aber... die in einem der Türme untergebrachte Signalstation durch einige Schüsse aufgehoben werden mußte.«[427]

Bald schon erscheint Ricarda Huch der Krieg als eine mechanische Angelegenheit. Eine »segensreiche Folge« kann sie sich schon am 13. September 1914 nicht mehr vorstellen und meint: »Die Deutschen sind größer in der Not als im Glück.«[428] Und am 29. Januar 1915 schreibt sie, ebenfalls an Marie Baum: »Tatsächlich berührt mich das immer peinlich, wenn gesagt und geschrieben wird, es geht um unsere Existenz oder wir kämpfen um unsere Existenz; denn es ist ja höchstens eine Machtfrage.«[429] Die Historikerin kann sich über die wahren Beweggründe nicht nur dieses Krieges nicht täuschen.

Der große Krieg und Luthers Glaube

Noch in Braunschweig hat Ricarda Huch das Buch vorbereitet, dem sie keine Gattungsbezeichnung gibt und das man erst später einen Roman genannt hat. Das Ereignis, das dem Werk zu Grunde liegt, der Dreißigjährige Krieg, beginnt als Glaubenskrieg und wird schließlich zum Machtkampf zwischen dem Kaiser, Frankreich und Schweden auf deutschem Boden, die verschiedenen Partikularinteressen nicht eingerechnet. Der Krieg endet mit einem Frieden, der die religiösen Bekenntnisse gleichstellt, aber Deutschland zerstückelt und es weitgehend fremden Mächten unterwirft.

In jahrelanger, gleichsam atemloser Arbeit entwirft Ricarda Huch Bild um Bild, stellt die großen Persönlichkeiten vor die Augen des Lesers: den strahlenden, frommen Gustav Adolf von Schweden, den unentschiedenen, wankelmütigen Wallenstein mit seinem zwiespältigen Charakter, den ehrenhaften, tiefreligiösen, weisen alten Feldmarschall Tilly und die Kaiser – schwach und fern.

Aber bei Ricarda Huch sieht Geschichte noch anders aus. Nicht nur die Feldherren und ihre Schlachten, nicht nur das Ränkespiel der Diplomaten, die Berechnungen von Gewinn und Verlust werden bei ihr Person. Das ganze zweibändige Werk ist ein Aufschrei der gequälten Menschen: der Bauern, Bürger, Pfarrer, der Frauen, der Mädchen, die eine verwilderte Soldateska jagt, vergewaltigt, ermordet. Und dieses Geschehen wird real, es wird hart und schneidend aus einer wie unbeteiligt wirkenden Sprache herausgepreßt.

Ein Bild reiht sich an das andere, Bilder des Verfalls der Sitten, von Lug und Trug, Bilder der Qual, der Verzweiflung. Nüchterne historische Einschätzung, bestialische, barbarische Verbrechen wechseln einander ab. Aber dazwischen blühen jene reinen Töne der Opferbereitschaft, der Glaubenstreue, der Liebe, die Schwächen überwinden, von denen keiner der Menschen, die geschildert werden, namhaft oder namenlos, frei ist und ohne die es auch Mut und Tapferkeit nicht gibt.

Das glühende, eisige Buch schließt mit einem Ostergottesdienst des Jahres 1650. Es ist Friede. Das Land ist verwüstet, fast die Hälfte der Bewohner getötet – durch Gewalt, Feuer, Hunger und Krankheit. Marodierende Soldaten ziehen planlos umher. Da folgt in einem Dorf auf Erpressung Mord, auf Haß und Rachegefühle der österliche Friede.

Der Pfarrer, dessen Tochter getötet wurde und der im ersten Ansturm der Gefühle dem Mörder heimzahlen wollte, was der ihm und seinem Kinde antat, vergibt dem Gewalttäter. Der befehlshabende Oberst, der den Gesetzesbrecher hinrichten lassen will, findet sich ungern in die neue Lage, will aber für die Erziehung des Kindes der Pfarrerstochter mit seinen eigenen Kindern sorgen. Als der Pfarrer das ablehnt, weil Gott ihm dies Kind anvertraut habe, reicht der Offizier dem kleinen Mädchen ein wertvolles Gehänge mit einem kostbaren Madonnenbild. Der Pfarrer reagiert abweisend, aber als das Kind lachend danach hascht, läßt er zu, daß der Oberst die Kette um den kleinen Leib windet.

Auf die Einladung des Pfarrers an den Oberst und seine Soldaten, mit ihm und seiner Gemeinde das Abendmahl zu feiern, sagt der Oberst nach einigem Zögern: »...sie wären meistenteils Katholiken und stehe es ihnen fast nicht an, einer evangelischen Osterfeier beizuwohnen, man könne es aber zu dieser Zeit und bei dieser Gelegenheit so genau nicht nehmen, und zum Zeichen des endlich aufgerichteten Friedens willige er ein.

»Es war inzwischen Abend geworden, und der weiche Himmel bog sich über das dämmernde Hügelland, wie ein Strauch voll weißer Rosen über ein Grab. Der Tisch wurde wieder hergerichtet, und für den verschütteten Wein wurde Wasser gebracht. Dergleichen Abendmahl habe er noch nicht gesehen, fuhr es dem Obersten heraus, der den Vorbereitungen staunend zusah; es scheine mehr für Vieh als für Christenmenschen zu passen.

›Als Christus auferstanden war‹, sagte der Pfarrer, während er das Brot sorgsam von Erde reinigte, ›hatte er ein fremdes Antlitz und seine Jünger erkannten ihn nicht‹.«

»Als die stille Zeremonie beendet war, brach die Nacht herein. Wie wenn Chorknaben die Rauchgefäße schwingen und duftendes Gewölk die Pfeiler des Domes verhüllt, wogte es weit um die verschwimmenden Trümmer der zerstörten Kirche, um die Grabkreuze und die knieenden Menschen. ›Siehe, es ist alles neu geworden‹, sagte der Pfarrer, nachdem er den Segen gesprochen hatte. Alle blieben noch eine Weile mit gesenktem Kopfe, dann standen sie von der feuchten Erde auf, die Soldaten blickten wartend auf den Obersten. ›Aufsitzen!‹ kommandierte der, ›weiter!‹, worauf sie nach den Pferden eilten und in schnellem Trabe aus dem Dorfe ritten. Der Pfarrer lud sein totes Kind auf den Arm und verließ an der Spitze seiner Gemeinde festen Schrittes den Totenacker.«[430]

Mit diesem ökumenischen Schlußbild, das die evangelischen und katholischen Elemente des Christentums in Abendmahl und Weihrauch, in gemischter Abendmahlsgemeinde und gemeinsamer Frömmigkeit am Tisch des Herrn zusammenführt, in dem die Gerechtigkeit genauso auf der Seite der Soldaten ist wie die Brutalität, in dem Haß auf beiden Seiten auflodert und durch den österlichen Frieden besänftigt wird, endet *Der große Krieg in Deutschland.*

Ricarda Huch hat dieses Buch immer für ihr bestes gehalten, »da es ihr gelungen sei, nicht *über* das Leben während dieser für Deutschland so bedeutenden Epoche zu schreiben, vielmehr dieses Leben selbst in der Dichtung einzufangen«.[431]

Ein zeitgenössischer Rezensent, Fritz Reck, schreibt in der ›Süddeutschen Zeitung‹ vom 12. Dezember 1913: »Der Superlativ mag vom Teufel sein. Trotzdem: ich glaube, daß mit diesem Werk das größte epische Kunstwerk uns erstanden ist, größer als alle, die in den letzten 9 Jahrzehnten deutsche Leser sahen. Damit ist ja wohl die Hauptvoraussetzung erfüllt, daß das deutsche Publikum es zunächst vergißt, damit sich nach einem Menschenalter vielleicht unsere Enkel auf den Wert des Buches besinnen.«[432]

Und 1957 schreibt Friedrich Sieburg, immerhin mehr als vierzig Jahre später, in der ›Frankfurter Allgemeinen Zeitung‹: »Ricarda Huchs Schilderung, die schlechthin alles umfaßt, was das Wesen jenes endlosen Krieges ausmacht, hat keinen Vorgänger gehabt und keinen Nacheiferer gefunden. (...) Wer dieses herrliche Buch zu lesen versteht, der liest es mit ergriffener Spannung und wird sich bewußt, daß er es mit einer der größten Leistungen der deutschen Literatur zu tun hat.«[433]

Ricarda Huch hat über den Schaffensprozeß, der zu diesem Buch führte, mitgeteilt: »Ich schrieb... den ›Dreißigjährigen Krieg‹; ich schrieb ihn mit solcher Versessenheit, als würde ich meine eigene Geschichte schreiben. Während Kriege durchweg mich langweilten, hatte der Dreißigjährige Krieg mich von jeher angezogen; er hatte mich berauscht. ... Alles, was aus jener Zeit stammte, ging mich an. Es wäre mir damals oder später unmöglich gewesen, irgendeine Epoche der deutschen Geschichte in dieser Weise darzustellen; die Zeit verlangte es von mir. Wie historische Menschen mich anzogen, wenn ich einen tragischen Fall in ihnen gefunden hatte, so war es vielleicht auch mit Zeiten; das Tragische dieser Zeit, die Zerrüttung und der Untergang, machen den Zauber erklärlich, von dem ich befallen war... Wie ein ungeheurer Sturm rauschte es an mir vorüber; ich brauchte meine Erregung nur auf das Papier zu übertragen.«[434]

Leidenschaft war der Antrieb der frühen Bücher und Gedichte Ricarda Huchs. Leidenschaftliches Engagement für Menschen und Zeiten drückt sich in allen Werken dieser Dichterin aus; zugleich aber auch jene Distanz, ohne die Kunst nicht entstehen kann. Das glühende Gefühl muß durch die Kühle des Verstandes hindurchgehen, um ein Kunstwerk möglich werden zu lassen.[435]

Endet der ›Große Krieg‹ mit dem versöhnlichen Bild eines interkonfessionellen Ostergottesdienstes und weist damit in eine Zukunft, die damals noch nicht einmal am Horizont aufgetaucht ist, so versucht Ricarda Huch durch ihr Buch *Luthers Glaube* in einer Übertragung der Gedanken- und Ideenwelt des Reformators in moderne Ausdrucks- und Denkformen, Menschen anzusprechen, die keinen Zugang zum Glauben, zur Religion mehr haben und die sich selbst als modern empfinden.

Für Ricarda Huch ist Modernität Verbindungslosigkeit

zu den Kräften des Lebens, Abgeschnittensein von der göttlichen Kraft. In ihrer kleinen Schrift *Natur und Geist als die Wurzeln des Lebens und der Kunst,* die 1914 erscheint (1922 unter dem Titel *Vom Wesen des Menschen. Natur und Geist* neu herausgegeben) hat sie Wesen und Mitte des Menschen zu ergründen und zu bestimmen gesucht – seine Geistigkeit, sein Bewußtsein, sein Selbstbewußtsein, die Stufenfolge seiner Entwicklung und damit seiner Veränderung. Nun ist sie bestrebt, in 24 Briefen an einen Freund, die unter dem Motto »Visibilia et Invisibilia« – Sichtbares und Unsichtbares – stehen, in einer Schilderung, die vor Geist funkelt, ohne kalt, und von Wärme leuchtet, ohne sentimental zu sein, ihre Gedanken zu Luther, seinem Glauben und den Glaubensmöglichkeiten des dem Glauben entfremdeten Menschen zu entwickeln.

Hinter dem Freund, dessen Name nicht genannt wird und dem die Autorin wie eine Scheherazade dem Sultan oder wie ein Kanzler seinem Kaiser Vortrag hält – in vierundzwanzig Nächten, jeweils bis zum Aufgang des Morgensterns – verbirgt sich Heinrich Wölfflin. Zu ihm spricht die liebende Frau, und gerade durch diese persönliche Note gewinnt das ungewöhnliche Buch einen seltenen Reiz, seine Gewalt, seine Besonderheit, aber auch seine Selbstverständlichkeit. Denn wie anders könnte man wirklich vom Glauben sprechen, als in der allerpersönlichsten Form? Und welche Form ist wohl persönlicher als die poetische und welche Sprache der Theologie, wenn sie wirklich vom Glauben handelt und spricht, angemessener als die, welche die dichterische Herkunft des Buches der Bücher nicht verleugnet?

Von jeher hat Ricarda Huch die Sprache der Bibel verehrt, geliebt und angewendet. Die »schönen Stellen« suchten schon das Kind und das junge Mädchen heraus. Adler, Löwe, Stern, Sonne – sie durchziehen das ganze Werk Ricarda Huchs als Symbole des Kraftvollen, Leuchtenden, Mutigen, des Lebens, des Geistes.

So gerüstet, erhellt die Dichterin in jenen vierundzwanzig Nächten das, was heller gar nicht leuchten könnte und doch von den erblindeten Menschen nicht wahrgenommen wird: Ricarda Huch hält Luther für den größten und zugleich verkanntesten Deutschen, und sie sieht es als ihre Aufgabe an, den Menschen begreiflich zu machen, welcher Schatz auf ihrem Wege liegt, ohne daß sie ihn beachten. Dadurch aber entgehe ihnen im Grunde die Chance, sich wieder an die verlorene Glaubenswelt anzuschließen und nicht nur aus dem Gehirn, sondern auch aus dem Herzen zu leben. Luthers Glaube ist für Ricarda Huch der dem Christentum gemäße Glaube und das Christentum die Religion, die alle anderen Religionen umfaßt.

Was ist Glaube? Was Werkheiligkeit? Worin bestand der Gegensatz zum Katholizismus, der die Reformation ausgelöst hat? Was ist Sünde? Wie soll der Sünder sich überwinden? Worin und wie offenbart sich Gott? Was und wie ist Gott? Alle Facetten von Luthers Theologie, die Antwort geben können auf diese Fragen, scheinen bei Ricarda Huch auf.

»Sobald der Glaube schwer und sauer fällt«, schreibt sie, »ist es gar kein Glaube; Glaube ist nur, was frei aus dem Herzen kommt.«[436] Es geht ihr darum, das Grundsätzliche, sprich: über menschliche, dogmatische Einengungen Hinausreichende den Menschen wieder zugänglich zu machen, und so schreibt sie: »Es gibt nichts außer der göttlichen Kraft und der durch das Ich zugleich beschränkten und geprägten Kraft. Luther sagte: ›Denn außer der Kreatur gibt es nichts, denn die einige, einfältige Gottheit selbst.‹ «[437]

»Wenn Luther sagt: ›Der Anfang aller Sünde ist, von Gott weichen und ihm nicht trauen‹, so heißt das: Wer sich nicht auf sein Herz, nur auf seinen Kopf verlassen kann, der hat keinen inneren Frieden, keine Sicherheit und keine Kraft.«[438]

Die Zeitgenossen, die das 1916 erscheinende Buch der

hochgeachteten Dichterin lesen, erstaunt vor allem, daß sie offensichtlich an den Teufel glaube, zwar nicht an die körperliche Erscheinung mit Hörnern, Hinkefuß und nach Pech und Schwefel stinkend, aber immerhin, es bleibt genug, das Befremden auslöst. So der Satz: »Das Böse soll nicht sein, aber es muß sein, damit Gott sich selbst erkennen, ...damit Leben sein kann.«[439]

Man könne die Notwendigkeit des Teufels oder des Bösen auch so erklären: »...die pure Aktivität müßte notwendigerweise die pure Passivität zerstören; die Aktivität [Gott] muß sich also eine Hemmung, einen Widerstand setzen, damit der Stoff, den sie braucht, um zu wirken, nicht verzehrt wird. Die Hemmung gibt sich Gott, indem er dem Stoff Odem einbläst [der Mensch entsteht], ihm einen Teil seines Wesens, seiner Kraft gibt, die er selbständig für sich benutzen nicht nur darf, sondern sogar muß, damit Gott nicht nur eine zerstörende, sondern zugleich eine schaffende Kraft ist. Wir haben also den merkwürdigen Fall, daß der Teufel, die menschliche Ichsucht, dasein muß, damit Gott kein Teufel ist.«[440] »Luther vergaß nie, daß der Teufel ein Fürst und von Gott zugelassen, ja auch in Gott ist; seinen Gegnern gegenüber betont er und belegt mit biblischen Beweisstellen, daß Gott auch in der Hölle gegenwärtig zu denken ist.«[441]

In diesen Betrachtungen, Analysen und Schlüssen formt sich ein Bild Gottes ebenso wie eine Einsicht in die Dämonie des Menschen und ein Bild von all dem, was durch den Menschen besteht: Macht und Einfluß zum Beispiel, aber auch Liebe. Der Blick auf das Einzelleben, wie es die großen Romane des Frühwerks zeigen, und der auf die Geschichte, aber genauso auch die eigene, persönliche Erfahrung, zeichnen das Bild der Dämonie, des dämonischen Menschen. Er ist aber weit mehr zu anderem berufen und kann den Fürsten der Welt besiegen. »Luthers Ideal war, daß die Welt, in der das Gesetz herrscht, sofort abgelöst wird durch das

Reich Gottes, in dem die Liebe und infolgedessen die Freiheit herrscht.«[442]

Das ist eine bewundernswert knappe und doch inhaltlich treffende Zusammenfassung von Luthers Schrift *Von der Freiheit eines Christenmenschen*. Und es ist konsequent, wenn die Autorin schreibt: »Die Spitze der lutherischen Kirche wird sich immer in den Wolken verlieren; das aber ist kein Mangel, sondern ihr eigenstes Wesen, in dem Sichtbares und Unsichtbares eins werden.«[443]

Dazu gehöre auch, »daß Goethe und Schiller, und natürlich nicht nur sie, mit ihren Werken dem Glauben zugute gekommen sind, ja gerade lutherischen Geist ausgeteilt haben. Der erste Teil von Goethes *Faust* ist eine dichterische Gestaltung der wesentlichen Ideen Luthers.«[444] Ricarda Huch weist darauf hin, daß noch im 17. Jahrhundert die Evangelischen betonten, die eigentlichen Katholiken zu sein, »die Glieder der urchristlichen Kirche«.[445]

Und wie die Dioskuren Goethe und Schiller die klassische Epoche der deutschen Kultur zur höchsten Blüte führten, so wurde die Musik Johann Sebastian Bachs ihr Anfang, »ein Baum des Lebens, tropfend in allen Zweigen von Unsterblichkeit«.[446]

Ricarda Huch berichtet, daß Luther einmal einen wundervollen Brief an den bayrischen Hofmusiker Ludwig Senfl gerichtet habe, in dem er um eine Komposition bat. Darin deutete er auch indirekt an, daß er, der in Acht und Bann Getane, dem Empfänger gefährlich werden könne. Aber seine Liebe zur Musik gibt ihm Hoffnung auf einen guten Ausgang. »Lobe ich doch auch deine bayrischen Herzöge sehr, obwohl sie mir gar nicht gnädig sind, und verehre sie vor andern, weil sie die Musik so schützen und ehren. Denn es ist kein Zweifel, daß viel Samen des Guten in den Gemütern ist, die die Musik lieben; die sie aber nicht lieben, halte ich Stümpfen und Steinen für ähnlich.«[447]

Als »Wegweiser zum Worte Gottes« will die Verfasserin

ihre Bemühungen um Luthers Glaube verstanden wissen, sie will Mut machen, »den Adlerweg des Glaubens zu betreten, der pfeilerlos und geländerlos, doch der sicherste zum Ziel ist«.[448] In geistreichen Auslegungen werden fast alle Teile von Luthers Theologie abgehandelt. Unzweifelhaft hat Scheherazade, der Kanzler, das, was zur Sprache kommt, selbst erfahren, den Adlerweg gefunden.

Der Schluß, die letzten Teile, wogen empor in poetisch-verschlüsselter Form, den schönen, ungläubigen Freund aus seiner distanzierten Skepsis zu reißen und ihm und allen, die ihm ähnlich sind, das Schlüsselwort zurufend: »Es ist die Flutzeit des Lichtes, schon donnert es an den Strand der Erde, und die summenden Sterne verlieren sich; nun rede du, nein, vielmehr nun handle du!«[449]

Ernst Troeltsch, der Theologe und Religionssoziologe, hat in der ›Vossischen Zeitung‹ vom 8. Oktober 1916 eine höchst verehrungsvolle und anerkennende, aber auch kritische Rezension veröffentlicht. Im Vergleich mit Hermann Bahrs *Himmelfahrt* und *Expressionismus*, Martin Bubers *Vom Geist des Judentums* und Franz Bleis *Menschlichen Betrachtungen zur Politik,* die er alle als »durch und durch positiv religiös« ansieht und beurteilt, hat er Ricarda Huchs *Luthers Glaube* als das »uninteressanteste und darum vermutlich innerlichste« Buch bezeichnet. Aber er kann nicht umhin, sich zu wundern: »Wer die älteren Schriften der Dichterin kennt, wird fragen: wie kommt Saul unter die Propheten? Jene Schriften waren einzigartig in aller modernen deutschen Literatur, weil sie noch ein schlichtes, klares, melodisches Deutsch schrieben, ein Deutsch, das an Goethe gemahnte und mit dem modernen berufsmäßigen Schwulst und Esprit der Literaten nichts zu tun hatte. Und in dieser wundersamen Sprache verkündeten sie das Recht der Phantasie, der Liebe, der Leidenschaft in dem reinen Sinne eines unendlich liebefähigen und feinfühligen Frauenherzens, aber in schrankenloser, traumhafter Entfesselung. Das war gewiß wundervoll, aber es war sehr wenig christlich und sehr wenig lutherisch. Mit Luther in Verbindung gekommen ist die Dichterin wohl erst durch ihre Vorstudien zur Darstellung des Dreißigjährigen Krieges, zu jenem Buche, das wie ein Sonnenstrahl ist, in dem die Stäubchen unübersehbar wirbeln. Da mag sie Luthers Gestalt gepackt haben... Auch von Paracelsus und Kepler oder Jacob Böhme mag sie da vieles gelesen und liebgewonnen haben. Aber die eigentlichen Gründe liegen natürlich tiefer... Sie spricht von der Größe und Rücksichtslosigkeit der das eigene Ich und die Kreatur vergötternden Leidenschaft, die Gott verdrängt und sich selbst verleugnen lernen muß, wenn Gott wieder Herr in der Seele werden soll. Nur durch starke und kühne Sünde kommt man zu starkem und von allem Moralisieren freien Glauben.

Es bleibt die Frage: Wie weit ist der Luther, den die Dichterin empfindet und schildert, der echte, alte, historische Luther? ...das Wesentliche an Luthers Glaube ist vollkommen echt und tief empfunden; aber die religiöse Vorstellungs- und Ideenwelt Luthers ist... umgedeutet und mißverstanden. Es ist keine Spur historischen Verständnisses, aber sehr viel religiöses Verständnis in dem Buche...«[450]

Demgegenüber hat der Luther-Forscher Heinrich Bornkamm in seinem Buch *Luther im Spiegel der deutschen Geistesgeschichte* Ricarda Huchs Ansatz als ein »Buch voll neuer Einsichten« bezeichnet, »die das Lutherbild des 19. Jahrhunderts weit hinter sich ließen. Es fasse Luther an der Stelle, die zumeist als die unverständlichste erschien, an seinem Kampf gegen die Moral, gegen die ›sauren Werke‹, für den Glauben, der ›frei aus dem Herzen kommt‹ und aus dem allein wir das Gute tun können, ›das mit Notwendigkeit aus dem Inneren fließt‹.«[451] »Aufs schönste verstand Ricarda Huch den angefochtenen, den naturoffenen, den liebenden und den Künstler Luther.«[451a]

Bornkamm, der dem Buch Leidenschaft und Glanz zuspricht, resümiert: »Durch den reizvollen Versuch, aus dem Empfinden der eigenen Zeit zum echten Luther vorzustoßen, und durch den Reichtum an nachdenkenswerten Beobachtungen lohnt es noch immer.«[452]

Heinrich Wölfflin schreibt auf seine Weise über die Troeltsch-Rezension an Ricarda Huch: »Betreff Luther las ich die Besprechung von Troeltsch. Nun kann der große Erfolg doch nicht mehr fehlen! Daß ein Theologe sagt, der Schuß habe ins Schwarze getroffen – mehr können Sie doch nicht verlangen!«[453]

In einem Brief an seine Schwester Elisabeth bezeichnet Wölfflin das Buch *Luthers Glaube* als »über alle Maßen kühn«, es werde »gewaltig Staub aufwirbeln«.[454]

Was von Wölfflin prophezeit wurde, nämlich eine gewaltige Wirkung des Buches, muß Bornkamm aus der Perspektive dessen, der rund vierzig Jahre später das Feld überblickt, bedauernd verneinen: *Luthers Glaube* wurde wenig gelesen, nicht zuletzt auch wegen der »Verschlossenheit jeder Zunft gegen eine unzünftige Art zu denken und zu reden, zum Teil aber auch aus seiner literarischen Form...«[455]

Lyrik und Epik treten im nun begonnenen Lebens- und Schaffensabschnitt Ricarda Huchs in den Hintergrund, zugunsten der großen Auseinandersetzung mit den Mächten ihres Jugendwerkes: Leidenschaft und Ästhetik, im Zusammenhang mit Schuld, Buße und Sühne. Die Spuren ihrer Erziehung durch die christlich-frommen Großeltern, aber wohl auch durch einen Vater, dessen verschlossene Religiosität nicht unwirksam geblieben sein muß, weiten sich nun zu Forderungen und Ansprüchen an sich selbst. Ricarda Huch wird Christin aus bitteren Erfahrungen, aus Überzeugung. Sie wird bewußt evangelische Christin, der Luthers Glaube Wegweiser zum neuen Verständnis von Bibel und Weltanschauung wird.

Die beiden darauf folgenden Bücher sind ebenfalls betont weltanschaulich ausgerichtet, und wie Ricarda Huch in *Luthers Glaube* ihre Interpretation des Reformators als Tor zu einer zeitverbundenen Auffassung begriff, so will sie nun in *Der Sinn der Heiligen Schrift* die Bibel dem modernen Menschen nicht einfach auslegen, sondern nahebringen. In drei großen Abschnitten – Moses – Saul – Christus – folgt sie dem Lebensbuch Bibel durch Erde und Himmel. Dabei wird jeder Unterabschnitt durch ein darübergesetztes Bibelwort eingeleitet und bestimmt. Wie aber die Gedanken, die dadurch ausgelöst werden, sich entfalten und welcher Art sie sind, unterscheidet sich grundsätzlich von üblichen Interpretationen. Hier wird keine fromme Lektüre geboten, sondern Lebenslehre, aber nicht lehrhaft, sondern lebendig. So folgt unter dem Motto: »Suchet, so werdet ihr finden, klopfet an, so wird euch aufgetan«, der Satz: »Der naive Mensch, der unter Gott steht, findet eben deshalb seinen Weg von selbst: der in ihm verborgene Wille, der sich offenbaren will, treibt ihn so, wie es seinem Zweck entspricht. Die Willkür aber, das Selbstwollen und Selbstdenken, ist wie eine Mauer um diesen Willen, und je mehr er eingeschlossen ist, desto inständiger drängt der beklemmte Geist nach Befreiung. Seine Flügel schlagen an die Wände des Gefängnisses, versuchen hier und da zu sprengen.«[456]

Gewalttätigkeit und Willkür, sie sind nach Ricarda Huchs Meinung an Conrad Ferdinand Meyer und Friedrich Nietzsche gleicherweise zu beobachten: »Wenn einer Gutes tut und die Wahrheit ausspricht, scheiden sich die Guten von den Bösen und die Lügner von den Frommen, und das ist auch, was Nietzsche anstrebte. Es soll nicht verkannt werden, wieviel Heroisches und Großes aus seinem Schaffen sprüht, sobald er seinen Widerwillen gegen die Heuchelei der modernen Zivilisation äußert. Es ist unverkennbar, daß die Persönlichkeit des Erlösers ihn viel beschäftigte und daß er sich im tiefsten Innern des Zusammenhangs mit seiner Lehre bewußt war. Aber ein wesentlicher Unterschied bestand: Christus entlarvte die Heuchelei als Maske über dem Egoismus und entfesselte die Liebe; Nietzsche entlarvte gleichfalls die Heuchelei, bestätigte aber den Egoismus, als sei dieser an sich etwas Gutes.«[457] »Es war die Sünde wider den Heiligen Geist, die Nietzsche beging, indem er, der ein Gewissen hatte, in dem der Heilige Geist sich offenbarte, diesen Heiligen Geist lästerte.«[458]

Lebenslehre, in die Leere des Lebens gegeben, die den modernen Menschen gefährdet, sein bestes Teil zu verlieren: die Fähigkeit zu lieben, – das ist Ricarda Huchs Bestreben auch in ihrem dritten weltanschaulich-religiösen Buch *Entpersönlichung*, das 1921 erscheint.

Mit dem Engländer Francis Bacon, einem der Begründer der modernen Naturwissenschaft im 16./17. Jahrhundert, sieht sie die »selbstbewußte Kraft der abendländischen Menschheit die unbewußte Kraft« überwiegen. »Sie wird aus einer fühlenden und kämpfenden zu einer denkenden; sie sucht alles, was sie bisher unbewußt tat, durch bewußte Nachahmung zu ersetzen. Ihre letzte Absicht ist, sich nicht mehr persönlich einsetzen zu müssen, sondern mit Persönlichkeitsersatz zu arbeiten…«[459]

Demgegenüber habe Luther die unwillkürlichen Kräfte im Menschen stärken wollen. Ricarda Huch sagt deutlich, worin ihrer Meinung nach das Unglück des heutigen Menschen besteht, nämlich in dem »Überwiegen des Bewußten über das Unbewußte, besser gesagt das Unwillkürliche, oder in dem Überwiegen des Erhaltungstriebes über den Trieb, zu wachsen und den Trieb, zu opfern.«[460]

Aber Entpersönlichung kann sich auch wieder zurückbilden, ein erstarrendes, zerteiltes Volk kann sich zu neuem Leben vereinen. »…die entseelte Menschheit fügte sich in seinem Namen wieder jung aus Trümmern zusammen. Ein Volk lebt, solange lebendiger Zusammenhang zwischen seinen Gliedern ist…«[461] Das ist sehr konkret gemeint. Ricarda Huch schreibt das Buch nach dem Ende des Ersten Weltkrieges, nicht ahnend, wie lange dieser Ruf aktuell bleiben sollte. Am Schluß des Buches *Entpersönlichung* ruft sie auf zu neuem Leben durch ›*Selbsthilfe*‹ und ›*Selbstverwaltung*‹ im Rahmen der Gemeinschaft. Dieser Gedanke deutet schon voraus auf ihr Buch über den Freiherrn vom Stein, während sie aufruft, »die göttliche Macht zu verehren, welche unser Heil will, während sie uns zu züchtigen scheint, und welche uns neues Leben einhauchen wird, wenn wir es nicht mehr ängstlich zu erhalten streben«.[462]

Wilhelm Emrich hat in seinem Vorwort zu Ricarda Huchs Gesammelten Werken geschrieben, ein »greulicher Synkretismus aller Möglichkeiten des Geistes scheint in ihrem Spätwerk Platz zu greifen und alle Differenzierungen zu überschwemmen«.[463]

Ernst Troeltsch hat viel früher schon in seiner bereits erwähnten und zitierten Rezension von *Luthers Glaube* auf Fundamente von Ricarda Huchs Weltanschauung und religiöse Grundlagen hingewiesen, unter denen die »alten christlichen Gnostiker« eine wichtige Rolle spielen. »Deren Lehre war eine auf uralten Überlieferungen des Orients und neuen hellenischen Philosophemen beruhende Naturphilosophie, die in die inneren Spannungen und Gegensätze der letztlich monotheistischen Gottnatur die Heilsgeschichte der christlichen Erlösung und Gnade hineindichteten.«[464]

Es mag schon sein, daß, wie Wilhelm Emrich schreibt, Ricarda Huchs Verknüpfung des protestantischen Glaubensbegriffes mit dem aus der Antike stammenden Begriff des ›Daimonion‹ Lesern, die an Kierkegaard oder Karl Barth geschult und orientiert sind, verdächtig erscheint. Aber auch das ist eine einseitige Sicht, doch sind beide Sichten, die Ricarda Huchs und die der Barthianer, von großartiger Einseitigkeit. Das ändert nichts daran, daß Ricarda Huchs Bild von Gott und Christentum Suchende erreichen konnte und kann, wie jenen jungen Mann, für den die Lektüre von *Luthers Glaube* sinnstiftend wurde und ihn zum Studium der Theologie brachte: Helmut Gollwitzer. Er hat im Dritten Reich und auch danach die fest gegründete Konsequenz dieses Entschlusses immer wieder unter Beweis gestellt.

Was für andere gilt, die ihre Gedanken anregten zu eigenem Handeln, gilt nicht zuletzt auch für sie selbst. Ricarda Huch hat erkannt, daß jene ästhetische Lebensauffassung ihrer jungen Jahre – und sie ist nach eigener Aussager lange jung gewesen –, die Leben, Liebe, Leidenschaft und Schönheit als eigengesetzlich und deshalb über jedem anderen Gesetz stehend, begriff und stilisierte, letztlich ein Verstoß gegen die Gebundenheit des Menschen ist, dessen wirkliche Freiheit sich in Verantwortung, Vernunft und Gewissen spiegelt und offenbart. Diesen Teil ihres Ich, schreibt sie an Marie Baum am 18. Mai 1916, habe sie in ihrem Leben einigermaßen überwunden. Marie Baum meint deshalb, daß der in *Luthers Glaube* angeredete Freund Ricardas andere Wesenshälfte sei; was diese auch in ihrem Brief vom 8. August 1916 bestätigt.[464a] Aber sie weiß nicht, ob sie überhaupt verstanden wird: »Ich glaube, in Deutschland gibt es nur noch ganz weltliche Menschen, für die ich eine unverständliche Sprache spreche.«[465]

Das ändert aber nichts daran, daß sie Bücher für Menschen schreibt, denen der Glaube an Gott und damit an den Menschen zu entschwinden droht.

Auch in poetischer Form hat sie das Glaubensthema aufgenommen: in der grotesken Erzählung *Der wiederkehrende Christus,* die 1926 im Insel Verlag erscheint und in der Zeit nach dem Ersten Weltkrieg spielt. Ein Mann, mit Heilkräften begabt und von einem Gefährtenkreis umgeben, bekennt nicht Christentum, sondern lebt es. Seine ungewöhnliche Persönlichkeit und Handlungsweise stehen in Gegensatz zur modernen Welt, in der die Kirchen ebenfalls verweltlicht sind. Weder die Papstkirche noch die der Superintendenten ist dem Auftrag gewachsen, der ihnen erteilt wurde. Schon scheint jener befremdliche Fremde dem Tod verfallen, wird aber durch den Trick eines gewieften Kommerzienrates und Nachkommen einer ganzen Ahnenreihe von Pastoren gerettet, der ihn in sein Geschäftskonzept einbaut. Doch die Rechnung geht nicht auf: Der, den die Menschen den wiederkehrenden Christus nennen, entzieht sich und geht mit neuen Gefährten in die Welt.

Wenn auch die groteske Form nur teilweise gelingt, so enthält diese Erzählung doch Passagen, die Schlaglichtern gleichen, welche die düstere Szene erleuchten: Zusammenhänge werden deutlicher, groteske Verbindungen, die für uns alltäglich geworden sind, treten in ihrer Absurdität hervor. Daß die Verknüpfung von Moderne und biblischem Geschehen häufig nicht in zufriedenstellender Weise gelang, hat die Wirkung der Erzählung beeinträchtigt.

Gelungen ist demgegenüber die Ausformung des Grotesken in der Erzählung *Die Maiwiese*: Ein junger, dem Fortschritt verbundener Prinz gibt, so wie ein bestimmter Tag im Jahr dem Totengedenken gilt, drei Tage im Mai für die Liebe frei. Organisation ist alles. Und so treffen sich die Anhänger und die Gegner der freien Liebe auf der Maiwiese beziehungsweise im angrenzenden Park.

Den Prinzen führt der Fortschritt nicht dazu, die geliebte und ihn liebende Reine zu gewinnen, im Gegenteil: er verliert sie. Die Baronin, eine verbale Anhängerin des Fortschritts, theoretisiert, während ihr Mann sich wegen des Geredes der Leute aus Scham erschießt. Im Februar liegen auf der Maiwiese die kleinen Wesen, die aus dem, was die Menschen immer noch Liebe nennen, entstanden sind. Der Prinz baut ihnen ein Findelhaus.

Moral und Ethik, Natur und Mysterium werden aus den kunstvoll verschlungenen Zusammenhängen völlig ungekünstelt, zwangfrei, wie selbstverständlich erkennbar und lassen die grotesken Züge eines Systems, das sich für Fortschritt hält, aufscheinen. Ricarda Huchs Auseinandersetzung mit der Moderne scheut die ganz konkreten Tatsachen des Lebens nicht und verwandelt sie in kritischer Brechung durch das Mittel der Groteske in Kunst.

Kunterbunt

Der Erste Weltkrieg ist für Ricarda Huch ein Erleben ohne besondere Beziehung zum Geschehen. Am 18. Februar 1915 schreibt sie an ihren Verleger Anton Kippenberg vom Insel-Verlag: »Sie wundern sich wahrscheinlich, daß ich die ganze Zeit gearbeitet habe, während so viele Menschen – auch ohne äußere Notwendigkeit – ganz aus ihrer gewohnten Tätigkeit durch den Krieg herausgerissen sind. Wenn ich ins Feld gehen könnte, würde ich mit Leib und Seele dabei sein; da das nicht möglich ist, lebe ich so weiter wie bisher.«[466]

Und am 15. Februar 1916 meint sie, ebenfalls an Kippenberg gerichtet: »Daß meine Bücher gelesen werden, ist mir eine große Freude, gerade, daß sie in breitere Schichten kommen. Vor allen Dingen wünschte ich, daß das mit meinem Luther-Buch der Fall wäre, das mir wie die Frucht meines Lebens vorkommt, ich hoffe, in acht oder zehn Tagen mit dem Manuskript fertig zu sein und werde es Ihnen dann sofort schicken.«[467]

Die Charakterstudie *Wallenstein,* die 1915 erscheint, und das Schwankende, Unstete, Berechnende und zugleich die tragische Größe dieses Feldherrn des Dreißigjährigen Krieges hervorhebt, ist wie ein warnendes Fragezeichen in der Flut der Kriegsliteratur.

Inzwischen ist der Krieg in ein Stadium eingetreten, in dem die Lebensmittelknappheit sich immer mehr verschärft. Anfangs und auch noch in den ersten Monaten des Jahres 1915 war davon wenig zu spüren. Aber nun werden Einschränkungen bemerkbar, die es schwierig machen, die Diät einzuhalten, die Ricarda braucht, um gesund und leistungsfähig zu bleiben. An Marie Baum, die in der Heimatfürsorge tätig ist, schreibt sie: »Es ist ja jetzt sehr schwer, sich gut zu ernähren, es macht mich manchmal ungeduldig, daß ich so viel Geld und Nachdenken darauf verwenden muß, und doch ohne besonderes Ergebnis.«[468]

Aus diesen Gründen und wohl auch, weil sie nicht mehr hofft, der freundschaftlichen Beziehung zu Heinrich Wölfflin eine tiefere Bedeutung geben zu können, strebt sie danach, in die Schweiz zu gelangen. Auf Grund eines ärztlichen Gutachtens kann sie im Sommer 1916 mit ihrer Tochter ausreisen.

Anfang August erreicht die Freundin in Deutschland, das von der neutralen Schweiz fast ganz abgeschnitten ist, der erste Brief: aus Aeschi bei Spiez im Kanton Bern: »Von hier aus schreibe ich Dir eigentlich als ein ganz anderer Mensch, beinahe so, wie ich vor 25 Jahren war. Ich war kaum einen Tag in der Schweiz, so fiel alles von mir ab, Wunsch, Sorge, Sehnsucht, so vieles, was mir sonst wichtig war, ohne im Grunde wichtig zu sein. ... Auch das Schicksal meines Lutherbuches ist mir nicht mehr so wichtig, es wird wohl seinen Weg machen, wahrscheinlich viel langsamer, als ich erst dachte, und vielleicht auch nur so, daß es auf wenige wirkt, die den Gehalt dann der Menge besser mundgerecht machen.«[469]

Ernst Troeltsch hatte die poetische Einkleidung, die Umrahmung des Luther-Stoffes durch Einführung einer Erzählerin und des angeredeten Freundes beanstandet und für nebensächlich erklärt. Heinrich Bornkamm macht diese Umhüllung mit verantwortlich für die geringe Wahrnehmung des außerordentlichen Buches durch die Fachwelt, also die Theologie.

Ricarda Huch schreibt, diese Details betreffend, an Marie Baum: »Daß Dir die Form spielerisch erscheint, sollte das nicht zum Teil daran liegen, daß Dir eine bestimmte Vorstellung von dem Empfänger vorschwebt? Und ganz richtig ist diese gar nicht, ich könnte wahrhaftig auch sagen, ich hätte an alle diejenigen geschrieben, die so sind. Gebsattel* hat auch gleich bemerkt, der interlocuteur sei der Typus, den ich immer schon dargestellt hätte, zum Beispiel im Confalonieri. Dieser Typus gehört zu meiner Person, das ist ja ganz klar. Soviel ich bis jetzt gehört habe, empfinden manche Leser das Persönliche, das die Briefform ermöglicht, als besonders anziehend. Dies Persönliche würdest Du vermutlich in keinem Fall vermissen, weil Du mich kennst. Jedenfalls, ob Du nun recht hast oder nicht, gehört diese Form zu dem persönlichen Gepräge, ohne das ich ein Buch gar nicht schreiben könnte und ohne das es mich nicht ein bißchen freuen könnte.«[470]

Der Aufenthalt in der Schweiz, der fast zwei Jahre dauert, belebt und ermöglicht auch, Marietta trotz der Kriegszeiten ein wenig Jugendfreude zu vermitteln. Inzwischen siebzehn Jahre alt, wird die Tochter nun, die immer die wichtigste Person in Ricardas Leben war, zu ihrer wichtigsten Gesprächspartnerin. Wie originell und originär die eigene Persönlichkeit der Tochter sich entfaltet, dafür ist *Kunterbunt – Das Notizbuch zweier Weltbürger* ein Beweis. In wechselnden Eintragungen haben hier Mutter und Tochter gleich in der allerersten Zeit des Schweizer Aufenthaltes ihre Beobachtungen niedergeschrieben, zuerst Ricarda:

»Wenn ich bedenke, wie ich seinerzeit ein verständiges Tagebuch eines Reisenden aus der Zeit des Dreißigjährigen

* Prof. Dr. Viktor Freiherr von Gebsattel, Arzt und Psychotherapeut.

Krieges geschätzt hätte, so kommt es mir verdienstlich vor, Notizen niederzuschreiben. Obschon ja heute kein Mangel an Schreiberei und Druckerei ist. Aber es macht nichts, ich bin selbst gespannt, was dabei herauskommt, wenn Busi und ich Land und Leute beobachten. Sie glaubt, sie sähe alles und ich nichts, aber das Wichtigste habe ich doch schließlich immer gesehen, und dann die Gesichtspunkte!«[471]

Was dabei herauskommt, ist neben anderem erst einmal eine Schilderung des Grenzübertritts in Lindau. Konfisziert wurden ein Baedeker, ein Kunstbuch, ein Block Briefpapier und ein leeres Notizbuch. »Die Soldaten verfuhren dabei rücksichtsvoll und artig. Glitten auch mit rücksichtsvollem Verständnis über meine verschiedenen Männer hin, die bei Busis und meinen verschiedenen Namen immer an den Tag kommen.«[472]

Am 5. August 1916 schreibt Marietta ins Tagebuch: »Mima* tut doch nichts lieber, als möglichst oft schriftlich und mündlich zu betonen, wie sie doch der Ruhe pflegt und sich sonnt und ißt usw. Ich wollte nur, daß ich auch einmal etwas davon spürte; ich verspüre aber immer nur gehen, gehen, gehen. Dies soll übrigens keine Beklagung sein, es soll nur zeigen, wie verschieden 2 Menschen eine Sache ansehen können... Mima sagte, sie sei nicht mehr abgläubisch, und ich erklärte das damit, daß sie jetzt allen Aberglauben und alles auf den lieben Gott geworfen hat. Ach, ich wollte, sie hätte ihren lieben Aberglauben wieder, denn was für eine Plage dieser ewige liebe Gott für einen vernünftigen Menschen wie mich ist, kann man gar nicht beschreiben. Zum Unglück lasen wir zuletzt zu Hause noch ›Das Leben der Freifrau von Bunsen aus ihren Briefen‹, und diese Lektüre hat nämlich Mima in ihrem lieben Gott noch bestärkt und gekräftigt. Was diese Frau Bunsen für ein Talent hat, jeden

* Anrede der Tochter für die Mutter.

abgerissenen Knopf und jeden gestopften Strumpf für eine besondere Liebenswürdigkeit Gottes hinzustellen, ist unglaublich. Immer wieder heißt es in ihren Briefen: ›Er, der die Ohrwürmer kriechen, die Tausendfüßler herabfallen, die verlorenen Schlüssel wiederfinden läßt, er wird auch in seiner unendlichen Gnade den nicht vergessen, usw.‹ ganze Seiten werden so angefüllt.«[473]

Ein anderes Mal beschreibt Marietta die Tischgesellschaft im Hotel: Zwei Frankfurter Damen »stellten sich eines Tages als Verehrerinnen von Mima vor, und damit fiel ein Schatten auf unseren Eßtisch. Wir sahen nämlich das kommen, was nie ausbleibt, nämlich daß sich Verehrerinnen oder Hysterische einfinden und sich auf Mima werfen würden. Es kam auch so. An einem Tischchen alleine saß eine sehr schlanke, immer weiß gekleidete, sehr elend aussehende Dame. Sie zog unsre Aufmerksamkeit auf sich, weil sie eine prachtvolle, goldene Kette trug, die Mima durchaus haben wollte, und die meiste Zeit bei Tisch machte ich Mima verschiedene Diebstahlvorschläge. Zuerst sahen wir nur die Kette, dann aber auch die Besitzerin, und Mima sah zu ihrem Schrecken gleich, daß das nur eine spinne(r)te Dichterin sein könnte.«[474]

Noch nicht lange in der Schweiz, sind Mutter und Tochter bereits Anfang September mit Heinrich Wölfflin verabredet, der als Schweizer Bürger in seinem Lande zu Besuch ist. Leider verfehlt man sich, Wölfflin reagiert auf seine Weise – durch eine Postkarte ohne Anrede, wie üblich, ungehalten: »Wenn Sie freilich nicht da sind, ist es schwer Sie zu besuchen H. W.«[475] Da aber der Mißklang auf seine eigene Unachtsamkeit zurückzuführen ist – er suchte im falschen Hotel –, ist er froh, als er endlich auf eine Nachricht antworten kann. Besonders warme, väterliche Worte gelten Marietta. So auch im Brief vom 8. November 1916: »Ich grüße Busi und möchte wohl noch einmal mündlich hören, warum die Herren der Tanzstunde so ganz unmöglich waren. Die Basler werden ihr wieder zu zahm sein und so bleiben wir immer am selben Fleck. Da giebt es nur *ein* Recept: Augen zu und rin in die Chose! (Berlinerisch). Viel Gutes und Liebliches! der Ihrige H. W.«[476]

Im Dezember 1916, sie wohnen bereits in Bern, hält Ricarda Huch drei Vorträge in Zürich und St. Gallen. Der Leiter des Hottinger Lesezirkels, Hans Bodmer in Zürich, hat darum gebeten, und sie denkt zuerst daran, über ›Dichtermütter‹ zu sprechen, aber dann kommen ihr Zweifel, und so schreibt sie an Bodmer: »Augenblicklich habe ich… den Eindruck, als ob der Gegenstand der Zeitlage nicht recht angemessen wäre… Es kommt mir vor, als müßte ich als Deutsche, wenn überhaupt, einen ernsteren, vielmehr der Zeit entsprechendern Gegenstand wählen… Augenblicklich scheint mir, als dürfe ein deutscher Schriftsteller auch nicht den Schein erwecken, als sei er ein bloßer Schöngeist.«[477]

Und so spricht Ricarda Huch am Abend des 4. Dezember 1916 im kleinen Saal der Züricher Tonhalle ›Über den Begriff des Helden‹. Am 14. Dezember schreibt sie an Marie Baum: »…es war mir schrecklich aufregend, denn die Leute hatten sich so gefreut und wurden ganz enttäuscht, ich kann Dir schriftlich nicht so erklären, warum. Aber im Ganzen war es ihnen zu ›kriegerisch‹, weil ich von der Idee ausging, daß der Held sich im Kampfe entwickle usw. Es hätte fast einen Skandal gegeben. Und ich war umso mehr erschreckt über den Erfolg, je mehr ich ganz ahnungslos war.«[478]

Sie habe gemerkt, daß eine Seite ihres Wesens sehr für den Kampf geschaffen sei. Die andere sei aber froh gewesen, wieder in der Ruhe untergetaucht zu sein, und ihre Nerven hätten schrecklich gelitten, womit sie ihr körperliches Leiden anspricht, das sie in die Schweiz geführt hat. Daß in der St. Galler Zeitung stand, sie habe vom Krieg gesprochen, wie ein Feldmarschall das nicht besser könnte, hat sie amüsiert.

Die sozialdemokratische Zeitung ›Volksrecht‹ in Zürich hatte allerdings schon am 7. Dezember deutlich gemacht, was sie von solchen Reden hielt: »Ricarda Huch ist eine berühmte Schriftstellerin. Man konnte von ihr eine interessante Untersuchung über den Heldenbegriff erwarten. Statt dessen wurden dem zahlreich herbeigeströmten Publikum die Generäle Blücher und Yorck, dann Bismarck und nebenbei auch noch Wilhelm Tell als die Inbegriffe des Helden vorgestellt. Und zwar wohlverstanden des germanischen Helden. Es gehört nämlich Krieg dazu, um den Helden zu bilden, und ein ewiger Friede wäre schon deswegen etwas tief Bedauerliches, weil die Helden dabei aussterben müßten. Warum ist nun Blücher ein Held? Zur Beantwortung dieser Frage brauchte die Rednerin beinahe eine Stunde, um herauszufinden, daß es eigentlich deswegen sei, weil er Erfolg hatte. Denn dadurch zeigte er sich als Werkzeug Gottes. Und weil er sich unbewußt als Werkzeug Gottes fühlt, ist er voll Selbstvertrauen, Siegeszuversicht, Heiterkeit des Gemüts, energisch usw. [...]. Es war bedrückend, von einer Frau diese Weisheit zu hören. Zur Ehre des Zürcher Publikums sei gesagt, daß es den Vortrag ziemlich kühl aufnahm.«[479]

Heinrich Wölfflins Kommentar zu Ricarda Huchs Bericht fällt, wie immer, als eine Mischung von Esprit und Ironie aus, wobei die Ironie die Zürcher genauso trifft wie die Briefpartnerin und Rednerin:

»Und die Vorträge in Zürich waren also aufregend, trotzdem Sie ›die Züricher Duse‹ heißen und dieser Artikel rar ist und die Limmat-Athener [Züricher] so ruhmgierig sind, daß sie freiwillig nicht loslassen. Wie ist das zu erklären? Aber natürlich: Wenn Sie berühmt sind, so dürfen Ihnen die Feinde nicht fehlen, ja, es dürfte der Attentäter nicht fehlen, damit erst treten Sie in die Reihe der Großen. Mit diesem Wunsche – –

der Ihrige. H. W.«[480]

Im selben Brief bedankt sich Wölfflin für das Weihnachtsgeschenk, eine Ansicht des Ligurischen Meeres, die durchaus seinen sachverständigen Beifall findet, und fährt fort: »Ich nehme das Geschenk nach Vorschrift als eine Auszeichnung, allerdings weiß ich nicht, ob ich von Ihnen oder von Busi ausgezeichnet worden bin.«[481] Auf eine Bemerkung Ricarda Huchs eingehend, schreibt Wölfflin weiter: »Daß Ihnen Basel und der Steinenring [Wohnung von Elisabeth Wölfflin] einen angenehmen Eindruck gemacht haben, ist mir ebenso unerwartet wie erfreulich, noch unerwarteter freilich, daß ich mit Greco verwandt sein soll, wenn auch nur zur linken Hand. Na, hören Sie!!«[482]

Im März des darauffolgenden Jahres – 1917 – hält sie noch einen Vortrag in Winterthur, mit ähnlichem Ergebnis wie in Zürich und St. Gallen. Von da an hat sie nur noch aus besonderem Anlaß öffentlich gesprochen. Lesungen aus ihren Werken lehnt sie grundsätzlich ab.

Im Mai 1917 erkrankt Ricarda Huch schwer an Störungen, die auf ihr jahrelanges Leiden zurückgehen. Es scheint aber noch eine Infektion hinzugekommen zu sein, denn auch ihre Tochter ist von den gleichen Symptomen betroffen. Da schreibt Ricarda in tiefer Depression an Elisabeth Wölfflin: »O Gott, das einzige, was ich noch wünschen kann, ist, daß wir zusammen sterben. Können Sie mir irgendetwas raten? Ich habe so Angst vor dem Alleinsein.«[483] Elisabeth Wölfflin fährt daraufhin nach Bern und sorgt für die notwendige fachärtzliche Behandlung und geeignete Pflege.

Am 18. Juni berichtet Ricarda, daß sie liegen müsse, sich faul vorkomme, als ob sie nun ihr rastloses Arbeiten in den letzten zwanzig Jahren ausgleichen müsse. Sie ist dankbar für die geleistete Hilfe: nun geschehe doch wenigstens etwas. Der Arzt allerdings ist ihr merkwürdig. Der Chefarzt sei ihm anzumerken, der eben gewöhnt sei, an vielen Krankenbetten vorüberzusausen. Bei ihr habe er in der Eile »eine herumspazierende Niere« und bedenkliche Augensymptome konstatiert, meine aber von letzteren, es seien wohl nur Ermüdungserscheinungen, und er hoffe, sie wäre noch zu retten.[484]

Mit eigenem Humor schildert Marietta Ceconi in ihrem Brief vom 26. Juni 1917 an Elisabeth Wölfflin den Fortgang. Die Siebzehnjährige berichtet, daß sie am Vortag ihre Mutter ins Spital begleitet habe. »Am Abend machte ich Mima noch ein Besüchlein und kam gerade dazu, wie sie ihrem Arzt erklärte, er sei der Kerkermeister und sein Haus schlimmer als ein Gefängnis. Es machte mir auch Spaß zu sehen, mit welcher Liebenswürdigkeit er Mima bat, doch eine Pille zu schlucken.«[485]

Das Jahr 1918 zeichnet sich als Schicksalsjahr ab. Ricarda Huch will in Deutschland sein, wenn das Schreckliche, die Niederlage, eintritt. Heinrich Wölfflin schreibt am 22. März 1918 auf seine Art eine freudige Reaktion nieder, ihre Abwesenheit sei ein täglich empfundener Mangel, »etwas Ungehöriges«. Ihre Rückkehr werde für München gleichbedeutend sein »mit der Füllung einer Zahnlücke«.[486]

Bevor sie die Reise nach Deutschland antreten, können sie noch Ermanno Ceconi treffen, und damit stellt sich die durch den Krieg unterbrochene regelmäßige Verbindung zwischen den drei zusammengehörenden Menschen wieder her.

Anfang Oktober 1918 kehren Ricarda Huch und Marietta Ceconi nach Deutschland zurück, in ihrer Begleitung Elsbeth Merz, die Tochter des Berner Regierungsrates Leo Merz und seiner Frau Frieda, mit denen sie Freundschaft geschlossen haben. Elsbeth wird bei ihnen leben und ihr erstes Semester in München studieren.

Wieder fahren sie über den Bodensee, treffen in Lindau auf dunkle, verwahrloste Straßen und leere Schaufenster. In

München ist die Wohnung, die an einen Pensionsinhaber vermietet war, in schlechtem Zustand. Ein großer Teil der Möbel und der Wäsche fehlt und ist nicht zu ersetzen. Die Kriegsfolgen zeigen sich jetzt von der schärfsten Seite für die Zivilbevölkerung. Ricarda ist sich bewußt, daß sie noch einmal, mitten im Kriege, in der Schweiz einen Glückstrunk aus dem Lebensbecher tun durfte.

Tief erschüttert sie der militärische, mehr noch der moralische Zerfall: »...wenn etwas Lebendiges, Großes untergeht – selbst wenn sein Leben und seine Größe weit zurückliegen –, sollte man Ehrfurcht vor dem Tragischen empfinden, und dieser Mangel an Ehrfurcht verletzt mich hier so sehr. Ich empfinde nur wieder, daß ich hier alleine stehe.

Alles, was jetzt untergeht, mußte zweifelsohne untergehen, und es ist gut, daß etwas Neues kommt; das hindert aber nicht, daß dies alles furchtbar schmerzlich ist.«[487]

An einem kalten, grauen Tag stehen Ricarda, Marietta und Elsbeth mit vielen anderen in der Leopoldstraße und sehen die geschlagenen Truppen heimkehren. »Die Gesichter waren stumpf und finster, es war ein jammervoller Anblick. Wenn ich vorher nicht tief durch den Krieg berührt worden war«, schreibt Ricarda Huch, »erlebte ich ihn jetzt als bitterste Qual.«[488]

Das neue Deutschland

In Wilhelmshaven und dann in Kiel haben die Matrosen gemeutert. In München bildet sich am 8. November 1918 unter Führung von Kurt Eisner der provisorische Rat der Arbeiter, Soldaten und Bauern. Einen Tag später dankt Kaiser Wilhelm II. ab und geht ins Exil nach Holland. Prinz

Max von Baden, der letzte kaiserliche Reichskanzler, übergibt die Regierungsgeschäfte an Friedrich Ebert, den Vorsitzenden des Rates der Volksbeauftragten, mit den Worten: »Ich lege Ihnen das Deutsche Reich ans Herz.« »Ich habe zwei Söhne für dieses Reich verloren«, antwortet Ebert.

Philipp Scheidemann ruft die Republik aus, kurz bevor Karl Liebknecht die sozialistische Republik proklamiert.

Am 11. November wird der Waffenstillstand im Walde von Compiègne unterzeichnet. Der Rat der Volksbeauftragten beschließt die Wahl zur Nationalversammlung, an der alle über zwanzig Jahre alten deutschen Staatsbürger teilnehmen können. Damit ist das Frauenwahlrecht eingeführt.

Angesichts der allgemeinen politischen Verwirrung schreibt die befreundete Martha Friedländer an Ricarda Huch:

»Liebe Ricarda, Sie wären berufen, um den Frauen bei diesem allseitigen Sturm die Stimme zu geben! Schreiben Sie etwas, das als Petition an die Regierung geht, als Weckruf in den Zeitungen aller größeren Städte steht, als Flugblatt verbreitet wird... denn alles lechzt ja danach, durch ein starkes, fruchtbares Wort zu dem Wesentlichen geführt zu werden...«[489]

Unter dem Titel »Wahrung nationaler Würde« erscheint dieser Aufruf am 21. Dezember 1918 in der Berliner ›Täglichen Rundschau‹. Es heißt darin: »Wir haben nur zwei Möglichkeiten: verzichten wir auf unsere Selbständigkeit und geben wir uns selbst dem Feinde preis, oder aber bewahren wir unseren Stolz, den wir auch als besiegtes Volk noch haben dürfen, und vor allen Dingen, suchen wir durch Einigkeit uns kräftig zu machen.«[490]

Thomas Mann kommentiert: »Würdiger Aufruf Rikarda Huchs gegen die deutsche Würdelosigkeit in der T. R.«[491]

Die Aufrufe, die dringenden, drängenden Forderungen häufen sich. In dem ausgehungerten, zerrissenen Volk wird

Aktivität als Schlüssel zur Rettung aus der nationalen Not angesehen.

Ricarda Huch tritt am 14. November 1918 in den Rat geistiger Arbeiter ein, der nach dem Muster der Arbeiter- und Soldatenräte, von Berlin ausgehend, in verschiedenen Städten gegründet worden ist. Knapp drei Wochen später tritt sie wieder aus, »weil man ganz unpolitisch sein will, nur den Zweck der Wahrung der Berufsinteressen hat«.[492] Sie kündigt an, daß sie der Deutschen Volkspartei, einer liberalen Gruppierung, beitreten wolle. Es ist unklar, ob das geschehen ist. Nachweisbar aber ist, daß sie sich um die Kandidatur für die Wahl zur Nationalversammlung im Wahlkreis 19 Provinz Hessen-Nassau für die Deutsche Demokratische Partei (DDP) von Friedrich Naumann bewirbt, aber unterliegt.

In diese Partei ist Marie Baum eingetreten, die zu dieser Zeit zusammen mit Gertrud Bäumer, der Vorsitzenden des Bundes deutscher Frauenvereine, die Soziale Frauenschule in Hamburg leitet. Gertrud Bäumer wird nach Naumanns frühem Tod 1919 als Vordenkerin der Liberalen der Partei die geistige Substanz geben, unterstützt von Theodor Heuss. Sie wird Ministerialrätin für das Schulwesen und ist später auch als Völkerbundsdelegierte in Genf tätig. Jetzt ist sie mit Marie Baum und anderen Repräsentantinnen der deutschen Frauenbewegung in die Nationalversammlung gewählt worden, so wie sie bis 1932 dem Reichstag angehören wird.

Schon bald erscheint Ricarda Huch die Art, wie die neue Regierung und die Nationalversammlung ihre Aufgaben wahrnehmen, als der Situation nicht angemessen. Als durch Streiks die Sozialisierung des Bergbaus in Mitteldeutschland gefordert wird, schreibt sie am 6. März 1919 an die Freundin: »Du schreibst selbst, es brennt an allen Ecken, ihr, die Nationalversammlung, die Reichsregierung, ...

[seid] vom Verkehr abgeschnitten, und dann willst Du auf die ›psychologischen Ursachen‹ des Streiks eingehen. Gewiß, das kann man, und daß man Hand an die Sozialisierung legt, ist natürlich auch recht, aber zuerst muß eine Regierung sich Respekt und Gehorsam verschaffen, sonst ist sie garkeine… ich finde, daß Du immer das wesentlich Männliche, die Kraft, den Ehrgeiz, die Herrschfähigkeit unterschätzt hast, sie sind aber geradeso göttlich und wichtig wie die Güte.«[493]

Für Ricarda Huch wird die Zeit nach dem Ersten Weltkrieg zum Gipfelpunkt ihres Wirkens im öffentlichen Leben. Die Jugend, erfüllt von Liebe und Leidenschaft, die in das Frühwerk einfließen und ihm seinen mitreißenden, unverwechselbaren Schwung geben, die Lebensmitte mit der Hinwendung zur religiösen Einkehr, zur historischen Schau und zur großen Einzelpersönlichkeit, sind Stufen auf dem Weg zur handelnden Tat, zum Wirken nach außen. Nicht den denkenden, betrachtenden, sondern den handelnden Menschen stellt die Frau, die in kühnem Geistesflug ein monumentales Werk schafft, am höchsten. Von nun an wird sie Schreiben, und das heißt ja auch Denken und Gestalten, mehr denn je mit bewußtem Wirken nach außen verbinden, und immer, ob schreibend, ob denkend, ob tätig handelnd, steht für sie der Mensch im Mittelpunkt.

In München wird am 21. Februar 1919 Kurt Eisner ermordet, der kommunistische Ministerpräsident. Schließlich stellt sich die bayrische Räterepublik vom 7. April 1919 der von den Kommunisten ausgerufenen gegenüber. Regierungstruppen beenden am 2. Mai diese Wirren. Nun kommt es zu Exekutionen, denen neben anderen der Kommunist Eugen Leviné zum Opfer fällt. Die Schriftsteller Erich Mühsam und Ernst Toller werden zu Haftstrafen verurteilt.

Ricarda Huch ist überzeugt davon, daß das, was am Sozialismus sinnvoll und beachtenswert ist, eine Zukunftschance hat, und zwar der alten Idee folgend, die im Römischen Reich Deutscher Nation schon einmal Gestalt gewann: durch Selbstverwaltung und genossenschaftliche Gliederung. *Romantischer Sozialismus* ist ein Buch von Siegmund Rubinstein betitelt, das sie 1921 in der ›Vossischen Zeitung‹ unter dieser Überschrift positiv bespricht.

Am Tag der Ermordung Kurt Eisners überredet Ricarda Huch ihre Tochter zu einem Spaziergang, um zu sehen, wie die Stimmung ist, und wenn möglich ein Stück Kaninchenfleisch zu kaufen, außerdem eine goldene Uhrkette, damit kommende Zeiten mit Hilfe eines wertbeständigen Schmuckstücks bestanden werden können. Aber die unheimliche Atmosphäre erschreckt: »Nach fünf Minuten kehrten wir ohne Kaninchen und ohne Uhrkette um... Die Ahnung drängte sich uns auf, daß die Kugel, die Eisner traf, eine neue Epoche der Revolution eingeleitet hatte.«[494] Wieder berichtet Ricarda an Marie Baum: »...um uns persönlich habe ich ja nicht einen Augenblick Angst gehabt, dazu war ja auch keine Ursache, weder unter der roten noch unter der weißen Herrschaft. Aber das übrige, das Schreckliche einer solchen Exekution, die doch notwendig ist. Am empfindlichsten ist mir eigentlich die Überzeugungslosigkeit der hiesigen Bevölkerung, sie machen alles mit, spielen mit allem, nur Ernst und Festigkeit ist ihnen unleidlich. Mir hat das Preußische jetzt sehr wohlgetan – obwohl die Hetzjagd auf Menschen ja immer qualvoll mitanzusehen ist.«[495]

Zur »Schicksalsgemeinschaft mit dem arbeitenden Volke« ruft ein am selben Tag in den ›Münchner Neuesten Nachrichten‹ erschienener Appell auf, den Ricarda Huch zusammen mit Erich von Kahler, Rudolf Kassner, Heinrich und Thomas Mann, Emil Preetorius, Rainer Maria Rilke, Fritz Strich und anderen unterzeichnet hat.

Am 11. Juni 1919 steht ihr Name unter einem weiteren

Aufruf, ebenfalls in den ›Münchner Neuesten Nachrichten‹, in dem sie mit Thomas Mann und anderen ›Persönlichkeiten des öffentlichen Lebens‹ eine »Amnestie für alle diejenigen, die Gewalt weder gepredigt haben, noch Gewalttaten sich selbst haben zuschulden kommen lassen« fordert.[496]

Im Juli 1919 ist sie mit ihrer Tochter in der Schweiz, um Ermanno Ceconi zu treffen. Dort erhält sie die Nachricht von der Unterzeichnung des Versailler Vertrages, den sie leidenschaftlich ablehnt als gegen die Ehre des deutschen Volkes gerichtet und zu seiner Demütigung gedacht. Am 28. Juli schreibt sie an Marie Baum: »Die Unterzeichnung des Friedens hat einen furchtbaren Eindruck auf mich gemacht, ich konnte mich nicht recht davon erholen.«[497] Die Freundin hat als Abgeordnete der Nationalversammlung gegen die unter Protest erfolgte Unterschrift Stellung genommen.

Die Hinwendung zur aktuellen Politik kann nicht im gleichen Maße wie in den ersten Jahren nach dem Kriege weitergeführt werden, aber sie hinterläßt unverkennbare Spuren: Die auf Ästhetik, auf das große Gefühl der Liebe und Leidenschaft gerichtete Weltanschauung hat ihre Gewalt vollends verloren. Aber der Zauber geistig und seelisch bewegten Lebensgefühls bleibt und gestaltet mit, was in dieser Zeit als Dichtung entsteht, als Leben sich entfaltet.

Stein – der Erwecker des Reichsgedankens heißt das Buch, das 1925 erscheint und den Gedanken der Selbstverwaltung als Quelle eines starken Gemeinschaftsgefühls neu aufleben lassen will. Zwei Jahre zuvor hat sie bereits dem russischen Anarchisten Michael Bakunin eine Charakterstudie gewidmet: *Michael Bakunin und die Anarchie*. Zur Verwunderung vieler tritt hier die als konservativ eingeschätzte Dichterin auf die Seite eines so ganz anders gerichteten Geistes. Es kann kein Zweifel daran bestehen, daß es die Persönlichkeit ist, die sie bezaubert – fest, sicher, leidenschaftlich, überzeugend. Während man ihr einerseits vorwirft, sie habe den Anarchisten Bakunin in einen religiösen Menschen verwandelt[498], ist das gerade für den Anarchisten Erich Mühsam ungewöhnlich anziehend. Er schreibt an Ricarda Huch, deren Buch er während seiner Haft gelesen hat, am 28. September 1924, ein Vierteljahr vor seiner Entlassung aus dem Gefängnis: »Ihr Buch hat mir einen unbeschreiblichen Eindruck gemacht. Nicht weil ich darüber viel Neues über Bakunin entnehmen konnte – im Gegenteil: grad, weil das, was ich von diesem Geist, von dieser Kraft weiß, hier einmal ganz menschlich, ganz natürlich und tief verstehend bestätigt wird. Daß Sie bei dem fanatischen Atheisten die heilige Religiosität als Grundcharakter [erkenn]en, daß Sie das scheinbar Widerspruchsvolle in seinem Tun und Lassen überall aus der großen reichen Menschlichkeit zu erklären wissen, daß Sie – und dies ist mir so wundervoll begegnet – zur Kennzeichnung dessen, was Ihnen selber zu revolutionärem Denken und zu sozialen Kämpfen zu sagen Bedürfnis war, ein Lebensbild grad Michael Bakunins entwarfen, und so liebevoll, so zart, so menschlich schön und gerecht ausführten –, dies alles hat mir das Bedürfnis, Ihnen zu danken unabweisbar gemacht.«[499]

Die Lebensverhältnisse in dieser Nachkriegszeit bessern sich nur langsam, die Wohnungsnot ist drückend, auch Heinrich Wölfflin muß damit rechnen, Untermieter aufzunehmen. Er schreibt Mitte November 1918 an Ricarda Huch: »Ich stehe unter dem Eindruck der Nachricht unmittelbar bevorstehender Einquartierung. Wie könnte ich meine Zimmer anständig füllen? Sie müssen ein Mädchenpensionat errichten und zu mir übersiedeln.«[500]

Am 21. Februar 1920 geht folgende Beschreibung nach Padua, wo Ricarda und Marietta Ermanno Ceconi besuchen: »Man prophezeit eine gewaltige Teuerung für den Frühsommer und in Zusammenhang damit Revolten: auch geht die Wohnungscommission wieder um und hat auch mir mit weiterer Zwangseinquartierung gedroht. Außerdem steigert sich das Wohnen auf 2-3 000 Mark mehr pro Etage, weil wir Mieter die Heizung und das warme Wasser übernehmen sollen. Kurzum, man fände schon Gründe, den Wegzug aus München wünschbar zu finden. Allein ich glaube, bevor nicht Mord und Plünderung die Straßen erfüllt, werde ich nicht aufhören, die Stadt lieblich zu finden.«[501] Und am 19. März meldet Wölfflin nach Padua, daß seit acht Tagen einem Buchdruckerstreik die Zeitungen zum Opfer fallen. Das habe zwar gewisse Vorteile, sei aber auf die Dauer doch schwer erträglich. Er werde also wohl am Abend zum ersten Mal einen öffentlichen Vortrag vor leeren Bänken halten müssen.

Im Jahr 1924 feiert Ricarda Huch ihren sechzigsten Geburtstag, und sie wird gefeiert. Kurz zuvor ist Heinrich Wölfflin einem Ruf an die Universität Zürich gefolgt.

Die Stadt München verleiht der Dichterin die akademische Ehrenbürgerwürde. Eine Straße wird nach ihr benannt. Am Abend findet im Münchner Kaufmannskasino mit geladenen Gästen eine halbprivate Feier in Anwesenheit von Bürgermeister Hans Küfner statt. Der Literaturwissenschaftler Fritz Strich, der zu Ricardas Freundeskreis gehört, hält die Festansprache.

Ricarda Huch bedankt sich mit einem Lob der Freundschaft: »Auf jeder Stufe meines Lebens ist mir immer wieder Freundschaft entgegengetreten, und das war jedesmal so, als ob die Kette meines Lebens sich durch ein neues Kleinod bereicherte... Vom neunten Jahre an sind Freunde neben mir hergegangen, erquickend, belebend, beglückend und das Leben verklärend. In der ersten Münchner Zeit, wenn wir manchmal gar kein Geld hatten, dann waren

Freunde bereit, die zehn oder hundert Mark vorzustrecken, bis der neue Roman fertig war oder – ein paar Zähne gezogen waren. Auf das Gedenken aller Freunde, der alten und neuen!«[502]

Im Chor der Verehrung ist die Stimme Thomas Manns die wohl gewichtigste. Seinen Glückwunsch in der ›Frankfurter Zeitung‹ und der ›Prager Presse‹ vom 18. Juli 1924 leitet er mit den Sätzen ein: »Dies sollte ein Deutscher Frauentag sein, und mehr als ein deutscher. Denn nicht nur die erste Frau Deutschlands ist es, die man zu feiern hat, es ist wahrscheinlich heute die erste Europas.« Thomas Mann ist sich sicher, es sei zu vermuten, »daß sie in ihrem, unserem Lande, wo, zum Teil, von Kunst und Schöpfertum äußerst kritisierbare Vorstellungen verbreitet sind, zutraulicher verehrt werden würde, wenn sie dümmer wäre, wenn sie als reine Dichterin und Geschöpf des Unbewußten sich einfältig darstellte, statt zu sein, was sie außerdem, in einem damit, unzertrennbar gleichzeitig ist: eine wunderbar artikulierte Herrscherin im Reich des Bewußten, eine Mehrerin dieses Reiches, eine große Schriftstellerin.«

Und nachdem Thomas Mann einigen seiner Lieblingsgedanken nachgegangen ist, Bewußtheit und Unbewußtheit einander gegenüberstellend, den vermeintlichen Gegensatz von Dichtertum und Schriftstellertum betreffend, und Ricarda Huchs Werk über die Romantik, aber nur dies, ausführlich zitiert, schließt er mit den Sätzen: »Wir mußten hoch steigen, bis dorthin, wo die zu Feiernde wohnt, um unsrer Glückwünsche auf leidlich sinnvolle Art ledig zu werden. Der erleuchteten Schöpferin, der großen deutschen Schriftstellerin seien sie in durchdachter Ehrerbietung dargebracht.«[503]

Am 20. März 1926 heiratet Marietta Ceconi den Juristen Franz Böhm.[502a] Ricarda Huch und ihre Tochter lernten Luise Böhm, die Witwe des früheren badischen Kultusministers, und ihren Sohn auf Schloß Elmau kennen, wo sie mehrfach in den zwanziger Jahren zur Erholung waren. Ermanno Ceconi kommt schon ein paar Tage vor der Hochzeit. Viele Vorbereitungen müssen getroffen werden, zahlreiche Gäste sind geladen. Wie anders diese Hochzeit als die der Eltern einst in Wien – ohne nähere Freunde, fern ihrer Familien. Das Einsamkeits- und Wehmutsgefühl, das Abschied bedeutet, überkommt Ricarda aber erst, als die Gäste wieder fort sind und Mariettas singende Stimme nicht mehr den Tag durchtönt.

Zu sehr hab ich das Herz geliebt,
Das wie ein Blumenstrauß
Mich stets erfreut, mich nie betrübt,
Mein Freudenstrahl im Haus.[502b]

Hilfreich ist fürs erste, daß sie ein neues Buch vorbereitet und dafür erst einmal auf Reisen gehen muß – im Sommer 1926: »...ich möchte ein Buch schreiben«, vertraut sie Marie Baum an, »das ein Bild von Deutschland gäbe, die Schönheit seiner Städte, seiner Dörfer, seiner Landschaft, daran anknüpfend geschichtliche Erinnerungen, sagenhafte Anklänge usw. ... Wie wäre es, wenn wir zusammen auf diese Wanderung durch Deutschland gingen?«[504] So entstehen in Begleitung der Freundin oder der Tochter, die Grundlagenskizzen für die *Lebensbilder deutscher Städte Im Alten Reich*. Über Stralsund heißt es darin:

»Meerstadt ist Stralsund, vom Meer erzeugt, dem Meere ähnlich. Auf das Meer ist sie bezogen in ihrer Erscheinung und in ihrer Geschichte. Ihre stillen grauen Straßen durchwandernd hört man plötzlich seine Löwenstimme, sieht man seine Schlangenhaut blitzen.«[505]

»Die Stralsunder richteten sich auf der Insel ein wie auf einem Schiff, dessen Masten die Kirchtürme waren, überragend hoch, weit sichtbar in der Wildnis des Meeres.«[506]

»Rechtwinklig zu den Türmen, die Querwand des Marktes bildend, der wie ein geschlossener Saal wirkt, zieht sich die Front des Rathauses hin. ... Über dem ersten Stockwerk, das von einem spitzbogigen Gewölbe getragen wird, erhebt sich eine hohe Bekrönung, die nur der Augenweide dient, ein Überschwang des Stolzes und der Lust, welcher für die regierende Aristokratie charakteristisch ist. Sechs hohe Ziergiebel, von sechs spitzen Türmchen getrennt und umgeben, steigen über dem eigentlichen Gebäude auf, gegliedert durch drei Reihen schmaler gotischer Fenster, von denen je zwei durch einen Rundbogen verbunden sind. Dies durchbrochene Diadem gibt nicht nur dem Rathaus, sondern dem ganzen Platz einen phantastischen Reiz. Seine Unbeweglichkeit steht im Gegensatz zum Licht, das hindurchflimmert, seine Zwecklosigkeit an einer Stelle, wo man mehr Zweck erwartet, gibt ihm etwas Traumhaftes.«[507]

Noch ahnt niemand, daß in weniger als zwanzig Jahren weite Teile Deutschlands in Trümmer sinken. Die Schönheit von Ricarda Huchs Geburtsstadt Braunschweig wird vernichtet, Stralsunds himmelwärts strebende Türme stürzen. Die Hauptstadt Berlin wird zum gespenstischen Mauergerippe, das glanzvolle Dresden eine Steinwüste. Der dritte Große Krieg, der fünfte im Leben Ricarda Huchs, wird das Deutschland, das die Dichterin liebevoll, kenntnisreich und kunstvoll beschreibt, weithin vernichten.

Am 27. Oktober 1926 wählen die Gründungsmitglieder der neu errichteten Abteilung für Dichtkunst an der Preußischen Akademie der Künste in Berlin neben sechs Berliner Autoren achtzehn auswärtige Schriftsteller zu Mitgliedern, darunter Ricarda Huch. Zwar lehnt sie ab, aber Thomas Mann gelingt es, sie umzustimmen. Sie ist die einzige Frau, die für würdig befunden wird, dieser unzweifelhaft hohen Ehre der Mitgliedschaft in der wichtigsten Akademie Deutschlands teilhaftig zu sein. Thomas Mann hat, wie er am 14. November 1926 an Hugo von Hofmannsthal schreibt, Ricarda Huch seiner Meinung nach dadurch zur Änderung ihrer ablehnenden Haltung bestimmt, daß er argumentierte, Ablehnung könne als Demonstration gegen den neuen deutschen Staat, wenn nicht ausgelegt, so doch ausgenutzt werden. Bei Hofmannsthal ist er damit allerdings weniger erfolgreich: Dieser bleibt bei seiner Ablehnung.

1927 zieht Ricarda Huch von München zu ihrer Tochter und ihrem Schwiegersohn nach Berlin. Es fällt ihr nicht leicht, die Stadt, das Haus in der Kaulbachstraße zu verlassen, wo sie, wie sie schreibt, »sechzehn Jahre glücklich war, mindestens zwölf Jahre vollkommen glücklich... Es ist genug, das gehabt zu haben, ich sehe das ein, es ist aber doch schwer, sich davon zu trennen. Es hängt natürlich nicht am Hause, aber dies Haus war das Symbol davon.«[508]

Sie gibt mit München viel auf: den anregenden Freundeskreis, zu dem im Laufe der Jahre Clara Rilke-Westhoff, die eine Büste Ricardas gestaltete, ebenso gehörte, wie der Übersetzer Hans Feist, der in den zwanziger Jahren fast täglich in der Kaulbachstraße vorbeischaute. 1939 emigriert er mit Ricarda Huchs Hilfe in die Schweiz. Emil Preetorius, der Graphiker und Kunstschriftsteller, gehört zu diesem

Freundeskreis wie der Augenarzt Fritz Salzer seit der Jahrhundertwende und der Literaturhistoriker Fritz Strich. Auch ihm hat Ricarda Huch Anfang der dreißiger Jahre in der Schweiz Berufung und Aufenthalt erwirken können.

In Berlin kann sie die auf der Elmau geschlossene Freundschaft mit Adolf von Harnack und dessen Familie erneuern. Harnack gehört als Theologe, Direktor der Preußischen Staatsbibliothek und Gründer der Kaiser-Wilhelm-Gesellschaft zur Förderung der Wissenschaft (heutige Max-Planck-Gesellschaft) zu den einflußreichsten Persönlichkeiten des Kulturlebens im Kaiserreich wie in der Weimarer Republik. Sie lernt Käthe Kollwitz kennen und wird zu den berühmten Frühstücken der Kathinka von Kardoff-Oheimb eingeladen anläßlich der Tagung der Internationalen Vereinigung für das Frauenstimmrecht (heute IAW) im Juni 1929.

Ricarda Huch hat für die ›Frauenfrage‹, wie die Emanzipationsbewegung der Frauen damals bezeichnet wird, speziell nur wenig Interesse aufgebracht. Aber in weiterem Zusammenhang mit historischen, insbesondere auch geistesgeschichtlichen Prozessen ist sie ihr durchaus wichtig. Dabei wechselt ihre Einstellung, was auch mit ihrem jeweiligen weltanschaulichen Standpunkt zu tun hat: Am 20. Oktober 1902 spricht sie vor dem ›Verein für erweiterte Frauenbildung‹ in Wien über den »Einfluß von Studium und Beruf auf die Persönlichkeit der Frau« und erhält viel Beifall. Sie wiederholt den Vortrag im Dezember 1902 vor dem Münchner ›Verein für Fraueninteressen‹, dessen Mitglied sie ist. Die Wiener ›Arbeiter-Zeitung‹ schreibt von einer »anmutigen Plauderei der Dichterin«.[509] Zu dieser Zeit befürwortet sie durchaus eine Verbindung von Beruf und Ehe. Sie ist nicht nur selbst eine akademisch gebildete Frau, sie ist auch mit vielen berufstätigen Frauen befreundet. Daß sie sich 1918 gegen das gerade eingeführte Frauenstimmrecht ausspricht, aber da es nun einmal da sei, das beste daraus zu machen empfiehlt, hat mit ihrer Auffassung der geschlechtsspezifischen Rollen von Mann und Frau zu tun. In ihrem Buch über die Romantik sind ihr dagegen Mann und Frau jeweils androgyn bestimmt: der Mann auch mit einer weiblichen Hälfte ausgestattet, die Frau dementsprechend auch mit einer männlichen. So kann der Mann durchaus empfindsam, die Frau organisatorisch begabt sein, Herrscherbegabung besitzen. Im Durchschnitt seien solche Neigungen aber nicht so ausgeprägt, vielmehr sei der Mann überwiegend tätig, handelnd, die Frau mehr passiver Natur, was auch auf ihrer biologischen Beschaffenheit und Aufgabe beruhe. So falle dem Mann wesentlich die aktive Rolle, der Frau mehr die zurückgezogene Haltung zu. Wo aber die Männer die Fähigkeit zur Aktivität, zum Handeln eingebüßt hätten, ginge diese Rolle weitgehend an die Frauen über. Wie so oft in ihren geschichtlichen Exkursen, bedauert Ricarda Huch in ihrem Aufsatz »Gedanken über das Frauenstimmrecht« in der ›Neuen Freien Presse‹ vom 29. Dezember 1918 die historischen Veränderungen, die zur teilweisen Aufhebung der Polarität von Mann und Frau geführt hätten, ohne die Frau dafür verantwortlich zu machen. Die Quintessenz ihrer Gedanken hat sie am Schluß formuliert: »Möchten die Frauen weniger auf den Mann schwören und sein Wesen und seine Einrichtungen nachahmen, dagegen mehr aus sich selbst schöpfen, damit die Schlagkraft des gesunden Menschenverstandes wieder mehr zur Geltung komme.«[510]

Die in dem Buch *Der Sinn der Heiligen Schrift* enthaltene Passage über die Frauenemanzipation, die »Menschensatzung« sei und damit das Übel nur vermehre, statt es zu beheben, entspringt offensichtlich dem Wunsch, die angenommene göttliche Ordnung mit dem Mann als Familienvater an der Spitze, die Frau und Mutter, etwas nachgeordnet, ihm zur Seite, Kinder und Gesinde deutlich darunter, wieder herzustellen. Ricarda Huch empfindet diese Ordnung als natürlich, kraftgebunden, wobei Kraft als schöpferisch ordnende Macht verstanden wird. Da dieser Zustand nicht wiederherstellbar sein dürfte, sind für sie Frauen in Männerberufen, wie man sie damals definiert, schädlich, da sie die Verfallserscheinungen noch bestärken und beschleunigen. Ricarda Huch ist in dieser Auffassung noch durch die Schriften von Jeremias Gotthelf bestärkt worden, die sie zu einem Essay über diesen Schweizer Autor veranlassen. Dies aber ist die Auffassung der älteren Ricarda Huch. In jungen Jahren tendierte sie durchaus in die Richtung emanzipatorischer Prozesse, und das Frauenstudium hat sie ihr Leben lang befürwortet. Auch ihre erwähnte Mitgliedschaft in der in München 1894 gegründeten ›Gesellschaft zur Förderung geistiger Interessen der Frau‹, später ›Verein für Fraueninteressen‹, deutet die Richtung ihrer Vorstellungen an.

In der Preußischen Akademie der Künste diskutiert sie Probleme der unterschiedlichsten Art mit Alfred Döblin, dem Arzt und experimentellen Autor (*Berlin Alexanderplatz*), mit dem sie sich in vielen Fragen gut versteht und der jene Mischung aus Ernst und Humor beherrscht, die ihr gefällt und die sie amüsiert. Aber es gibt auch durchaus Streitpunkte zwischen ihnen. So hat sie gegen den von Döblin stammenden Vorschlag, die Schriftstellerei in einer eigenen Lehranstalt erlernen zu können, entschieden Stellung genommen. Sie widerspricht auch der Absicht, finanzielle Unterstützung für notleidende Autoren sozusagen von Amts wegen zu leisten und meint, »wer den Mut hat, als freier Schriftsteller leben zu wollen, sollte seine Berufung dazu dadurch beweisen, daß er sich durchkämpft«.[511] Eine Ausnahme solle nur bei alten und kranken Autoren gemacht werden.

Als sie das Buch von August Winnig: *Das Reich als Republik,* das den Staat von Weimar deutlich kritisiert, empfiehlt, kommt es zum Konflikt. Denn Winnig war Sozialdemokrat, beteiligte sich aber 1920 am Kapp-Putsch und wurde deshalb aus der SPD ausgeschlossen. Ricarda Huch liest das Buch noch einmal, und bekräftigt ihren Standpunkt, erklärt aber, daß sie nicht beachtet habe, daß es sich um eine Schul-Empfehlung handele. Zur Schullektüre sei das Buch nur unter der Leitung eines vernünftigen Lehrers geeignet. Im übrigen schildere Winnig die Republik als Fortführung der Wilhelminischen Zeit, während sie diese hätte überwinden sollen. Schließlich weist sie darauf hin, daß sie bei Aufnahme in die Akademie niemand nach ihrem politischen Glaubensbekenntnis gefragt habe: »Ich bin durchaus für die Republik; wenn ich es aber nun nicht wäre? Meine Bücher würden deshalb wohl nicht besser oder schlechter sein.«[512]

Ein tiefer Schatten fällt auf die Berliner Zeit, als gleich zu Beginn Ermanno Ceconi an einem schmerzvollen Lungenleiden stirbt.

»Ein kleines Kind weiß, daß, wenn es zu Vater und Mutter sagt, mich friert, so wird es gewärmt, wenn es sagt, es hungert, so bekommt es satt zu essen, und dies Glücksgefühl hatte ich Manno gegenüber«, schreibt Ricarda Huch in ihren Erinnerungen. »Er wußte immer Rat. Wenn ich an Manno dachte, verlor ich sogar die Angst vor dem Tode. Ich war entschlossen, wenn ich sterben müßte, Manno zu rufen, wenn wir etwa zusammen wären; und wenn er neben mir säße und mich in seinen Armen hielte, war ich überzeugt, das Sterben würde leicht sein.«[513]

Nun verbringt sie in Padua Tage und Wochen am Krankenbett des Mannes, der ihr die Sicherheit gegeben hatte, auch im Tode nicht verlassen zu sein. Am 3. November 1927 endet das Leiden Ermanno Ceconis. Ricarda Huch ist nie wieder nach Italien gefahren.

Nicht alle Schmerzen sind heilbar, denn manche
schleichen
Sich tiefer und tiefer ins Herz hinein,
Und während Tage und Jahre verstreichen,
Werden sie Stein.

Du sprichst und lachst, wie wenn nichts wäre,
Sie scheinen zerronnen wie Schaum,
Doch du spürst ihre lastende Schwere
Bis in den Traum.

Der Frühling kommt wieder mit Wärme und Helle,
Die Welt wird ein Blütenmeer.
Aber in meinem Herzen ist eine Stelle,
Da blüht nichts mehr.[514]

Es muß für Ricarda Huch mit ihrem Vertrauen in die göttliche Schicksalsgewalt und ihrem Einklang mit der Natur besonders beglückend gewesen sein, daß am 14. Juni 1929 ihr Enkel Alexander geboren wird. Marie Baum erfährt die frohe Nachricht durch ein Telegramm: »Junge angekommen, alles wohl, Ricarda.«[515] Sie erlebt nun, wie sich nicht nur das staatliche Leben verändert, sondern auch die Babypflege. »Jedenfalls ist die moderne Methode so, wie die modernen Methoden alle sind: Das System ist bis aufs Tüpfelchen ausgearbeitet, ob es mit der Natur zusammenklappt, danach wird nicht gefragt. Das Kind muß zu bestimmter Zeit so und so viel Gramm trinken, wenn es nicht mag, wird es geklopft und geschüttelt; außer der Zeit, die vorgeschrieben ist, kriegt es keinen Tropfen usw. Zu meiner Zeit kriegte das Kind alle drei Stunden etwas, jetzt alle vier Stunden: ich bin jetzt veraltet und verachtet, weil mein Kind mit dem niedrigen drei-Stunden-Standpunkt aufgewachsen ist.«[516]

In dieser Mischung aus sachlicher Beobachtung und sehr

persönlicher Reaktion scheint viel von ihrem eigenen Wesen auf – von ihrer Fähigkeit zur Einordnung gewonnener Erfahrung und ihrer Neigung, schnell und rückhaltlos einem Schmerz Ausdruck zu geben, ohne die eben noch geachtete Ratio daran mitwirken zu lassen.

Das Enkelkind, der geliebte Kander, nimmt von nun an neben der Tochter den Hauptplatz in ihrem Herzen und Leben ein.

Zwei Stimmen hör ich tagaus, tagein.
Eine süße, die singt,
Eine andere, die kinderrein
Wie ein Glöckchen die Luft durchdringt.
Geliebte Stimmen, die hört ich gern,
Wenn ich tot bin, im Traum,
Als wärens jubelnde Lerchen fern
Oder Sternengesumm im Raum.[517]

Am 28. August 1931 erhält Ricarda Huch die damals höchste literarische Auszeichnung Deutschlands: den Goethe-Preis der Stadt Frankfurt am Main. Vor ihr wurden mit dem seit 1927 jährlich verliehenen Preis ausgezeichnet: Stefan George, Albert Schweitzer, Leopold Ziegler und Sigmund Freud. Die Widmungsurkunde, auf die 200jährige Wiederkehr des Geburtstages der Frau Rat Goethe bezogen, lautet:

»Zur Zweihundertjahrfeier von Goethes Mutter bringt die Stadt Frankfurt am Main dem Genius der Frauen ihre Huldigung dar durch die Verleihung des Goethe-Preises an die Dichterin und Geschichtsschreiberin Ricarda Huch aus Braunschweig. Mit der Glut ihres Empfindens und Bekennens bewegte und erbaute die Erzählerin die Leser ihrer bedeutenden Romane. Von einer leidenschaftlichen Kraft und Zartheit des Herzens zeugt die edle und beflügelte Sprache ihrer Lyrik. Hinabgestiegen in das Totenreich der Geschichte, schuf Ricarda Huch durch die Darstellung großer

Männer und Epochen ergreifende Denkmäler von strenger Form und weitem Horizont. Anmut und Gedanke, Wissen und echtes Künstlertum halten sich das für eine Frau sonst fast unerreichbar scheinende Gleichgewicht in einem Gesamtwerk, das hohe und vielseitige Gaben umfaßt. Der Dank der einst Freien und Reichsstadt Frankfurt für ihr eigenes farbig altertümliches Bild, das die Reihe der Lebensbilder deutscher Städte von Ricarda Huch eröffnet, ist nur ein Teil der ehrenden Anerkennung, welche die Nation einer Schriftstellerin solchen Ranges schuldig ist.«[518]

Viel von dem, was sie in ihrer Dankansprache über Goethe äußert, gilt auch für sie, obwohl sie sich selbstverständlich nie mit Goethe verglichen hat, so wenn sie sagt: »Goethe lehrt keine Dogmen, er stellt keine Systeme auf; mit mächtiger, sanfter Hand entfernt er von den Erscheinungen den fremden Stoff, der sich auch dem Herrlichsten anklebt und es verdeckt, bis sie so durchsichtig werden, daß ihr Ewiges sich erahnen läßt. Allerdings geht er von gewissen Voraussetzungen aus: die Natur ist ihm die gotterfüllte Natur und der Mensch ihre Krönung, das Wesen, in dem die gotterfüllte Natur sich vollendet.«[519]

»Es mag Dichter geben, deren Werke mehr sind als ihre Persönlichkeit, weil sie in ihrem Kopf oder sonst aus einer einseitigen Kraft heraus entstanden sind. Bei Goethe ist es nicht so: er ist ganz in seinem Werke, wie seine Werke ganz in ihm sind. Wir können vom Baume Goethe die Früchte abnehmen und genießen, der gekrönte Stamm bleibt in seiner Würde und Herrlichkeit. Und wie dieser Baum eins ist mit seinen Früchten, so ist er eins mit der Landschaft, aus der er gewachsen ist... Stürme und verderbliche Wetter verdüstern wohl einmal dies gesegnete Land, aber sie werden wieder eingefangen und überflutet von seiner Kraft und Fruchtbarkeit.«[520]

Die große überragende Persönlichkeit, nicht nur Goethes, sondern der vielen, die sie porträtiert, darunter auch bedeutende Frauen, wie Caroline Schlegel-Schelling und Annette von Droste-Hülshoff oder Rahel Levin, denen sie nachdenkt und deren inneren und äußeren Wegen sie feinfühlig folgt, ist der bedeutenden Frau auch zum Mittel eigener Selbstfindung geworden. Fast gebrochen, angefochten in ihrem Stolz, durch ihn und durch die Verantwortung als Mutter aber auch am Leben erhalten, schließlich sich wieder ihrer geistigen Aufgabe zuwendend, nicht von Berufung sprechend, sie doch als innerste Verpflichtung fühlend, rafft sie zusammen, was aus dem Schiffbruch gerettet worden ist. Und indem sie gestaltet, Stoffe formt und zum Leben erweckt, gestaltet sie sich selbst in einem schmerzhaften, aber konsequent durchgehaltenen Prozeß. Er markiert deutlich Lebenskrise und Neubeginn. So gewinnt sie jenen Rang, den die Verleihung des Goethe-Preises andeutet.

Berlin als Hauptstadt des Reiches ist der Mittelpunkt Deutschlands. Hier laufen die Verwaltungs- und Regierungsstränge zusammen, hier bündeln sich geistige, politische und ökonomische Energien. In dieser Atmosphäre moderner Staatlichkeit schreibt Ricarda Huch ihr großes Werk über die revolutionären Entwicklungen des 19. Jahrhunderts 1848, das 1930 im Atlantis Verlag erscheint, damals unter dem Titel *Alte und neue Götter.* Die Umwälzung beginnt bei Ricarda Huch nicht mit dem Vormärz, also den frühen dreißiger Jahren des vorigen Jahrhunderts, sondern mit den Bemühungen des Freiherrn vom Stein gleich nach dem Zusammenbruch Preußens 1805. Stein ist der Mann, der zusammen mit anderen namhaften Männern und unterstützt von der Königin Luise die preußische Reformzeit einleitet und weithin bestimmt. Aber er muß gehen – sein König und Napoleon verlangen es.

Ernst Moritz Arndt und Turnvater Jahn versuchen auf ihre Weise, für die Erneuerung zu arbeiten und vollbringen viel. Ganze Familien sind vom revolutionären Geist jener Zeit beseelt, das heißt vom Geist der kommenden Befreiungskriege und des späteren Kampfes gegen die autoritären Machtstrukturen der Karlsbader Beschlüsse von 1819, die alle demokratischen Tendenzen niederhalten. Die Rolle der Studenten, die Freiheitsbewegung der Burschenschaften leuchtet auf, die badischen Verhältnisse, die dem Geist der Reform günstig waren, ermöglichten die Vorbereitung der Revolution in weiterem Rahmen. In Norddeutschland tauchen die Namen Stüve (Osnabrück) und Dahlmann (Göttingen) auf. Ricarda Huch nennt Bekannte und Unbekannte, immer in dem Bewußtsein, daß Geschichte nicht nur eine Sache der Herausgehobenen, sondern aller Menschen ist. Weder Karl Marx noch Friedrich Engels fehlen in der Darstellung dieses unglücklich ausgehenden Versuches, eine Einigung Deutschlands zu erreichen. Aber die Autorin gedenkt auch derer, die sich widersetzten. Die berühmten Namen des Paulskirchenparlaments, wie Uhland, Grimm, werden in ihre jeweiligen Beziehungen eingesetzt, und am Schluß kommt die Bewertung des neuen Zustandes – das zweite Reich: »Als das geeinigte Deutschland dastand, zeigte es sich, wer das Erz zum Gusse geliefert hatte: Die neuen Herren, die von der Hochfinanz und von der Großindustrie, ... traten nun offen hervor, und die Großgrundbesitzer paktierten mit ihnen. In den Jahren zwischen 1850 und 1870 hatte sich die Umwandlung Deutschlands aus einem agrarischen in einen Industriestaat, die um 1840 sichtbar zu werden begonnen hatte, vollendet; es erübrigte nur noch, das Geschehene in äußeren Formen festzulegen und zu sanktionieren. Die Unternehmer bestiegen ihre Throne, und es war kaum des Aufhebens wert, als fünfzig Jahre später die Inhaber der alten verschwanden. Bismarck, der Junker, war Begründer des Industriestaates; das war deshalb möglich, weil der Industriestaat die Tendenz des Absolutismus zum zentralisierten Großstaat aufnahm und fortsetzte.«[521]

Im Mai 1932 stirbt Etta Wernicke geb. Heinicken, Ricardas Schulfreundin, an Krebs. Sie war ganz im Kampf gegen die Nationalsozialisten aufgegangen, die jetzt, in der Zeit der großen Arbeitslosigkeit, immer mehr an Einfluß gewinnen. Ricarda schreibt an Marie Baum: »Ich fuhr zur Bestattung nach Braunschweig, ging durch die Straßen, durch die wir als Kinder so übermütig und voll Leben zur Schule gingen, alte Straßen, die fast unverändert geblieben sind, es war mir wie ein Traum... Hier bereitet man sich auf das Dritte Reich vor –«[522]

Ricarda Huch hatte sich im September 1930 an einem »Aufruf an die Partei der Nichtwähler« beteiligt, zusammen mit siebenunddreißig anderen Persönlichkeiten, darunter der Arzt Professor August Bier, Rudolf G. Binding, Gerhart Hauptmann, Max Liebermann, Heinrich Mann, Thomas Mann, Max Planck, Ferdinand Sauerbruch, Heinrich Wölfflin, Carl Zuckmayer, Max Slevogt und Verlag und Schriftleitung von ›Reclams Universum‹, wo der Aufruf erschien. Doch die Nationalsozialisten wurden die zweitstärkste Partei.

In ihrem Streben nach öffentlicher Bekräftigung ihres Standpunktes, läßt Ricarda nicht nach. So fungiert sie als Mitherausgeberin der Zeitschrift für deutsche Politik ›Der Staat seid Ihr‹ von 1931, die wöchentlich erscheint, es aber nur auf dreiundzwanzig Hefte bringt. Mitherausgeber sind neben anderen Thomas Mann, Gustav Radbruch, Hans Schlange-Schöningen, der Zeitungswissenschaftler Ernst Dovifat, Karl Muth, der Herausgeber der Zeitschrift ›Hochland‹, und Walter Dirks.

Die Anstellung von Ricarda Huchs Schwiegersohn beim Reichswirtschaftsministerium läuft im Oktober 1932 aus. Franz Böhm will sich habilitieren und wählt dafür Freiburg, wo seine Mutter lebt. Ricarda, Marietta und Kander übersiedeln für zwei Jahre zu Marie Baum nach Heidelberg.

Dort trifft Ricarda Huch, die oft bei der Freundin zu Besuch war, auf eine Reihe von Bekannten und Freunden: Marianne Weber, die Witwe des Soziologen Max Weber, die in ihrem Heim an der Ziegelhäuser Landstraße ›akademische Geselligkeit‹ pflegt und eine bedeutende Vertreterin der deutschen Frauenbewegung ist; Gustav Radbruch, den ehemaligen Reichsjustizminister, sozialdemokratischen Reichstagsabgeordneten, Professor der Rechtswissenschaften und Schriftsteller, sowie dessen Frau Lydia; die Pädagogin Elisabeth von Thadden, die im Zusammenhang mit dem 20. Juli 1944 hingerichtet werden wird; Pfarrer Hermann Maas, mit dem Marie Baum, Enkelin von Rebecca Mendelssohn, zur Rettung jüdischer Mitbürger zusammenarbeitet, sowie mehrere Universitätsprofessoren und deren Frauen. Es ist gut, Freunde um sich zu haben, denn die Zeiten versprechen unruhig zu werden.

Inzwischen ist Adolf Hitler, gestützt auf verschiedene bürgerliche Rechtsgruppierungen, Reichskanzler geworden. Am 27. Februar 1933 brennt der Reichstag. Am 23. März stimmen die bürgerlichen Parteien dem Ermächtigungsgesetz zu, das Hitler erlaubt ohne Zustimmung des Parlamentes zu regieren, und auch die Verfassung zu ändern. Am 10. Mai 1933 folgt die Bücherverbrennung, die sogenanntem ›undeutschem Schrifttum‹ gilt. Die massenhafte Emigration von Schriftstellern und Künstlern jüdischer und nichtjüdischer Abstammung, die in Hitler-Deutschland nicht leben wollen oder nicht leben können, setzt ein.

Seit dem 1. Februar 1931 ist Heinrich Mann Vorsitzender der Sektion Dichtkunst der Preußischen Akademie, Ricarda Huch seine Stellvertreterin. An den entscheidenden Sitzungen Anfang 1933 nimmt Ricarda Huch jedoch nicht teil, weil sie bereits in Heidelberg lebt. Am 6. Februar 1933 tagt die Sektion – zum letzten Mal unter Leitung von Heinrich Mann, kommt aber zu keiner einhelligen Reaktion auf die veränderte Lage. Ein »Dringender Appell« des Internationalen Sozialistischen Kampfbundes fordert kurze Zeit später zur gemeinsamen Aktion von SPD und KPD gegen den Nationalsozialismus auf. Zu den Unterzeichnern gehören neben anderen bekannten Künstlern auch die Akademiemitglieder Käthe Kollwitz und Heinrich Mann. Dieser wird daraufhin genötigt, seinen Rücktritt zu erklären, wenn nicht die Akademie Schaden nehmen soll: Der neue kommissarische Leiter des Kultusministeriums, der NS-Funktionär Bernhard Rust, hat mit Auflösung der Abteilung Dichtkunst gedroht. Heinrich Mann fügt sich dem Druck und scheidet aus der Akademie aus.

Ricarda Huch schreibt daraufhin an den Sekretär der Abteilung, den Lyriker Oskar Loerke: »Es ist nach meiner Ansicht sehr zu beklagen, daß Herr Mann ausgetreten ist; ich finde, man hätte es darauf ankommen lassen müssen, ob der Kultusminister wirklich den Mut hatte, unsere Abteilung aufzulösen.«[523] Sie ist die einzige unter den Akademiemitgliedern, die sich in dieser Weise äußert.

Am 14. März 1933 richtet der Präsident der Akademie, der Komponist Professor Max von Schillings, an die Mitglieder der Abteilung Dichtkunst einen vertraulichen Brief, in dem es heißt, am Tage zuvor habe unter Teilnahme des Präsidenten eine Sitzung stattgefunden mit der Tagesordnung »Stellungnahme zu lebenswichtigen Fragen der Abteilung«. Das Ergebnis sei: »In Anbetracht der Lage müssen von der Abteilung sofortige Entschlüsse gefaßt werden. Die Abteilung unternimmt den Versuch, sich aus sich selbst heraus neu zu organisieren; sie sieht sich gezwungen, allen Mitgliedern die anliegende Frage vorzulegen, und bittet um sofortige Beantwortung ausschließlich mit ja oder nein und Ihre Unterschrift. Die Antwort muß spätestens am 21. März bei der Akademie eingetroffen sein.«[524]

Dem Brief ist folgende – vertrauliche – Anlage beigefügt: »Sind Sie bereit, unter Anerkennung der veränderten

geschichtlichen Lage weiter Ihre Person der Preußischen Akademie der Künste zur Verfügung zu stellen? Eine Bejahung dieser Frage schließt die öffentliche politische Betätigung gegen die Regierung aus und verpflichtet Sie zu einer loyalen Mitarbeit an den satzungsgemäß der Akademie zufallenden nationalen und kulturellen Aufgaben im Sinne der veränderten geschichtlichen Lage.
Ja – Nein (Nichtzutreffendes bitte durchstreichen)
Name: Ort und Datum:«[525]

Diese Loyalitätserklärung ist von Gottfried Benn entworfen worden, zu dieser Zeit überzeugt von der positiven Bedeutung der erfolgten Umwälzungen. Weniger als ein Jahr danach verläßt er zutiefst desillusioniert die Akademie und rettet sich später als Militärarzt in die Deutsche Wehrmacht, wo er gegen heftige Angriffe, vor allem durch die SS-Zeitung ›Schwarzes Korps‹, geschützt wird.

Eine zweite Anlage enthält die Mitteilung des Amtlichen Preußischen Pressedienstes über den Vorgang zwischen Ministerium und Akademiespitze und das Gespräch des Präsidenten mit Heinrich Mann. Die Pressemitteilung schließt mit den Sätzen: »Im Verlauf der Sitzung erklärte auch Stadtbaurat Martin Wagner seinen Austritt aus der Akademie. Bereits am Nachmittag hatte sich Frau Professor Käthe Kollwitz entschlossen, auf ihre Mitgliedschaft in der Akademie zu verzichten.«[526]

Ricarda Huch antwortet dem Präsidenten, in Erwiderung seines Schreibens vom 14. März bestreite sie seine Kompetenz, ihr »eine Frage von so unübersehbaren Konsequenzen vorzulegen«[527], sie lehne infolgedessen ab, sie zu beantworten.

Max von Schillings versucht, diese Antwort so auszulegen, als werde sie der Akademie auch weiterhin angehören. Dem widerspricht Ricarda Huch: »Ich kann dies Ja [das Schillings voraussetzt] um so weniger aussprechen, als ich verschiedene der inzwischen vorgenommenen Handlungen der neuen Regierung aufs schärfste mißbillige.«[528]

Aber Professor von Schillings insistiert: »Ihr Austritt aus der Abteilung würde eine seltsame, unlogische Parallele zum Fall Heinrich Mann ergeben, die ganz sicher nicht in Ihrem Sinn liegen würde. Daß Sie in Ihren Anschauungen mit diesem Herrn und mit Herrn Dr. Döblin (der inzwischen ebenfalls aus der Akademie ausgetreten ist) im entschiedensten Gegensatz stehen, das ist ... deutlich genug hervorgetreten. Es würde daher in der Öffentlichkeit nur mißverstanden werden, wenn auch Sie, ebenso wie Heinrich Mann und Dr. Döblin, aus der Akademie ausscheiden wollten. Daß ein solcher Schritt von Ihrer Seite undenkbar ist, das ist allen klar, denen Ihre deutsche Gesinnung und nationale Einstellung aus Ihrer von uns verehrten Persönlichkeit und aus Ihrem künstlerischen Schaffen bekannt ist.

Wir können Ihnen nur versichern, daß es zu dieser Überzeugung für uns der formalen Erklärung nicht bedarf. Wir erhoffen aber von Ihnen ein bestimmtes Wort darüber, daß Sie uns treu bleiben werden, denn wie sollten wir die Möglichkeit gewinnen, die Abteilung für Dichtung im Sinne deutscher nationaler Kunst zu stärken und auszubauen, wenn wir auf die Zugehörigkeit und Mitarbeit von Persönlichkeiten verzichten müßten, die schon längst auf die Gesinnung eingestellt sind, der die jetzige große nationale Bewegung zum Siege verholfen hat? Das Recht der freien Meinungsäußerung verbleibt jedem nach wie vor ...«[529]

Die Antwort ist eindeutig. Ricarda Huch schreibt postwendend am 9. April 1933: »Daß ein Deutscher deutsch empfindet, möchte ich fast für selbstverständlich halten; aber was deutsch ist und wie Deutschtum sich betätigen soll, darüber gibt es verschiedene Meinungen. Was die jetzige Regierung als nationale Gesinnung vorschreibt, ist nicht mein Deutschtum. Die Zentralisierung, den Zwang, die brutalen Methoden, die Diffamierung Andersdenkender, das prahlerische Selbstlob halte ich für undeutsch und unheilvoll. Bei einer so sehr von der staatlich vorgeschriebenen Meinung abweichenden Auffassung halte ich es für unmöglich, in einer staatlichen Akademie zu bleiben.«[530] Die freie Meinungsäußerung werde auf jeden Fall nicht existieren, weil keine Zeitung oder Zeitschrift eine oppositionelle Meinung drucken würde. Auf die Erwähnung von Heinrich Mann und Alfred Döblin durch den Präsidenten reagiert Ricarda Huch sehr entschieden: »Es ist wahr, daß ich mit Herrn Heinrich Mann nicht übereinstimmte, mit Herrn Dr. Döblin tat ich es nicht immer, aber doch in manchen Dingen. Jedenfalls möchte ich wünschen, daß alle nichtjüdischen Deutschen so gewissenhaft suchten, das Richtige zu erkennen und zu tun, so offen, ehrlich und anständig wären, wie ich ihn immer gefunden habe. Meiner Ansicht nach konnte er angesichts der Judenhetze nicht anders handeln, als er getan hat. ... Hiermit erkläre ich meinen Austritt aus der Akademie.«[531]*

Das Verhalten der berühmten Dichterin ist peinlich für die neuen Machthaber. Deshalb kaschieren sie so weit und so lange wie möglich das Vorgefallene und lassen ihren Namen weiter in der Liste der Akademiemitglieder erscheinen. Erst auf energischen Widerspruch hin wird davon abgesehen.

Wie sehr die Entscheidung zur Verweigerung neben der grundsätzlichen Einstellung auch menschlich-freundschaftliche Züge trägt, zeigt der Brief, den Ricarda Huch am 22. Oktober 1933 an Alfred Döblin schreibt: »Ich freue mich, daß Sie mir Ihr neustes Buch [*Unser Dasein,* 1933] zuschicken ließen; aber da mir der Mensch immer wichtiger ist als sein Buch, möchte ich gern von Ihnen hören, wo Sie sind und wie es Ihnen geht. Im Sommer war ich in Berlin und fragte nach Ihnen, konnte aber Ihre Spur nicht fin-

* Der französische Literaturwissenschaftler Robert Minder meint, daß dieser Brief in jedem Schullesebuch stehen müßte.

den. Sollten Sie in Palästina sein? Wenn ich ein Jude wäre und jung, ginge ich hin, vielleicht sogar, wenn ich nur jung wäre, auch ohne Jude zu sein [...] Wenn dieser Brief Sie erreicht, schreiben Sie mir auch einmal, ich denke Ihrer immer mit Sympathie.«[532]

»Während Ricarda Huch die Akademie freiwillig und ›erhobenen Hauptes‹ verließ, zog ihr Bruder Rudolf, den Wilhelm Stapel zur Wahl vorgeschlagen hatte, bald darauf in die ›neue Dichter-Akademie‹ ein.«[533]

Im Februar 1934 erleidet Ricarda Huch einen Oberschenkelhalsbruch. Vier Monate dauert der Krankenhausaufenthalt. Die Freundin begleitet sie auf den Übungswegen zum Schloß, bis auch dies überwunden ist.

Am 18. Juli 1934, ihrem siebzigsten Geburtstag, ist sie Mittelpunkt einer großen Freundesfeier. Im Atlantis Verlag, Berlin, ist aus diesem Anlaß das Buch *Ricarda Huch – Persönlichkeit und Werk in Darstellungen ihrer Freunde* erschienen, in dem die Dichterin, in vielen Facetten ihres persönlichen Lebens und künstlerischen Werkes, gewürdigt wird. Heinrich Wölfflin, der die Einleitung schreiben sollte, lehnte das ab, wohl wegen seiner persönlichen Haltung gegenüber Ricarda Huch. »Auch die Periode ›München‹ zu schildern, fühle ich mich außer Stande«, schreibt er am 25. Februar 1923 [wohl 1933] an seine Schwester Elisabeth.«[534]

Am Vorabend des festlichen Tages führen Heidelberger Kinder die Kindersymphonie von Joseph Haydn auf, die Ricarda besonders liebt. Feste und Festefeiern – wie sehr war ihr das in der Münchner Zeit Bedürfnis, und wie gerne läßt sie sich auch jetzt vom Strom der Zuneigung, der Liebe tragen, der ihr entgegenkommt.

Dennoch trennt sie sich von Heidelberg, um Tochter und Enkel im Oktober 1934 nach Freiburg zu folgen, wo der Schwiegersohn Franz Böhm sich an der Universität habilitiert hat.

In Berlin lebte Ricarda Huch in einer Großstadt, die mehr einer Zusammensetzung aus vielen kleinen Städten glich als einer Weltstadt. In Heidelberg flossen südlich schöne Natur und kulturelle Vergangenheit ineinander. In Freiburg wird die politische Gegenwart übermächtig. Ricarda nimmt lebhaft teil an den Kämpfen, die sich an dieser Universität abspielen, besonders an der Juristischen und Volkswirtschaftlichen Fakultät. Sie berichtet Marie Baum: »Hier sind wieder große Schlachten und Siege erfochten. Zu einem Lager [der Studentenschaft], das stattfinden sollte, bekam Eucken [Walter Eucken, Professor der Nationalökonomie] keine Einladung. Sofort sagten die übrigen auch ab, und es fanden Zusammenkünfte, Auseinandersetzungen statt, schließlich hat ein hiesiger Führer der Studentenschaft Eucken brieflich um Entschuldigung gebeten... Du kannst Dir denken, daß Franz immer der vorderste war...«[535]

Sie weiß sich mit der Freundin einig, mit der sie am 30. Juni 1934 voller Entsetzen die Verbrechen der sogenannten Röhm-Affäre durchlitt und damit das Ende von Recht und Gerechtigkeit in Deutschland. Jetzt schließt sich in Freiburg der oppositionelle Kreis, zu dem Franz Böhm gehört, um Walter Eucken und die Professoren von Dietze, Adolf Lampe, Gerhard Ritter. Am 21. November 1935 berichtet sie nach Heidelberg: »Die Times hat Judengreuel gesammelt und herausgegeben. In Deutschland ist es natürlich verboten, aber in Freiburg gibt es ein Exemplar, das Franz eingesehen hat, es stehen entsetzliche Sachen drin, sagt er.«[536]

Nachdem Ricarda Huch ihr Buch über die Entwicklungen und Persönlichkeiten des 19. Jahrhunderts – *1848* – abgeschlossen hatte, begann sie schon in Berlin und dann vermehrt in Heidelberg mit ihrer großen Trilogie *Deutsche Geschichte,* deren erster Band *Römisches Reich Deutscher Nation* 1934 im Atlantis Verlag erscheint.

Klar, mit fester Hand und sicherem Auge zieht Ricarda Huch die Linien deutscher Geschichte. Musikalisch strömt die poetische Sprache, kunstvoll verbindet sie Menschen, Zeiten und Ideen miteinander. Mit ernstem Ton setzt das Werk ein: »Das Römische Weltreich liegt in Trümmern, aber es ist nicht tot. Es lebt ein gesteigertes Leben, seit es nicht mehr Wirklichkeit ist; denn es ist Idee geworden.«[537]

Während im sie umbrandenden Dritten Reich wüste Vorwürfe, Boykottaufrufe und -handlungen, Schikanen und Demütigungen die Juden quälen, schreibt Ricarda Huch ihr Kapitel über das Schicksal, die Mentalität des Volkes Israel:

»Es ist kein Blatt in der Geschichte der Menschheit so tragisch und geheimnisvoll wie die Geschichte der Juden.«[538] Dieses Schicksal der Heimatlosigkeit, der Zerstreuung über die Erde, ihrer Existenz in Deutschland, ihrer Duldung, ihrer Erfolge wird schon im ersten Teil des dreibändigen Werkes deutlich umrissen, die Beziehung zwischen Juden und Nichtjuden in Deutschland wahrhaftig geschildert: »Die Judenverfolgungen des 14. Jahrhunderts wühlten auf, was an bestialischen Trieben in den Untiefen des deutschen Volkes sich verbarg, und offenbarten den Heroismus, dessen die Juden fähig waren. So pflegt die ewige Gerechtigkeit Gewinn und Verlust zwischen Verfolgern und Verfolgten zu verteilen.«[539]

Der Schluß des ersten Bandes beschwört die Größe des auf seinen Untergang zugehenden Reiches und eröffnet zugleich den Blick auf eine verheißungsvolle Zukunft: »Der eherne Marsch von der unendlichen Herrschaft Roms, dessen triumphierenden Klängen sich einst das Abendland gebeugt hatte, verlor seine Gewalt über die Seelen; ein anderer Gesang, stark, leidenschaftlich, süß, wurde in deutschen Landen angestimmt, der die europäische Welt verwandeln sollte, der Gesang von Freiheit und Gläubigkeit.«[540]

»Die Kirche hatte das Reich bekämpft und erniedrigt, und das Reich riß die Kirche mit sich in den Abgrund ...«[541]

Von Freiburg aus schreibt Ricarda Huch an ihren Schweizer Verleger Martin Hürlimann am 26. April 1936, daß der zweite Band zu Weihnachten noch nicht erscheinen könne. Der zu bewältigende Stoff sei zu groß: »Das Zeitalter der Reformation ist eben für das geistige Leben Deutschlands und Europas so ausschlaggebend ..., es kommt so sehr alles zur Sprache, was jetzt noch die Menschen bewegt, daß man ausführlich dabei verweilen und möglichst tief eindringen muß.«[542]

Einen Monat zuvor, am 28. März 1936, hatte sie der Heidelberger Freundin zu berichten, daß der Schwiegersohn einen Ruf an die Universität Jena erhalten habe, eine Ordinariatsvertretung, und schon wenige Tage später die erste Vorlesung halten müsse.

Asche im Brot

Im September 1936 erfolgt die Übersiedlung in die thüringische Universitätsstadt, deren herrliche Lage Ricarda in ihrem Buch über die Romantik geschildert hat, an deren Universität, 1548 während des Schmalkaldischen Krieges gegründet, Schiller Geschichte lehrte, wo Goethe die Arbeitsruhe fand, die Weimar dem viel Gesuchten und Verehrten oft genug nicht bieten konnte, und wo die beiden so ungleichen, aber gerade deswegen zueinander findenden Klassiker jenes verbindende Gespräch über die Metamorphose der Pflanzen führten, das ihre Zusammenarbeit und Freundschaft begründete.

Ricarda Huch findet in Jena einen Kreis von Menschen, in dem sie sich bald wohlfühlt, insbesondere, nachdem das kleine Haus am Oberen Philosophenweg 72 – heute Ricarda-Huch-Weg – zur Heimstatt wird. Bis zum Ende ihres Jenaer Aufenthaltes im Jahr 1947 ist es ihr Refugium.

Aber auch Abschied muß ertragen werden: Schmerzlich bewegt sie bald nach dem Einzug in Jena der Unfalltod des alten Münchner Freundes Ernst Reinhardt.

Hier in Jena begegnet sie dem Theologen Professor Gerhard von Rad, dessen Predigten und Gespräche ihr viel geben, mit seiner Familie, und sie trifft hier zum ersten Male mit dem jungen Pfarrer Helmut Gollwitzer zusammen, der mit der Widerstandsbewegung ›Bekennende Kirche‹ verbunden ist, Predigtverbot in und um Berlin hat, Nachrichten über den im Konzentrationslager befindlichen Pfarrer Martin Niemöller und andere Informationen weitergibt. Daß gerade ihn ihr Buch *Luthers Glaube* zum Studium der Theologie führte, freut Ricarda Huch. Also ist ihr Streben, Menschen für den Glauben zu gewinnen, doch nicht vergeblich gewesen. Wirken, Taten tun – die kämpferische Seite ihres Wesens strebt danach, und wenn ihr Schreiben Wirkungen zeitigt und damit zur Tathandlung wird, bestärkt sie das in ihrem Willen, in die Zeit hineinzusprechen, mag auch die Zeit dieser Sprache und dieser Sprecherin noch so fern gerückt sein. Menschen, die auf eine Ansprache warten, die nichts mit der Hysterie der Herrschenden zu tun haben wollen, gibt es auch jetzt, besonders jetzt.

Die Ufa führt im Jahr 1937 mit der Autorin von *Der Fall Deruga* Verhandlungen wegen der Verfilmung dieses Romans. Aber Ricarda ist nicht zufrieden: Die Höhe des Honorars entspricht nicht ihren Vorstellungen, und außerdem wird ein Happy-End angehängt: »Er hat sie gar nicht umgebracht, und also hat die ganze Geschichte gar keinen Sinn.«[543]

Nicht viel später, 1938, der Film läuft gerade in den Kinos mit großem Erfolg, werden Ricarda Huch und ihr

Schwiegersohn durch eine Denunziation belastet, die Franz Böhm die staatliche Anstellung kostet und ihn und seine Schwiegermutter in ein Verfahren wegen Vergehens gegen das Heimtückegesetz verwickelt.

In einer Abendgesellschaft war das Gespräch auf die Judenfrage gekommen. Ricarda Huch berichtet Marie Baum: »Im Laufe des Gesprächs sagte unser Gastgeber [Professor Walter Weddigen], die Juden könnten nicht organisch denken und wären nicht produktiv. Ich sagte, ich zweifelte, ob man das sagen könnte, es hätten in den letzten Jahren Juden verschiedentlich den Nobelpreis bekommen, Physiker, Chemiker; auf diesen Gebieten waren sie doch wohl produktiv gewesen. Ein Wort gab das andere, Franz stimmte mir zu, und zwar in der heftigen und aggressiven Weise, in die er so leicht verfällt. Herr X. [der ebenfalls eingeladene Lehrbeauftragte Richard Kolb] wurde schärfer und schärfer und sagte zum Schlusse zu mir: ›Ich sehe, Sie sähen lieber das deutsche Volk vernichtet und die Juden herrschen‹ (oder so ähnlich). Ich sagte kalt: ›Ich habe die Deutschen sehr geliebt, bin allerdings sehr davon zurückgekommen, seit ich so viel Gemeinheit mitanzusehen habe.‹ Natürlich hatten Franz und ich uns sehr aufgeregt, ich zitterte noch, als wir zu Hause ankamen.«[544]

Die auf Grund der Denunziation erfolgenden Verhöre, die schließliche Versetzung des Schwiegersohnes in den Ruhestand als Staatsanwalt, das Verbot, sowohl seine Lehrstuhlvertretung in Jena als auch seine Privatdozentur in Freiburg wahrzunehmen, steigern die Aufregung. Dem steht die vorsichtige, fast schonende Behandlung des Falles durch den damaligen Reichsjustizminister Gürtner gegenüber, der 1924 als offizieller Vertreter des bayrischen Staates an den Feierlichkeiten aus Anlaß von Ricarda Huchs sechzigstem Geburtstag in München teilgenommen hatte. Gürtner benutzt nun die Möglichkeit einer anläßlich des Österreich-Anschlusses von Hitler erlassenen Amnestie, um das Verfahren, dessen Einleitung genehmigt wird, sofort niederzuschlagen. Sowohl Ricarda Huch als auch ihr Schwiegersohn verlangen zwar die Durchführung, was aber unter Rechtsbeugung abgelehnt wird. Franz Böhm hatte ein Disziplinarverfahren gegen sich selbst beantragt mit den erwähnten Folgen, aber auch mit der dadurch gesicherten Gewißheit, daß nun niemand mehr die erfolgte Denunziation gegen ihn verwenden könnte. Böhm schreibt in einer seinem Brief an Dolf Sternberger vom 7. Mai 1970 beigefügten Darstellung: »Das war eine etwas riskante Operation, die leicht schlimme Folgen hätte haben können. Es sind in diesem Zusammenhang tatsächlich zwei Anträge an die Staatspolizei in Weimar gerichtet worden auf meine Verbringung in ein Konzen-trationslager. Die Staatspolizei hat nichts veranlaßt, sondern die Anträge zu den Akten genommen.«[544a] Die beklemmende Situation dauert bis in das Jahr 1939 hinein.

In diesem schwierigen Zeitabschnitt schreibt Ricarda Huch an Heinrich Wölfflin einen Brief, der die Besonderheit und Bedeutung der einstigen freundschaftlichen Beziehung in dem unwandelbaren Vertrauen aufscheinen läßt, das sie ihm entgegenbringt: Sie bittet Wölfflin in dem nur fragmentarisch erhalten gebliebenen Schreiben, er möchte für den Fall, daß ihrem Schwiegersohn etwas zustoße und sie selbst, damals vierundsiebzig Jahre alt, sterbe, sich ihrer Tochter und des Enkelkindes annehmen: »Herr und Frau Merz würden Busi ja auch nicht verlassen, aber sie haben viele Kinder. Wenn ich sicher wäre, daß Sie, falls Sie mich überleben, sich Busis und des Kindes annehmen würden, würde ich ruhiger sein. Sie würden es vielleicht ohnehin tun, wenn es nötig wäre, aber ich würde doch so gern ein Wort von Ihnen hören. ...Stellen Sie sich bitte nicht vor, wir wären verzagt oder gar verzweifelt. Nur hatte ich mir in einer von den dunklen Stunden, die hie und da kommen, vorgenommen, Ihnen dies alles zu schreiben. Die Vorstellung, Busi's geliebtes Gesicht von Not und Sorge getrübt – und den guten kleinen Jungen ratlos traurig – das ist mir unerträglich, demgegenüber schwindet jedes Bedenken.«[545] Eine Antwort liegt nicht vor, ist aber unzweifelhaft erfolgt.

1936 hatte sich Professor Heinrich Wölfflin zusammen mit den Professoren Edgar Bonjour und Fritz Strich, dem Präsidenten des Hottinger Lesezirkels Dr. Hans Bodmer und Regierungsrat Dr. Leo Merz an einer Initiative beteiligt, Ricarda Huch erneut für den Literatur-Nobelpreis vorzuschlagen. Die erste Kandidatur war 1928/29 ebenfalls von der Schweiz aus initiiert worden. Damals wurde Thomas Mann der Preisträger, von dem jetzt angenommen wird, daß er sich für Ricarda Huch einsetzen werde. Nach einem Brief Wölfflins vom 28. Dezember 1936 an Victor Wittkowski ist die Initiative von Deutschland aus angeregt worden, und in der Schweiz habe sich Professor Fritz Strich (Bern) an die Spitze des Unternehmens gestellt. Fritz Strich hat im Januar 1946 einen weiteren Versuch unternommen, das Nobel-Kommitee zur Verleihung des Literatur-Nobelpreises an Ricarda Huch zu bewegen.

Da Heinrich Wölfflin nur sehr selten Befürwortungen aussprach – er hat sogar Carl Jacob Burckhardt gegenüber, den er von Jugend an gut kannte, eine Empfehlung zu Gunsten eines Dritten abgelehnt –, ist sein Einsatz für Ricarda Huch um so höher zu bewerten. »Der Kunsthistoriker hätte keinesfalls eingewilligt, Ricarda Huch für den *Nobelpreis* vorzuschlagen, wenn er in ihr nicht nach wie vor ›die erste Dichterin Deutschlands‹ gesehen hätte.«[545a]

Auch in diesen trüben, angstvollen Zeiten arbeitet sie. Der zweite Band der Deutschen Geschichte, *Das Zeitalter der Glaubensspaltung*, wird 1937 fertiggestellt und erscheint bald darauf. Ricarda Huch hat über das 15., 16. und 17. Jahrhundert geschrieben, daß dies die wichtigste Zeit deutscher Geschichte und Luther der bedeutendste Deutsche gewesen sei. Aber nicht nur diese Einstellung ist bezeichnend. Sie, die sorgfältig abwägt, was positiv und negativ war und sich auswirkte, die also als Historikerin sachlich bleibt, wird von ihrer Liebe und Begeisterung für Luther und seine Zeit zu einer besonders vielgestaltigen Darstellung bewegt. *Das Zeitalter der Glaubensspaltung* ist sicherlich der beste, farbigste und poetischste Teil der Trilogie und verrät viel von ihrer Einstellung zum evangelischen Bekenntnis. Nicht die sichtbare Kirche der Pastoren, Superintendenten, der Hofprediger kann sie fesseln – zu den Theologen hat sie ohnehin und allgemein ein eher kritisches Verhältnis, gleich ob sie katholisch oder evangelisch sind –, sie erregen ihr Mißfallen, von Ausnahmen abgesehen, und Ausnahmen sind im zweiten Band ihrer Deutschen Geschichte am zahlreichsten. Die eigentliche Kirche ist für Ricarda Huch die Gemeinschaft all derer, die in innerer Gemeinsamkeit verbunden sind im Glauben an Gott und Christus.

Es kennzeichnet ihre auf Gerechtigkeit gerichtete Persönlichkeit, daß sie gegenüber Martin Hürlimann begründet, warum am Schluß die Reformation besser wegkommt als der Katholizismus: »Gerade weil ich das Ereignis als Ganzes als tragisch aufgefaßt habe, in mancher Hinsicht sogar als sehr verderblich, wollte ich auch auf das Große hinweisen, was es gebracht hat und das läßt sich durch einen Hinweis auf Rembrandt, Bach, Händel am besten anschaulich machen. Die Musik von Gluck, Haydn und den anderen katholischen Meistern baut sich auf der evangelischen auf, ist ohne sie nicht denkbar, wie diese selbst auch immer anerkannt haben.«[546]

Die schöne landschaftliche Umgebung Jenas, die auch hier, wie überall, wo Ricarda Huch gelebt hat, durch Ausflüge erschlossen und genossen wird, hat es ihr angetan. Sie könnte bald, wie die von ihr zitierte Caroline Schlegel sagen: Ich »bin schon mit diesem romantischen Tale ganz befreundet.«[546a]

Dazu trägt auch bei, daß sich auf ihre Anregung hin ein Jour fixe bildet, ein Runder Tisch in einer historischen Jenaer Gaststätte, wo sich wöchentlich die Freunde treffen. Später muß das Treffen in ein Privathaus verlegt werden, weil man befürchtet, belauscht zu werden.

Im Sommer 1939 ist Ricarda Huch wieder einmal in der Schweiz. Sie streift durch Zürichs Straßen und empfindet den Unterschied zwischen der Jugend, in der sie ganz von ihrer Leidenschaft und dem Drang, das eigene, individuelle Leben zu leben, erfüllt war, und dem nun viel objektiveren Aufnehmen der Wirklichkeit. Auf der Rückreise ist sie noch bei Marie Baum in Heidelberg, als die ersten Anzeichen der Mobilmachung sie aufschrecken, so daß sie sich entschließt, abzureisen, weil demnächst für den Transport von Zivilpersonen nicht mehr garantiert wird. An Helene Baumgarten-von Salis, eine Freundin Mariettas und Ricarda töchterlich verbunden, schreibt sie am 30. August aus Jena, daß die Reise kein Vergnügen gewesen sei, aber sie doch einen Platz hatte. »Jetzt sind wir im Umzug begriffen, der ohne Arbeiter – denn die meisten sind eingezogen – unsäglich schwer zu vollziehen ist. Vom 1. September ab sind wir in der neuen Wohnung [dem Häuschen am Oberen Philosophenweg 72, mit Blick auf den Jenzig].« Fast wie Beschwörung klingt der Satz, der ihrer Erinnerung und Sehnsucht nach Treffen, Sprechen, behaglichem Beieinandersein untermischt ist: »Ich glaube eigentlich doch noch nicht an den Krieg.«[574]

Die Mühen des Umzugs verdecken fürs allererste die Schatten des Kriegsausbruchs. Am 9. September 1939 berichtet sie an Elsbeth Merz, daß deren Brief trotz der jetzt sehr unregelmäßigen Postbeförderung angekommen sei, und daß sie es weit haben bis in die Stadt, wo sie die Lebensmittel kaufen müssen. »Was soll ich weiter sagen? Wir sind unangreifbar und unbesiegbar; was ich dabei fühle, weißt Du. Kander weiß sich vor Siegesjubel nicht zu lassen... Gestern habe ich wieder angefangen zu arbeiten.«[548]

Zu allen Zeiten und in allen Wechselfällen ihres Lebens ist die Arbeit auch ein Mittel, sich durch Produktion zu befreien. Diszipliniert schreibt sie an dem Werk über den Dreißigjährigen Krieg, als sie eine jahrzehntelang gehütete, bewahrte Leidenschaft als zerbrechlich und zerbrochen erfährt. Weder persönliche noch überpersönliche Gefahren können sie um ihr tiefinnerliches Gleichgewicht bringen, so sehr sie leidet und sich in Schmerzen winden mag. Es ist ein unzerstörbarer Kern in ihr, der aus Glaube, Zuversicht, Stolz und Verantwortungsgefühl gemischt ist und sie auch in den schwersten Stunden aufrechterhält. Zugute kommt ihr dabei, daß ihr unbeabsichtigt stets eine distanzierte Haltung eigen ist, jene Verbindung von rationaler Kühle und Gefühlswärme, die Voraussetzung für den künstlerischen Schaffensprozeß ist: die Objektivität der Schau und die Leidenschaft des Gestaltens. Daß sie durch Erziehung diszipliniert ist, hat sich für sie in ihren besonderen Lebenslagen positiv ausgewirkt. So leidenschaftlich ihr Empfinden ist, so sicher ordnen Verstand und Bewußtsein die Geschehnisse. Sie wirkt vornehm im Auftreten, aber im Sinne der Besonderheit ihres Persönlichkeitsbildes als außergewöhnlicher Mensch, nicht als Kaschierung von Schwäche und Schwankung. »Ricarda Huch war, wo immer sie auftrat, sprach und sich bewegte, einer Fürstin gleich, und ich wüßte nichts und niemanden, der sie je hätte erniedrigen können«, schrieb Joseph Caspar Witsch, ein Freund ihrer letzten Jahre.

Den Freund Leo Merz in Bern bittet sie nun um Taschenlampenbatterien, weil man wegen der Dunkelheit in den Straßen – Verdunkelung ist angeordnet – nichts sehen kann. Leider muß sie im selben Brief melden, daß es keine Baumkuchen mehr gibt, ihr jährliches Weihnachtsgeschenk für die Familie Merz.

1940 lernt Ricarda Antje Lemke-Bultmann kennen, eine Tochter des Marburger Theologen Professor Rudolf Bultmann, dessen das Christentum entmythologisierende Forschungsarbeiten weit über den Kreis der Fachwissenschaftler hinaus Aufsehen erregen. Antje Lemke ist damals mit einem Arzt und Psychotherapeuten verheiratet, von dem sie sich aber bald trennt. Er hat Ricarda Huch gemalt.

Die nähere Beziehung zum Hause Böhm/Huch stellte sich durch eine Hausmusikveranstaltung her: Scheu steht die junge Frau abseits; warmherzig dankt Ricarda für die schöne Musik: Antje Lemke-Bultmann spielt Geige. 1944 siedelt Antje, wie sie bald genannt wird, ganz zu ihnen über. Sie macht eine Ausbildung als Bibliothekarin und arbeitet schließlich an der Universitätsbibliothek in Leipzig. Ihr schönes Violinspiel läßt die Hausmusik wieder heimisch werden im Kreise Ricarda Huchs und ihrer Kinder, zumal die Nachbarin, Annemarie Dahlet, ausgebildete Sängerin ist und Marietta Böhm wieder zum Singen angeregt hat. Antje Lemke-Bultmann wird bald zur Stütze für die zunehmend sehbehinderte Ricarda Huch, zur Freundin ihrer Tochter und zu einer lieben Hausgenossin für alle. Mit ihrer Hilfe sind auch die schwierigen und kräfteraubenden Lebensmittel- und Heizprobleme der letzten Kriegs- und der Nachkriegszeit leichter zu lösen.

Auch Ricarda hilft im Haus und in der Küche: beim Geschirrabtrocknen, beim Vorbereiten von Gemüse oder Obst. Marietta und Antje besorgen die anstrengenderen Arbeiten, vor allem auch die geschätzte Hausgehilfin Lisbeth – so lange sie noch bei ihnen ist. An einem Waschtag schleppt Marietta ein Gefäß mit nasser Wäsche in den Garten und singt dabei vor sich hin: »O Leben, o Schönheit!«

So rauschten die Bäume vor dem Haus Hohetorpromenade 11 in Braunschweig. So rauschten die Bäume, denen Michael Unger lauschte; so rauschten sie, als die kleine Malve ihn fragte, welches Lied sie sängen.

»O Leben, o Schönheit«, singt Marietta. Sie hält inne, setzt die Wäsche ab, sieht zu Ricarda, die Kirschen entsteint, und seufzt: »O Mutter, Mutter, das war dein bester Witz!«[549]

Im Jahr 1942 jährt sich der Tag der Überreichung des Doktordiploms an Ricarda Huch zum fünfzigsten Mal. Die Universität Zürich plant eine Ehrung. Viele schwierige Hürden sind zu nehmen, bis die Genehmigung vorliegt. Denn ihre *Deutsche Geschichte,* Band I und II, gefällt den Nationalsozialisten gar nicht. Anne Marie Koeppen schreibt in ›Nationalsozialistische Monatshefte‹: »Diese Ricarda Huch hat [...] ein Buch herausgegeben, gegen das sich jeder freiheit- und ehrliebende Deutsche zur Wehr setzen muß.« Und weiter: »Wahrlich, das ›auserwählte Volk‹ kann sich keinen beredteren Anwalt wünschen, als diese Frau es ist. Alle ihre große Kunst bietet sie auf, um die Vorzüge und edlen Eigenschaften der Kinder Israels zu schildern [...].« Am Schluß bricht die Rezensentin vollends den Stab über die Autorin: »Im Deutschland Adolf Hitlers ist für Magierinnen dieser Art heute kein Platz mehr.«[550]

Demgegenüber schreibt der junge Golo Mann über *Das Zeitalter der Glaubensspaltung*: »Theorie muß oft Geschichtsgefühl und Gestaltungskraft ersetzen; Ricarda Huch bedarf ihrer nicht. Sie sucht nicht Gesetze, Ursachen, Kausalität; aber in wenigen geschichtlichen Darstellungen glaubt man so wie in der ihren das Fatum zu ergreifen. – ...Müßten wir ihr ein Kennwort zuweisen, so wählten wir: *Gerechtigkeit.* Ricarda Huch verhimmelt nicht, entlarvt nicht, klagt auch nicht an: sie ist gerecht. ...sie glaubt auch an ›etwas Unvergängliches, Unersetzliches, etwas allen

Menschen zu jeder Zeit Notwendiges, die Luft, in der der Geist atmet‹: an Freiheit.«[551]

Auch Reinhold Schneider, historischer katholischer Schriftsteller, würdigt diesen Band der *Deutschen Geschichte,* spricht von »versöhnlicher Wirkung« des *Zeitalters der Glaubensspaltung,* »wiewohl sie von durchaus protestantischem Geiste eingegeben ist«.[552] »Die wunderbare Fähigkeit, den ›Duft und Rausch‹, die Vornehmheit und den Zauber der Habsburger aufzufangen, auch unter den Frauen der Reformatoren und den edlen Fürstinnen der Zeit eine Charitas Pirkheimer in ihrer stolzen Treue zu verstehen, neben dem Heraufkommenden die Unersetzlichkeit des Alten gebührend einzuschätzen, erhebt die ebenso beherrschte wie lebensvolle Darstellung über jeden Verdacht der Einseitigkeit.«[553]

Die Zensur aber denkt anders. Martin Hürlimann muß Ricarda Huch sagen, daß die Buchhändler zurückhaltend reagieren, wenn sie ihren Namen hören, daß ihre Bücher überhaupt nur noch schlecht verkauft werden – nicht zuletzt, weil man sich scheut, sie anzubieten, um nicht höheren Orts aufzufallen. Im Dritten Reich muß man Bücher nicht verbieten, um sie den Lesern vorzuenthalten; es gibt andere, subtilere Möglichkeiten, das zu erreichen.

Wird sie also überhaupt die Reisegenehmigung für die Schweiz erhalten? Am 13. März 1942 schreibt Ricarda Huch an den Dekan der Philosophischen Fakultät der Universität Zürich, daß sie darauf hoffe und daß ihre Empfindungen von denen vor fünfzig Jahren abweichen werden: »Jedenfalls aber werden sie wie damals mit Dankbarkeit gegen die Universität Zürich verbunden sein, die uns Frauen das Studium ermöglichte.«[554]

Und an Frieda Merz kann sie am 25. April 1942 schreiben: »...Das Unglaubliche wird wahr, ich kann in etwa 14 Tagen reisen!«[555]

Die Tage von Zürich mit ihren Ehrungen für die Historikerin und die Dichterin, die Besinnung auf das eigene Leben und Werk, dazu die immer wieder erlebten und hochgeschätzten Begegnungen der Freundschaft, wie auch jetzt wieder bei der Familie Merz in Bern, und das Wiedersehen mit Heinrich Wölfflin – das letzte, das ihnen beschieden ist – lassen die Schrecklichkeiten der deutschen Gegenwart vergessen, wozu auch die Euthanasie gehört.

Am 4. November 1941 hatte Ricarda Huch an den Bischof von Münster, Graf von Galen, einen Brief geschrieben, in dem sie ihm für seine Predigten gegen die Vernichtung sogenannten lebensunwerten Lebens dankte. Es heißt darin: »Erfahren zu müssen, das unserm Volk das Rechtsgefühl zu fehlen scheint, war wohl das Bitterste, was die letzten Jahre uns gebracht haben. Die dadurch verdüsterte Stimmung erhellte sich, als Sie, hochverehrter Herr Bischof, dem triumphierenden Unrecht sich entgegenstellten, öffentlich, und für die Verunrechteten eintraten. Das Bewußtsein, den Forderungen des Gewissens genuggetan zu haben, ist mehr wert, als Beifall der Menschen.«[556]

Als sie 1942 aus der Schweiz zurückkommt, besitzt sie offenbar neue Informationen. Jedenfalls deutet ein Brief vom 26. Juni an Marie Baum darauf hin. Es heißt darin: »Daß so Entsetzliches um einen herum vorgeht und man nichts tut, um es zu verhindern oder zu rächen, kommt mir manchmal so unerhört, so unerträglich vor...«[557] Sie führt eine offene, freie Sprache, trotz der Gefahr der Überwachung, die alleine schon für die Post ständig besteht.

Mein Herz, mein Löwe, hält seine Beute fest,
Sein Geliebtes fest in den Fängen,
Aber Gehaßtes gibt es auch,
Das er niemals entläßt
Bis zum letzten Hauch,
Was immer die Jahre verhängen.

Es gibt Namen, die beflecken
Die Lippen, die sie nennen,
Die Erde mag sie nicht decken,
Die Flamme mag sie nicht brennen.
Der Engel, gesandt, den Verbrecher
Mit der Gnade von Gott zu betauen,
Wendet sich ab voll Grauen
Und wird zum zischenden Rächer.
Und hätte Gott selbst so viel Huld,
Zu waschen die blutrote Schuld,
Bis der Schandfleck verblaßte, –
Mein Herz wird hassen, was es haßte,
Mein Herz hält fest seine Beute,
Daß keiner dran künstle und deute,
Daß kein Lügner schminke das Böse,
Verfluchtes vom Fluche löse.[557a]

Am 12. Januar 1943 stirbt Rudolf Huch. Anläßlich seines siebzigsten Geburtstages 1932 haben sich die drei Geschwister in Bad Harzburg getroffen. Da sich das Verhältnis zu Lilly schon während der Berliner Zeit entspannt hatte, wenn es auch niemals wirklich harmonisch wird, fand das erste Treffen seit 1886 drei Jahre zuvor, 1929, in freundlicher Atmosphäre statt, wenn man von den »Familiengespenstern«[558], von denen aber niemand sprach, absah. Jetzt, beim Tode des Bruders, schreibt Ricarda: »Unsere Generation geht dahin – ich hoffe, daß mir doch noch einige Jahre geschenkt werden. Indessen stirbt die Jugend scharenweise – es ist alles so traurig.«[559]

Ende Mai 1943 erlebt Jena seinen ersten wirklichen Bombenangriff, der noch mehr als eine Sensation angesehen wird, denn als Vorbote wirklicher Gefahr. Zeiss ist zwar betroffen, und es gibt eine Menge Sachschäden, aber die sechs Todesopfer hält man für eine relativ geringe Zahl, so sehr ist man offenbar an ganz andere Verluste aus Berlin, dem Ruhrgebiet, Oberschlesien gewöhnt. Kander ist im Katastrophenschutz, und natürlich macht sich die Großmutter Sorgen: »Er muß bei Alarm sofort ins Gymnasium laufen – das etwa zwanzig Minuten entfernt ist –, um dort zu helfen. ... Er ist einstweilen stolz darauf.«[560]

Im Dezember 1943 wird Leipzig bombardiert. Auch der Insel-Verlag brennt ab und mit ihm alle Papiervorräte. Ricarda Huch arbeitet am dritten Band ihrer Deutschen Geschichte *Das Ende des Römischen Reiches Deutscher Nation,* von dem sie weiß, daß er während des Krieges, ja, überhaupt während der Nazi-Zeit nicht erscheinen kann. Das Buch und damit die Trilogie endet mit dem Erlöschen des tausend Jahre alten Reiches. Aber die Dichterin und Historikerin läßt Krone, Zepter und Reichsapfel symbolisch durch die über sie hinflutenden Wogen der Zeit schimmern und deutet damit an, daß das Vergangene eine mächtige Kraft ist, die auf Gegenwart und Zukunft wirkt – auf das Leben.

Sie hat eine Novelle geschrieben, *Weiße Nächte,* im Zarenreich während des Ersten Weltkrieges spielend, voller Andeutungen, die auf die Gegenwart des Zweiten Weltkrieges zielen. Die erste Auflage ist vor der Auslieferung im Atlantis Verlag in Berlin verbrannt. Aber Ricarda nimmt es ruhig auf. Es geschieht so viel Wichtigeres.

Ihr achtzigster Geburtstag wird so schön gefeiert, wie die Zeitläufte es zulassen. Von den Freunden, die am sechzigsten dabei waren, leben Ernst Reinhardt, Hedwig Bleuler-Waser und Professor von Baeyer (aus dem Münchner, Heidelberger, dann Jenaer Freundeskreis) nicht mehr. Aber der in München wohnende Schweizer Kunsthistoriker Ulrich Christoffel und seine Frau, Marie Baum, Anton und Katharina Kippenberg, das Verlegerehepaar, kommen – und die Jenaer Freunde.

Es ist nicht leicht, im vorletzten Kriegsjahr ein Fest zu feiern und auch noch auswärtige Gäste unterzubringen. Auf der Einladung zur Feier im Garten des Dahletschen Hauses heißt es: »Die Gäste werden gebeten, Kuchen und belegte Brote mitzubringen, oder, wenn das nicht möglich ist, bis zum 10. Juli an Frau Dr. Dahlet folgende Marken einzusenden: 50 gr. Fleisch, 10 gr. Fett und 150 gr. Brot.«[561]

Der Dichter Hans Carossa gratuliert mit 15 Eiern. Ricarda schreibt am 23. Juli 1944: »Lieber Herr Carossa, Sie hätten mir ein Gedicht machen können und das wäre sehr hübsch gewesen – Sie hätten mich besuchen können – das wäre noch hübscher gewesen – aber nein! Sie haben gefunden, 15 Eier wären doch das schönste! Ich will nicht darüber nachdenken, worüber ich mich am meisten gefreut hätte, sondern anerkennen, daß 15 Eier schwer zu überbieten sind und Ihnen danken. ... Die Verpackung wird wunschgemäß zurückgeschickt. Den Besuch sind Sie mir aber noch schuldig! Ihre Ricarda Huch.«[562]

Am Vormittag des 18. Juli findet im Hause Böhm ein Empfang statt, bei dem eine kleine Delegation aus Braunschweig Ricarda Huch den Wilhelm Raabe-Preis der Stadt überreicht. Die Stadt Jena gratuliert. Ein Abgesandter des Reichsministers für Volksaufklärung und Propaganda, Josef Goebbels, hatte schon Tage vorher Glückwünsche überbracht, »und das artete in eine wahre Katastrophe aus«, wie Ricarda an Marie Baum schreibt.[563] Freunde leisten Beiträge zu einer ungedruckten Festschrift, Heinrich Wölfflin durch ein Bild von sich, einer Zeichnung von Haubacher, mit der Widmung: »Ein Achtziger grüßt die Achtzigerin«.[564]

Einen Gruß aus längst vergangener Zeit, der Erinnerungen wachruft, sendet die Züricher Kommilitonin Lucia Morawitz. Es ist ihre Vertonung des Gedichts *Zigeunerlied* der einst bekannten Schriftstellerin Marie Eugenie delle Grazie, in deren Wiener Salon die junge Ricarda Huch Mittelpunkt war. Die betagte Komponistin schreibt mit schon unsicherer Hand: »[...] verklungen sind meine Lieder. Aber von einem weiß ich, das Ihren Widmungsnamen trägt. Entsinnen Sie sich noch? Ich hatte es Ihnen vorgespielt. Da sagten Sie in Ihrer so eigenen Art, leise, langsam, sanft, bestimmt, kurz und gnädig: ›Mor; widmen Sie mir das.‹ So tat ich. Es war 1896 auf dem Schanzenberg in Zürich.«[565]

Am Nachmittag wird im Dahletschen Garten bei herrlichem Wetter gefeiert. Etwa fünfzig Personen bringen ihre Glückwünsche dar, darunter viele Kinder der eingeladenen Freunde. Ein Teppich bunter Blumen schmückt das Fest. Franz Böhm hat ein Spiel geschrieben, *Die Himmelsgabe,* das hier aufgeführt wird, und der Enkel Alexander – Kander – dirigiert die Haydnsche Kindersymphonie, gespielt von Jenaer Kindern, mit Tochter und Schwiegersohn als Mitspielende im Orchester.

Der nächste Tag wird verbracht mit der zu lösenden Aufgabe, auf ein Glückwunschtelegramm Hitlers zu antworten unter Vermeidung der fatalen Formulierungen ›Mein Führer‹ und ›Heil Hitler‹. Es gehört zu den Spielarten der Diktatur, daß dem Glückwunsch des mächtigsten Mannes die Anweisung des Reichsministers für Volksaufklärung und Propaganda an die Presse gegenübersteht, des achtzigsten Geburtstages von Ricarda Huch nicht zu gedenken.

Zwei Tage später mißlingt das Attentat vom 20. Juli 1944 auf Hitler. Franz Böhm ist mit Carl Goerdeler, der als Reichskanzler vorgesehen ist, bekannt und hat ihn mehrfach in Leipzig aufgesucht. Persönliche, gleichfalls auf Kritik am NS-Regime gegründete Beziehungen bestehen auch zu Peter Graf Yorck von Wartenburg, der ebenfalls zu den zentralen Persönlichkeiten des 20. Juli gehört. Die folgenden Tage bringen eine Kette grauenvoller Nachrichten. Auch Franz Böhm muß mit seiner Verhaftung rechnen. Aus dem Freiburger Oppositionellenkreis, dem er angehört, werden später die Professoren von Dietze, Adolf Lampe und Gerhard Ritter festgenommen und nach Berlin gebracht. Ernst von Harnack besucht sie noch im September – kurz vor seiner Verhaftung.

In dem Gedichtband *Herbstfeuer*, der anläßlich des achtzigsten Geburtstages im Insel-Verlag erschienen ist, heißt es:

> Das Licht erlischt.
> Die Nacht wird lang, es wachsen die Schatten,
> Der Wald wird kahl, leer werden die Matten.
> Wir essen Asche ins Brot gemischt, –
> Das Licht erlischt.[566]

Zu Weihnachten 1943 schenkt Ricarda Huch ihrem Enkel einen selbstgefertigten Kalender für das Jahr 1944. Die Woche vom 17. bis 23. April, in die Hitlers Geburtstag fällt, hat sie durch ein Hitler-Bild gekennzeichnet und darunter das Schiller-Zitat geschrieben: »Es ist zu verwundern, dass manche Menschen nicht im Gefühl ihrer Nichtswürdigkeit augenblicklich verwesen.«[567]

Am 9. Februar 1945 wird die Stadt Jena durch einen Bombenangriff schwer getroffen. Ricarda berichtet an Marie Baum: »Das Fenster im Eßzimmer, an dem ich gesessen habe, ist vollständig zertrümmert. Antje, die alles kann, hat es in einer halben Stunde eingerichtet, so daß wir das Zimmer weiter benutzen können. Außerdem ist noch ein großes Fenster im Wohnzimmer kaputt, das aber jetzt doch nicht benützt wird, und ein Fenster in Kanders Schlafzimmer. Und aus der hinteren Haustür war das Schloß herausgeschlagen. Franz hat alles ziemlich instand gesetzt. Jetzt ist er bei Dahlets, um zu helfen, die zerschlagenen Fenster durch Pappe zu ersetzen.

Gas haben wir schon seit ein paar Tagen nicht mehr. Das hat aber nichts mit dem Angriff zu tun, sondern das ist der

Kohlenmangel. ... Wir kochen alles auf dem Öfchen im Eßzimmer, Busi bringt erstaunlich viel zuweg... gerade jetzt bekommt Franz eine Berufung an die Universität Freiburg...«[568]

Am 19. März 1945 wird die Innenstadt von Jena fast völlig vernichtet. Ricarda Huch hat, einem Wunsch von Eva Merz folgend, dieses Erlebnis in »Tag in Jena 1945« geschildert. Sie vergleicht darin Naturerscheinungen mit der Gewalt des Menschen:

»Das Fliegergeräusch wurde immer lauter, immer drohender. Das Gespräch verstummte... Dann kam etwas Entsetzliches, Unbeschreibliches; ein langgezogenes, zischendes Pfeifen. – Das ist das Zeichen: im nächsten Augenblick werden wir tot oder zerfleischt und doch noch lebend sein. Die rasselnde Schlange stürzt sich auf ihr gelähmtes Opfer, um es in ihrer ekelhaften Umarmung zu erdrücken. Ein Krachen wie Weltuntergang – das war ein sogenannter Bombenteppich, keine einzelne Bombe ... Wenn man den Krach hört, ist man gerettet, aber nur für einen Augenblick; das mörderische Rasseln geht weiter. Wir sind im Rachen des Todes, da ist kein Entrinnen. Es wird lauter und lauter, kommt näher und näher – wieder das mordlustige Pfeifen und dann der tödliche Krach. Hat es uns diesmal nicht getroffen, so trifft es das nächstemal um so sicherer; es scheint gerade auf unser Haus zu zielen.«[568a]

»›Ich kann es nicht länger aushalten‹, sagte meine Tochter. Ich dachte an die vergangene Zeit, als sie klein war und sich vor dem Gewitter fürchtete. Wie lange, wie unendlich lange war das her, und wie glücklich waren wir damals! Wie herrlich war das himmlische Donnergrollen gegen das mordlustige Brüllen der Maschinen! Laß mich in die Hände des Herrn fallen, sagte König David, ich will nicht in die Hände der Menschen fallen.«[569]

Der Enkel in seiner Rettungsstation lebt, aber er ist ständig gefährdet. Fliegeralarme und Bombenabwürfe sind an der Tagesordnung. Der Schwiegersohn exerziert eine Volkssturmgruppe ein. Ein Zustand der Auflösung breitet sich aus.

In Freiburg haben die Freunde die Wirren der Kriegslage im Westen dazu genutzt, Dr. Franz Böhm einen Lehrauftrag zu erteilen. Am Ostermontag macht er sich mit seinem Sohn auf nach Baden. Er fürchtet, daß der Fünfzehnjährige noch ganz zuletzt eingezogen werden wird. Auf abenteuerlichen Wegen erreichen sie schließlich Freiburg.

Zuvor haben sie Ricarda, Marietta und Antje nach Tautenburg gebracht, ein kleines Dorf unweit Dornburg, in der Nähe von Jena, wo sie von Bombenangriffen unbehelligt bleiben. Vor dreiundfünfzig Jahren haben hier Nietzsche und Lou von Salomé Gedanken ausgetauscht, um sich dann bald darauf in Leipzig auf Nimmerwiedersehen zu trennen. In ihrem Tautenburger Tagebuch, das Lou für den gemeinsamen Freund Paul Rée führte, schrieb sie: »Wie sehr gleich denken und empfinden wir ... und wie nehmen wir uns die Worte und Gedanken förmlich von den Lippen. Wir sprechen uns diese drei Wochen förmlich todt und sonderbarer Weise hält er [Nietzsche] es jetzt plötzlich aus ca. 10 Stunden täglich zu verplaudern.«[570]

Die drei Frauen bleiben in ihrem Refugium, zu dritt in einem Zimmer, genießen wunderbare Frühlingstage in der herrlichen Natur dieses kleinen Ortes über den totalen Zusammenbruch aller staatlichen und öffentlichen Ordnung hinaus, und erleben dort den Einmarsch der amerikanischen Truppen. Wenig später kehren sie nach Jena zurück.

Am 8. Juni 1945 schreibt Ricarda an die Heidelberger Freundin Marie Baum, berichtet von der glücklichen Ankunft des Schwiegersohnes und des Enkels in Freiburg, wovon sie erst vor ein paar Tagen Nachricht erhielten, und von der Wahrscheinlichkeit, russisch zu werden. Am Tag zuvor war Professor Lampe da. Er habe berichtet, daß Ernst von Harnack hingerichtet worden sei, jedenfalls sei er zum Tode verurteilt worden. An Carl Goerdeler sei das Todesurteil bereits im Februar vollzogen worden.

Den Brief nimmt eine junge Frau mit, die Postverbindungen sind noch immer gestört. »Ich wollte«, schreibt die Freundin der Freundin, »Du könntest mir Nachricht zukommen lassen. Ich bin sehr alt geworden, aber mein Inneres ist unverändert, und ich bin immer noch Deine alte R.«[571]

Der Enkel bleibt Inhalt ihrer Gedanken und Sorgen. Am Ende ihres Briefes vom 2. Juli 1945 schreibt sie ihm: »Nun sage ich wieder wie damals am Ostermontag in Tautenburg: Auf Wiedersehen in diesem oder jenem Leben! Ich wollte, es wäre in diesem Leben – sollte es nicht sein: Gott segne Dich, geliebter Junge! Lebe wohl!«[572]

Auf Umwegen, über Professor Bultmann, Antjes Vater, erfahren die Frauen, daß Franz Böhm Kultusminister in Hessen geworden ist. Sie haben keine Erklärung dafür, aber seine Schwiegermutter meint: »Es wäre schön und sehr passend für ihn.«[573]

Aus der Ferne folgt sie Alexanders Schulerlebnissen. Sie hat viel mit dem phantasievollen Kind gearbeitet, Latein, Deutsch, und staunt nun: »Wenn ich von Deinen Lateinstunden höre, ist mir zumute wie einer Entenmutter, die voll Schrecken und Staunen ihre Kleinen davonschwimmen sieht. Denke nur immer zuerst besonnen über jeden Satz nach. Tacitus' Annalen sind sehr schwer, die Germania ist, soweit ich mich erinnere, leichter und sehr hübsch. Schade, daß ihr wieder den sehr weisen, aber vielleicht gerade darum langweiligen Sokrates lest. Ilias wäre unendlich viel schöner. Hier sind die Schulen ungeheizt, und ich denke mir, sie werden schließen müssen, wenn es richtig kalt wird. In unserm Eßzimmer ist es himmlisch warm, aber sonst überall ein Grauen.«[574]

An Marie Baum schickt sie ein Gedicht, in dem es unter anderem heißt:

Wir haben keine Heimat, keine Zuflucht auf Erden,
Wir schleppen wunde Füße in zerrissenen Schuhen,
Wir haben keinen Acker, keine Weide, keine Herden,
Wir haben kein Bett, um nachts darin zu ruhen.

Wir drängen uns hungernd auf harten Wegen,
Wir erbetteln von Bettlern das Brot aus leeren Spinden.
Wir haben keinen Mantel in Frost und Regen,
Wir sind dankbar für Lumpen und trockene Rinden.

Wir haben keine Tochter, keinen Sohn, uns zu stützen,
Das Kind hat keinen Vater, das kranke zu retten,
Wir sterben am Wege, in Gräben, in Pfützen,
Wir haben keine Ruhstatt, unsre Toten zu betten.

Wir suchen unsre Häuser zwischen wüsten Steinen
Und finden einen Balken, ein Brett, ein paar Stufen.
Wir wühlen in der Asche nach Schmuck und nach Gebeinen,
Wo drunten klagende Stimmen uns geisterhaft rufen.

Wir genießen der Toten Freiheit und Frieden,
Uns trifft nicht das Schelten von der Tugend Throne.
Uns richtet kein sterblicher Richter hienieden,
Uns, geglüht mit des Unglücks blutiger Krone.[575]

Am 19. Juli 1945 ist Heinrich Wölfflin gestorben. Ricarda träumt von ihm: »...er spielte schön Klavier, ich hörte die Musik deutlich. Ich sagte, als es aus war: Sie haben phantasiert, nicht wahr? Er sagte ja. Es gibt zu viel Tote, wenn man alt wird. Jetzt gibt es zwar auch für die Jungen viele.«[576]

Marianne Plehn, Freundin fürs Leben, stirbt ebenfalls in dieser Zeit.

Im Juli sind die amerikanischen Besatzungstruppen in Thüringen entsprechend den alliierten Abkommen durch russische ersetzt worden. Die Amerikaner haben sich nicht um die greise Dichterin in dem bescheidenen Häuschen bekümmert. Die Russen lassen es an Zuvorkommenheit nicht fehlen: sie bringen Lebensmittel und Heizmaterial. Nur eines wollen sie ebensowenig wie die Amerikaner gestatten: daß diese alte Frau mit Tochter und Hausgenossin in die amerikanische Zone ausreist, damit sich die Familie wieder vereinigen kann.

Alexander kommt einmal in den großen Ferien zu Besuch, Franz Böhm zweimal. Er richtet am 3. April 1946 ein Gesuch um Familienzusammenführung an den Chef der Sowjetischen Militäradministration des Landes Thüringen, Generalmajor I. S. Kolesnitschenko – ohne Erfolg.

Dafür wird Ricarda Huch immer wieder ins öffentliche Leben einbezogen. Was sie nach dem Ersten Weltkrieg als eine Aufgabe des Schriftstellers erkannt hatte, nämlich auch praktisch durch Handeln zu wirken, was sie während der Weimarer Republik immer wieder warnend, ratend, aufrufend tat, wenn auch in einem durch ihre körperlichen Kräfte beschränkten Maße, wird nun geradezu von ihr gefordert. Allerdings muß sie bald feststellen, daß die Proklamationen mit den Realitäten oft nicht übereinstimmen.

Sie hat sich vorgenommen, den Widerstandskämpfern gegen das nationalsozialistische Regime ein Denkmal zu setzen. So sammelt sie Material und läßt im Mai 1946 einen Aufruf in den ›Hessischen Nachrichten‹ erscheinen. Andere Tageszeitungen bringen ihn nicht. Aber Ende Mai erscheint er in der New Yorker ›Neuen Volkszeitung‹ unter der Überschrift »Eine große deutsche Schriftstellerin bittet um Material«.

Nach einiger Zeit zeigt sich, daß die Schilderungen, die sie erhält – verständlicherweise – von den Angehörigen in ihrem Schmerz verklärt werden. Sie aber will weder einen dokumentarischen Bericht liefern noch eine stilisierte Heldendarstellung. Sie will Menschen zum Leben erwecken – in ihren Hoffnungen und Träumen, ihrem Handeln und Versagen, ihren Absichten und Zielen. Zu Recht hat man gesagt, daß die weithin ausgeführten Skizzen der Geschwister Scholl erkennen lassen, was sie wollte und was sie hätte gestalten können.

Sie merkt, daß sie der Arbeit kaum gewachsen ist – die Berge von Briefen, Mitteilungen, Dokumenten schwellen immer mehr an –, aber sie fühlt sich in der Pflicht. Antje Lemke-Bultmann geht ihr als Sekretärin zur Hand.

Zur selben Zeit wird sie um vielerlei Mitwirkungen gebeten. Bereits am 30. November 1945 erscheint ihre Botschaft zum Jahresende in vielen Zeitungen: »Unsere Lage ist ernst; aber gerade deshalb erfordert sie, dass alle ihre Kräfte einsetzen, um an einer Wiederherstellung des Lebens mitzuarbeiten. Wenn es ein Glück ist, eine große und schwere Aufgabe vor sich zu haben, die die ganze Kraft in Anspruch nimmt, so sind wir inmitten unseres furchtbaren Unglücks glücklich. Ricarda Huch.«[576a]

Am 1. Januar 1946 wird Ricarda Huchs »Neujahrsbetrachtung« in der ›Täglichen Rundschau‹ gedruckt: »Wir haben Menschen zur Regierung kommen lassen, denen wir mißtrauen mußten. Wir sahen bald Gewalttaten geschehen, die uns Grauen einflößen mußten. Viele unter uns entsetzten sich über diese Untaten, und manche versuchten, im Stillen zu helfen, ungeachtet der Gefahr, die sie dadurch liefen; das aber macht die Verbrechen, die geschahen, nicht ungeschehn... Wohl gab es Tapfere, die gegen das Böse protestierten, Edle, die, das Böse bekämpfend, in den Tod gingen; sie haben dadurch die Ehre des deutschen Volkes gewahrt, es aber nicht von der Schuld befreit, in die die begangenen

Verbrechen es verstrickten. ... Die Unschuldigen müssen mit den Schuldigen schuldig sein, die Schuldigen den Unschuldigen ihre Unschuld gönnen. Wie können wir auf Verständnis und Mitgefühl der Fremden hoffen, wenn wir es füreinander nicht haben? ... Betrachten wir uns nicht als Opfer, sondern als solche, die mit der Hölle im Bunde waren und wunderbar gerettet sind...«[576b]

Sie wird Alterspräsidentin der Beratenden Landesversammlung Thüringens. In ihrer Eröffnungsansprache heißt es unter anderem: »Von allen früheren Demokratien unterscheidet sich die moderne dadurch, daß sie die bisher ausgeschlossene Hälfte der Bevölkerung, in manchen Punkten vielleicht wirklich die beste, nämlich die Frauen, mit einbezieht. Es könnte sein, daß die Gewissenhaftigkeit und das Verantwortlichkeitsgefühl der Frauen – und Frauen sind besonders gewissenhaft – ein wichtiger Beitrag ist, den sie zur Demokratie leisten.«[577]

Für den Wiederaufbau der Stadt Jena stiftet Ricarda Huch als ›Baustein‹ ihr von ihr selbst kommentiertes Tagebuch, das sie als Sechsjährige schrieb.

Als am 15. Oktober 1945 die Universität wieder eröffnet wird, schreibt sie für die Festschrift aus diesem Anlaß einen Beitrag, in dem es heißt: »Zwischen den Überbleibseln unserer Kultur, an die wir uns klammern wie Schiffbrüchige an Planken, und neuen Plänen, die Heilung aller Übel verheißen, stehen wir zweifelnd. Der Anweisung bedürftig, denken wir an unsere Universitäten, die neben den Kirchen zu Hütern unserer Heiligtümer und unserer Kultur berufen sind. Ihre Aufgabe ist es, das Alte, das sich als echt und fruchtbar bewährt hat, zu bewahren und gleichzeitig die neuen Gedanken zu sammeln, zu prüfen und zu fördern... Wir feiern in diesen Tagen die Wiedereröffnung der Universität Jena. In unglücksschwerer Zeit entstanden, später vom Genius beglänzt und für immer ausgezeichnet, ist sie uns ein teures Wahrzeichen. Wir begrüßen sie hoffend, daß alte Weisheit und neues Leben von ihr ausströmen und nicht nur unsere zertrümmerte Stadt, sondern weithin deutsches Land befruchten werde.«[578]

In das Goldene Buch des Landes Thüringen, das später, nach der Auflösung der Länder in der DDR, zum Gästebuch des Deutschen Nationaltheaters Weimar wird, schreibt sie am 20. März 1946 folgende Verszeilen:

Auf dieses Buches erste Seite
Schreib ich drei Namen zum Geleite
Dem heutigen, dem künftigen Geschlecht:
Frieden, Freiheit und Recht.

Es sei dem Lande Thüringen beschieden,
Daß niemals mehr im wechselnden Geschehn
Ihm diese Sterne untergehn:
Das Recht, die Freiheit und der Frieden.[579]

Und als die im Kriege zerstörte traditionsreichste Brücke über die Saale, wiederaufgebaut, am 13. Juli 1947 eingeweiht wird, ist in die Begrenzungsmauer auf Camsdorfer Seite folgender Spruch von Ricarda Huch eingemeißelt:

Danke denen, die gebaut den Bogen,
Daß dich das Gewässer nicht verschlinge.
Fehlt die Brücke der wilden Wogen,
Fasse Mut und schwimme oder springe.[580]

Dreiundachtzig Jahre alt ist die Dichterin, als sie diesen Spruch in ungebrochener Jugendlichkeit des Gefühls, des Mutes, der Zuversicht einer neuen Generation auf den Weg über ihre Brücke mitgibt – die Brücke, die sie selber sein müssen, schwimmend oder springend.

Ihr Beitrag zur Festschrift der Universitätseröffnung

hatte übrigens die Mißbilligung der sowjetischen Militärbehörden gefunden, so daß die schon gedruckte Auflage eingestampft und eine zweite ohne ihre Arbeit hergestellt werden mußte.

Anläßlich ihres 82. Geburtstages wird Ricarda Huch die Ehrendoktorwürde der Friedrich-Schiller-Universität verliehen. Diese Auszeichnung sollte ihr schon zum 80. Geburtstag zuteil werden, aber mit der Begründung, daß ihre Werke unzeitgemäß seien und sie nie etwas für das Dritte Reich geschrieben habe, wurde diese Absicht von ausschlaggebender Seite zu Fall gebracht. Mit tiefer Befriedigung hat die Dichterin davon später Kenntnis genommen.

Man versucht des öfteren, sie fest an Vereinigungen zu binden. So soll sie Vorsitzende des im Juni 1945 gegründeten ›Kulturbundes zur demokratischen Erneuerung Deutschlands‹ werden, lehnt aber unter Hinweis auf ihr hohes Alter ab. Sie übernimmt dann später den Ehrenvorsitz des Landesverbandes Thüringen dieser Organisation. Der im März 1947 entstehende Demokratische Frauenbund Deutschlands trägt ihr ebenfalls den Vorsitz an. Auch hier lehnt sie ab, kann aber die Übernahme des Ehrenvorsitzes schlecht verweigern. Während der Gründungsversammlung, an der sie nicht teilnimmt, wird ein Plakat mit ihrem Bild und einem ihrer Aphorismen ohne ihr Wissen und ihre Genehmigung ausgehängt. Sie ist empört und muß erkennen, daß ihr Name und ihr Bekanntheitsgrad für Zwecke eingesetzt werden, die sie nicht billigen kann. Die Veränderungen hin zu einer Einparteiendiktatur sind unverkennbar. Sie schreibt an den Enkel am 10. Oktober 1946: »Heute hat die SED sich etwas Fabelhaftes geleistet: sie hat versprochen, sich dafür einzusetzen, daß man einen Zentner Kartoffeln und mehr kriegte, daß die Frauen bessere Karten [Lebensmittelkarten] bekämen und noch ein paar ähnliche Wohltaten, wenn man nämlich SED wählte.«[581]

Mehrfach fährt sie in Begleitung der Tochter oder Antje Lemkes nach Berlin, um Besprechungen wegen des Buches über die Widerstandskämpfer zu führen. Wie schwierig sich die Arbeit gestaltet, geht aus ihrem Brief vom 10. August 1947 hervor: »Ich arbeite an meinem Buch – nicht gern –, aber ich habe es übernommen und muß es ausführen. Ich bin ja durch die Wirklichkeit so gebunden, daß ich sozusagen nur eben die Finger zum Schreiben bewegen kann. Der Pegasus wird zum Ackergaul. Wenn etwas nur hundert Jahre zurückliegt, hat man doch einen gewissen Spielraum – hier bin ich sklavisch gebunden an das, was die Angehörigen mir mitteilen und was sie zur Veröffentlichung freigeben.«[582]

Im Februar 1947 können Ricarda Huch und Marietta Böhm nach langwierigen Verhandlungen in die Schweiz reisen. Aber es mußten zuvor Bürgen gefunden werden, die bereit waren die Verantwortung für die Rückkehr der prominenten Reisenden zu übernehmen, darunter die befreundeten Nachbarn, das Arztehepaar Dahlet.

Noch einmal geht sie auf oft begangenen Wegen – an glückliche Zeiten denkend, über die sie in ihrem kleinen Buch *Frühling in der Schweiz,* das 1938 im Atlantis Verlag in Zürich erschienen ist, geschrieben hat, alle dunklen Punkte des damaligen Lebens ausblendend, weil es eben Frühling sein sollte. Nun genießt sie noch einmal den Reichtum, die Fülle behaglichen Lebens, die Wärme treuer Freundschaft, nicht zuletzt durch die Familie Merz. Aber der Gedanke an die in Deutschland Zurückgebliebenen trübt Freude und Genuß.

Auf der Rückreise treffen sie den Enkel und den Schwiegersohn. Als Elsbeth Merz anfragt, ob sie im Winter, der immer eine Strapaze für Ricarda darstellt, wiederkämen, antwortet sie: »Das hängt nicht von uns ab. Du ahnst nicht, wie unendlich schwer alles in diesem Sklavenlande ist. Man ist ebenso gefesselt, wie man die zwölf Jahre vorher war. – Das Hoffnungslose und wahrhaft Verzweifelte unserer Lage ist manchmal sehr deprimierend.«[583]

Zwar ist hier vor allem die allgemeine deutsche Situation gemeint, aber der bedrückte Unterton läßt doch die persönliche Betroffenheit erkennen. So bahnt sich auch aus diesem Grunde der Gedanke an, die Sowjetische Besatzungszone zu verlassen – und wenn es denn nicht legal sein kann, dann illegal.

Gelegenheit dazu bietet der Erste deutsche Schriftstellerkongreß vom 4.-8. Oktober 1947 in Berlin. Johannes R. Becher, der an ihrer Stelle das Präsidium des Kulturbundes übernommen hat, bittet sie nun, dem Kongreß als Ehrenpräsidentin vorzustehen. Sie stimmt zu, weil sich auf diese Weise der Plan, in den Westen zu gelangen, am ehesten verwirklichen läßt.

Während Ricarda Huch und ihre Tochter mit einem Auto von Jena nach Berlin gebracht werden, transportiert Antje Lemke-Bultmann das große Gepäck auf einem Lastwagen der Firma Zeiss nach Zahlung einer beträchtlichen Summe in die in Trümmern liegende einstige Reichshauptstadt.

Mit einer würdigen Ansprache eröffnet Ricarda Huch den Kongreß, zu dem etwa 250 Autorinnen und Autoren zusammengekommen sind. Auch jetzt zeigt sich, bei allem Universalismus ihrer Geistes- und Lebensauffassung, die nationale Prägung und Würde. Die letzten Sätze der Ansprache lauten: »Mich hat immer der Ausspruch eines sehr großen, sehr volksnahen deutschen Schriftstellers bewegt, der vielleicht mehr als irgendein anderer Deutscher über die deutschen Grenzen hinweg gewirkt hat, nämlich Luthers: ›Für meine Deutschen bin ich geboren und ihnen diene ich auch.‹ Deutschland zu dienen, Deutschland zu retten, haben in den letzten Jahren viele ihr Leben geopfert. Ihrer soll jetzt in Treue und Verehrung gedacht werden.«[584]

Zu Marie Baum geht folgender Bericht: »Wie wenig Talent ich für solche Veranstaltungen habe, weißt Du; es war aber doch manches Hübsche dabei; auch hatte ich das Gefühl, daß der weiße Elephant nicht nur angestarrt, sondern auch geliebt wurde.«[585]

Geschäftsführender Vorsitzender der Tagung ist Günther Weisenborn, der drei Jahre wegen seiner Beziehung zu der Widerstandsgruppe ›Rote Kapelle‹ eingekerkert war. Er plant ebenfalls ein Buch über den deutschen Widerstand gegen Hitler zu schreiben. Ihm trägt nun Ricarda Huch an, ihr Material zu übernehmen. Das bezieht sich anfangs nur auf die Rote Kapelle, da sie feststellt, daß sie diesen schwer zu durchschauenden Komplex nicht bearbeiten kann. Aber schließlich übergibt sie Weisenborn noch im Oktober 1947 in Berlin den größten Teil ihres Gesamtmaterials. Einige ihrer Porträtskizzen, zum Beispiel über die Weiße Rose, sind später veröffentlicht worden. Das übrige Material ist größtenteils in Günther Weisenborns Buch *Der lautlose Aufstand. Bericht über die Widerstandsbewegung des deutschen Volkes 1933-1945* eingegangen, das 1953 im Rowohlt Verlag in Hamburg erschien.[586]

Der Kongreß ist von starken Spannungen zwischen Ost und West geprägt, der Kalte Krieg beherrscht zum Teil in der Form des Umgangs und des Denkens die Diskussionen.

Ricarda Huch versucht in ihrer Schlußansprache, die Gegensätze auszugleichen. Aber sie spricht auch in die Zukunft: »Manche Frage, die weitläufig besprochen wurde, war etwas akademisch. Wenn einmal ein bedeutender Dichter oder Schriftsteller kommt – und er wird gewiß kommen –, so wird er sich um die Fragen, was ein Dichter soll und muß und darf und nicht darf, gar nicht kümmern. Er wird nur seinen Genius fragen und sich selbst Gesetze geben, und es wird gut und richtig sein. Das hindert nicht, daß diese Erörterungen sehr anregend waren. Solche Auseinandersetzungen sind nicht überflüssig, sie vertiefen die Probleme, indem sie sie von vielen Seiten beleuchten, sie entdecken neue. Überhaupt ist es immer nützlich nachzudenken. ... Waren manche Diskussionen akademisch, so hatte man bei anderen wieder den Eindruck, als befände man sich in einer politischen Versammlung. Dies ist natürlich. Den Dichter und Schriftsteller, nicht zum wenigsten den Journalisten geht alles an, was geschieht. Er nimmt um so lebhafter daran teil, als es in seinem Wesen liegt, wie einer unserer amerikanischen Gäste richtig bemerkte, oppositionell und revolutionär zu sein. Aber das bezieht sich auf ein freies Volk. Wir sind nicht frei. Daß wir nicht frei sind, ist die Schuld Hitlers und seiner Gefolgschaft. Es ist eine Tatsache, die wir in Rechnung ziehen müssen.«[587]

Sie spricht frei und offen und spart mit dem Hinweis auf den amerikanischen Beitrag jenen Eklat nicht aus, der durch die Angriffe des amerikanischen Journalisten Melvin J. Lasky gegen die sowjetische Politik entstand und die sowjetische Delegation zum Auszug veranlaßte.

Bei den ersten Worten ihrer Schlußansprache hatte sich das Auditorium erhoben. Wie Ricarda Huchs Persönlichkeit, Denken und Reden die Kongreßteilnehmer beeindruckte, erkennt man aus dem Bericht der Schriftstellerin Hertha von Gebhardt: »Es hatten hier viele gegeneinander gestanden. Gegen Ricarda Huch hatte keiner gestanden. Vor der Frau, die weithin sichtbar die deutsche Dichtung repräsentierte, standen wir auf und neigten wir uns alle.«[587a]

Die Flucht in den Westen gelingt am 25. Oktober 1947. Zuerst ist vorgesehen, ein Flugzeug der amerikanischen Besatzungsmacht zu benutzen. Der Plan scheitert, weil die Russen gedroht haben, die Außenministerkonferenz im November in London zu boykottieren, wenn weiterhin prominente Persönlichkeiten auf dem Luftweg über Westberlin die Sowjetische Besatzungszone verlassen dürfen. Über eine amerikanische Freundin von Antje Lemke-Bultmann und deren Beziehung zur Vorsitzenden der Abteilung für Frauenfragen der britischen Militärregierung gelingt es, in einem verschlossenen englischen Militärzug Plätze zu erhalten. In Hannover müssen sie umsteigen. Sechs Stunden sitzt die Dreiundachtzigjährige auf dem einzigen bequemen Stuhl am Ofen der Wellblechbaracke für die englischen Reisenden. Dann geht der Zug nach Frankfurt am Main, wo sie am Abend, bei Dunkelheit, eintreffen.

Franz Böhm, der inzwischen einen Lehrstuhl an der Universität Frankfurt innehat, verfehlt sie. Aber der frühere Oberbürgermeister von Jena, Märtens, hat einem Journalisten versprochen, daß er Ricarda Huch interviewen darf. Dafür haben sie nun ein Auto zur Verfügung, das sie nach Schönberg im Taunus bringt, zum Gästehaus der Stadt Frankfurt, wo sich auch Franz Böhm einfindet.

Aber die Aufregungen, die Anstrengungen der Kongreßtage, die seelische Belastung durch die Flucht und die notwendigen Heimlichkeiten haben die Kräfte der greisen Dichterin geschwächt. Eine Lungenentzündung raubt ihr die letzten Lebensenergien. Ihre Tochter ist bei ihr, als sie am 17. November 1947 ihre Augen für immer schließt.

Tief in den Himmel verklingt
Traurig der letzte Stern,
Noch eine Nachtigall singt
Fern – fern.
Geh schlafen, mein Herz, es ist Zeit.
Kühl weht die Ewigkeit.

Matt im Schoß liegt die Hand,
Einst so tapfer am Schwert.
War, wofür du entbrannt,
Kampfes wert?
Geh schlafen, mein Herz, es ist Zeit.
Kühl weht die Ewigkeit.[588]

Neben der kleinen Erzählung *Der falsche Großvater* können zwei von Ricarda Huchs Werken erst nach ihrem Tode erscheinen. Es sind die letzten, mit denen sie noch einmal den großen geschichtlichen Akkord anschlägt: der Schlußband der Deutschen Geschichte: *Das Ende des Römischen Reiches Deutscher Nation* und ihr weltanschaulich-religiöses Alterswerk *Urphänomene*. Beide sind Schlußsteine eines einzigartigen Lebenswerkes. Es reicht von der frühen, von Daseinslust durchjubelten Lyrik, in der gleichwohl die dunklen Töne nicht fehlen, bis zu den grandiosen, monumentale Zeichnungen entrollenden historischen Bilderteppichen aus christlichem Erbe und protestantischem Geist; von den schönheitstrunkenen und zugleich untergründig von Tragik umwitterten Romanen bis zu den letzte Fragen anrührenden, Antwort suchenden und gebenden religiösen Schriften. Ricarda Huchs oft besprochener Konservatismus faßte bewährtes Altes und Zukunft verheißendes Neues zusammen. So konnte sie das Alte Reich in vielen seiner Erscheinungen, nämlich da, wo sie Freiheit boten und spiegelten, verständnisvoll und bejahend darstellen und zugleich die Revolutionäre zustimmend gerecht und bewundernd abbilden. Revolution aber bedeutete ihr Abschied vom Überlebten und Neubeginn. Die Anhängerin der Reformation hätte anders nie urteilen können.

Weltanschauung und Stoff bedingen auch entsprechende künstlerische Mittel. Die undifferenzierte Auffassung von der konservativen Schriftstellerin Ricarda Huch hatte zur Folge, daß meistens die Verbindung zum Hergebrachten, selten aber die schöpferische Gestaltung mit eigenen, neuen Mitteln beachtet wurde. Anna Seghers hat in der in Mexiko erscheinenden Emigrantenzeitschrift ›Freies Deutschland‹ über diesen Teil von Ricarda Huchs Arbeit angemerkt: »In dem ›Großen Krieg in Deutschland‹ benutzt sie das von uns später oft angewandte Mittel zeitlich gleichlaufender Handlungen in verschiedenen Milieus. Wenn man über den heutigen Großen Krieg schreiben wird, muß man viele Möglichkeiten benutzen, die im Aufbau des alten Buches angewandt sind.«[589]

Zuvor schreibt Anna Seghers: »Ricarda Huch hat dieses Jahr ihren achtzigsten Geburtstag. Man hat bei dieser Nachricht das Empfinden, eine Literaturgeschichte aufzuschlagen, nicht weil die Frau von den jungen Literaturhistorikern unter die ›konservativen‹ gereiht worden ist, sondern weil sie in die deutsche Literatur einige Werte gesetzt hat, die von den Jungen keiner so leicht nachmacht.«[590]

Und Alfred Döblin, auch er ein Emigrant, als französischer Kulturoffizier nach Deutschland zurückgekehrt, schreibt 1950 in einem Rückblick nicht ohne Bitterkeit: »Es kam das Jahr 1933. Wir wurden auseinandergerissen. Ich weiß nicht, wie Ihr Euch fühltet, die Ihr zurückbliebt. Ich weiß, einige von Euch jubelten, sie gingen mit fliegenden Fahnen zum Feind über, der sie dann und wann mit Fußtritten bedachte. Eine einzige Stimme tönte aus Ihrem Kreis noch zu mir herüber: die Stimme von Ricarda Huch, einer herrlichen Frau, mit Kraft, Geist und Mut, ›Ihr werdet niemals ihresgleichen sehen.‹«[591]

Anläßlich ihres Todes läßt Döblin noch einmal sein Bild der bedeutenden Persönlichkeit aufscheinen: »Man weiß, was für eine sichere, offene und aufrichtige Frau sie war. Das Edle lag nicht nur in ihren Zügen und ihrer Haltung. Mut war ihr selbstverständlich. Sie war, wie es sich für Naturen ihrer Art gehört, viel zu stolz, um nicht mutig zu sein.«[592]

Poesie und Charakter – hier verschmelzen sie in einem Menschen zur prägenden Kraft der Persönlichkeit.

Gustav Radbruch gibt der Trauer, die ihn und seine Frau erfüllt, in einem Brief vom 24. November 1947 Ausdruck, indem er über Ricarda Huch schreibt: »In ihr ist eine wunderbare Frau dahingegangen, ein schönster Teil deutscher Kultur Vergangenheit geworden und uns persönlich ein

Mensch entrissen, der für uns beide der größte war, der uns begegnet ist.«[593]

Die Trauerfeier der Stadt Frankfurt am Abend des 24. November 1947 ist würdig gestaltet. Professor Reinhard Buchwald hält die Gedenkrede, Hans Mayer spricht für die deutschen Schriftsteller.

Am Vormittag desselben Tages ist Ricarda Huch auf dem Frankfurter Hauptfriedhof zur letzten Ruhe bestattet worden. Pfarrer Hermann Maas aus dem Heidelberger Freundeskreis hielt die Trauerpredigt. Am Grabe sprachen Frankfurts Oberbürgermeister Walter Kolb, Vertreter der Länder Hessen und Thüringen, die Rektoren der Universitäten Frankfurt und Jena, Abgesandte der Städte München, Heidelberg und Jena, der Schriftstellerverbände und des Kulturbundes. Kränze legten nieder: Ernst Beutler für das Freie Deutsche Hochstift, die überparteilichen Frauenverbände in den Westzonen, die Studentenschaft der Universität Frankfurt am Main, der Insel-Verlag, die SED, die Kommunistische Partei Hessens, Radio Frankfurt am Main und die Thüringer Freunde.

Unter den Trauergästen waren Lisbeth Huch, Erich Kästner, Ernst Penzoldt, Rudolf Hagelstange, Marie Luise Kaschnitz, Editha Klipstein und Hans Mayer.[594]

Fünf Jahre später schreibt Thomas Mann in sein Tagebuch: »Tief beeindruckt dieser Tage von einem Gedicht der Ricarda Huch aus letzter Zeit:

›Tief in den Himmel verklingt‹ –
›Geh schlafen, mein Herz, es ist Zeit!
Kühl weht die Ewigkeit.‹ «[595]

Leben

Nur dann, wenn diese Arme straff sich spannen,
Wenn diese Augen auf ein Ziel gerichtet,
Wenn der Gedanke sich zur Tat verdichtet,
Kann ich des Daseins Schwermut von mir bannen.

Zum Ungeheuren möcht' ich mich ermannen!
Wo ist ein Wirrsal, das noch nicht geschlichtet?
Ein Wahn, den kein Jahrhundert noch vernichtet?
Ein Preis, den keine Streiter noch gewannen?

Der Augenblick gebar mich; die Minute
Rafft mich dahin nach schnell durchträumten Stunden.
Empfinden will ich mich, sei's auch an Wunden!

Fühl ich mich doch, indem ich mich verblute!
Nicht träg im Nest, – wenn sie zur Sonne dringen,
Dann erst verspürt der Adler seine Schwingen.[596]

Ricarda Huch

Anhang

Quellennachweise und Anmerkungen

Autorennamen verweisen auf das Literaturverzeichnis, römische Ziffern auf die entsprechenden Bände der Gesammelten Werke, arabische Ziffern auf Seitenzahlen, in Klammern auf Jahreszahlen; Briefwechsel sind mit den Namen der Partner gekennzeichnet. Die Rechtschreibung in den Briefzitaten ist, von wenigen charakteristischen Ausnahmen abgesehen, modernisiert.

Folgende Abkürzungen werden verwendet:

Briefe	Marie Baum (Hg.): Briefe an die Freunde
DLA	Deutsches Literaturarchiv Marbach a. N.
Erinnerungen	Ricarda Huch: Erinnerungen an das eigene Leben
GW	Gesammelte Werke
Huch/Wölfflin	Heidy Margrit Müller: Mosaikbild einer Freundschaft. Ricarda Huchs Briefwechsel mit Elisabeth und Heinrich Wölfflin
Katalog	Katalog der Ricarda Huch-Ausstellung des Deutschen Literaturarchivs im Schiller-Nationalmuseum Marbach am Neckar. 7. Mai-31. Oktober 1994
Spur	Marie Baum: Leuchtende Spur. Das Leben Ricarda Huchs
Widmann/Huch	Briefwechsel Josef Viktor Widmann mit Henriette Feuerbach und Ricarda Huch

[1] Erinnerungen/Tagebuch 144
[2] Rudolf Huch (1924) 19
[3] Dass. 21
[4] Ebd.
[5] Ebd.
[6] Erinnerungen/Tagebuch 144
[7] Dass. 146
[8] Rudolf Huch (1924) 20
[9] Ebd.
[10] Erinnerungen/Jugendbilder 47
[11] Dass. 67
[12] Ebd.
[13] Dass. 68f.
[14] Rudolf Huch (1924) 11
[15] Erinnerungen/Jugendbilder 77
[16] Dass. 78
[17] Dass. 79
[18] Dass. 69
[19] Dass. 70
[20] Rudolf Huch (1924) 34
[21] Erinnerungen/Jugendbilder 75
[22] Rudolf Huch (1924) 14
[23] Erinnerungen/Jugendbilder 77
[24] Rudolf Huch (1924) 71
[25] Dass. 25
[26] Ricarda Huch. Persönlichkeit und Werk… 20
[27] Erinnerungen/Jugendbilder 70
[28] Dass. 86
[29] »An eine Freundin«, GW V 47
[30] Grimms Märchen: »Der Froschkönig oder Der eiserne Heinrich«: »Königstochter jüngste, mach mir auf…«
[31] Erinnerungen/Jugendbilder 81
[32] Dass. 82
[33] Erinnerungen/Anna Klie 152
[34] Erinnerungen/Jugendbilder 82
[35] Erinnerungen/Anna Klie 154
[36] Dass. 151
[37] Ebd.
[38] Erinnerungen/Tagebuch 150
[39] Erinnerungen/Jugendbilder 79
[40] Dass. 97
[40a] Erinnerungen/Richard 168
[41] Rudolf Huch (1924) 28
[42] Erinnerungen/Richard 168
[43] Ebd.
[44] Dass. 169
[45] Ebd.
[46] Ebd.
[47] GW V 21
[48] Erinnerungen/Richard 170
[49] Ebd.
[50] Rudolf Huch (1924) 71
[51] Erinnerungen/Jugendbilder 110
[52] Erinnerungen/Richard 173
[53] Ebd.
[54] Cordula Koepcke (1994) 252f.
[55] Rudolf Huch 34
[56] Ebd.

57 Katalog 98
58 Rudolf Huch (1924) 34
59 Erinnerungen/Jugendbilder 112
60 Abitur
60a Erinnerungen/Frühling 182
61 Dass. 183
61a Choleraepidemien gab es in Deutschland immer wieder, so in Hamburg 1892. Auch jetzt wurde ein Ausbruch befürchtet.
62 DLA 68.1352/1, 1887
63 Ebd.
64 DLA 68.1352/4
65 Ebd.
66 DLA 68.1352/11
67 Ebd.
68 Ebd.
69 DLA 68.1352/2
70 GW V 44
71 DLA 68.1352/3
72 DLA 68.1352/12, 25.6.1887
73 DLA 68.1352/14, 21.7.1887
74 DLA 68.1352/15, 23.7.1887
75 GW V 216
76 Erinnerungen/Frühling 189
77 Dass. 188f.
78 Ebd.
79 Dass. 189
80 GW V 178
81 Erinnerungen/Frühling 196
82 Ebd.
83 Dass. 197
83a Katalog 71
84 DLA 68.1354/2 1889
85 DLA 68.1354/10, 30.12.1889
86 Robert von Puttkamer, 1879-1881 preußischer Kultusminister, 1881-1888 Minister des Innern und Vizepräsident des Staatsministeriums, enger Mitarbeiter Bismarcks.
86a DLA 68.1355/3, 1890
87 GW V 44
88 DLA 68.1355/4, 1890
89 GW V 118
90 Dass. 45
91 Katalog 50f.
92 Erinnerungen/Frühling 203
93 Katalog 53
94 Dass. 54
95 Ebd.
96 Ebd.
97 Ebd.
98 GW V 464
99 Katalog 94
100 Widmann/Huch 178
101 Dass. 101
102 DLA 68.1355/13, 14.11. (oder 10.) 1890
103 Katalog 94
104 Dass. 96
105 DLA 68.1356/2, 1891
106 GW V 192
107 Dass. 159
108 DLA 68.1357/10
109 Ebd.
110 DLA 68.1357/11, 11.2.1892

[111] Ebd.
[112] DLA 68.1357/12, 16. 2. 1892
[113] DLA 68.1357/16, 16. 3. (?) 1892
[114] Widmann/Huch 182f.
[115] Widmann/Huch 184
[116] DLA 68.1357/28, 27. 5. 1892
[117] DLA 68.1357/50, 2. 12. 1892
[118] DLA 68.1357/54, 27. 12. 1892
[119] DLA 68.1358/16, 7. 4. 1893
[120] Katalog 60
[121] Widmann/Huch 169
[122] Dass. 171
[123] Franz Blei (1930) 195
[124] Erinnerungen/Frühling 217
[125] Dass. 218
[126] Katalog 68
[126a] GW V 490ff.
[126b] Erinnerungen/Frühling 224
[127] GW V 617
[128] Widmann/Huch 509
[129] DLA 68.1358/17
[130] DLA 68.1358/18, 7. 4. 1893
[131] Erinnerungen/Frühling 229
[132] Ebd.
[133] Dass. 230
[134] Widmann/Huch 206
[135] Dass. 207
[136] DLA 68.1358/19, April 1893
[137] DLA 68.1358/23
[138] DLA 68.1358/24, 27. 5. 1893
[139] DLA 68.1358/25, 29. 5. 1893
[140] Widmann/Huch 211
[140a] Dass. 213
[141] DLA 68.1358/26, 2. 6. 1893
[142] Widmann/Huch 215
[143] Erinnerungen/Frühling 230
[144] Widmann/Huch 216f.
[145] Dass. 217
[146] Dass. 218
[147] Dass. 219
[148] DLA 68.1358/60, 21. 12. 1893
[149] GW V 122
[150] DLA 68.1356/46, 31. 12. 1891
[151] GW I 139
[152] Dass. 287
[153] Dass. 387
[154] Ebd.
[155] Dass. 136
[156] Dass. 137
[157] Dass. 143
[158] Dass. 149
[159] Dass. 144
[160] Dass. 161
[161] Ebd.
[162] Dass. 193
[163] Erinnerungen/Frühling 220
[164] GW I 354
[165] Ebd.
[166] Dass. 134
[167] Widmann/Huch 201
[168] Dass. 211
[169] Katalog 110

170 »Die Frau«, Jg. 3, 1895/96, Heft 1, S. 32-36
171 Sabina Streiter
172 Karl-Heinz Köhler 86
173 Zitiert nach Köhler aus R. M. Rilke: »Notizen zur Melodie der Dinge«, 1898. In: R. M. Rilke, Sämtliche Werke, Bd. 5, S. 423, Frankfurt a. M.
174 Köhler 89
175 DLA 68.1359/1, 6. 1. 1894
176 DLA 68.1359/2, 11. 1. 1894
177 DLA 68.1359/7, 28. 1. 1894
178 DLA 68.1359/8 (Zeitungsausschnitt) vom 13. 8. 1894
179 DLA 68.1359/53, 3. 11. 1894
180 DLA 68.1359/48, 23. 9. 1894
181 DLA 68.1360/1, 10. 1. 1895
182 DLA 68.1360/3, 22. 1. 1895
183 DLA 68.1360/8, 30. 5. 1895
184 DLA 68.1360/10, 22. 6. 1895
185 DLA 68.1360/14, 21. 7. 1895
186 DLA 68.1360/17, 28. 8. 1895
187 DLA 68.1360/24, 18. 9. 1895
188 DLA 68.1360/31, 19. 11. 1895
189 GW V 234
189a GW V 240
190 DLA 68.1361/1, 3. 1. 1896
191 Ebd.
192 DLA 68.1361/7, 3. 5. 1896
193 DLA 68.1361/9, 26. 5. 1896
193a Widmann/Huch 317
194 DLA 68.1361/10
195 DLA 68.1361/11
196 DLA 68.1361/14, 22. 6. 1896
197 DLA 68.1361/22, 17. 8. 1896
198 DLA 68.1361, 15. (?) 10. 1896
199 DLA 68.1361/42, 9. 11. 1896
200 Roman von Henri Lou, Pseudonym für Lou von Salomé (1885). Darin nimmt die Studentin Margherita für die Frauen das Recht in Anspruch, alle ihre Fähigkeiten zu entfalten. S. Cordula Koepcke (1994), S. 124f.
201 DLA 68.1361/48, 15. 11. 1896
201a DLA 68.1735/46, 28. 2. 1906
202 Erinnerungen/Frühling 249
203 DLA 68.1362/19, 11. 2. 1897
204 DLA 68.1362/18, 9. 2. 1897

205 Spur 90
206 Ebd.
207 DLA 68.1362/21, 24. 2. 1897
208 Ebd.
209 DLA 68.1362/22, 27. 2. 1897
210 DLA 68.1362/27, 27. 3. 1897
211 Erinnerungen/Bremen u. Wien 250
212 Ebd.
213 DLA 68.1362/33, 10. 6. 1897
214 Erinnerungen/Bremen u. Wien 251
215 Sabina Streiter 72
216 An Christiane Rassow, Bremen, 13. 9. 1897, Katalog 127
217 Katalog 128
218 Dass. 129
219 Dass. 130
220 In: Der Bote für Deutsche Literatur, Jg. 2, 1899, Nr. 6, S. 188, Katalog 130
221 An Christiane Rassow, Bremen, 13. 9. 1897, Katalog 127
222 Katalog 133
223 Erinnerungen/Bremen u. Wien 253
224 Erinnerungen/Unser Mannochen 261
225 Dass. 259
226 Dass. 263
227 Dass. 267
228 Dass. 268
229 Dass. 269
230 Dass. 271
231 Ebd.
232 Dass. 275
233 Dass. 276
234 Ebd.
235 Katalog 138
236 GW V 223
236a Katalog 138
237 Spur 97
238 An Christiane Rassow, Bremen, 9. 3. 1898, Katalog 139
239 Erinnerungen/Unser Mannochen 268
240 Katalog 139
241 Erinnerungen/Unser Mannochen 280
242 Ebd.
243 Katalog 140
244 GW V 148
245 Dass. 185
246 Dass. 166, 2. Vers von »Wanderlied«
247 Spur 105
248 Ebd.
249 Ebd.
250 DLA 68.1346/1, 16. 2. 1899
251 Ebd.
252 DLA 68.1346/2, 16. 2. 1899
253 »Eine Orientfahrt in Zürich«, Neue Freie Presse, Wien, Nr. 12442 v. 13. 4. 1899, Katalog 142
254 Publizist, Herausgeber der Zeitschrift »Die Zukunft«

255 Spur 106
256 Dass. 107
257 Katalog 148
258 Ebd.
259 GW VI (Romantik) 91
260 Dass. 94
261 Dass. 104
262 Dass. 650
263 Dass. 254
263a Ebd.
263b GW VI 256
264 Dass. 257
265 Dass. 147
266 Dass. 616f.
267 Dass. 619
268 Dass. 646
269 Thomas Mann (1968, 230)
270 Spur 109
271 Ebd.
272 Spur 110
273 Dass. 111
274 Dass. 117
275 Dass. 114
276 GW I 371
277 S. Richard Weitbrecht: »Frauenerzählungen«. In: Die schöne Literatur. Beiträge zum literarischen Centralblatt für Deutschland, 3. Jg., Nr. 16, 23. 8. 1902, Spalte 249: »...die ersten drei Seiten bin ich wochenlang nicht mehr losgeworden.« Zitiert nach Köhler 215.
278 GW I 589ff.
279 Dass. 433ff.
280 Dass. 467ff.
281 Dass. 590
282 K. Mautner: Aus der Triumphgasse. In: Die Umschau. 6. Jg., 1902, H. 20, S. 392. Zitiert nach Köhler 210
283 Köhler 213f.
284 Ders. 214ff.
»Die deformierende und verfremdende Bildlichkeit, die die Gesetze der Wirklichkeit aufhebt und deren Geordnetheit negiert, ist Ausdrucksform des Schreckens und der Verzweiflung, die der Erzähler – auch als ›Vertreter des Lesers‹ – angesichts des erzählten Leides und Elends empfindet und die in der Allegorisierung nicht adäquaten Ausdruck finden konnten. Das ist nur mit Hilfe einer Sprache möglich, die durch Deformation des Wirklichen seine Verwandlung zum vollkommen fremden, Ungeordneten und ›Unheimlichen‹ die automatisierten Sichtweisen und Gefühlsmuster transzendiert und somit expressive Qualitäten zu erzeugen vermag. Deutlich werden mit dieser sprachlichen Verfahrensweise bereits um 1902 Formen der expressionisti-

schen Sprache vorweggenommen.« (Köhler 214 ff.)

[285] Widmann/Huch 246

[286] Dass. 247

[287] GW I 585 ff.

[288] Katalog 161

[289] Briefe (1960) 400

[290] Erinnerungen/Unser Mannochen 308

[291] Dass. 309

[292] Dass. 310

[293] Die wichtigsten Porträts, außer dem von Sophie von Scheve, stammen von Mimi von Geyso (1898), Martin Lauterburg (1930), Hermann Frobenius (1932-34), Fritz Rhein (1943), Hugo Meisel (1946). Außerdem hat Karl Bauer (1901) eine originelle Lithographie geschaffen, die Ricarda Huch in verschiedenen Positionen zeigt.

[294] Spur 180

[295] Ebd.

[296] Erinnerungen/Unser Mannochen 311

[297] Ebd.

[298] Ebd.

[299] Fritz Salzer: Die Münchner Zeit. In: Ricarda Huch. Persönlichkeit u. Werk... 50

[300] Ebd.

[301] Dass. 53

[302] Katalog 166

[303] Ebd.

[304] Ricarda Huch. Persönlichkeit u. Werk... 59

[305] Roderich Huch 28

[306] Ders. 29

[307] Ders. 46

[308] Ebd.

[309] So lautete die pauschale Bezeichnung. Im Umkreis von Stefan George wurden die Menschen eingeteilt in die Kosmischen, die Erotischen, die Heroischen und die Belanglosen.

[310] Ricarda Huch. Persönlichkeit u. Werk... 51

[311] Erinnerungen/Unser Mannochen 320

[312] Ebd.

[313] Spur 134

[314] Dass. 135

[315] Ebd.

[316] Erinnerungen/Unser Mannochen 319

[317] Spur 136

[318] Ebd. ff.

[319] Dass. 141

[320] Dass. 145

[321] Der Lektor Rudolf von Poellnitz war von Diederichs zur Insel gewechselt.

[322] GW I 609 ff.

[323] Dass. 615

[324] Ebd.

[325] Dass. 618

[326] Dass. 633

[327] Dass. 631

[328] Dass. 643

[329] Dass. 634

[330] Dass. 659

[331] Dass. 903

[332] Dass. 857

[333] Dass. 982

[334] Dass. 983

[334a] Rose Sarthorn bleibt geborgen in der Unveränderlichkeit ihres Gefühls und der Natur, was weder »passiv« noch »infantil« ist (GW I 69). Die Darstellung des Abschieds von Michael (GW I 858) beschreibt ziemlich genau die Situation von Ricarda und Richard Huch bei der entscheidenden Aussprache in Köln im Februar 1897, also einen durchaus realen Vorgang. Ricarda Huch hat sowohl Rose Sarthorn als auch Michael Unger Züge von sich selbst mitgegeben. Auch zeigt die ganze Anlage der Persönlichkeit Rose Sarthorns keinen Hinweis auf mangelnde Entwicklungsfähigkeit, was auch mit ihrem Künstlertum nicht zu vereinen gewesen wäre. Die ruhige Sicherheit, die sie auszeichnet, die Fähigkeit, einen »großen, schönen Ton« zu hören, »in den alles harmonisch einklang« (GW I 903), ist eher ein Zeichen der Reife.

[335] Holler-Keller 46

[336] Dies. 45 ff.

[337] Ebd.

[338] Dies. 50

[339] Hierzu Holler-Keller 54 ff.

[340] GW II, 11 f.

[341] Dass. 270

[342] Widmann/Huch 377

[343] Ebd.

[344] Ebd.

[345] Widmann/Huch 568

[346] Spur 143

[347] Ebd.

[348] Ebd.

[349] GW II 276

[350] Ebd.

[351] Widmann/Huch 378

[351a] Erinnerungen/Unser Mannochen 322

[352] Dass. 325

[353] Erinnerungen/Die Ehe mit Richard 391

[354] Ebd.

[355] Ebd.

[356] Erinnerungen/Unser Mannochen 316

[357] Dass. 326

[358] Spur 146 f.

[359] DLA 68.1363/2 16. 10. 1905

[360] DLA 68. 1363/4, 20. 10. 1905

[361] DLA 68.1363/14, 28. 11. 1905

[362] DLA 68.1735/17

[363] DLA 68.1735/29, 19. 12. 1905

[363a] Fanny (Franziska) Gräfin zu Reventlow (1871-1918) stammte aus altem, schleswig-holsteinischem Adelsgeschlecht. Sie brach mit ihrer Familie um eines selbstbestimmten, emanzipierten Lebens willen. Der Roman »Ellen Olestjerne«, zu dem Ludwig Klages sie anregte, spiegelt diesen Prozeß bis in authentische Einzelheiten hinein wider. Ihre kleinen Skizzen und Romane geben einen Einblick in das Schwabinger Leben um die Jahrhundertwende. Auch als Übersetzerin, u. a. von Maupassant, ist Franziska zu Reventlow hervorgetreten.

[364] DLA 68.1364/21, 12. 3. 1906 an Richard Huch

[364a] DLA 68.1363/3, GW V 234, 233

[364b] DLA 68.1363/5, GW V 238, 236

[365] DLA 68.1363/6, GW V 237

[366] DLA 68.1735/50, 11. 3. 1906

[367] DLA 68.1735/54, 18. 3. 1906

[368] DLA 68.1364/113, 2. 8. 1906

[369] Widmann/Huch 379

[370] Dass. 383

[371] DLA 68.1364/129, 5. 10. 1906

[372] DLA 68.1735/86, 1. 6. 1906

[373] DLA 68.1735/118, 30. 6. 1906

[374] DLA 68.1365/35, 1. 4. 1907

[375] Ebd.

[376] DLA 68.1735/184, 25. 1. 1907

[377] DLA 68.1735/267, 25. 6. 1907

[378] DLA 68.1365/25, 27. 2. 1907

[379] DLA 68.1364/21, 12. 3. 1906

[380] Luitgard Camerer: »Ricarda Huch 1864-1947. Ausstellung anläßlich ihres 40. Todestages in der Stadtbibliothek Braunschweig (1. 10.-31. 12. 1987)«. In: H. W. Peter (188), S. 8

[381] DLA 68.1304, Konvolut Scheidung

[382] Erinnerungen/Die Ehe mit Richard 395

[383] Spur 157

[384] GW II 974

[385] Dass. 918

[385a] z. B. Wilhelm Emrich GW I 91

[385b] Ricarda Huch hat in ihren »Erinnerungen an das eigene Leben«/ Die Ehe mit Richard, 395 mitge-

teilt, sie habe während ihrer Braunschweiger Ehejahre am Dreißigjährigen Krieg (Der große Krieg in Deutschland) geschrieben. Die Briefe jener Zeit belegen aber, daß sie damals noch mit Vorarbeiten beschäftigt war, so am 18.4.1910 an Marie Baum: »Es ist natürlich unmöglich, ohne eine größere Bibliothek die näheren Notizen... zu bekommen. (Spur 161) Ein halbes Jahr später hat Ricarda Huch bei Marie Baum in Düsseldorf Zuflucht gesucht, die berichtet, die Freundin habe jeden Vormittag in der Stadtbibliothek gearbeitet und die Kapitel fertiggestellt, mit denen »Der große Krieg in Deutschland« einsetzt, der sie »schon seit einiger Zeit beschäftigte«. (Spur 162) Das Werk erschien in zwei Bänden 1912 und 1914 im Insel Verlag in Leipzig.

386 Katalog 183

387 Zitiert nach Katalog 183ff.

388 GW V 228

389 Erinnerungen/Die Ehe mit Richard 395

390 Dass. 396

390a »Hundert Jahre Taugenichts«, GW VI 849

391 GW I 113

391a Spur 171

391b Alfred E. Ratz: »Detektivgeschichte als geschichtliche Prognose« In: H. W. Peter (1991), 120

392 DLA 68.1735/288, 10.5.1908

393 DLA 68.1735/291, 5.2.1909

394 DLA 68.1735/292

395 DLA 68.1735/293

396 DLA 68.1735/295

397 DLA 68.1304/Scheidung

398 Ebd.

399 Ebd.

400 Ebd.

400a Ebd.

400b Katalog 191

400c DLA 68.1306/1

401 Spur 165

401a DLA 68.1306/2

402 Erinnerungen/Die Ehe mit Richard 401

403 GW V 279

404 Dass. 214

405 Erinnerungen/Unser Mannochen 329

406 Spur 166

407 Ebd.

408 Spur 167

409 Erinnerungen/Unser Mannochen 329

409a GW V 274

410 Erinnerungen/Unser Mannochen 329

411 Ebd.

412 GW V 161ff.

413 Huch/Wölfflin 41
414 Dass. 43 ff.
414a Zitiert nach Müller 19
415 Katalog 193 ff.
416 Dass. 195
417 Ebd.
418 Müller 183
419 Erinnerungen/ Unser Mannochen 335
420 Ebd.
421 Ebd.
422 Briefe 44f.
423 Erinnerungen/Unser Mannochen 337
424 Dass. 338
425 Briefe 36f.
426 Spur 241
427 Ebd.
428 Dass. 231
429 Dass. 235
430 GW III, 1145 ff.
431 Spur 163
432 Nr. 89, Katalog 199
433 Nr. 277, 29. 11. 1957, Katalog 200
434 Erinnerungen/Die Ehe mit Richard 395
435 »Über die Distanz von fast 300 Jahren hinweg verwirklicht sie leidenschaftliches Engagement für eine Zeit und ihre Menschen und vermag auch dem Leser zu einer Begegnung mit der Vergangenheit als lebendiger Wirklichkeit zu verhelfen. Es ist das Zusammenwirken von leidenschaftlichem Beteiligtsein und perspektivierender Distanz, was diese Leistung ermöglicht und was – generell – Biografie und Werk Ricarda Huchs in einen komplizierten und interessanteren Zusammenhang bringt als den von Ursache und Wirkung – oder gar von Trieb und Reaktion.« (Bernd Balzer: »Leidenschaft und Distanz. Zum Verhältnis von Biografie und Werk Ricarda Huchs«. In: H. W. Peter (1991), S. 52
436 GW VII 137
437 Dass. 142
438 Dass. 144
439 Dass. 148
440 Ebd.
441 Dass. 151
442 Dass. 280
443 Dass. 296
444 Ebd.
445 Dass. 297
446 Dass. 311
447 Dass. 334
448 Dass. 335
449 Ebd.
450 Ernst Troeltsch, Vossische Zeitung, 8. 10. 1916
451 Heinrich Bornkamm 75
451a Ders. 76
452 Ebd.
453 Huch/Wölfflin 47
454 Dass. 28

[455] Heinrich Bornkamm 75
[456] GW VII 506
[457] Dass. 510
[458] Dass. 511
[459] GW VII 665
[460] Dass. 782
[461] Dass. 800
[462] Dass. 803
[463] GW I 98
[464] Vossische Zeitung, 8.10.1916
[464a] Briefe (1960) 46ff.
[465] Spur 207
[466] Briefe (1960) 46ff.
[467] Dass. 47ff.
[468] Briefe (1960) 50
[469] Spur 217
[470] Briefe (1960) 51f.
[471] Erinnerungen/Kunterbunt 415
[472] Dass. 416
[473] Dass. 421
[474] Dass. 431
[475] Huch/Wölfflin 46
[476] Dies. 47f.
[477] Katalog 209
[478] Spur 219
[479] Katalog 210
[480] Huch/Wölfflin 48
[481] Ebd.
[482] Ebd.
[483] Huch/Wölfflin 52ff.
[484] Dies. 53
[485] Dies. 54
[486] Dies. 57
[487] Spur 237
[488] Erinnerungen/Unser Mannochen 344
[489] Katalog 252
[490] Ebd.
[491] Ebd.
[492] An Magda Janssen, Katalog 250
[493] Katalog 253/254
[494] Erinnerungen/Kurt Eisners Todestag 436
[495] Katalog 255
[496] Dass. 256
[497] Briefe (1960) 58
[498] Georges Ueberschlag: »Ein Held nach meinem Herzen. Über Ricarda Huchs Bakunin-Studie«. In: H. W. Peter (1991), S. 54-68
[499] Katalog 265f.
[500] Huch/Wölfflin 51
[501] Dies. 69
[502] Katalog 229f.
[502a] Franz Böhm, Dr. iur., wurde, nach kurzem Zwischenspiel als Kultusminister in Groß-Hessen, Universitätsprofessor in Frankfurt a. M. Er war langjähriger Bundestagsabgeordneter der CDU und maßgeblich am Entstehen des Wiedergutmachungsabkommens mit dem Staat Israel beteiligt. Zeitweilig war er als Kandidat für das Amt des Bundespräsidenten im Gespräch.
[503] Thomas Mann (1968) 229ff.
[503b] GW V 288
[504] Spur 303

505 GW VIII 96
506 Dass. 97
507 Dass. 98
508 Briefe 104
509 Katalog 268
510 Dass. 293
511 Dass. 319
512 Inge Jens 159 f.
513 Erinnerungen/Unser Mannochen 359
514 GW V 308
515 Spur 325
516 Ebd.
517 GW V 299
518 Else Hoppe 889
519 GW VI 854
520 Dass. 856
521 GW IX 1544
522 Spur 339
523 Inge Jens 189
524 Briefe (1960) 154 ff.
525 Dass. 155
526 Dass. 157
527 Ebd.
528 Dass. 158
529 Dass. 160
530 Dass. 161
531 Ebd.
532 Katalog 329
533 Ebd.
534 Huch/Wölfflin 21
535 Briefe 174
536 Spur 360
537 GW X 51
538 Dass. 243
539 Dass. 255
540 Dass. 460
541 Dass. 461
542 Briefe (1960) 181
543 Dass. 198
544 Spur 379 ff.
544a Katalog 378
545 Huch/Wölfflin 103
546 Briefe (1960) 195
546a GW VI (Romantik) 207
547 Briefe (1960) 224
548 Dass. 225 ff.
549 Stefanie Viereck 300
550 Katalog 367 ff.
551 Dass. 370 und 371 »Maß und Wert«, Jg. 1, 1937/38, Heft 5, S. 812-814
552 Katalog 371, »Frankfurter Zeitung«, Nr. 1/2 vom 1. 1. 1938, Literaturblatt Nr. 7
553 Ebd.
554 Briefe (1960) 252
555 Dass. 253
556 Dass. 247
557 Spur 421
557a GW V 315
558 Katalog 310
559 Briefe (1960) 261
560 Dass. 264
561 Volker Wahl 28
562 Katalog 390
563 Dass. 392
564 Dass. 389
565 Ebd.
566 GW V 311
567 Katalog 394
568 Spur 466
568a Erinnerungen/Tag in Jena 1955 446
569 Dass. 447

570 Cordula Koepcke 92
571 Spur 469ff.
572 Briefe 301
573 Dass. 303
574 Ebd.
575 Dass. 305 ff.
576 Dass. 306
576a GW V 942
576b Dass. 946 ff.
577 Dass. 826
578 Dass. 938
579 Volker Wahl 39
580 Ders. 41
581 Briefe (1960) 350
582 Dass. 375 ff.
583 Dass. 374
584 Spur 506
585 Briefe (1960) 379
586 Günther Weisenborn: »Der lautlose Aufstand. Bericht über die Widerstandsbewegung des deutschen Volkes«.
587 GW V 831
587a Hans Güth 40, Katalog 429
588 GW V 289
589 Jg. 3, 1943/44, Nr. 11, Oktober, S. 28. Nach Katalog 392
590 Katalog 392
591 Spur 345
592 »Das goldene Tor«, Jg. 3, 1948, H. 2, S. 1000. Nach Katalog 433
593 Katalog 340
594 Nach Katalog 436
595 Thomas Mann (1993), 265
596 GW V 133 f.

Verzeichnis der benutzten Literatur

Ricarda Huch
Gesammelte Werke in 11 Bänden, herausgegeben von Wilhelm Emrich. Köln

Band 1: Erinnerungen von Ludolf Ursleu dem Jüngeren/Aus der Triumphgasse/Michael Unger. 1966
Band 2: Von den Königen und der Krone/Das Leben des Grafen Federigo Confalonieri/Die Geschichten von Garibaldi. 1966
Band 3: Der große Krieg in Deutschland. 1967
Band 4: Der Fall Deruga/Der wiederkehrende Christus/Sämtliche Erzählungen. 1967
Band 5: Gedichte/Dramen, Reden, Aufsätze und andere Schriften. 1971
Band 6: Literaturgeschichte und Literaturkritik (u. a. Die Romantik). 1969
Band 7: Schriften zur Religion und Weltanschauung (u. a. Luthers Glaube/Der Sinn der Heiligen Schrift/Entpersönlichung/Urphänomene). 1968
Band 8: Im alten Reich. Lebensbilder deutscher Städte. 1967
Band 9: Geschichte I. 1968
Band 10: Geschichte II (u. a. Deutsche Geschichte: Band 1: Römisches Reich deutscher Nation. Band 2: Das Zeitalter der Glaubensspaltung. Band 3: Das Ende des Römischen Reiches deutscher Nation). 1970
Band 11: Autobiographische Schriften/Nachlese/Register. 1974

Einzelausgaben

Briefe an die Freunde. Herausgegeben und eingeleitet von Marie Baum. Tübingen 1960
Briefe an die Freunde. Herausgegeben und eingeleitet von Marie Baum. Neubearbeitung und Nachwort von Jens Jessen. Zürich 1986

Erinnerungen an das eigene Leben. Mit einem Vorwort von Bernd Balzer. Köln 1980
Briefwechsel Ricarda Huch/Elisabeth und Heinrich Wölfflin: Siehe Müller, Heidy Margrit (Hg.)
Briefwechsel Josef Viktor Widmann/Ricarda Huch: Siehe Widmann, Josef Viktor: Briefwechsel mit Henriette Feuerbach und Ricarda Huch

Sekundärliteratur

Baum, Marie: Leuchtende Spur. Das Leben Ricarda Huchs. Tübingen 1950
Dies.: Erinnerungen an das eigene Leben. Heidelberg 1950
Bäumer, Gertrud: Ricarda Huch. Tübingen 1949
Baumgarten, Helene: Ricarda Huch. Von ihrem Leben und Schaffen. Weimar 1964
Blei, Franz: Erzählung eines Lebens. Leipzig 1930
Bornkamm, Heinrich: Luther im Spiegel der deutschen Geistesgeschichte. Heidelberg 1955
Ders.: Nachwort zu »Luthers Glaube«. Frankfurt a. M. 1983
Gantner, Joseph (Hg.): Heinrich Wölfflin. 1864-1945. Autobiographie, Tagebücher und Briefe. Zweite erweiterte Auflage. Basel 1984
Güth, Hans: Ricarda Huch. Reihe Christ in der Welt. Heft 67. Berlin (Ost) 1987
Hertling, Gunter H.: Wandlung der Werte im dichterischen Werk der Ricarda Huch. Bonn 1966
Holler-Keller, Roswitha: Jugendstilelemente in Ricarda Huchs früher Prosa. Kiel 1969
Hoppe, Else: Ricarda Huch. Weg – Persönlichkeit – Werk. Stuttgart 1950
Huch, Marie (und Huch, Friedrich): Im Treibsand der Erinnerung. Braunschweig 1978
Huch, Roderich: Castrum Peregrini 110, Jg. 1973, Amsterdam
Huch, Rudolf: Aus einem engen Leben. Leipzig 1924
Ders.: Mein Weg. Zeulenroda 1937
Jens, Inge: Dichter zwischen rechts und links. München 1971

Katalog der Ausstellung »Ricarda Huch – 1864-1947« des Deutschen Literaturarchivs im Schiller-Nationalmuseum Marbach am Neckar. 7. Mai-31. Oktober 1994. Marbacher Kataloge 47. Herausgegeben von Ulrich Ott und Friedrich Pfäfflin. Ausstellung und Katalog von Jutta Bendt und Karin Schmidgall unter Mitarbeit von Ursula Weigl. Fotoarbeiten: Bernd Hoffmann.

Köhler, Karl-Heinz: Poetische Sprache und Sprachbewußtsein um 1900. Untersuchungen zum frühen Werk Hermann Hesses, Paul Ernsts und Ricarda Huchs. Stuttgarter Arbeiten zur Germanistik Nr. 36. Stuttgart 1977

Koepcke, Cordula: Lou Andreas-Salomé. Leben, Persönlichkeit, Werk. Eine Biographie. Frankfurt a. M.[4] 1994

Mann, Golo: Erinnerungen und Gedanken. Eine Jugend in Deutschland. Frankfurt a. M. 1986

Mann, Thomas: Schriften und Reden zur Literatur, Kunst und Philosophie I. Frankfurt a. M. 1968

Ders.: Tagebücher 1931-1952. Frankfurt a. M. 1993

Minder, Robert: Dichter in der Gesellschaft. Erfahrungen mit deutscher und französischer Literatur. Frankfurt a. M. 1966.

Müller, Heidy Margrit (Hg.): Mosaikbild einer Freundschaft. Ricarda Huchs Briefwechsel mit Elisabeth und Heinrich Wölfflin. München 1994

Peter, Hans Werner (Hg.): Ricarda Huch. Studien zu ihrem Leben und Werk 1-5. Braunschweig 1985-1994

Ricarda Huch. Persönlichkeit und Werk in Darstellungen ihrer Freunde. Berlin 1934

Streiter, Sabina: Frieda von Bülow und Ricarda Huch. Briefe aus dem Jahr 1895. In: Jahrbuch der Deutschen Schillergesellschaft. Jg. 32, 1988, S. 71 f.

Viereck, Stefanie: So weit wie die Welt geht. Ricarda Huch. Geschichte eines Lebens. Reinbek bei Hamburg 1990

Wahl, Volker: Ricarda Huch. Jahre in Jena. Schriftenreihe des Stadtmuseums Jena Nr. 31. 1982

Walzel, Oskar: Ricarda Huch. Leipzig 1916

Weisenborn, Günther: Der lautlose Aufstand. Bericht über die Widerstandsbewegung des deutschen Volkes 1933-1945. Hamburg 1953

Widmann, Josef Viktor: Briefwechsel mit Henriette Feuerbach und Ricarda Huch. Einführung von Max Rychner. Herausgegeben von Charlotte von Dach. Zürich 1965

Witsch, Joseph Caspar: Briefe 1948-1967. Herausgegeben von Kristian Witsch. Mit einem Vorwort von Manés Sperber. Köln 1977

Bildnachweis

1 *Ricarda Huch um 1894.* Zentralbibliothek Zürich.
2 *Emilie Hähn, die Großmutter.* Leihgeber: Prof. Dr. Alexander Böhm, Rockenberg.
3 *Johann Justus Hähn, der Großvater.* Deutsches Literaturarchiv Marbach.
4 *Richard Huch, der Vater* (Fotografie von J. Julius). Stadtarchiv Braunschweig. Deutsches Literaturarchiv Marbach.
5 *Emilie Hähn, die Mutter* (Fotografie von J. Julius). Stadtarchiv Braunschweig. Deutsches Literaturarchiv Marbach.
6 *Ricarda um 1872* (Fotografie von Friede Kastrup). Deutsches Literaturarchiv Marbach.
7 *Ricarda Huch mit ihrem Schwager Richard um 1893* (Fotografie Gebr. Lützel). Deutsches Literaturarchiv Marbach.
8 *Ricarda Huch, 1894.* Leihgeber: Antje Bultmann-Lemke, Fayetteville, New York. Deutsches Literaturarchiv Marbach.
9 *Ricarda Huch mit Ermanno Ceconi. 1897* (Fotografie von Otmar v. Türk). Leihgeber: Prof. Dr. Alexander Böhm, Rockenberg.
10 *Ricarda Huch mit Ermanno Ceconi und Tochter Marietta um 1900.* Leihgeber: Prof. Dr. Alexander Böhm, Rockenberg.
11 *Ricarda Huch, 1903* (Fotografie Veritas). Deutsches Literaturarchiv Marbach.
12 *Richard und Ricarda Huch um 1907.* Deutsches Literaturarchiv Marbach.
13 *Ricarda Huch, 1912.* Deutsches Literaturarchiv Marbach.
14 *Ricarda Huch mit ihrer Tochter Marietta um 1918.* Leihgeber: Prof. Dr. Alexander Böhm, Rockenberg.
15 *Ricarda Huch, 1924* (Fotografie von Veritas). Deutsches Literaturarchiv Marbach.
16 *Sitzung der ›Dichterakademie‹, 28. Oktober 1928;* von links Alfred Döblin, Thomas Mann, Ricarda Huch, Bernhard Kellermann, Hermann Stehr, Alfred Mombert, Eduard Stucken (Aufnahme: Erich Salomon). Ullstein Bilderdienst.
17 *Marietta Böhm mit ihrem Sohn Alexander, 1930* (Fotografie von Erna Lendvai-Dircksen). Leihgeber: Antje Bultmann-

Lemke, Fayetteville, New York. Deutsches Literaturarchiv Marbach.

18 *Ricarda Huch mit ihrer Tochter Marietta*. Leihgeber: Prof. Dr. Alexander Böhm, Rockenberg.

19 *Ricarda Huch, 1942*. Leihgeber: Prof. Dr. Alexander Böhm, Rockenberg. Deutsches Literaturarchiv Marbach.

20 *Ricarda Huch mit Marie Baum, 1944*. Deutsches Literaturarchiv Marbach.

21 *Ricarda Huch, 1944* (Fotografie Leif Geiges). Leihgeber: Verena Geiges, Staufen. Deutsches Literaturarchiv Marbach.

22 *Ricarda Huch, 1947* (Fotografie von Willi Klar). Deutsches Literaturarchiv Marbach.

Namensverzeichnis

Kursiv gesetzte Seitenzahlen verweisen auf den Anhang